文經文庫 265

赫克特・馬羅 著
Hector Malot

COSMAX
PUBLISHING Co.
Since 1981

Taiwan

推薦序

充分寓教於樂的《苦兒流浪記》

——兒童文學作家 管家琪

記得小時候一打開《苦兒流浪記》，很快就被深深地吸引，一路追讀，欲罷不能。當時不清楚自己為什麼會喜歡這本書，此番重讀，才知道原來是因為書中難得同時包含了好幾個能強烈吸引孩子們的元素。

首先，主人翁小米只不過是一個孩子，當他開始流浪的時候只有九歲，結束四處漂泊這樣的生活型態時也還只是一個少年，可是看看他在流浪的那幾年之間都做了些什麼吧：

他成為「衛塔劇團」的一員，是一個街頭小藝人，和一隻猴子、三隻狗一起演出，賺取賞錢；他坐過白色的「天鵝號」私家遊船，在運河上度過一段短暫的悠閒的日子；還曾經做過礦場的小工，在一次礦坑出事時，他和另外五個礦工在地底下被困了十四天；他還英國、法國跑來跑去……

這些對於每天都只是上學放學的孩子們來說，簡直就是一種像是做夢般新鮮奇特的冒險經歷，怎不令人羨慕！我還記得小時候就幻想過有一天也能拿著笛子，跟隨背著豎琴的小米和背著提琴的馬嘉，還有那隻聰明的狗兒卡比一起去流浪。

更何況，「流浪」一詞本來就充滿了浪漫色彩，而小米的流浪更是「安全」的。

「九歲之前，每當我哭泣時，總有一個婦人會跑來安慰我，我也總當她是我的媽媽……」全書一開場的文字就非常溫馨，這也打好了全書的基調。在小米四處流浪冒險的過程中，雖然也曾遇到過一些壞人，或者是刻薄的人，但是大多數他遇上的都還是心地仁厚的好人。

比方說，把小米養到九歲的巴蘭媽媽、小米的師傅衛塔、花農亞根一家、音樂家兼理髮師的甘特、好心的獸醫等等，都給了小米及時的幫助，更何況在故事接近尾聲的時候，作者赫克特·馬羅（Hector Malot）讓每一個好人、甚至是那隻陪伴小米流浪的狗兒卡比，都有了很好的結果，都得到了幸福，這就更讓孩子們讀起來會覺得很滿足。

此外，是圍繞著小米的身世所營造出來的懸疑效果，孩子們讀著小米的故事，都會很關心、很想知道小米到底能不能找到親人？他的父母是什麼樣的人？當初小米又為什麼會還在襁褓的時候就成了棄兒？

當然，主人翁小米非常討喜，也是這本書成功的原因之一。喜歡冒險和自由生活的小米很善良，也很聰明，他雖然是流浪兒，可是學習能力很強，不僅能讀能寫，還很會教人；看到小米教亞瑟如何背誦的那一段，恐怕每一個孩子都會希望自己身邊能有這麼一個聰明伶俐的小老師吧！（這一段也很能提供家長們在教導孩子的時候有所參考。）

小米也很有志氣，不管生活再困難也堅持不偷不搶，他不願做奴僕，只願為家人工作；他還非常有情有義，這從他和馬嘉之間、以及和花農亞根的子女之間的情誼，以及努力攢錢買一頭奶牛送給巴蘭媽媽的段落，都有充分的展現。在買奶牛時，小米所開出的條件——「要乳汁多，東西吃得少」，也很天真可愛。

赫克特．馬羅是一位多產作家，一生寫過超過七十部小說，《苦兒流浪記》可以說是其中最為家喻戶曉的一部作品。家長們一定也會很樂意鼓勵孩子們讀這本書，因為這本書不但好看，也非常富有教育意味。

有些道德教訓說得比較直接，譬如：

「把你該做的事做好，這就是負責，負責的人到哪裡都會受人尊重。」

「成功是三分運氣，加上七分努力。」

但是大部分都說得頗有技巧，譬如：

「溫柔的力量是他們無法想像的。」

「我在教的時候，也是自己學習的時候。我教狗兒們學技藝，狗兒們就教我怎樣做人。我使狗兒們負責伶俐，狗兒們使我忍耐溫柔。」

「處在惡劣的環境，自己也會在不知不覺中被感染。」（指惡劣的環境會扭曲一個人的心靈。）

這些閒話家常式的感受，相信不會讓孩子們反感，反而很能夠讓孩子們接受。

導讀

溫柔的力量是無法想像的

——台大教授 張文亮

繼《孤女尋親記》之後，文經社又出版了同一作者赫克特．馬羅（Hector Malot）的另一本經典小說《苦兒流浪記》。

在亞洲各國，由於《孤女尋親記》改編的日本動畫《小英的故事》非常盛行，所以年輕一代的孩子們，對這本書的印象較深。但實際上赫克特．馬羅是先寫了《苦兒流浪記》，廣受歡迎之後，才寫另一本《孤女尋親記》的。

《苦兒流浪記》的主角小米，是個身世不明的棄兒，被法國一家農戶收養。他生性善良天真，在慈母的呵護下，過著貧窮卻寧靜的生活。九歲時，兇惡的養父回家鄉後，把他賣給了品德高尚但身分神秘的流浪老藝人衛塔，於是他一路與動物為伍，靠賣藝雜耍謀生。

在一個風雪之夜，衛塔慘遭凍斃，小米被好心的花農亞根救活收養，亞根破產入獄後，他又成了煤礦童工，遭遇礦難，在綽號「老夫子」的礦工幫助下獲救。他得知自己的身世後，尋親情急，從法國趕到英國，誤認竊賊家族首腦為生父，慘遭牢獄之災。幸好在好朋友馬嘉的援助下，終於找到自己的生母，故事以大團圓結束。

《苦兒流浪記》由於故事精采、情節曲折，在世界各國多次被改編成電影、電視劇、童書或繪本。但這本書的內容與情節雖然很容易改編，作者要傳達的理念，卻必須閱讀原著或附有注釋的譯本才得窺其深奧。舉一個簡單的例子，就是書中具有宗教情懷的教養觀念。

這部小說是男主角小米以回憶錄的形式呈現，小米九歲以前，是由山區裡不識字但溫柔善良的養母帶大；十四歲之後找回生母，富裕的家庭提供了他十年完整的教育。然而書中對於她的生母與養母，所佔的篇幅都不大；作者花最多心力在描寫的，則是小米在五年流浪生涯中所遇見的兩位恩師，也可說是他真正的「養父」。

改編的戲劇或童話，大多著重在小米流浪生活中的「奇遇」；然而書中九成以上的篇幅，卻是利用曲折的情節，敍述小米溫柔的人格，是如何經由這兩位恩師的苦心栽培而成。

&

對小米一生影響最大，也是全書靈魂人物，就是將小米自山間帶出，在法國各地奔波的流浪藝人衛塔。衛塔是個迷你動物劇團的團長，也就是一般人口中「耍猴戲的」。雖然身分卑賤，衛塔卻有崇高的人格與知識。

衛塔是小米的啟蒙恩師，他教小米識字、義語與英語、歌唱、樂理與豎琴，以及各種生活常識，但更重要的是他以身教告訴小米「溫柔的人有福了」，即使是教導猴子與狗這些牲畜表演，也絕對不用打罵，當然更不可能打罵小米了。衛塔是這樣說的：

「你本性聰明，又很專心，如果能用心力學習，就沒有克服不了的困難。就拿我的狗和猴子比較，猴子比狗敏捷伶俐，但卻不肯聽話，容易忘記；牠又不喜歡聽別人的吩咐，遇到牠不高興時，更要故意違逆，這就是猴子的天性，沒有辦法，我也不會因此生氣。猴子和狗不同，牠不把表演當成自己的責任，所以猴子永遠比不上狗。小米，你知道嗎？」

我點點頭。老人又說：「把你該做的事做好，這就是負責，負責的人到哪裡都會受人尊重的。」

我說：「我們村裡的人對待禽獸，都沒有像你這樣。」

老人笑著說：「孩子，溫柔的力量是他們無法想像的。如果你溫柔地對待動物，動物也一定肯聽話的。動不動就鞭打，那麼動物見人害怕，當然學不好技藝。我自己的經驗也是這樣，當我一生氣時，性情就完全兩樣。你要知道，我在教的時候，也是自己學習的時候。我教狗兒們學技藝，狗兒們就教我怎樣做人。我使狗兒們負責伶俐，狗兒們使我忍耐溫柔。」

這段話其實蘊含著很深的教育理念，衛塔雖在書中不到一半處就凍斃街頭，然而他「堅持溫柔」的影響力，卻藉著小米的獲救而繼續貫穿全書。衛塔是個固執的老人，他教導小米無論環境如何，都不可當乞丐、僕傭與偷盜。

衛塔為了保護小米與警察起了衝突，被監禁了兩個月，小米在這段時間巧遇生母與弟弟，他們想留下小米；但衛塔出獄後，卻堅持要將小米帶離舒適的環境，繼續流浪。衛塔是這樣說的：

「假使你撫養他，他會變得安逸，然而那和做奴隸差不多，雖然你或許不是這樣想，不過他的天性，總會自然而然變成那樣的。你或許能教他學問和禮儀，他這樣也會得到一些知識，成為一個有智慧的人；但我可不客氣地說，他在你們的身邊，絕不能成就可貴的人格和獨立的意志。」

衛塔至死都不願說出自己的身分，即使在最困頓時，為了劇團成員猴子裘利的醫療費而獨自演唱了一曲，感動了另一位女音樂家的聽眾，獲得了一個金幣的賞金，但他依然不願透漏身分。直到他死後，另一位流浪藝人加洛，才對負責調查的警察坦承，原來他是當年歐洲知名的聲樂家「歌神卡羅」。加洛這樣說的：

「唉！他這個人就是這麼固執。他生了一場病，康復後嗓子沒從前那麼完美了。他是個極度完美主義的人，不願意十年名聲毀於一旦，便毅然和舞台斷絕關係，隱姓埋名躲了起來。」

在書中，負責調查的警察問出了讀者眾人的疑惑：

「以他的名聲，在大舞台上演配角，或去其他小戲院演出，甚至教學生演唱都可以維生，為什麼堅持要匿名來耍猴戲？」

衛塔寧可當一個貧困潦倒、浪跡天涯的耍猴戲藝人，也不願用病癒後與昔日名聲不相稱的音樂來謀生，或許可說是他性格上的偏執，但他悲壯的死亡，卻影響著小米的一生。

&

《聖經》上說：「溫柔的人有福了，因為他們必承受地土。」《苦兒流浪記》裡雖然沒有直接引用這句話，但藉由衛塔與亞根這兩個下階層養父的「身教」，讓小米知道了什麼是「抓奪」？什麼是「承受」？

小米的第二個恩師，就是他與衛塔在巴黎市郊的冬夜受困時，拯救並收養他的花農亞根。當時亞根死了妻子，家中有四個嗷嗷待哺的孩子，他卻堅持要照顧病重的小米。書中是這樣描述的。

亞根還為我請了醫生，那醫生診察後，說我病太重了，不容易就在這家中醫得好，最好還是送我去濟貧院吧！當然，送我到濟貧院很容易，我留在這忙碌的家中，還要他們來照料病人，已經是個大麻煩了，萬一我死了更麻煩。所以我想亞根一定會聽醫生的話，可是他卻不願意這樣做。

「這小孩子不是倒在濟貧院門口，他是倒在我家門前的，所以我們應該負責照料他的一切。」於是我仍舊留在他們的家裡，讓他們來照顧了。

亞根年輕時曾在巴黎植物園服務，念了許多關於植物學的書。雖然日後迫於生計，當了花農；加上兩個兒子對讀書都沒興趣，許多藏書都束之高閣。但他發現小米受衛塔影響而愛讀書時，竟也願意買書來成全小米。

亞根栽植花卉的溫室，是向銀行用十五年貸款買來的；不幸的卻在第十年毀於冰雹，亞根也因破產被判三年徒刑，四個親生兒女被四個分居法國各地的親戚收養，沒有血緣關係的小米被迫又要失去依靠了。

小米在這樣的窘境裡沒有抱怨、沒有忌妒。由於衛塔生前的教導，小米不願擔任僕傭，寧可背起豎琴，繼續流浪，並藉機去法國各地探望亞根的四個兒女。他到監獄探望亞根並辭行時，亞根與他是這樣對話的。

「我早聽到孩子們說到你的計畫了，可是我不能因為自己的需要，就不顧他人。做人應該先顧到他人，愛就是不求自己的益處，自私自利的人是不懂得愛的。」

「爸爸。謝謝你，我現在聽了你說：『愛就是不求自己的益處』，更堅定了我的信心。我會幫爸爸把這句話帶給其他兄弟姊妹的。」

溫柔不是膽怯、溫柔不是退縮、溫柔不是懦弱、溫柔也不是沒有原則的鄉愿。亞根在妻子死亡後，自己要獨立撫養四名子女的最艱困時期，依然搶救並收養了小米。他用不自私的愛，給了小米最好的身教。

日後小米不但成了亞根落難時一家五口的聯絡人，也成了亞根的女婿，使他們一家五口重新團圓，也為小米自己的流浪生涯畫下完美句點。

&

「溫柔的人有福了。」這可以說是《苦兒流浪記》裡最感人的地方，從小米與師父衛塔最後的對話中就可看出。

「呀！師父真是個好人！」這是從我的心底叫出來的聲音。

「不，我不是什麼好人，你才是個好人。將來你就會明白，你有一顆善良的心。記住，將來無論遭遇什麼環境，你都要維持這樣的心。這些日子以來，好像是我在照顧你，其實是我在依賴你。你聽我說話的時候，淚水潤濕了你的眼睛，這淚珠對我是最大的安慰。你的溫柔，是我晚年最值得誇耀的成果。」

《苦兒流浪記》雖是一本十九世紀時的小說，但作者不僅用細膩的文筆傳情寫意，高潮起伏的情節變化、絲絲入扣的性格刻畫，更讓本書的藝術魅力歷經一百年而不衰。

另外書中的注釋，讓讀者不只是讀了一個感人的故事，還認識了十九世紀法國的風土民情、度量衡與幣值、地理、科技、社會與法律等知識，使得本書的趣味性、知識性與可讀性都發揮到極致，我也盼望讀者們能藉著閱讀本書，體會作者想傳達的「溫柔的力量」。

目次

1.

我的新朋友

小米，你也不要怪他，
他殘廢了，對未來很恐懼。
所以他不會繼續養育你的。
人生就是這樣，你不想要的還是會來，
所以早一點來對你反而更好。

九歲之前，每當我哭泣時，總有一個婦人會跑來安慰我，我也總當她是我的媽媽。每晚睡前她都先吻我一下，風雪交加的冬夜，她甚至抱著我，還唱著好聽的催眠曲。

白天我在牧牛時，要是忽遇大雨，她會跑來送雨具給我遮雨，還背著我回家。我若耍點小脾氣，一哭她就溫柔地安慰我，等我好一點時，才叫我下次別這樣。她總是輕聲細語、眼光慈愛，雖然我不是她親生的，但她卻視我如己出。直到九歲那年，我才知道自己並非她親生的。

我們的故鄉夏曼儂（注）非常偏僻，雖然農民已盡力耕種，但因土地貧瘠，荒草荊棘，一望無際；雖然也有些丘陵起伏，可是沒有大樹，只在山谷低處有些栗樹與橡樹。谷底的流泉匯入盧瓦爾河（注）的支流，河畔都是耕地和人家，我就是聽著水流的歌聲長大的。

我家從來沒出現過男人，可是我所稱呼的媽媽也不是寡婦。她的丈夫傑洛是在巴黎打工的石匠，但從我有記憶以來，他不曾出現過，只會偶爾拜託在巴黎一起做工的同鄉，回鄉時順便帶一點錢回家，並且照例交代幾句話：「傑洛身體健康，工作順利，勿念。」

媽媽聽到這幾句話就很滿足，她的丈夫不常回來，並不是有什麼不和。她常對我說：「巴黎到處可賺錢，一定要拚命作工才行，將來有了積蓄，生活無憂，他就會回來的。」

十一月的某一晚，我正在門口砍柴，忽然一位素不相識的男子，滿身泥濘的像是遠道而來。他問我這裡是不是傑洛的家，我一說是，他便推開柴門跑進去。媽媽聽到人聲，跑出來時，他已經到了屋裡說：「我是從巴黎來的，有話要對你們說……」

但他並不像從前那樣接著說：「傑洛身體健康……」

媽媽合掌顫聲說：「主啊！傑洛一定出了什麼事！」

那人打斷她說：「別緊張，傑洛只是受了傷，不會致命的，但現在可能殘廢了。他住在療養院裡，我本來也在那裡養病的，現在病好了要回家，傑洛請我順道帶個口信。好了！太陽已經下山了，我還要趕上三里格(注)的山路！我先走了。」

媽媽因為想知詳情，就留住那男子不讓他走。她說：「在黑夜裡，你沒辦法趕這樣三里格的山路，何況路上還有野狼出沒。您就留宿一晚，明天一早再動身吧！」

媽媽留他下來吃了晚飯，他一面狼吞虎嚥，一面告訴我們傑洛負傷的詳情。據他說是傑洛在工作時，房子的鷹架忽然倒塌，但工頭卻說是傑洛想尋短見，所以不給任何撫卹。那男子還說：「傑洛真不幸，否則靠撫卹金也可以過一生的。我們都勸傑洛去告那工頭。」

媽媽睜大眼睛說：「不行！我們沒錢打官司……」

他說：「你打贏了官司，自然就有錢啦！」

第二天一早，那男子就離開了，但媽媽卻一夜不曾闔眼，她想上巴黎去看看。可是我們家窮到根本湊不出車資，只好跑到村裡的教堂去找神父商量。神父勸她先別忙著跑到巴黎去，不如讓他寫一封信去問問，等回信來了再說。於是他就代我們寫了一封信，寄到傑洛住的醫院。

過了幾天，傑洛回信了：「你來巴黎也沒用，我現在正和工頭打官司，還是先寄錢來比較重

．**夏曼儂**（Chavanon）　作者筆下虛構的農村，位於法國中部。

．**盧瓦爾河**（la loire）　法國最長的河流，發源自塞文山脈，流經中央高原，流程一千零二十公里，先向北、西北，後向西注入比斯開灣，最後注入大西洋。

．**里格**（lieue）　是法國古老的長度單位，一里格大約是四公里。

要。」

媽媽就決定不去巴黎，勉強籌措了一些錢寄去；不久，傑洛又來信要錢，媽媽只好東挪西湊，又寄了一點錢去。但是當他第三次再來催錢時，媽媽已無能為力。寫信告訴他已無法可施時，他又來信叫我們賣掉母牛。

可憐的農民，絕不能沒有母牛。雖然生物學者以為母牛只是一種反芻動物，郊外散步的人以為母牛只是風景的點綴，都會中的紳士以為母牛只是供給牛奶和奶油。然而對農民來說，無論怎樣窮苦，子女怎樣眾多，只要在牛欄裡還有一頭母牛，生活便可安穩。白天只要一個不會做任何事的小孩，放牠自己吃草，到了晚餐時，湯裡便有自製的奶油，也有牛奶煮的馬鈴薯；早晨的咖啡，也有很好的味道和滋養。

母牛能養活一家人，我們家的露特也是這樣。我和媽媽很少有機會吃到肉，但因為有牛奶，我們的營養也很好。露特簡直是我們家族中的一員。牠能聽懂我們的話，我們也能從牠的眼光中知道牠的意思。但我們現在除了將牠賣掉，也沒其他辦法了。

牛販來了，他裝出很不合意的模樣，側首搖頭打量著露特說：「這麼瘦，賣不到好價錢，牠的奶也不可能做出好奶油，買了只會讓我吃虧。我可是同情你們，才買牠的。」

露特被從牛欄裡趕出來時，似乎已經知道我們要賣掉牠，就是不願出來，還發出悲鳴。牛販把鞭子遞給我，叫我轉到牠背後，用鞭抽牠的屁股。媽媽很不高興，自己拿起了勒口索，溫和地說：「露特，出來吧！」露特馴服地出來，我看牠眼光裡彷彿在訴苦，心裡更難過。牛販牽出露特，將勒口索繫在運貨的馬車後，我們不敢聽露特可憐的哀鳴聲，拿了錢就躲回屋子裡。

從此我們就沒有牛奶和奶油吃了。每天早餐都是一片麵包，晚餐則是馬鈴薯和鹽。賣掉露特之後，不久後到了狂歡節（注）。去年這時媽媽做了大圓麵餅，讓我飽餐好幾頓。但是今年卻沒牛奶和奶油了。

我心裡很難過，到了狂歡節這天，媽媽卻到鄰家去要了一些牛奶和奶油，當我午後回家時，媽媽正在蒸麵餅，我趕快跑到媽媽身邊喊：「呀！麵粉！」

媽媽看見我睜圓了眼睛的臉，含著微笑說：「小米，是麵粉！你摸一下看看，很細的上等麵粉啊！」

這麵粉能做什麼來吃，我想問又不敢問。因為我知道家裡連一點牛奶或一點奶油也沒有了。媽媽又問了：「小米，你猜我拿麵粉要做什麼？」

我說：「做麵包吧！」

「還有呢？」

「還有……那我不知道了。」

媽媽笑著說：「不，你一定知道的。你體貼媽媽，所以不說。今天不是狂歡節嗎？是要做大圓麵餅，但你知道我們家裡沒有牛奶和奶油，所以你假裝沒想到，你真孝順呀！好了，去打開蒸籠看看。」

我揭開蒸籠蓋，哇！一碗牛奶，一小盤牛油，四五個雞蛋和三個蘋果放在旁邊。媽媽說：「乖！

．**狂歡節**（Karneval）　又譯為嘉年華會，起源於歐洲中世紀。古希臘和古羅馬的木神節、酒神節都可以說是其前身。歐洲和南美洲都盛行，但各地慶祝節日的日期並不相同，一般都在二月中下旬。

把雞蛋拿出來，蘋果皮也剝了吧！」

我在剝皮切蘋果時，媽媽拌和著麵粉雞蛋和牛奶，最後放進切好的蘋果一起拌好，放在烤爐上。好不容易到了黃昏，媽媽說：「喂，小米，你也來學做大圓麵餅吧！」

我不待媽媽吩咐，立刻折斷了小樹枝，升起火來。又點亮了紅蠟燭。媽媽將糖和牛奶來調混麵粉。我聽了媽媽的話，將鍋子放在火爐上，在鍋裡熔化奶油。屋子裡好久沒出現奶油的甜香，現在充滿了全屋子。熬奶油的聲音真好聽！現在，我要將麵粉放下去，自己來做大圓麵餅了；那時我真高興，可是屋外這時有了急促的腳步聲。

我想不會沒有人來搶奪我這僅有的幸福吧！應該只是鄰人來借火種，我繼續將媽媽給我的麵粉倒入鍋子裡。突然，聽見敲門的聲音，門猛烈地開了。媽媽頭也不回地問：「誰？」我借著爐火的光，看見一個男子，穿著白洋布工人裝，手裡拿著拐杖。他粗暴地問：「喂，有狂歡節的大餐嗎？」

媽媽一看見了這男子的面貌，匆忙地站起來：「傑洛！是你。」媽媽一面說，一面牽著我的手，推我到那人面前說：「小米，這就是你的爸爸！」

我一聽說是爸爸，便衝上去想抱住他，但傑洛卻舉起手裡的拐杖攔住我，還對媽媽說：「你不是在騙我吧？」傑洛斜舉著那粗大的拐杖，一步步逼近我。但我也沒後退，我只是為了歡迎他回家，又沒做錯什麼，他何必這麼兇？傑洛沒空理我，大喊著說：「我快餓死了，有什麼可以吃的？」

媽媽說：「我們正在做大圓麵餅。」

「少廢話，趕快拿來。我趕了十里格的路，腿硬得像木頭一樣了。」

「可是，我們還沒做好，我不知道你要回來。」

傑洛看見了碟子裡的奶油便說：「沒有晚餐吃嗎？喔！這裡還有奶油。還有……」他看看天井，那裡屋梁上的鉤子，以前常掛著豬油，現在空懸著好久了，只剩一點乾蒜頭和洋蔥在那裡。他將拐杖打落了幾個洋蔥頭說：「還有洋蔥頭，再加上奶油，可以做一碗好吃的湯。哼，走開！」

他推開我，自己拿起鍋子，把我那還沒有弄好的大圓麵餅粗暴地弄倒了。

「喂，你在那裡發什麼呆，還不快點給我煮湯！」

我難過地走到一邊，媽媽也只能遵從他，給他做湯。我躲在桌子角，畏縮地望著傑洛。他大概五十歲左右，和媽媽差不多年紀。但容貌很猙獰兇惡，脖子因為負傷，曲向右邊，使他更加醜陋。他嚷著：「只有這一點奶油嗎？」便將小碟子中的奶油，全都傾入鍋子裡，這一刻起，我沒有吃大圓麵餅的希望了，也不必再想什麼佳節的點綴了，我只想到這可怕的男子，就是我的爸爸嗎？我一直以為爸爸應該和媽媽一樣的溫柔。

這時他又向我怒喊著：「你不是木偶吧？發什麼呆？把湯盤擺起來。」

我戰戰兢兢地拿出湯盤，這時湯已煮好了，媽媽將湯盛在各人的盤裡。傑洛離開他取暖的暖爐一角，坐上桌來大吃。我的盤子也擺好了，我卻不能不吃。傑洛時吃時止，但眼神始終惡狠狠地向我看，讓我難以下嚥。但我又怕又好奇，還是不時偷看傑洛。可是當我的視線一和他接觸，立刻垂下頭去。傑洛用湯匙指著我，向媽媽說：

「他平時就是這樣吃東西的嗎？」

「不，他吃得很多，可是……」

「那你最好從此絕食吧！」

我不敢聲辯。媽媽也感到很沒趣，只忙著給她丈夫添湯添菜。傑洛逼我說：「你不餓嗎？」

「不！」

「不餓？那就躺到床上去睡吧。聽好，你若不睡，後果你自己負責。」

沉默著的媽媽遞眼色叫我去睡覺，我當然聽命。我們和普通的小農家一樣，寢室就是廚房。近暖爐的那邊，有餐桌、椅子等東西，對面靠壁是媽媽的床，我的床凹在壁裡，外面垂著紅布。我立刻拖出被窩，解帶寬衣，鑽了進去。上床是可以聽命，睡著卻不能聽命。我心中悽慘不寧，怎能闔眼呢？這樣可怕的人，他能做我的爸爸嗎？我朝著床，越想屏絕雜念趕快入睡，偏偏越清醒。

這時我聽見腳步聲漸漸走近我的床，聲音很沉重，我知道那絕不是媽媽。溫暖的呼吸吹近我的頭髮，一個像壓抑著的聲音說：「喂，睡了嗎？」

我不回應，媽媽才說：「小米睡著了。他一上床就會睡的。你有話就說吧！」

傑洛再走開去，我聽到媽媽的聲音：「傑洛，打官司的結果怎樣了？」

「輸了！」

「怎麼輸了？」

「官司輸了，錢也沒了，人也成殘廢了。我氣得要死，結果回家來一看，那嚼麵包的小東西還在……你為什麼不聽我的話？」

「我不忍心……」

「送到孤兒院去有什麼不忍呢？」

「傑洛，這孩子吃我的奶長大的，我怎能將他送到孤兒院去呢？」
「胡說，他又不是你的兒子。」
「有一次我想照你的話送去，可是那時候恰巧這小孩子病了，所以……」
「病好了也可以再送去呀！」
「他還沒有痊癒，我一聽他的咳聲，就捨不得。他就像我們可愛的孩子死去時一樣……將他送到孤兒院，不等於送他進墳墓。」
「現在他不是痊癒了嗎？」
「現在，他年紀也大了，孤兒院不一定肯收了……」
「他今年幾歲了？」
「已經九歲了。」
「不能因為他已九歲，就不送他走，這是他命該如此的。」
「呀！傑洛，請你別那樣做吧！」
「什麼這樣那樣的，哼！我說怎麼做就怎麼做。」接下來兩人就暫時沈默了。
我偷偷嘆了一口氣，不敢讓他們聽見，但我卻聽見媽媽的嘆息：「傑洛！你到巴黎之後，性情大變了！」
「不錯。你要知道，我已經變成一個廢人了，以後我們怎樣度日呢？我們家徒四壁，母牛也賣了，到哪裡去找飯吃呢？哪裡還有力量去養別人的兒子呢？」
「傑洛，小米是我的兒子呀！」

「別胡說，你真以為小米是你的兒子嗎？你瞧那小東西，一點也不像農家的孩子。我剛才吃飯時觀察過他，骨格瘦弱，手腳全無氣力。」

「小米在這村裡，是最漂亮溫柔的孩子啊！」

「你瘋了！男生漂亮有什麼用處嗎？溫柔也可以當飯吃嗎？像他那樣的骨架和肩膀，根本不能負起重擔，我們不能要他，他只能做城市中的孩子。」

「可是，傑洛，像小米那樣正直聰明，脾氣又好的孩子，是不可多得的。養大了他，我們老了才有……」

「胡說，你知道嗎？我已經不能再做工了，多一個人吃飯就多一分負擔。」

「以後這小孩子的家人來接他時，我們怎麼辦？」

「笑話，如果他的家人會來接他，他早該被接去了。我一開始撿到這個棄嬰時，他被裹在漂亮的綢緞裡，害我妄想日後有一天可以得到厚謝……我真倒楣！」

「呀！……他的家族也許不久後會來接他……」

「哦！你這個女人，比我還會做白日夢。」

「如果明天他家人來了，你要說什麼？」

「說什麼？我請他們到孤兒院去找他呀！夠了，越說越生氣，我不理你了，我現在要到朋友那裡去，一小時後回來。」他說完，打開門出去了。

我在床上忍氣吞聲，等著他的腳步聲遠了之後，我才爬起來，哭喚著媽媽。媽媽吃了一驚，跑到我身邊來。我說：「媽！我不要去孤兒院。」

「啊！小米，我也不讓你去呀！」她突然抱緊著我，我才放心了幾分，眼淚也止住了。

媽媽溫柔地說：「你沒睡著嗎？」

「媽，我不可能睡得著。」

「小米，我沒怪你，我是在問你，你聽懂我們的話嗎？」

「我懂，媽媽不是我的親生媽媽，爸爸也不是！」我說這話，心中又悲哀又興奮，我興奮的是還好傑洛不是我父親。但媽媽卻不知道。

媽媽說：「小米，你不要恨我吧！我早就想告訴你，可是我愛你像真正的兒子，你也總當我是你自己的媽媽，所以我一直瞞著你到現在，免得你知道了傷心……但是現在你聽到了，我告訴你吧！你是一個被棄的孤兒。八年之前，傑洛也在巴黎做工。有一天早晨他去上工，走到傷兵院（注）前的林蔭路上，聽到鐵門旁有嬰兒的哭聲。他跑到那邊去一看，在寒冷的清早，有個棄嬰被放在哪裡。傑洛一抱起那小孩，就看見一個躲在樹蔭下的男子突然地跑走了，他一定是拋棄嬰兒的人。」

媽媽停了一下又說：「丟棄你的人看到有人發現了，才放心的跑走。傑洛很為難，因為嬰兒拚命地哭叫，恰巧他的同伴走過，便一起到警察崗哨那裡給小孩子取暖，但那嬰兒依然哭個不了，大家想他一定因為肚飢，就請鄰近有在餵奶的女人來，他吃飽了才不哭。大家就在火爐邊脫去小孩的衣服，看他可有憑證留著，那小孩大概五六個月，全身肥胖紅潤，包裹著他的毛氈和衣服，全是上等的東西，一定是富裕家庭，那又為什麼要拋棄他？警察想也許是被人偷出來拋棄的。可是他們找不出什麼

·**傷兵院**（Les Invalides）　亦稱榮軍院，巴黎的名勝之一。一六七一年，由路易十四為安置退伍傷殘軍人而下令建造，現已改為軍事博物館，是外國元首訪法時舉行歡迎儀式的地方。

線索，經過了查問，也說只有送到孤兒院去。但是傑洛看這小孩子很康健，當然容易養育。他穿的又都是綢緞，以後父母要來領回去，必定可得厚謝，因此說要自己要養育他。得到警察的允許，他就將小孩領回來，這孩子便是你。那時我有一個和你同歲的兒子，所以有奶給你吃，毫不費事，然而沒多久我自己的小孩死了。我就將你當做自己的小孩，撫養至今。可是傑洛不答應，因為一直沒有人來接你，他就想送你到孤兒院，減輕他的負擔。」

我緊抱著媽媽說：「媽！求你別把我送去孤兒院。」

「我也不肯送你去啊！我一定會想出辦法來的。你也不要怪傑洛這麼兇，他殘廢了，害怕以後三餐無著，才會出此下策。別擔心，以後我們三個人一起工作，小米，你也要找點事做，補貼家用，傑洛就不會看你不順眼了。」

「媽，無論什麼事我都可以做，只要不去孤兒院。」

媽媽吻著我的臉說：「孩子，我們會永遠在一起的，你好好地睡吧！不然傑洛回來看見了又要罵人。」

我受了這刺激，一時興奮起來，無論如何不能闔眼。這麼親切溫柔的媽媽，並不是我的親生媽媽啊！那我的媽媽是誰呢？她會更親切更溫柔嗎？我認為這世界上，不會有比現在這媽媽更親切溫柔的人了。可是我想到我的爸爸，一定也不會像傑洛那樣刻薄，甚至揮動拐杖，用著冷酷兇惡的眼光來盯著自己的兒子。傑洛總想將我送入孤兒院，但是媽媽到底要怎麼阻止他呢？

村裡有兩個小孩，大家都叫他們「棄兒」，他們頸上掛著白鐵號碼牌，衣衫褸襤，任人欺侮。村裡的其他小孩在這他們背後戲謔，好像追逐野狗。我不願意頸上掛著號碼牌，我也不願意被人說是孤兒院的小孩子，走路時背後跟著一大群野孩子，我想到這裡就全身戰慄，牙齒震抖，心中煩躁，難以入睡。可是傑洛不久就要回來，也許他又要說些什麼可怕的話呢？幸而睡魔比傑洛來得早，我終於睡著了。這一晚我不斷做惡夢，可是我想媽媽一定可以勸服傑洛，不再提起送我到孤兒院。

第二天快近中午時，傑洛叫我戴好帽子，和他一起出去。我吃了一驚，望著媽媽，媽媽向我使眼色，叫我乖乖跟他去，她還偷偷地做著手勢，彷彿叫我安心。我想也許不要緊，便戴上帽子，跟著傑洛出去了。到底他帶我到那裡去呢？

媽媽雖然要我安心，但我依然有點膽怯。我知道這裡到村公所和市集，大約要一小時的路程。傑洛在這寂寞的長途中，只對我說過一次話。他那歪到右邊的脖子，一動也不動，只是蹣跚地拐著跛足。他怕我不聽他指揮，常常回頭看我，然而他的脖子不能轉動，只好全身轉過來。

我離著傑洛稍遠，準備情況不對時能跳入溝裡逃走。可是快接近村落時，傑洛似乎已窺透我的心，他緊牽著我的手，拖近身邊使我無法脫身。我讓傑洛拉著手走進村裡，引起眾人很注意。大概我的樣子，就像偷了東西的狗，被縛著拖著跑。

我們走到了一家咖啡店門前，站在門口的一個男子叫傑洛進去。我想傑洛這時要放開我的手了，但他卻拉住了我的耳朵，讓我先走進咖啡店裡。

這咖啡店叫聖母院旅館，我時常走過這家咖啡店前，看見酩酊地走出來的人們，那裡有流行小調的歌聲和酒徒們的喧嘩，到底那些人在裡邊做什麼呢？我也很想知道紅色的窗簾裡的祕密。每次走過時，我總想偷看一下，但今天我居然能走進這咖啡店裡來看了。

那個叫傑洛進去的人，便是這咖啡店的老闆。他們兩人，對坐在一張圓桌子的兩邊。他們叫我到那邊的火爐邊去，坐在欣賞著屋內的一切，我的對面，坐著一位滿口白鬚的老人，我很注意他奇怪的服裝，他肩上披著銀色的長髮，戴著紅綠飾的灰色高帽，穿著翻毛的羊皮背心，褪色的青天鵝絨袖子垂在兩臂上。呢絨褲子的腿上，綁著十字形的紅帶子。在椅背上，左腕垂在椅後，曲著腳，托著頤，右手放在腳上。他莊嚴的模樣，彷彿一尊放在那裡的聖像。老人的面前，有三隻狗躺在一堆取暖。兩隻公的獅子狗，一隻黑色長毛，一隻白色捲毛，另一隻是灰色小母狗，彷彿有點狡猾。那隻獅子狗戴著一頂舊警帽，帽子的皮帶兜在下顎。

我很奇怪地看著這老人，不知道他是誰。傑洛正在和老闆在談論我的事，雖然我聽不清楚，但我聽到傑洛說：「我想到村公所去，請求他們同意讓這孩子養育在我們家裡，但孤兒院是否能津貼一點錢？」我聽到這裡才知道，剛才媽媽做手勢叫我安心的理由；我也鬆了一口氣，原來我白擔心了。

在一旁的老人，無意中聽見傑洛與人的談話，突然指著我對傑洛說：「抱歉，你所說的那個討厭鬼，就是這孩子嗎？」

「不錯。」

「你認為孤兒院會補助你嗎？」

「我不知道，可是我既然養育了棄兒，孤兒院沒有拒絕津貼的理由。」

「照道理當然沒錯，但世上不會有真理。我敢擔保，你到公所去是徒勞無功，他們絕不會給你津貼的。」

「那麼老伯伯，我送他到孤兒院去，他們就不能拒絕了吧？」

「不一定，當初是你自己保證要領養的，一旦養到現在，也不容易反悔了。」

「若是孤兒院也不收，那我情願認賠以前養他的錢，立刻將他趕出去。」

我聽到這裡突然吃了一驚，老人想了一會兒才說：「我教你一個方法，你非但不必這麼麻煩，還可以獲得一點補償。」

傑洛興奮地說：「老伯伯，快告訴我有什麼辦法，如果有效，我立刻請你喝一瓶葡萄酒。」

老人聽傑洛這麼說，就離開椅子，走近傑洛。當老人站起來時，忽然看見那羊皮背心自己盪了起來，也許還有小狗躲在他的腋下也難說。老人坐在傑洛的面前說：「你想讓這小孩子繼續浪費你的糧食？還是反過來讓你能有一點津貼？」

「你的意思是？」

「你將這孩子讓我帶走吧！」

傑洛突然變了聲音，望著老人說：「什麼？你要這個小孩子？」

「你不是一直想早一點丟了這累贅嗎？」

這時傑洛又改口了：「不是我的自誇，這樣好的小孩是很少有的。無論誰都喜歡。」

「不錯，我看到了。」

他溫柔地對我說：「小米，你過來。」

我害怕地走近傑洛和老人的身邊。他像安慰我說：「不用害怕。」

傑洛說：「喂，仔細看，他真的很可愛。」

「我已經說過，他是一個好孩子，所以要領他來養。」

「他不像侏儒或歪脖子，你要了去能做什麼？」

「哦，你以為我想訓練他做寵物賺錢嗎？我很抱歉，這孩子是正常人，我不會靠他發財的。」

「老伯伯，你可以叫他做點事賺錢。」

「他力氣小，不堪重任。」

「別說笑話，他雖然有點瘦弱，但力氣與大人差不多。你看這孩子的腿多筆直，這很少有的。」

傑洛捲起我的褲子來給他看。

「細得像蚊子腳一樣。」

「那手臂呢？」

「也和腿部一樣。平時倒不要緊，有事時就不行了。先天不足，又不曾鍛練過。」

「不曾鍛練過？你一摸知道了。老伯伯，你摸一摸。」

老人那瘦骨包著的手，摸著我的腿，又輕敲著，歪頭蹙額，表示不滿。我們賣掉母牛露特時，就感受過這同樣的悲哀。牛販就像現在這老人試驗我一樣，打量著露特，而且一樣歪著頭，蹙著額，說買這頭母牛沒用。他雖然這麼說，最後還是買了母牛牽走了。這老人也會同樣將我買了帶走吧！

媽媽，如果她在這裡，她一定會救我呀！昨夜傑洛還對媽媽說，我只是一個沒用的皮包骨，我真想告訴那老人，叫他不要帶我走。但這是無效且又笨拙的舉動！只會換來傑洛賞我幾巴掌，所以我忍著不出口。

老人打量過我之後說：「老實說，他和普通的孩子一樣。而且生於城市，不耐田家的辛勞，若是你叫他駕一頭牛耕田，你看他能維持多久……」

「我看至少十年吧！」

「別傻了，一個月也熬不過去。」

「老伯伯，你再仔細打量一下，他的肩膀胸部也很好呢！」

我被傑洛和老人推來推去了一會兒，最後老人這樣說：「你看這樣可好？這孩子暫時租借給我，租費一年十法郎，也不是賣斷，你看好嗎？」

「一年只有十法郎？」

「十法郎已經不錯了，而且是先付錢的。你一面脫離了煩累，一面還有十法郎，這樣一舉兩得，何樂不為？」

「老伯伯，若是我自己養育他，村公所一個月會給我三法郎的津貼。」

「唉！即使有三個法郎，你還是要貼他飯錢。」

「我可以叫他做工。」

「如果他能做工，你早就不必當他是煩累了。你真是在胡說。要是你從孤兒院借了小孩子出來做工，你一定是要交租金給孤兒院，不是孤兒院給你津貼吧！」

「總之，你要租這個孩子，一個月就是三法郎。」

「那麼你去向村公所接洽吧！但如果村公所不將孩子交給你，卻讓別人領去時，你就兩面落空呀！現在只要你答應我，你也不必多奔波，只要坐在那裡一伸手，錢就到了口袋。」

老人在皮篋裡，拿出五個二法郎的銀幣，放在掌中鏘鐺作聲。傑洛見錢眼開，但仍想再撈一點說：「我怕這孩子父母會來領回他。」

「那又有什麼關係？」

「我養育他到現在，就是盼望他的父母來領回他時，給我厚禮。」

「你現在就斷定沒有人來領回他，所以才想趕他出去。就算他的父母要領回他，他們不知道我在哪裡，還是會去找你。你隨時可以向我領回這孩子。」

「但你漂蕩四方，萬一遇到他的父母怎麼辦？」

「那麼謝禮就我們均分好了，我再添給你五法郎吧！」

「你就給我二十法郎吧！」

「那就別談了。這孩子不值這麼多。」

「你到底租他來做什麼事呢？」

老人慢慢地喝酒，帶著輕蔑地望傑洛說：「我叫他做我的同伴。我年邁衰弱，在長途旅行後，一遇雨天就不能出門，孤寂不堪。借了這小孩子去，可以和我聊聊天，當作安慰。」

「那就簡單了，他腿力一定比你強。」

「不，那倒未必，還是小孩子呢……而且不只是要走路，他還要一面走一面跳舞或翻觔斗，他必須是衛塔劇團的團員。」

「什麼，衛塔劇團？」

「我是團長衛塔里斯，大家都叫我衛塔師父，你不知道嗎？哈哈。你想問我的團員在那裡嗎？如果你要看，我可以全叫他們來和你見面。」

「老伯伯，拜託叫他們出來，讓我們認識一下。」

咖啡店裡的人們，全望著那老人。老人打開那晃動的羊皮背心，藏在左腋下的祕密就揭曉了。我起初以為那是小狗，其實不對。我從沒有看見過這樣奇怪的動物。我從小生長在偏僻的鄉下，少見多怪；也不曾進過學校，看過書報，很多小動物我都不認識。牠像是個小妖怪，穿著鑲金的紅衣，四肢俱全，只是手足上都長著黑毛，和人類不同。面貌如人，和別的動物不同。眼睛連在一起，帶著潮潤的光輝，鼻子嘴巴也都有的。

我驚異地看著牠時，傑洛大聲說：「什麼！這是猴子！」我聽了才知道那是猴子。

老人將這小猴子放在桌上說：「這位是我們衛塔劇團的明星，藝名裘利先生，喂，先生，向大家敬個禮吧！」裘利伸開放在唇邊的兩手，彎腰向觀眾送吻。

「第二位是卡比先生，向觀眾致敬。」

那條白狗戴著警帽，起先伏在地上不動，那時踮起後腳，前腳交叉在胸前，向觀眾行禮。另外兩隻狗，正目不轉睛地看著卡比，也踮起後腳各伸出前腳挽著，就像舞會裡的男女牽在一起。牠們向前走六步，再退後三步，算是對觀眾致敬。

衛塔師父說：「卡比在意大利文裡就是將軍，牠是狗中的首領。我的狗都很聰明，尤其是卡比，牠能明白我的命令，還會教其他的狗，牠真能幹。還有這位漂亮的黑色小獅子狗叫做傑比，意大利文是英雄；這位白色的是杜希小姐，意思是溫柔。我們的足跡不限於法國，而是按著神的美意，走到天涯海角。」

老人剛說完，就叫一聲：「卡比」，卡比將前腳交叉在胸前，望著老人，「卡比先生，過來，今天感謝大家賞光，你要有點禮貌。」

老人又指著我說：「這位小朋友一直望著你，他想知道現在是幾點鐘，你告訴他吧！」

卡比聽了，走近那老人的身邊，掀開羊皮外衣。老人從裡邊背心的袋裡拿出一個大銀殼錶，牠看了一眼，先是大聲叫了兩下，又小聲吠了三下。很清楚的，現在是兩點三刻。

「謝謝你，卡比先生。我們再來看杜希小姐的跳繩。」

卡比從老人上衣的袋裡，銜出一根繩子，招呼黑毛的傑比，傑比走近卡比，在對面站著，銜著卡比拋過來繩子的一端，兩隻狗熟練地揮動繩子，杜希則加入跳繩，她一面跳，一面望著老人，跳得真好，我看呆了，心裡暗自驚佩。

表演完畢，老人對傑洛說：「你看，我的弟子們都不錯吧！雖有伶俐和愚蠢的差異，但卻合作無間，所以我要讓這小朋友扮演成一個傻瓜，這樣我的弟子們的智慧才會受到觀眾讚賞。」

「什麼？你要他去演傻瓜？」傑洛打斷了他的話。

老人接著說：「我相信如果他夠聰明，一定知道與其天天在家鄉牧牛，不如加入衛塔劇團，足跡可以走遍全歐洲，一邊旅行，一邊學習，多有趣啊！如果他是愚笨的，就只好進孤兒院，一天到晚衣食不足，受人虐待……」

我雖然認同衛塔師父所說的話，可是卻有苦衷。他的弟子們都很滑稽有趣，和牠們去遊行賣藝，一定很愉快，但這樣我就要離開媽媽了！然而我也知道，反正傑洛一定要送我進孤兒院，想到這裡時，眼裡滿含眼淚，老人輕輕拍著我的臉說：「你別顧著哭，你聽懂我的話吧？」我哽咽地求他：「老伯伯，求你別帶我去吧！我捨不得離開媽媽。」

這時卡比突然狂吠起來，嚇了我一跳，向那邊一看，小猴子裘利先生蹲在桌上，卡比也跳上去。原來狡猾的小猴子，趁大家都在注意著我時，偷喝了老人杯中的酒，被卡比看見了。老人就嚴厲地說：「喂，裘利！你偷喝酒，罰你去站壁角。傑比，你去看守牠。別讓牠亂動，知道了嗎？卡比先生，你真是好狗，和我握握手。」小猴子低聲啼叫，被傑比趕到屋角去。卡比揚揚得意，跑到老人的面前，老人握了握牠的前腳，再回過頭和傑洛談判。

「我最多就是出十五法郎，你答應嗎？」

「不行，我一定要二十法郎。」

兩人討論了一會，最後老人說：「這孩子不必在這裡，讓他到院子裡玩，我們再慢慢商量吧！」他使了眼色，傑洛便對我說：「也好，小米。你到院子裡去吧！等我叫你時才可以進來。」

我聽他的話，到院子裡去。坐在石頭上沈思，也無心去玩。屋子裡的人，正在決定我的前途呢！我又冷又急，不禁發抖，大約一小時後，傑洛自己一個人跑到院子裡來。他不是要來把我交給衛塔師父嗎？但他卻說：「小米，我們回家去吧！」

回家去！那麼我可以永久留在媽媽身旁嗎？我很想問問傑洛，可是看了他不高興的臉色，我又不敢。只好跟著傑洛沉默地走著，等到離家很近，他突然停住，用力拉著我的耳朵說：「小米！你回家若是提起今天所聽到的話，小心我要你的命！」

我唯唯順從。回到家裡，媽媽正在倚閭而望。她問：「傑洛，辛苦了，村公所那裡怎麼說？」

「我沒去村公所。」

「那你一下午到那裡去了？」

「我在聖母院咖啡店裡，遇見幾位朋友，大家喝了幾杯，已經是四點鐘了，只好回來。討厭也沒法子，明天再走一趟。」

我聽傑洛的話，猜想剛才和那老人的生意似乎沒有好結果。我想明天也許真的會帶我到村公所去吧！我雖然受了傑洛的恐嚇，但還是想告訴媽媽詳情，可是傑洛坐守在家裡，我沒有說話的機會。不久天已暗，又到了我睡覺的時間了。

我在床上計畫著明天怎麼告訴媽媽，不久卻睡著了。第二天睡醒時，看見媽媽已經不在，全屋裡都沒有她的影蹤。傑洛看見我這樣，便問：「你找什麼？」

「我在找媽媽。」

「她有事到村裡去了，要下午回來。」

我聽到媽媽不在，心中又怕危險。傑洛望著我，眼裡透露著兇燄，我真嫌惡極了，便跑到屋後的園中去。那是一個小園，除了麥子以外，我們的食物，全長在這裡，如馬鈴薯、蠶豆、紅蘿蔔、蕪菁之類。這裡當然沒有荒廢的土地，媽媽還闢了一小角的地給我自由使用。我種著花草，造了一個花園。雖然不是萬紫千紅，但卻種了我喜歡的東西，成就了我快樂的夢想。我整天嚷著這是「我的花園」。

我還有更多可留戀的東西，在我的花園中。我種著本地沒有生產的洋薑(注)，種子是人家給我的。給我洋薑種子的人說：「洋薑比馬鈴薯好吃，集合了各種蔬菜的鮮味。」我培植了這洋薑，預備收成意外的食品給媽媽一個驚喜。但媽媽不知道我種洋薑，我也沒對她說。不久洋薑出了芽，我先騙她說這是開花的東西。等到長大結實，趁她不在時再掘出來，做成一盤美味。

我天天等待著這洋薑長大，一天不知去看多少次，但還沒動靜。我伏在地上，鼻尖貼著泥土，凝望著那塊種洋薑的地方，突然聽見傑洛在喊：「小米，快進來。」

我趕快跑到家裡，立刻吃了一驚。昨天的那個老人，帶著狗，正在我們家中。我突然明白了，老人是來帶我去的！傑洛知道媽媽在家時有點不便，因此他很早就支開了媽媽。現在我知道了後，除了向老人求情外也別無他法。

我立刻跪在老人面前哭著說：「啊，老伯伯！求你別帶我走！」

老人溫柔地說：「你是好孩子，我不會讓你吃苦。我從不打罵孩子的，我的弟子們都是你有趣的同伴，你有什麼不滿意的呢？」

「我不能離開媽媽！」

傑洛一聽，突然又拉著我的耳朵說：「你這個野種，快滾，我家不歡迎你！你是要去孤兒院？還是乖乖跟這位老伯伯走？」

「我想跟著媽媽。」

傑洛憤怒地說：「混蛋，說什麼話！你不快點滾，我就拿棍子趕你出去了。」

「喂，別那樣生氣。小孩子留戀媽媽，也用不到打罵。我想要他一起走，就是喜歡他溫柔的心腸。」

「老伯伯，這個野種，你對他客氣，他會造反的。」

「好了！我遵約付錢。」老人這樣說了，數給傑洛二十個法郎，傑洛收入袋中。老人問：「應該給我的包袱呢？」

・**洋薑**（Helianthus tuberosus）　又稱菊薯，是一種菊科向日葵屬宿根性草本植物。原產北美洲。秋季開花，長有黃色的小盤花，但結籽率低，地下塊莖富含澱粉、菊糖，可以食用。

「就是這個。」傑洛連手都懶得舉，只用下顎指著桌上，那是一個用灰綠色棉布結著四角的包袱。

老人不大放心地打開包袱來一看，裡面有我的兩件舊襯衫和一條麻布褲子。老人看著傑洛質問說：「我們說定的東西呢？你說要把他的夏冬衣服全給我，所以我才加了五法郎。」

傑洛冷冷地說：「哼！他就只有這點東西了。」

「好吧！你做了什麼，孩子自己會知道的，我現在沒時間和你多說，我們還要趕路呢！喂，小朋友，再問你一次，你叫什麼名字？」

「小米。」

老人吩咐著：「小米，拿起這包袱。跟我走，聽見了嗎？卡比，帶好大家，聽口令，齊…步走！」

出發時我向老人和傑洛懇求，但兩個人的頭都向著別處，不理不睬，我淚下如雨，只好讓老人拉著我的手走。當跨過這住慣的茅屋門檻，就像有人拉著我的頭髮一樣難過。我以朦朧的淚眼，茫然四顧，可是屋中沒有一個可以救我的人，我大聲叫著：「媽媽！媽媽！」仍然沒有一個人答應我。老人牽著帶淚的我前進。

「老伯，祝你一路平安！」傑洛從背後道了別，關門縮進屋裡去了。

我知道哭泣掙扎也無用了，我的命運已經決定。老人溫存地對我說：「走吧！小米。」老人牽著我的手，我只好靠著他前進，老人照著我緩慢的步調慢慢地走。

我們走在彎曲的山路上，在每一個轉彎就回頭一看，媽媽的屋子漸遠漸小。我很熟悉這條路，到了最後的彎角最高處，過了這裡就再也看不見媽媽的屋子了。到那最高的地方，有好幾分鐘時間的路程，還有幾分鐘可以看見媽媽的屋子，從此一切便結束了。

住慣了幸福的家庭，一旦離別以後，便無再見之望。雖然山路很長，然而終究要走到最後的轉角處。老人還牽著我的手，我求他說：「老伯伯，讓我休息一下。」

「也好。」他說了，放開我的手。又對卡比使眼色，卡比便離開前列。牠好像看守羊群，轉到了我的身後，看守我不讓我逃走。

我坐在青草地上，卡比也蹲在我的身邊，我含淚的眼光，找尋媽媽的屋子。我看見我們走上來的山谷，在田地樹林的後面，這時我的眼中充滿著熱淚。

休息了一會兒，我聽見老人的聲音：「走吧！」

「老伯伯，再等一下吧！」

「你的腿真不行！走這一點山路便不行了，以後長遠的旅行怎麼辦？」

我沒話可說，哇！我看見屋外那個戴白頭巾的女人，她正急著走來走去。卡比怕我逃走，跳到我身邊。我看見媽媽從家中飛跑出來，兩手向天哭喊，媽媽一定是在找尋我啊！我的身體伸向前面，盡力叫喚：「媽媽！媽媽！」

可是山谷阻住了我的呼喚，小溪潺潺的流水聲，也遮斷了我的聲音，我的呼聲，只在寧靜的岩谷中消失了。

老人在喚著我：「你在做什麼？在這樣的地方大叫！不是發瘋嗎？」我仍舊不答，一心凝望著媽媽，可是媽媽不知道我在這裡喊著。她看見我不在庭前和園子裡，便跑到路上，又找遍了門前。我更盡力地叫喚，老人似乎知道了，他也跑上來說：「你看見媽媽了嗎？」我滿臉淚痕地指給老人看，終於老人也看見了，他哽咽地說：「可憐的孩子！」他充滿同情的話，給了我勇氣：「老伯伯，求你讓我回去吧！」老人不響，牽著我的手說：「已經休息十分鐘了，讓我們趕路吧！卡比，傑比，聽口令，齊…步走！」卡比在我的背後，傑比在我面前，監督著我繼續向前。

走了五六步山路，又到轉彎的地方，從此望不到山下，也望不見我久住的屋子了。我的前途，儘是崎嶇的山路綿延著。

這老人雖然花二十法郎買了我，但他並不是吃小孩子的惡鬼。人口販子中也有好人。我們越過山嶺，走到那南傾的斜坡時，老人才放了我的手：「喂，跟著我慢慢下來吧！你要小心，卡比和傑比都在看守著你。」那時我早知道自己不能逃走。即使我逃走了，也沒有去處。

老人說：「你心裡難過，我可以讓你大哭。可是我帶著你，其實對你來說更好。現在養育你的人，並非你的父母，你叫慣了她是媽媽的那個女人，她雖然很疼愛你，但她丈夫不答應，她也不能一直養你下去。你的養父最後還是會送你去孤兒院的。小米，你也不要怪他，他殘廢了，對未來很恐懼，所以他不會繼續養育你的。人生就是這樣，你不想要的還是會來，所以早一點來對你反而更好。鼎為煉銀，爐為煉金；惟有神熬煉人心。經得起熬煉的人，才是有用的人。」

老人的話是嘗盡人世辛酸才凝成的經驗之談，如果不是因為和媽媽的離別，他的話還真有道理。我一邊想著老人的話，一邊前進。他說的沒錯，傑洛不是我的爸爸，自然沒有因我而挨餓的義務。他現在趕我走，也是迫於無奈。過去他們養育我，我還是應該感恩，不應該有什麼埋怨的。

老人說：「小米，你仔細一想就會知道，我帶你走，對你其實更好。」

我們走下險峻的斜坡，到了廣闊寂靜的原野，那裡毫無人煙，老人指著曠野的盡頭說：「你看，我們到了這裡，你想逃也逃不了，別胡思亂想了吧！」

老人還以為我想逃，其實我早就將這念頭拋開了，因為就算逃回家，傑洛還是會趕我走的。但這老人又將帶我到那裡去呢？我有點擔心。不過這高大的白髮老人，似乎不怎樣可怕，就算買了我，也不是一個殘酷的主人吧？

我們的路，總沒有盡頭。我幼稚的心中，還以為旅行的路上一定有稀奇的樹木，圖畫一般的人家，現在卻出乎我想像之外。在這樣的曠野中，我們一心趕路，不曾休息，這種經驗我從不曾有。老人叫裘利騎在他肩上，自己帶頭大步前進。三隻狗兒也跟著我們走。有時老人會安慰著狗兒們。他有時說法國話，有時又說我聽不懂的外國話。老人和狗們似乎不曾疲倦，可是我的腿卻不聽使喚了，要休息又說不出口，只好拖著疲倦的腿，勉強跟上他們。

不久，老人也發現了，他說：「小米，你穿著木靴根本無法走路。等到了尤塞爾(注)時，給你買雙皮靴吧！」這句鼓勵的話，讓我精神立刻振奮起來。

我們村中的小孩，只有村長兒子和聖母院旅館小老闆有皮靴。在星期日去教堂做禮拜時，我們全拖著討厭的木靴，偏偏他們兩人卻穿著皮靴，我一直羨慕能有一雙皮靴啊！我問：「到尤塞爾還要走多久？」

老人笑著說：「你想要皮靴嗎？我買一雙靴底打著鐵釘的給你吧！還要買一身天鵝絨的短褲和上

・**尤塞爾**（Ussel） 法國中部的一個大城，位於科雷茲省。

衣，以及一頂新帽子給你。勇敢點，尤塞爾距離這裡只有六里格。」

靴底打著鐵釘的皮靴，天鵝絨的短褲和上衣，還有新帽子。哇！我多高興！要是媽媽看見我這模樣時，一定很高興。雖然我也害怕要再走六里格的山路。但如果不走，又會怎樣呢？記得我們出發時，天色還很晴朗，但現在漸漸地昏暗，漂起微雨來了，似乎不容易停止。老人因是穿著羊皮外套，所以不太潮濕。裘利被兩三點雨滴打濕顏面時，立刻鑽進袋裡去了。狗兒們和我濕得滿身淋漓，可是牠們還可時時搖動身體，抖落水滴，我卻必須拖著重濕的衣服，身體凍得像冰一樣，繼續趕路。

老人忽然問我：「你時常感冒嗎？」

「不，我從未感冒過。」

「那很好。你似乎還很強健。但濕衣服在身上有害，我們停下來吧，不用趕到尤塞爾去了。哦！那邊不是有村子嗎，我們到那邊去過夜吧！」

不久我們達到那小村了，村裡沒有旅店，我們就到農家去借宿，可是人家看到我們狼狽的模樣，全都拒絕了。我們還要走四里格的路，才能到達尤塞爾，現在天色昏暗，全身落湯雞模樣，尤其是我的雙腿，已像木棍一樣麻木了，然而……

幸好問到最後那一家的居民比較友善，願意借給我們一間堆雜物的房子過夜。可是他不准我們點燈或生火，老人隨身帶著的火柴，也被他拿去「保管」了，但有個休息的地方就很慶幸了。老人很有經驗，背包裡永遠會有食物。他拿出了一條又長又大的乾麵包，切成四塊。我不明白他為何這樣分配，後來我才想起來，當我們到處徬徨求宿時，黑狗傑比跑進一間店裡，偷了一個麵包。老人看見後怒視著牠說：「傑比！今晚，知道了吧？」

剛才發生的事我已看到，但現在老人將麵包分成四塊時，傑比就很頹喪。裘利在中央，我和老人坐在枯乾的蕨葉上。三隻狗靜靜地坐在我們面前，卡比和杜希抬頭凝望著老人，只有傑比垂著頭。老人嚴厲地說：「小偷到那牆角去睡，不准吃晚餐。」

傑比垂頭喪氣地到牆角去睡了，牠還哀鳴了幾下，我這時才體會出老人對這團體的紀律與榮譽，有著嚴格的要求。他將切成四塊的麵包分給我們，自己和裘利共吃一塊。我和媽媽在賣了母牛後，雖然生活窘迫，但也吃得比現在好。媽媽每天晚餐時做給我的湯，就算不加奶油，也比這餐津津有味；家裡的床鋪雖然很硬，但蒙著頭躲進被窩，多舒適呀！現在既沒有墊褥，也沒有被子，幸而還有這些枯乾草葉。我一躺下，不但腳上剛起的水泡很痛，全身像是癱瘓了一樣，而且又濕又冷，不禁打起寒顫。

老人問我：「你冷嗎？」

「有點冷。」

我在黑暗裡聽見老人打開背囊的聲音：「小米！這是我還沒有淋溼的襯衫和背心。你換上吧！穿上以後再鑽入乾葉裡，不久就暖和起來，可以睡得著了。」

我聽了他的話，換了衣服，鑽進了枯葉裡，依然思緒紊亂、輾轉難眠。我想到從今以後再也沒有溫暖的家庭和疼愛我的媽媽了。當我正淚痕滿面時，忽然臉上感到一陣溫暖的呼吸。伸手一摸，才知道是卡比的毛。

卡比從牆的那一邊，爬到我身邊來了，讓我感受著牠的鼻息。卡比溫柔地舐著我的手，這時我已忘記了身體的疲勞和心裡的悲哀，因為我發現自己並不孤獨，我有朋友了。

2.

流浪劇團

小米，你現在還不懂，
但是等到你長大時，會想起我所說的話。
你若想起我這貧窮的流浪藝人，
那個將你從媽媽懷裡搶走的老人，
你就會發現，你跟著我，
反而是不幸中的大幸。

第二天清晨，天一亮我們立即出發；雨過天晴，濕滑的道路已被晚風吹乾了。路旁草叢中小鳥正唱著歌，三隻狗也高興地邊走邊跳。卡比時常走近我身旁，踮起後腳，用叫聲來鼓勵我，好像是在說：「勇敢一點，你是最棒的。」

終於走到了尤塞爾，在此之前我從未離開過村子，所以好奇地想看看這城市，然而一到尤塞爾卻失望了。這裡的房子都聳著小塔，形式古舊，很適合建築家研究，但我只感到污穢得討厭。我也不想看其他東西，只要找鞋店。老人停在一家煤煙薰黑的舊商店前，那裡靠近市場。這家舖面陳列的東西是幾把舊鎗、掛著銀肩章和鑲金線的舊軍服、洋煙與幾個裝著破銅爛鐵鎖的籠子，還附著生銹的鎖與鑰匙。

老人帶我進到店裡，這裡似乎從無日光臨照，一片陰暗可怕。我難以想像那雙漂亮的靴子，會放在這樣陰冷的店中出售。但這是真的，打著鐵釘的上等皮靴，就在這裡出售呢；老人不只買給我皮靴，更在這家店裡買了藍色絲絨的上衣和手織毛料褲子，還有一頂絨帽。這些東西我從不曾穿戴過。

雖然老人買給我的服裝全是舊貨，但我覺得這些東西並不適合我，因為實在太漂亮了。我也很想一試新裝。可是到了旅館裡，老人卻從背囊裡拿出剪刀，將剛買來的褲子，剪去一大半褲管，成了一條短褲。我驚望著他，他卻說：「你知道我為什麼這麼做嗎?我們現在是在法國，所以你要裝作是意大利小孩。但是等我們到了意大利，你又要裝成是法國小孩了。」

我聽不懂他為何要這麼說，老人就繼續解釋：「你要知道我們是賣藝的，一定要穿惹人注目的服裝。如果服裝平常，就吸引不到觀眾。所以要想賺錢吃飯，就要服裝奇怪。」就這樣，一下子我就變成了義大利人。

我的褲子沒有膝下的一節，但在小腿的襪子上，卻交叉地繞著紅色的絲帶；帽子上也掛著絲帶和紙。我不知道別人看見了會感到怎樣，但我自己卻很覺漂亮。我的好友卡比，牠注視著我的變化，似乎也非常高興，伸出前腳來向我道賀。但小猴子裘利卻和卡比不同，牠在我的面前，學我穿戴的模樣，等到我打扮好以後，牠手叉在腰上，抬首冷笑，裝出大人的樣子看著我。裘利雖然會笑，但牠的笑卻不是表達高興或友善；我以後和牠住了很久，才知道牠竟然也會取笑人。

老人說：「孩子，卡比會用後腳走路，杜希會跳繩，這都是經過訓練的，所以，你也要用心練習，才可以和大家一起表演。現在我們來練習吧！」

我從前只知道掘泥、砍柴、打石等工作，根本不懂什麼是表演。老人接著說：「明天我們表演的是《裘利先生的呆僕》，內容就是裘利先生的僕人卡比很聽話，但卡比年紀大了，因此裘利想找一個新僕人，讓卡比指揮他做事。結果卡比找來的那個僕人並不是狗，而是一位叫小米的鄉下孩子。」

「他怎麼也叫小米呢？」

「不，你就是要扮演小米。你從鄉下來，做了裘利先生的僕人。」

我疑惑地問：「猴子有僕人嗎？」

「這樣才叫做表演，知道嗎？你開始在裘利那裡當僕人。裘利一看見你，便知道你是一個傻瓜。」

「當傻瓜，那太無聊了。」

「不要這麼說，你要讓觀眾發笑，無聊也要演。你別當牠是猴子，就當是你到有錢人家去應徵做僕人那樣，現在主人叫你布置餐桌，你該怎樣做呢？這裡剛巧有一張桌子。你先來試試看吧！」

桌子上放著兩三隻碟子，還有杯子、刀、叉、手巾。我就走近桌邊，伸出手來，但卻完全不知要怎麼擺，立刻漲紅了臉。

這時老人鼓掌大笑說：「好！好！你的表情真棒。我以前雇了一個小孩，他自以為要演得得很笨拙，故意擺錯弄翻，但一看就很假；你這樣完全不懂的樣子真好。」

「可是……可是我是真的不知道要怎樣啊！」

「我本來就是要你這樣。明天後天或者還不行，但有一天你總會嫻熟的。你先想像這不知所措的樣子，就像你現在的表情。一個不懂世故的鄉下人，到猴子家裡當僕人，你要比猴子更傻。所以這齣戲又叫『兩個人裡最笨的不見得是你認為的那一個』。總之，你要比裘利還笨。你要演得好，就記住現在這個樣子。這樣你一上台，大家就會喜歡你。」

《裘利先生的呆僕》表演時間約二十分鐘，可是今天的練習卻花了三小時。有些動作，我和卡比、裘利試演了好幾十次。狗很容易忘記自己的角色，但老人卻耐心溫和地一教再教，叫牠們記牢。在我們村裡，對於不聽話的牲畜，除了鞭打斥罵，沒有其他矯正方法。在練習時，狗總是一再做錯，他卻永遠不會生氣或叱罵。他總是這樣說：「喂，再做一次。卡比，你要注意。裘利，你怎樣了？」練習時牠們也很聽話。

練習告一段落後，老人說：「小米，怎樣？明天你能上台表演嗎？」

「我沒把握。」

「你不喜歡表演嗎？」

「不，表演很有趣。」

「那很好。你本性聰明，又很專心，如果能用心力學習，就沒有克服不了的困難。就拿我的狗和猴子比較，猴子比狗敏捷伶俐，但卻不肯聽話，容易忘記；牠又不喜歡聽別人的吩咐，遇到牠不高興時，更要故意違逆，這就是猴子的天性，沒有辦法，我也不會因此生氣。猴子和狗不同，牠不把表演當成自己的責任，所以猴子永遠比不上狗。小米，你知道嗎？」

我點點頭。老人又說：「把你該做的事做好，這就是負責，負責的人到哪裡都會受人尊重的。」

我說：「我們村裡的人對待禽獸，都沒有像你這樣。」

老人笑著說：「孩子，溫柔的力量是他們無法想像的。如果你溫柔地對待動物，動物也一定肯聽話的。動不動就鞭打，那麼動物見人害怕，當然學不好技藝。我自己的經驗也是這樣，當我一生氣時，性情就完全兩樣。你要知道，我在教的時候，也是自己學習的時候。我教狗兒們學技藝，狗兒們就教我怎樣做人。我使狗兒們負責伶俐，狗兒們使我忍耐溫柔。」

我從來沒聽過有人這樣講話，所以忍不住笑了出來，老人便說：「你覺得這話很好笑嗎？你想，如果我要使狗聽話，自己先要以身作則。我自己生氣，牠們看到我鞭打怒罵的樣子，也用吼叫抓咬來表達憤怒，那要怎麼表演？牠們不就跟其他的狗一樣了嗎？我為了弟子們，自己也要處處小心。俗語說：『狗是主人的鏡子』。從所養狗可以看出牠的主人。盜賊養的狗必然奸詐，農人養的狗必然粗野，溫和人養的狗也就溫和。你知道嗎？」

我們練完了，只等表演。我的同伴們在觀眾之前獻技已久，所以牠們很安穩，我卻很耽心。假如我演得不好，老人怎麼辦？觀眾又怎麼嘲笑我呢？害得我連睡夢中也不安穩。

次日一早，我們離開旅館，到市中的廣場上去賣藝。想到許多觀眾，我的心情就更緊張了，由師父領頭，雄壯威武地吹著鎳製的哨子，緩緩前進；大家腳步整齊，表情嚴肅。老人之後是裘利先生騎著卡比，裘利穿著英國陸軍大將的軍服，猩紅色的上衣配上鑲金線的褲子，戴著插有大鳥羽的拿破崙帽（注）。接著是傑比和杜希，我是殿後。我們謹守老人吩咐的距離，所以行列很好看。

老人的笛聲與我們的行列，引起了人們的注意。橫笛聲振動了窗上的玻璃時，家家戶戶立刻開窗，伸出頭來望著街上。從家裡跑出來的小孩子們跟在後面，許多路人也莫名其妙地跟了來。待我們達到目的地時，後面已經跟著很多人了。

我們在廣場的樹下找到空地，將繩子圍成一個大圈，這就算是舞台了。狗兒們先出場，我因為緊張，也不知道牠們在表演什麼。只記得師父拋了橫笛，用豎琴演奏著活潑的舞曲，指揮狗兒們跳舞。觀眾簇擁在圍繩之外，我很驚異表演竟然會這麼熱鬧，看看四周，大家的眼睛全望著這邊，害我像看見了強光一樣，趕緊將眼睛轉向別處。

第一幕的表演完畢，卡比啣著圓盆，向看戲的觀眾討賞。若是穿著華麗的人卻不願掏錢時，卡比就將圓盆放在圍繩內人們伸手不到的地方，站在那人的面前，吠了二三聲，用前腳輕輕地拍他的口袋。觀眾們全笑著說：「世上真有這樣聰明的狗啊！牠竟然知道那個人有錢啊！」

「喂，站在那裡的先生，打開錢包給牠幾個吧！」

「真小氣！放在口袋裡沒利息的。」

「你最近不是要繼承你伯父的遺產嗎？」

大家圍著調侃他，他只好自動拿出錢來。卡比得意揚揚，啣著圓盆子，盛滿了錢，交給老人。

接著輪到我和裘利登場了。師父手中握著豎琴，做做手勢說：「各位鄉親父老！歡迎大家欣賞我們這齣獨幕喜劇。劇名是《裘利先生的呆僕》，我也不多說，請大家鼓掌。」這其實只是一齣啞劇，戲中的兩個演員裘利和卡比，當然不能說話；第三個演員是我，也不能在觀眾之前插科打諢，所以編做啞劇，需要老人在旁略加解釋。

第一場是裘利先生的登場。老人介紹說：「裘利先生是英國有名的陸軍上將，牠在印度頗有戰功，因此大富大貴。牠家有一個僕人；不，有一個僕狗。因為現在他有錢了，覺得用僕狗有失體統，所以想用一個真的僕人。」

這時裘利將軍雄糾糾地登場，牠在台上踱來踱去，神情誇張。還從口袋裡取出火柴和雪茄，點火抽菸，將煙吹到觀眾那邊去。牠的僕人一直不來，所以表情很不耐，眼睛亂轉，緊咬著下唇，還頓了一頓足。到牠第三次頓足，就該我跟著卡比登場了。老人事先告訴我，若是我演不好，不用擔心，卡比在一旁會提醒我的。我正在猶疑，卡比伸出前腳給我，立刻帶我登台。裘利將軍望了我一眼，舉高兩手，一副吃驚的模樣。牠走近我的身旁，打量我的面貌，又在我的周圍徘徊，聳一聳肩。牠的模樣引起觀眾們大笑。這猴子當我是個笨蛋，觀眾也真當我是傻瓜。

將軍將我拖到桌前。老人又在旁說明：「裘利將軍對這笨僕人，也無法可施，但是他想，這個人雖笨，但讓他填飽了肚子，或者也會聰明一點也難說。所以就叫這新僕人吃麵包。」

我坐近預備齊全的餐桌，碟子上放著一條餐巾。我拿起來看看，裝作莫名其妙的模樣，卡比怕我

・**拿破侖帽**（Bicorne）　又稱雙角帽，西洋服飾中的男用帽，因拿破侖肖像畫而得名，廣泛被歐美各國的海陸軍採用，取代三角帽成為流行樣式。

不會用，使眼色叫我快點戴上。我想了半天，才將餐巾拿近鼻子，哼的一聲用力揩了鼻涕。將軍見我這種舉動，捧腹大笑；卡比驚異我的愚昧，向後倒退，滿場掌聲雷動。糟糕！這不是用來揩鼻涕的，我再想了一下，又將餐巾捲在脖子上當圍巾。裘利和卡比照樣笑得絕倒。

將軍這麼一看，就知道這僕人很笨，將我拖下椅子，自己坐上來，狼吞虎咽地吃著麵包。將軍很會用餐巾，牠將餐巾的一角，插入軍服的鈕洞，披在膝上。又從容地撕麵包，喝葡萄酒。吃過之後，叫我拿出牙籤來，牠巧妙地用牙籤剔牙，更使觀眾拍手叫好。

等戲劇結束，更是掌聲如雷，老人在回旅館的途中，這樣誇獎我們：「裘利表演得真聰明，小米表演得多愚蠢，你們都好棒喔！」聽到這讚美，我也很高興，好像已成了一個有望的丑角了。

衛塔劇團的演員，除我之外，都有著高明的演技。可是牠們不會變化，再好的戲也不能連演三遍，因此在每個村鎮中，都不能停留太久，一定要漂流各地。所以我們在尤塞爾住了三天，就一定要離開了。

我問老人要往那裡去，老人望著我說：「你知道這方面的地理嗎？」

「不。」

「那我說了也沒用啊！」我無話可說，凝視著面前的白色大道，那是直通到對面山谷去的。老人忽然又說：「我們先到奧里亞克(注)，再轉往波爾多(注)，最後再從波爾多向比利牛斯山(注)前進，你覺得怎樣？」

「師父，你去過那些地方嗎？」

「這是第一次去的。」

我驚奇地問：「你怎麼知道這些沒有去過的地方呢？」

老人打量了我一會，才從背包裡拿出一本書來問我：「你還不知道這是什麼東西吧？」

「我知道，這是書。」

「你知道什麼叫書嗎？」

「知道的，每星期天在教堂時，大家都有本皮面的書，書中還有圖畫。」

「不錯，那你可知道書上有文字嗎？」

「知道，要是祈禱文記不清楚時，一看就可以說出來。」

「是的，這就叫做讀書。不但祈禱文可以寫成書，所有的一切都能寫成書。以後每次休息時，我就給你看一本書。書裡會介紹我們要經過的地方，我們只要翻開書讀一讀，就像親眼見到一樣。」

我聽了老人的話，才發現讀書這麼有趣。以前我在村裡，也上過一個月的學，可是那學校的老師是個鞋匠，除了教書外，整天都在刻木鞋，對學生每天只寒喧幾句，然後就叫他女兒代課。他女兒是個裁縫，忙著做針線。就這樣一個刻，一個縫，荒廢了我一個月的時間，連字母我都還沒法子完全認

・**奧里亞克**（Aurillac）　法國中部高原城市，康塔勒省首府。雖是人口不多的小鎮，但每年七八月的奧里亞克戲劇節，是歐洲最重要的戲劇慶典之一。

・**波爾多**（Bordeaux）　法國第四大城，位於西南部的加龍河下游，以盛產葡萄酒著稱，是個充滿歷史和藝術氣息的城市，被評為聯合國教科文組織的世界文化遺產。

・**比利牛斯山**（Pyrenees Mountains）　歐洲西南部最大山脈。東起於地中海，西止於大西洋，分隔歐洲大陸與伊比利亞半島，是法國與西班牙的天然國界。

識。但也不能怪他們父女，因為全校學生連我只有十二個，我們的學費當然不夠應付他們一家他的生活。

我考慮了好久才問：「師父，讀書很難嗎？」

「笨的人當然覺得難，沒耐心的人會更難。我看你還可以造就，不過……」

「我不知道我是笨還是聰明，但我不是沒耐心的人。」

「你能這樣，我就很高興……沒關係，以後多的是時間。」

老人說完又向前進，他似乎不大願意教我。我原本以為讀書很容易，那天我耐心地等了一天，但他什麼也不曾教我。第二日我們繼續旅行，老人在路邊拾起一塊骯髒的木片。他說：「小米，這就是你想要的書本。」

他的樣子很認真，不像在說笑。但那只是一片平滑的木板，上面沒有任何文字和圖畫，這樣的白木板有什麼用？老人看著我的樣子，笑說：「小米，你想想看，為什麼這是一本書？」

「師父，你不是在取笑我吧？」

「取笑？孩子，取笑對於改變一個人的壞脾氣是有用的，但取笑一個沒知識的人，只能證明取笑者自己的愚蠢。我不做這種愚蠢的事。小米，你看那邊有樹，我們休息吧！看我怎麼用這塊木板來教你讀書。」

我們在樹蔭下剛停下來，一解開裘利的鎖鏈，牠立刻攀登樹上，從這枝跳到那枝，抱著樹枝搖個不停。柔順的狗兒像是疲倦了，所以睡在我們身邊。老人用小刀削平那塊薄木板，在刨光兩面，刻了十三個小方塊。我仔細看著，想了一會，還是不知道這塊木板要怎麼做書本？我知道書本是許多張印著黑字的紙，釘在一起，但這木片一點也不像呀！

老人一面刻著一面告訴我：「在這木板兩面的每一格，我會各雕上一個字母，這樣就有二十六個字母了。你先認識字母。等到你能將我所說的每個單字，都用字母排出來時，那時你就會念書了。」

幾天後，我的口袋裡就裝滿字母了。一有空，我就對著木片用功。然而要認識和記牢字母也不容易，我有時還非常失望。並非我會偷懶，但有時卡比都比我先記住，讓我很難堪。

卡比本來就會看時間，所以師父讓我們一起學字母。我跟卡比同班，當然一定要爭一口氣。卡比不能說話，所以當然不會發音。但牠從草上排著的字中，只要師父一念出來，牠能立刻用腳踢了出來。而且卡比不會分心，記住的就一定不會忘；雖然我比牠學得快，但每當我念錯時，老人便說：「卡比卻是對的。」卡比好像明白人意，牠搖著尾巴，得意揚揚。

老人接著說：「小米，在舞台上，你比動物笨會受歡迎；但在現實生活裡，比動物笨就是恥辱了。」

我了這句話的刺激，更加努力，在一大堆字母中，卡比一次只能找出一個字，還不能找出自己的名字時，我就已經會念一點書了。

有一次，老人對我說：「小米，你現在已會念書了，以後只要用心便行。你想再學音樂的歌譜嗎？」

「我會看音樂的歌譜後，便能像師父您這樣唱歌嗎？」

記得我從前在村裡時，聽到的歌曲都很難聽，我也不想學；但師父所唱的歌，卻能令聽者入迷，我很想將來也能像他一樣。

「你也想唱得和我一樣的嗎？」

我熱烈地說：「我當然不及師父，可是……」

「你喜歡我唱的歌嗎？」

「喜歡啊！我雖然聽不懂歌詞是什麼，但有時我聽了想哭，有時又想笑。有一次還能讓我覺得像和媽媽重逢那樣。」

老人含淚無語。我看他不開口，以為自己說錯了話，但他感動地說：「小米，你不用擔心。我沒有什麼不高興。你的話引起了我年輕時的回憶，那真是一段美好時光。我會教你唱歌的。你雖然是小孩子，卻懂得同情，將來你唱歌一定會感動別人的。我要……」

老人說得太興奮了，說到這裡就說不下去了，我不知道他還想說什麼。第二天起，老人就教我認樂譜。木板上刻了五線譜和音符。學認樂譜比識字更難，我無論如何也記不住時，對狗兒很有耐性的老人，竟然也忍不住了，大叫起來：「狗和猴子是畜牲，我可以原諒牠們，你，未免太笨了。」

他像平常演戲時那樣，高舉兩手，又突然垂下，拍著自己的屁股。裘利很愛模仿可笑的事，牠又記牢老人那時的模樣。以後我在師父面前記不起功課來時，牠便裝出這樣的動作來取笑。師父就說：「你看，連裘利都在笑你了。」

裘利這樣舉動，固然是在笑我，但也是在笑那老人。所以我倒不恨裘利的愚弄。一天一天過去，我終於通過了第一個難關，樂譜的音符勉強能認得出了。

我們仍舊天天漂泊著，不過因為路程的關係，有時要走一整天，有時只走半天就休息。我們到了一個地方，立刻要表演，賺錢來吃飯，所以一定要常常訓練狗和猴子。我自然沒有時間來讀書和學音樂。我上課的地方，就是途中的樹下或草上，一有空閒，就拿出口袋裡的木片來用功。我必須忍受老人的責罵。但有一天，老人溫柔地拍著我的面頰說：「你很能吃苦用功。你和我同住，就會像平常的人一樣地讀書，還有希望成有名的歌者。」

真的，我的師父對我的教導還真不少，而且這漂泊的生活，給了我健康的身體。以前跟著媽媽時，傑洛說我是「城市的小孩」，師父說我的手腳「像蚊子一樣」，但自從跟著這老人後，餐風露宿、不避寒暑、櫛風沐雨、四處漂泊，反而使我變得更強健，更不怕困難。

我們從尤塞爾出發後，走向法國的南部，一望見有村落時，我就給狗兒們裝扮。可是叫裘利穿陸軍將軍制服很不容易，牠常故意做作，不讓我給牠裝扮。我只有叫卡比來做我的幫手。卡比非常聰明，牠能制服裘利，叫牠柔順地穿起衣服來。裝扮完畢，老人吹響那隨身的笛子。這行列若是不能招引人群，我們就不表演；若是能引來群眾時，就在那裡演幾齣，然後再離開那村到別處去。在大市鎮裡，才可以從容地逗留三四天。在這逗留期中，上午我和卡比可以到街上去遊玩。

第一次住在一個大市鎮裡，當我出去散步時，老人對我說：「像你這年紀，別的小孩子都在學校裡念書，然而你卻跟著我到處漂泊。不過這比你在學校裡讀書更好，這可以給你看到許多未見的事物。你有不明白的地方，可以回來仔細問我。我雖然不是百科全書，可是總也能滿足你的好奇心。我不是從小就走江湖賣藝的，從前我也學過很多很好玩的東西。」

「師父，你從前都學過什麼呀？」

「以後慢慢告訴你，只要你知道我本來也是有身分的人就好了。同樣的，你現在雖然做著低賤的工作，但只要意志堅定，總有成功的一天。幸運能幫助人，但不能代替努力；成功是三分運氣加七分努力。小米，在空閒時要認真學習我規定你的功課，也要記牢我時常告訴你的話。你現在還不懂，但是等到你長大時，會想起我所說的話。你若想起我這貧窮的流浪藝人，那個將你從媽媽懷裡搶走的老人，你就會發現，你跟著我，反而是不幸中的大幸。」

我不會忘記那老人的話，可是我還是不知道他究竟是什麼出身，為什麼成了流浪藝人？

我們漂泊了幾月，有一天我們來到一個叫繆斯的小村，投宿在一間小旅館。師父說了一個故事：

「從前法國歷史上，有個偉人是這村子裡的人，也許還在這旅館中做過工。那個人原本是個馬夫，後來做到意大利的那不勒斯國王，在位六年。這個村名字之所以叫繆斯，就是為了紀念他。我和那國王很熟，……呀，這已成了往事。」老人嘆息著。

我吃驚地問：「那麼，你是在他還沒當國王時認識他的嗎？」

老人苦笑著說：「不，繆斯將軍當初是在這村裡做馬夫，我卻是現在才到這村裡。我在那不勒斯的王宮裡認識他的……」

「師父，那你真的認得國王喔！」我這突然冒出的話似乎很可笑，老人也忍不住笑了出來。

我們坐在也許是國王寒微時工作過的馬房前。那夜月光如水，清涼舒適，不知不覺已到了九點鐘。

「小米，你想睡覺嗎？還想聽繆斯國王的歷史嗎？」

「師父，請告訴我繆斯國王的故事。」

老人在月光下，娓娓道來那繆斯將軍的歷史。我從前就知道歷史是很有趣的，可是沒人教我，也從不明白什麼叫做歷史。媽媽只知道她關於自己身邊的一切，而我也不曾想到外面的世界，所以媽媽從未對我講過歷史。因此，老人這次所説國王的故事，讓我很感趣味。而且老人還認得那國王，我真不知道他是怎樣的人物？他年輕時做過什麼事情呢？為什麼現在這樣落魄呢？從此我對於老人的好奇心就更強烈了。

我們到處漂泊，不久就到了波爾多港來。碩大的輪船、華麗的建築，全是我第一次看見的新奇東西。因為這地方很大，所以我們表演了七天。可是一離開波爾多，就進入了人煙絕跡，只剩下廣漠荒涼的曠野。老人説：「這荒地足足有二十五里格這麼遠，你要準備趕路了。」

我不僅腳要預備趕路，頭腦也要預備一下。因為初入不毛之境，特別容易感到悲哀和絕望。走了好久，前途漫漫，荒野無垠，只有小灌木叢在微風中波蕩著。老人雖然説到黃昏時，就可以走到一個村莊；可是走到日暮，還是看不見村莊的影子。我們是一大清早就出發的，現在我已經非常疲倦。如果太陽下山，我們再找不到村落時，今晚就要露宿，所以更要加快腳步。

最後，連一向強健的老人也感到疲勞了，説要在路邊休息一會。我望見那邊有一座黑暗的小山，所以想在老人休息時，先到那邊去望望附近有沒有燈火。我叫卡比來做伴，但卡比早已疲乏得動彈不得，繼續蹲在老人的身邊，假裝沒聽見。

「小米，你害怕嗎？」我聽了老人這話，便賭氣不帶卡比，一個人走向小山。

四周昏暗，夜空中只有星星在閃爍。但霧氣朦朧，連星光也不明。我慢慢的左一步，右一步地前進，彷佛四周全是妖魔鬼怪。在這曠野，就像是鬼魔的世界。

小山似乎近在眼前，但還是有段距離。好容易到了山下，我只能在茂盛的雜草下鑽來鑽去。好不容易到了一個稍高的地方，放眼四顧，依然找不到一點燈火，即使一絲牛哞或犬吠的聲音都沒有。

四周寂靜，讓我不覺全身發抖了。一種無名的恐怖浮上心底，我想趕快逃回老人那裡，畏縮地看看周圍。

突然我看見一個黑大的魔影，在那邊的草叢裡緩緩動蕩著，而且還發出瑟瑟的風吹樹葉聲。我雖有點疑神見鬼，但這時仍強做鎮靜。可是那晚又沒這麼大的風，難道是有人走過？可是怎麼會有高出草木之上的人類？難道是我所不知道的動物，例如夜間的怪鳥，可怕的長腳蜘蛛精一類妖怪。

想到這裡，立刻心驚膽寒，趕緊拔腿向老人那裡狂奔。真奇怪，下坡好像比上來慢，簡直是草木皆兵。好不容易下了山坡，膽小地回頭一看，那妖怪更接近我了。我跑得幾乎喘不過氣來，也不敢再回頭，背脊似乎快被妖怪碰著了。我發狂一樣地飛奔，總算到了老人休息的地方，一到就動彈不得，倒在老人的身邊。

三隻狗都以為發生了什麼事，大聲地吠叫起來。我喘氣很急，用差不多就要斷氣的聲音說：「妖怪……妖怪……」再來就喘得說不下去了。

「什麼？妖怪？」老人向那邊一看；我聽見在狗吠聲中，竟然還有老人的哈哈大笑。他拍著我的肩膀說：「你真的比妖怪還笨。勇敢一點，看清楚妖怪的原形再說！」

老人的笑聲鼓勵了我。我站起來睜眼看老人手指著的地方。那個一路上嚇我的妖怪，動也不動地站在那邊。雖然我還餘悸猶存，可是我現在不是一個人了，老人和狗兒們都在我旁邊。我鼓起勇氣看那妖怪，牠與我初見時也差不多，還是一個妖怪。

牠是野獸嗎？身體、頭、頸、手、足卻都像人。可是全身長毛的模樣，又像是獸。牠是用長得很可怕的乾瘦後腳站起來的。天色昏暗，依然看不清楚；然而朦朧的星光，映著那瘦長的黑影，還是很可怕。

我奇怪地看著他時，老人卻對這妖怪說：「從這裡到村莊還很遠嗎？」

妖怪不答，笑聲卻像鳥啼一樣，那麼牠是鳥嗎？老人再問他，看老人的模樣，也許在發狂，否則他和禽獸妖怪說話，不是傻瓜嗎？可是，那妖怪竟開口說話了！

妖怪說：「這附近都沒有村莊，只有羊欄，我可以帶你們到那裡。」

老人說：「那麼，就煩你帶我們去吧！」

妖怪會說人話，我想他應該是人類吧？但怎麼會有人腿這麼長？看他說話的樣子，不像是會害人，我本可以走到他身邊去看看，可是我不敢，只好背起包袱，默默地跟在老人的背後走。

老人一開步走時，就對我說：「小米，你看這令你害怕的妖怪，到底是什麼？」

我始終於不明白，就當是故事中的巨人，我細聲問老人：「這裡有這麼高大的怪人嗎？」

「他們不怪，他們只是踩著高蹺，才變成那樣的妖怪。」

老人又告訴我，這地方的住民必須踩著高蹺，才能在砂地和沼澤裡行走。

那晚我們就在這曠野中的羊欄裡住宿一宿，次日再出發，又經過幾日的漂流，我們終於到了有人居住的村落。由於季節已是初冬，農忙的人都暫告一段落，各地都漸呈繁華的景象，使我們的冬天過得很好。來這附近避寒的英國人很多，正好是我們的大客戶，我們表演的戲碼就只有《裘利先生的呆僕》、《大將的死》、《公理長存》、《服瀉藥的病患》這幾齣；有些不耐煩的觀眾，看到以前看過的戲就開口大罵：「什麼，你就只有這幾套嗎？」

幸好小朋友們總是百看不厭，就算看到同樣的節目，還是很高興。那些小孩子大概也都是英國人，後來還和我們熟識起來，時常拿些糖果來分給我和狗兒們。我們除了遇到下雨，總是天天開演。但不久春天來了，大家恢復了工作，觀眾越來越少，那些英國的小孩子們也回到他們的故鄉了。這裡沒有生意，我們又將走上漫漫長途。

漂泊了好久，在一天黃昏，我們到了一個河畔的大都市圖盧茲（注）。這裡的房子紅牆櫛比，連道路都是用尖形的石子鋪成。這個舊式的城市，對旅行者就很麻煩。老人說這裡住的全是從前的世家，所以我們想在這裡多表演幾天。

進了旅館的次日，照例要去找適於表演的地點，我們到了街上，這裡適合表演的地方很多。靠近植物園的圓形廣場，那裡綠草如茵，濃蔭如蓋，又是好幾條大路的交叉，我們選定了這裡。第一天開始表演，就吸引了不少觀眾，我們非常高興，可是當地的警察，卻要來找麻煩，竟違法干涉，叫我們走開。本來我們身分就低，不管是非屈直，還是要服從警察的命令，然而老人偏偏不理會。

老人雖然只是個雜耍團的流浪藝人，可是他卻很有原則，他認為自己在街上表演並不違法，而且表演前已領過准許證，警察無權干涉。所以當他遇著什麼事，通常都不屑計較。

這一次，警察叫我們走開時，他便脫帽行禮，大聲說：「代表公權力的警察先生，讓我在離開前先問一兩句話。請問警察先生，我這貧賤的藝人，在公開的地方表演，賺幾個錢糊口，究竟犯了什麼法令，懇求您要拿出法令來，讓我見識一點。」

警察聽了更氣憤，他說：「我叫你走，你就要走。」

老人說：「不，我不是不服從命令。我只是求你告訴我，你叫我走是依據什麼法令，我知道後立刻離開。」

警察沒話可說，但離開前口中依然絮絮叨叨著。老人將帽子拿在手上，帶著侮蔑的神色，彎腰目送他離開。看來老人今天的這場交涉，與其說是在存心戲弄警察，還不如說是利用警察，來博得觀眾的掌聲。

我們以為警察從此不會再來了，所以第二天還在老地方表演，可是一開場時，昨天那個警察跳過我們圍在四週的麻繩，走了過來，但這回他不是來叫我們走開。

「喂！你的狗為什麼不帶口罩呢？」

老人還是用照例的語調說：「奇怪！要帶口罩嗎？」

「你不知道這條規定嗎？」

那時我們正演著《服瀉藥的病患》這齣戲，這次是我們在圖盧茲首演，觀眾很多，正演到中段，來了阻礙，觀眾當然鼓噪起來。

「別搗亂吧！」

「演完了再說！」

大家都想趕走警察，老人揮手制止觀眾，他鄭重地脫帽行禮說：「代表公權力的警察先生，您真的要叫這衛塔劇團的喜劇主角帶口罩嗎？」

「不錯，立刻遵命！」

・**圖盧茲**（Toulouse）　法國西南部大城，上加龍省的省會，位於加龍河上游，在法國是僅次於巴黎的大學城，也是工商業重鎮，新舊雜陳，很有特色。

老人對於警察這無理的命令似乎根本不睬，只像在對觀眾說明劇情一樣，用演戲的口吻說：「什麼？叫卡比、傑比或是杜希帶口罩，真是豈有此理！你看，卡比是世上的名醫，牠是來替不幸的裘利將軍看病的，若使醫生的鼻頭嵌上了口罩，牠還能調製出藥劑嗎？你叫牠耳上掛起聽診筒，那還可以；至於要牠帶口罩，未免……」

這些話引起觀眾的狂笑。老人更加高興地說：「您看這可愛的杜希小姐，若在她那玲瓏的鼻頭上帶了口罩，她也不用來看護病人了。賢明的大老爺，你別太費神，還是直接請觀眾決定吧！」

看熱鬧的觀眾們，全都以拍掌大笑來讚同。尤其是那頑皮的裘利，牠站在「代表公權力的警察先生」背後，一舉一動都在模仿著他；這樣一來，觀眾更加覺得有趣味了。

警察不堪老人的愚弄和觀眾的嘲笑，生氣地想轉身走了。恰巧他見那猴子正在學他模樣，像鬥牛者和牛對著地凝視著他，他又氣憤憤地瞪望著牠。最後的笑聲又起。警察高舉著拳頭恐嚇我們說：「明天你若再不帶上口罩，我要拘捕你們。」

老人鎮定地說：「那麼，明天再見了。」

警察大步走開了，老人行禮恭送，目送著他離去，那一天總算是平安無事地演完了。我以為老人在表演完後，一定去買口罩的，可是回到旅館後，他還是若無其事的，我不放心地問：「師父，還是今天先買好口罩，讓卡比帶慣了比較好吧？不然在表演時，弄破口罩，那就糟了……」

「小米，你想我真的會這麼做嗎？」

「可是……警察那樣生氣……」

「你是鄉下小孩，所以這麼怕警察。我想好法子了，他不能拘捕我的。我不能叫那些狗兒們吃齣。我要將這件事編成喜劇，使我們的表演更生動，請警察也參加表演。觀眾和我們都可以大笑一下。明天你先帶裘利到那廣場去，彈著豎琴，先招攬一些觀眾。那時候警察一定會來的，我便帶了狗兒們進去。我們新編的喜劇，就從這裡開始。」

我本來不願意這樣做，不過我知道了師父的脾氣，也知道不能反抗他的命令，他說一是一，我不聽命也不行。

第二天，我一個人帶了裘利，先到那廣場去，綁上繩子，開始演奏豎琴。觀眾漸漸地熱鬧起來了。我在去年冬天時，已跟老人學了一點豎琴，也能唱幾首歌，所以音樂成績還算可觀。我最擅長意大利的《拿波里之歌》，和著豎琴演唱，總會獲得掌聲。漸漸的，我的豎琴演唱已成為衛塔劇團的特色了。然而我知道今天的觀眾，並非來聽我的歌唱的；他們大多是昨天的那群人，而且似乎還招來一些新來的。

圖盧茲這裡的居民，跟別的地方一樣，有很多人都痛恨警察。所以他們不約而同，都來看昨天這個意大利人怎樣愚弄警察。老人昨天說過「明天再見吧！」這句話，讓觀眾們知道老人一定會將這警察當做劇情來開玩笑的。可是他們只看見我一個人帶著裘利來，大家就有點不放心，還有人問我那意大利人為什麼不來了?我說團長隨後就到，便高唱起那我得意的《拿波里之歌》。

果然沒過多久，那警察就跑來了。裘利最先看見他，便曲起一隻手，一隻手握著拳頭，叉腰挺胸，在圍繩內踱來踱去。觀眾看了大笑，猴子更加得意，拍手的聲音也響了好幾次。我擔心著觀眾的笑聲，警察也含著怒氣瞪著我和裘利，觀眾們更覺得好笑，拍手叫好。我拚命忍著笑，害怕老人還沒有來時，警察會先對我洩憤。

警察的樣子似乎怒不可遏。他趕走了站在圍繩裡的人們，自己在那裡走來走去，每當走過我的面前時，總怒氣沖沖地對著我，像要對我報復。我知道今天要倒楣了，但裘利卻毫無警覺，還是照樣學警察的樣子開玩笑。警察走到我面前時，牠也跟在背後，怒氣沖沖地對著我，這樣又引起觀眾的大笑。

我怕警察又要發脾氣，便叱罵裘利，叫牠別這樣做。誰知牠正學得得意洋洋，完全不聽我的命令，又敏快地逃走，不讓我捉住。這時，警察氣得理性全失，他以為我是在嗾使猴子，滿面氣得通紅，跳進圍繩，一步跨到我的身邊，我退避不及，他立刻給我一記耳光。我眼前金星亂舞，就要倒下去了，這時跑來一個人抱住了我。我好不容易站定了一看，才知道是師父。他站在我和警察中間，握住警察高舉的拳頭。

「你真是卑鄙！打一個小孩子，不像一個警察的行為！」

警察想掙扎甩開被老人握著的手，但老人卻緊握不放。這時候老人氣概凜然，鬚髮如銀，毅然高抬著頭，我永遠難忘他那威嚴的神情。我以為那警察一定自慚而罷休的，可是他反而拚命地拉開手臂，突然抓住老人的胸膛，猛烈一推。老人幾乎要跌倒了，又勉強站了起來。老人舉起右手，向警察的臂上猛擊。老人雖然老年矍鑠，然而和這年輕力壯的警察打起來，自然不敵。我很擔心，但老人已不和他拉扯了，只瞪著警察說：「你想對我這樣年邁的老人怎樣？」

「你違法毆打警官。立刻要逮捕你，送你到警察局去！」

「你打這小孩子，難道就不違法嗎？」

「別說廢話，跟著我走！」

老人知道了在這裡吵鬧也無益，所以對我說：「你將狗和猴子帶回旅館去，等我的消息好了。」他再也沒有說話的機會，就被那粗暴的警察抓走了。老人想使觀眾們高興的喜劇，反而變成他自己的悲劇。狗兒們都還想跟老人一起去，我硬是將牠們帶住了。牠們素來聽命，柔順地走回了我的身邊。那時，我才發覺狗兒們全帶著口罩，但都不是用鐵造成的，老人只是用連有漂亮毛纓的絲帶，在鼻頭處鬆鬆地綁了一圈。白毛的卡比用著紅色的絲帶，黑毛的傑比用白的，灰色的杜希是用青的，那是連色彩都配好的戲台上的口罩。老人是預備來玩弄那警察的。觀眾看見老人被拉了去，大多逐漸散去了，但也還有些站著在談論的。

「警察太霸道了！」

「唉！那老人何必這樣。」

「警察打小孩子就是霸道。」

「誰和警察吵鬧，都要吃虧的。」

「老人也太可憐了，大概要坐牢了。」

我心裡憂悶，垂頭喪氣地回旅館去了。我一開始總以為老人是個可怕的人口販子，但沒多久卻和他漸漸親切起來，現在我可以說是離不開他了。我們兩人這些日子以來，不曾分離過。每個找不著宿所的夜裡，好不容易尋到一點草桿，老人也一定要分一半給我。他真的比爸爸還愛我。他耐心地教我讀書、寫字和唱歌。而且在長長的旅途中，他將見聞的一切，全拿來做我的教材，我雖沒到學校去，卻學了許多實用的學問。

在下雪的冬天，老人脱下衣服給我。在盛夏的旅行，他背著我的包袱。我們在樹蔭或草上用餐時，他自己總吃壞的東西，將好的讓給我吃。雖然他有時也責罵我，使我難堪；但我知道他是希望我好。我永難忘記老人對我細心的照顧、溫柔的言語和種種和善的地方。

我們在什麼時候才能再見面呢？觀眾們說他一定要入獄，這是真的嗎？可怕的牢獄，進去了要何時才放出來呢？在這段時間我將怎樣度日呢？錢袋帶在老人身上，他被警察抓走時，沒有時間交給我。我的袋裡只有一點零用錢。我怎樣支持三四隻狗和裘利及自己的食用呢？

我在旅館的後院裡，一步也不走，看守著猴子和狗們，悶悶地過了兩天。牠們似乎也在操心，呆滯異常。到了第三天，老人托人帶了一封信說：

「我在拘留所，星期六將開審，罪名是毆打警察。我因一時之怒毆打了警察，這是我的不是。那天你到輕罪法庭來旁聽，也許對於你也有幫助吧！你一人在外，以後要自己小心，替我好好地撫養裘利、卡比、杜希、傑比。」

我在讀著這封信時，卡比鑽進了我的兩腿間，嗅著信的氣味，一邊搖著尾巴。也許他知道這信是老人寫的。自從老人被拘留以來，卡比第一次展現著活潑氣息。

我聽人家說，輕罪法庭是上午十點鐘開庭，所以星期六那天，我九點鐘便去，等候開門。開了門我就第一個進去。漸漸地旁聽的人多起來，有不少是前次的觀眾。這是我第一次進法庭，當然不不免心慌。雖然今天的裁判是針對師父，不是對我的，但我卻很擔心。所以我躲在大火爐的後邊，靠牆站住，不讓人注意我。

最初法官審判的都是竊盜犯，他們雖各自抵賴，但法官都判決有罪，害我更替老人擔心。不久輪到師父了，他被挾在兩個憲兵中間坐下。我圓睜著眼，也聽不見最初的訊問和老人的答辯。白髮披肩的老人站了起來，又像覺得害羞地低了頭，靠近一點我就聽到了。

「你對於行使職權的警察，毆打過幾次嗎？」

「不，我只打了他一次。因為當我跑到表演的地點時，那警察正在毆打我孩子，為了保護孩子，所以，我不禁……」

「那小孩子不是你的親兒子吧？」

「不是，但我們親如骨肉。那小孩子天性溫和，可是警察卻不分青紅皂白，竟然毆打小孩子，我為了保衛小孩子，不得不採取正當的防衛手段。」

「但是你總是有毆打警察的。」

「我是為了保護小孩子……那警察太不講道理了。所以我不禁見義勇為。」

「你年紀都這麼大了，應該知道這是犯法的吧？」

「是的，我現在悔過了。」那時我覺得老人的答辯很得體。

裁判長這時轉而訊問警察了。警察說老人毆打他，還說他唆使動物，在大眾面前侮辱警察。老人不曾注意警察的話，卻時時將眼光射向旁聽席方面。我知道了老人是在找尋我，就從火爐後挺身出來，老人看見我時，像失去了重擔，我不覺眼裡含著淚珠。

裁判長再向老人說：「你可還有什麼話要說？」

「我自己沒有什麼可說。可是請官長同情那小孩子，他一離開了我，便失去生路了。所以我求裁判長為了這孩子，寬恕了我。」

我看看裁判長那時的模樣，似乎是要判決老人無罪。可是另一個長相兇狠的官吏，對裁判長說了幾句，裁判長便用嚴肅的口吻宣判：

「意大利人衛塔，因犯侮辱和毆打警察罪，判處監禁二個月，另科罰金四十法郎。」

我一聽立刻淚眼朦朧，想到二個月間的監禁，看見了剛才老人走進來的那扇門又開了。老人跟在憲兵背後，走了進去，那扇門立刻關了。

呀！兩個月間的別離！我在這期間中將怎樣呢？我到那裡去呢？

我心中悲哀，眼睛紅腫，一步一顛地走回旅館。恰巧在後院的出口處，遇見旅館的老闆。我想走過去看看繫在狗柵那邊的狗兒們，但是老闆叫住了我。

「喂，小鬼，你的師父怎樣？」

「關進牢裡去了。」

「判決幾個月？」

「兩個月。」

「罰金多少？」

「要四十法郎。」

旅館老人喃喃地說了幾遍：「這麼重？兩個月還要四十法郎嗎？」

我想這樣就走出去，可是旅館老人又喚住我。

「你在這期間怎樣生活？」

我傷心地說：「不知道。」

「你不知道嗎？那麼，養活你自己和猴子狗們的錢呢？」

「我沒有。」

「我能夠白給你們吃住嗎？」

「不，我並不想依靠別人。」

我真的不想依靠別人。旅館老人凝望著我說：「那很好。但你的師父房錢飯錢都不曾付清。我不能再讓你住下去了，請你立刻走！」

我不想依靠誰人，這是事實，可是我卻想不到現在會被趕走。

「我們現在一定得走嗎？我們到那裡去呢？」

「那我不管。我和你師父素不認識。我沒有養活你的義務。」

我木立不知所措。旅館老人的話也不錯的。可是我也沒有去的地方。在我沈思時，旅館老人催促我說：「喂！別拖拖拉拉的，立刻出去，趕快將狗和猴子帶走，你師父的背囊暫存這裡。他一出監獄，總會立刻來拿的，那時候我再和他算帳吧！」

我聽了這話，情急智生。我想出住在這裡等師父的藉口：「也好，讓我們也一起住在這裡。等師父出來一起清帳。」

「不行，你別妄想。你師父也許能將從前的欠帳，和你這幾天的帳還清。可是狗和猴子們不能讓牠餓死啊！我不能照顧你了。」

「可是……」

「可是什麼可是，你一個人也可以度日啊！帶著狗跟猴子到村裡去賣藝討飯吃。」

「我離開了，等到師父出了獄後，他找不到我們了。」

「你不必操心。你去討兩個月的飯，等你師父出獄時，再回這裡來就好了。」

「師父若是有信來的……」

「有信來，我給你保存。」

「可是，我立刻想看看來信呢……」

「別囉唆了！我沒有時間聽。你再不走，我要趕你出去！限你五分鐘準備，趕緊收拾好滾出去！」

我知道現在只有走的一條路了。我跑到狗欄裡，將縛在那裡的三隻狗和衰利的繩子放了，拿起自己的背囊和豎琴，讓猴子像往常老人做的一樣，騎在背囊上，帶著三隻狗，走出旅館的院子。旅館老闆站在出口處，看著我的模樣，向我說：「有信來時，我給你保留。」

我在匆忙中想起，這裡的狗兒不帶口罩是違法的。我很擔心。在我的口袋中，只有二十二枚銅板，根本不夠買口罩。如果被警察捉去，那我們這一劇團的人畜們又會怎樣呢？我本來就沒有家庭和父母，現在卻成了衛塔劇團的代理團長了，我感到責任重大。我們在趕路的途中，狗兒們總是抬起頭來向我訴苦似的看著，我知道牠們腹中飢餓了。

背囊上的衰利，也常拉著我的耳朵，使我不能不回頭去看。牠用手摸摸肚皮，表示飢餓。其實我也和牠們一樣飢火如焚，因為我們連早餐還不曾吃過。但是，二十二個銅板能買什麼？今天非要想辦法，能吃一頓就可以過一天。我因為害怕被那警察遇見，也急於想離開這地方。我不管什麼方向，反正我們本來也沒有目的地。我們到處沒有可以不用錢而食宿，那麼朝東向西還不是一樣？現在快到夏天了，就算在星空的樹下，在別人家的屋簷下，我們都可以住宿；可是吃飯就不行了。我該怎樣來使我們一家五口不挨餓呢？

我們走了兩小時的路，狗兒們用更可憐的眼光望我，猴子不斷地拉我的耳朵，摸肚皮給我看。好不容易離開了圖盧茲，我才放心，同時也看見了一家麵包店。我進去買一磅半麵包。麵包店的女老人，看見我們飢餓的模樣，便說：「買兩磅吧！一磅半不夠吃的。」

其實就算是兩磅也不夠，然而我又怎麼能買到兩磅呢？一磅就要十個銅板，那麼買了二磅，我的財產，我就只剩兩個銅板了。我不能不顧明日，今天就冒險花去二十銅板。一磅半只要十五個銅板，那麼還有七個。有了七個銅板，明天一天就可以不會餓死，而且可以等待賺到五個銅板或十個的機會。我這樣一想，就對女店主說：「一磅半就好了，不用多切。」

女店主將六磅一條的長麵包，切出一塊來，放在秤裡稱定。呀！現在給我們那條六磅的麵包，我們餓得照樣也能吃完。結果女店主說，她多切了一點，要我給她十六個銅板。我默默地付了她十六個銅板，緊握著那麵包出來。狗兒們高興地在我的周圍雀躍。猴子吱吱地叫，拉著我的頭髮。

我們到路邊一株樹蔭下。我取下豎琴，斜放在樹幹上，自己卻坐在草上。狗兒們是卡比在當中，並列蹲在我的面前。猴子因為不曾疲於走路，所以牠站在我的身邊，預備我一切開麵包時，偷了就逃走。我盡可能的公平，先將麵包切成五塊，再切成薄片，依次分給牠們。裘利的食量很小，我們還沒吃飽，牠已經夠了。所以我將牠剩下的三片，放入背囊裡，預備等一會再給狗兒們吃。

這樣的會餐後，我想這時可以說給大家聽了，便站好了對著牠們說：「卡比、杜希、傑比、裘利，你們是我最可靠的朋友。可是我現在有個傷心的消息。師父已經入獄了。所以我們以後兩個月中，都不能和師父見面了。」

卡比似乎哼了一聲：「嗚！」

我繼續說：「師父固然很傷心，可是我們更不幸。我們之有今日，全都因為有師父的照顧，現在我們無依無靠，怎樣辦呢？」

卡比似乎明白我最後的這句話，牠踮起後腳，學著在觀眾面前討錢的樣子。

我說：「好，卡比，你說我們可以去表演賺錢嗎？那很好。然而賺不到錢，我們怎麼辦呢？我的衣袋裡只剩六個銅板了。我們一定要認真地去表演不可。我現在是你們的團長，你們應該聽我的命令，少吃多做，明白嗎？」

我的夥伴們明不明白我的演說，我不知道。可是平常師父每次有事時，也和牠們像朋友一樣地談話，所以大概牠們也能明白我的話。牠們知道老人被警察抓走後，就不曾回來，一定發生了什麼意外。牠們也似乎知道我的演說，就是對牠們說明這一件事的，所以乖乖聽我演講。

可是裘利就不同了，因為牠對任何事情都沒有長久的注意力。牠在最初還很熱心地傾聽著，但是聽了一二十句話之後，便坐不住，跳上樹枝，若無所事地在嬉戲了。假使卡比這樣，牠不顧我的演說，卻在那裡亂跳，我一定不讓牠這樣。可是猴子的天性就是那樣，我也就隨牠去逛吧！

我說完話後，暫時休息一下，又開始出發了。大約走了一小時，看見前面有一個外觀很窮的村子，現在我們不管在那裡，即使小村裡沒有多少錢好賺，但沒有討厭的警察，我便趕快將演員們裝扮好了。我們排了隊，走入那村裡去，可惜我們這次沒有師父美妙的橫笛聲，也沒有師父堂皇的風采；一個含愁帶悲的小孩子走在路上，自然引不起人們的好奇。像沒有大將的軍隊走過一樣，人們望著我們一跟，便不睬地走開，沒有一個人會跟著我們來的。我又失望了！

在法國的每個小村裡，都有像公園一樣的廣場。我們走到了這村裡的小廣場中，在樹蔭下的噴水塔旁找到一個位置，我取下了肩上的豎琴，先奏一曲《圓舞曲》。雖然我的指頭撥彈得很輕快，可是我的兩肩上，好似負著重荷一般。

我叫傑比和杜希，和著音樂跳舞。然而廣場的四邊，沒有一個人影。不過在那一處的房子前面，有一些女人將椅子拿到路上來，她們在那裡縫衣和談笑，我繼續彈琴，杜希和傑比不斷地跳舞。恐怕就有人會來吧！但是，我彈了好久，杜希和傑比繼續跳舞，還是沒有人注意到我們。

雖然忍不住失望，不過我還是鼓起勇氣來，用力地彈著豎琴。這時候，一個剛學走路的小孩子，一蹎一跛地從家裡出來，走過街道，向我們這邊來。我一看見這小孩，心裡想：「好了！他的媽媽也一定要跟來的，那麼，鄰近的女人們也會來看，我們也就可以討到幾個錢了。」

為了我引誘這小孩過來，我將豎琴彈得慢了一點。小孩子蹣跚地走近了，快到我們的身邊，坐在門口做針線的媽媽，這時似乎發覺自己的兒子不在身邊，看見那小孩子走近我們了。但是她並不自己趕過來，反而叫那小孩回來。她叫了幾次那小孩的名字，那小孩便柔順地離開我們，又走了回去。我想這村裡的人不喜歡《圓舞曲》吧？便叫杜希和傑比停止跳舞，我又高唱《拿波里之歌》，想引一兩個人來。

我才唱完了第一節，準備要唱第二節時，一個穿短衣，戴毛織帽子的男子，大步地向我這邊來。我以為他是來聽我唱歌的。但他卻問我：「喂，你在這裡幹麼？」

我吃了一驚，趕緊停止唱歌，向他望望。

「喂，告訴我呵！」

「老伯伯，我在這裡唱歌啦！」

「你有這裡准許唱歌的執照嗎？」

「沒有，老伯伯。」

「沒有，那你自己趕快滾，免得我來驅逐。」

「但是，老伯伯，我一點也……」

「什麼老伯伯！我是這村中的警衛，這裡不准一切外人入境的。」

警衛，就是和警察一樣的東西。然而我卻不知道這男子是誰。有師父的先例在前，我還是不用和他多說，不作一聲，將豎琴掛在肩上，默默地立刻帶著狗兒們，沒精打彩地走了。五分鐘間，我們就離開了這村。狗兒們垂頭喪氣地跟著我走，大概也知道我碰了釘子了。

到了村外，我以為那警衛不會趕來了，所以我想告訴大家這事，我用手一招，三隻狗兒就圍上我來。

「我們沒有執照，所以被趕走了，今天沒有餘錢，只好不吃晚飯和露宿一夜。」

狗兒們聽見我說不吃晚飯，便哼著訴苦。我從袋裡拿了六個銅板出來，給牠們看。

「只有這些錢。這個今天花完了，明天怎麼辦？你們也要顧到明天啊！」

我這樣教訓牠們，又將六個銅板放入袋裡。卡比和杜希似乎明白了，垂頭喪氣，只有那貪吃的傑比不守紀律，還在哼著，不管我的叱責。所以我對卡比說：「卡比，你叫傑比服從吧！」卡比就用前腳來打傑比。兩隻狗兒似乎在爭論起來。

傑比總是不肯服從，不過卡比比較強壯和勇敢，牠真的發怒了，傑比才害怕了不作聲。其次，我們今晚非得露宿在星空之下不可。幸而季節是暖和的，不用怕受寒，只要防備狼群的襲來，這是比警察更危險的東西。我在田間小路上四處觀望前進，希望找到一個安穩的宿地。

四面全是寂寞的道路和原野，天空上薔薇色的夕照也消失了，還是找不到宿所，我們只好在附近的灌木林中過夜了。灌木之間，散佈著大的花崗石。除此處以外，也未必有更適當的地方。我想找一個屏風的大岩石，可以避免夜寒侵襲我和裘利。狗兒們是不怕的。因為現在我肩負了團長的重任，更要保重身體。我也不讓裘利生病，免得我還要看顧牠。

我在岩石與灌木之間走來走去，終於找到一個安穩的地方，剛巧有一處高大的岩石，突出如傘，岩下有個洞窟，裡面有很多枯葉，正好作我們的床。只是沒有麵包，未免是美中不足，必須餓著肚皮睡覺。

俗語說：「食飽思睡」，餓著肚皮睡覺是很難過的。我們在洞穴中過夜，我叫卡比在洞口看守，提防狼群。可憐的卡比，柔順地做衛兵的勞役，我才可安心睡覺了。我倒在枯松葉上，裘利躲進上衣裡。傑比和杜希蜷伏睡在我的腳邊。我雖然疲勞，心事很多，不容易睡著。但明天怎樣呢？我又渴又餓，伸手入袋，數了幾次銅板，都是六個，不會變成七個。如果明天得不到銅板，餓得不能表演，我們的結局就只有餓死溝壑了。就算可以表演，村裡的警衛、市中的警察，全都是我們的對頭。

我睡不成眠，仰望天空，不禁悲從中來。我想起眷戀的媽媽和親愛的師父，我俯首在兩掌中，盡情哭泣。突然有溫暖的呼息，吹到我的髮上，長大而溫煖的舌，舐在我的面上。我抬頭見是卡比。牠正像我在那最初開始流浪的那一天，在鄉下小屋子裡勉勵我一樣，牠今夜聽見哭聲，又來安慰我了。我緊緊地擁抱著卡比的頭吻著牠。卡比幾乎窒息，發出哼聲，似乎是在陪我哭泣。

次日睜眼一看，溫暖的陽光已籠覆在我們的身上。就在這明朗的日光中，我失去憂鬱的心情，小鳥在枝上的歌聲，應和著遠方教堂的早禱鐘聲。我們倉忙收拾，出發向著那晨鐘傳來的方向走去，立刻我們望見村莊，我們彷彿聞到新烘的麵包香。

昨天只吃一餐的我們，多麼饞嘴呀！我決心就直接用掉這六個銅板，將來再想辦法。我們嗅到了麵包店，但是六個銅板連一磅也買不到，每人只分到一片，不能止飢。我們先到村子裡去看看，找個能表演的地點，觀察了村人對我們的感情如何。早上先看準了地點，下午再來表演。

我正一心在打算時，突然後邊發出了驚人的叫聲。回頭一看，一位肥胖的老太婆正追著傑比，追到我們這邊來。我立刻知道，當我正在想心事時，傑比離開我們，潛入別人的家裡，去偷一塊肉出來。現在他的嘴裡，還銜著肉呢。

老太婆拚命大叫：「小偷！偷肉賊！別放那狗走了！幫我抓牠們的夥伴，趕快！」

我聽到最後那句話時，非常難受。我感到對於自己的狗該負的責任，只好拚命地逃走。若是那老太婆叫我賠那塊肉時，我根本沒錢賠償，那就要入獄了。我一入獄，這一班的演員怎麼辦？這樣一想，我逃得更快了。卡比和杜希也跟著我來。裘利怕被我搖落了，更加抱緊我的頭頸。

我那時也真苦！要是只是後面的追趕，我們還有路可逃，然而被老太婆大聲一喊，兩側的房子中，也衝出了四五個農人來，擋住我們的去路。我正在進退維谷，不知所措，突然發見一條橫巷，我們一蜂窩擁入那橫巷裡。

我盡力在那小路上逃跑，幸好他們追趕不上。不久，我們逃出村外，走到田間。雖然躲掉一場災禍，但已經氣喘得很，只好暫停休息一下。剛才跑了一里格的路，回頭一望，村子已遠在後面，完全不見人影，我們才放了心。

卡比和杜希緊隨在我背後，可是傑比卻不想走近我們，也許還在吃著剛才偷來的肉吧！我大聲喚著牠，然而牠早已知道一到我這邊來，一定要被我重罰，所以一溜煙地逃走了。傑比本性不是特別壞，只是迫於飢餓才去行竊。但我也不能因此就原諒牠偷竊的行為，團中嚴格的規律不容破壞，牠非受罰不可。若不管這規律，恐怕杜希也要有樣學樣了，最後卡比也難免同污合流。

卡比像不情願地走了，不像平時聽到命令時那麼熱心。牠望著我，十分不甘願的替我去捕捉傑比，牠好像是想替傑比向我辯護的。我當然不能丟下卡比，自己先走。我要等到卡比帶犯人回來。然而傑比竟然不肯柔順地跟牠回來。我們就在這裡多等一會當作休息。

這裡離開村子已有好幾里路，不用害怕有人追來，我們本來就沒有什麼事要做，還不如暫時安心。剛巧我們來到一個風景美麗適於休息的地方。我們瘋狂地逃跑，不知不覺這裡已經是南方秀麗的運河之畔了。

這一路以來，我們經過的全是塵埃鋪地的鄉下，但這裡卻是水清樹密，綠草如茵；腳邊的流水，就像瀑布一樣，從開滿山花的石岩上流入運河裡。在這樣風景如畫的地方，橫躺在草上休息，安閒地等待狗兒們歸來。

我差不多等了一小時，還不見卡比和傑比的影蹤。我有些不放心起來，這時才見卡比獨自無聊地回來。

「傑比呢？」

卡比惶恐地走到我的面前蹲下。我發見牠的耳朵負著傷。大概傑比和卡比打了一架，還咬傷卡比的耳朵了。傑比不肯回來，因此卡比空跑一趟。然而，卡比雖不能完成使命，我可沒有叱罵牠的勇氣。卡比既然空手回來，我們再沒有別的方法，只有等待傑比自己懊悔著回來了。

我知道傑比的天性，牠雖倔強，最後還是要反悔接受責罰的。我決定在這裡等牠回來。我將裘利從肩上放下，恐怕裘利也會模倣傑比，將牠用繩子好好地縛在樹幹。我自己橫臥在松樹下，卡比和杜希睡在我的腳邊。不久傑比還沒回來，我卻先睡著了。

3.

巧遇天鵝號

夫人，你或許能教他學問和禮儀，
他這樣也會得到一些知識，
成為一個有智慧的人；
但我可不客氣地說，
他在你們的身邊，
絕不能成就可貴的人格和獨立的意志。

一覺醒來，已經日上三竿，我們肚中的飢火更加猖獗。卡比和杜希可憐地向我看著，彷彿無言的哀訴。裘利則是一直扮鬼臉，應該是在譏嘲我的無能。

無論我怎樣叫喚和吹口笛，傑比依然不肯不回來。大概牠是飽餐之後，正在叢林裡安眠。我這時也進退維谷，若是我就此離開這裡，那就永遠見不到傑比了。然而我們又不能死等在這裡，因為我們今天不能繼續挨餓了。我飢腸碌碌，狗兒們也絕望地望著我，裘利摸摸肚皮，繼續在唉唉叫苦。

我們等了好久，傑比仍然沒過來，我只好叫卡比再去尋找。半小時後，卡比還是獨自回來。牠搖著頭，好像是說：「我找遍了，還是沒發現傑比。」我想傑比雖然犯了偷竊罪，害得我們也遭遇困難，但是我們無論如何，還是應該找牠回來。我要將師父所寶貴的三隻狗兒如數交還他，否則我沒臉見他了。

我決定犧牲一餐飯，忍著挨餓的痛苦，等到黃昏時再說。我想不出怎樣使大家在一時之間都忘記飢餓，忽然師父講過的故事，在我腦裡浮現了。他說軍隊在強行軍時，士兵若覺得飢渴疲勞，可以靠聽聽音樂來解除。我也就照樣泡製，使狗兒和猴子跳舞起來，那時一定能忘記飢餓吧？

我將倚放在樹邊的豎琴拿起，背向著運河，命令演員們並列在面前，我就奏起圓舞曲來。我很自由的彈著，狗兒們與猴子也盡興地跳著，因為四周根本沒有一個觀眾。演員們從早到現在，只吃過一片麵包，一開始只是因為我的命令，才勉強跳起舞來。可是當我忘情的按著拍子彈起琴來時，牠們也受了音樂的感染，按著節拍跳起舞來。我越彈越起勁，根本忘記了飢餓，牠們也似乎拋下了腹中飢火，跳得很高興。

「好棒喔！」

在我的背後，突然發出這樣的聲音，明顯的這是小孩子的喉音。我連忙回頭一看，河面正停著一隻美麗的白船，船舷上有金字寫的「天鵝」兩字。這船正在轉向我們這邊駛來，我從未看見過這種有造型的遊艇，它比普通在運河中行駛的船要短得多，低矮的甲板上，蓋著一間玻璃門的房子，房子前還有一條用蔓草攀成的遮陽走廊，藤蔓多如垂簾，使人見了就覺得清快。

走廊上有兩個人的影子，一位是三十六七歲高貴的女人，正帶著幾分憂愁站著；另一位是和我差不多年紀的男孩子，睡在籐椅上，剛才就是他在那裡向我們喝采。

故事裡的天鵝，總是載著公主或英雄在天上飛的，但現在停在我眼前的天鵝，看來也不像是我的敵人。我在驚奇中看到他時，也忍不住高舉我的帽子，和他應答。那女人像是外國人，用很難辨識的法語問我：「小朋友，這裡一個觀眾也沒有，你們在忙什嗎？」

我聽到後，立刻用平時師父教給我的鄭重語調說回應：「是，夫人。如您所看見的，這裡一個觀眾也沒有，我只是在訓練我的演員們，等師父回來時，這樣牠們的技藝才不會生疏。」

我說完後，就看見那小孩子正在對那女人交頭接耳，沒多久那女人又離開小孩子，向著我說：「你可以再玩一下吧？」

我也希望能再玩一下。但我還是力求鎮靜，不讓我的喜悅外露。我說：「請問是要牠們跳舞？還是演戲？」

小孩子叫了起來：「演戲！」

那女人制止了小孩子：「還是跳舞吧！」

他們兩人意見不同，我趕緊將師父教我的開場白背誦出來：「各位觀眾，今天的表演很精采，大家跳了舞後，我們再請演員們表演一下我們在巴黎演出的各種技藝，請大家掌聲鼓勵鼓勵。」

我很慶幸她不叫我們演戲。因為傑比不在，我們的演員就不足了；而且服裝全在師父的背囊中，還被質押在旅館裡。

我拿起豎琴，彈起圓舞曲。卡比用前腳抱住杜希的腰桿，跳起交際舞起來。袞利沒有對手，自己舉著一隻腳在獨舞。一時之間，我們都忘記了先前的飢渴疲勞。因為這幾位演員們都知道，在「高官貴客」面前獻技，就可以得到一餐飯吃的，當然非常賣力。

就在我的圓舞曲演奏得很精采時，失蹤一段時間的傑比也聽到了，突然從小叢林裡跳了出來，走入場內，拉起袞利對舞，我心中也很感動。

我們除了跳舞之外，也表演各種技藝，那小孩子看得入迷。可是他很奇怪，一動也不動，只是橫躺在睡椅上，拍掌喝采而已。我想他也許是半身不遂吧？總覺得他似乎是被捆在木板上一樣，完全不能動彈。

微風吹著那隻船，漸漸地離我們越來越近，我能更看清楚那孩子了。他頭髮淡褐，面色蒼白，額上現著青筋。面貌雖然很溫柔，模樣卻沉鬱得像害著病。我們演完了後，那女人溫柔地說：「有勞你們，該給多少錢？」

「隨您賞賜吧！」

「媽媽，多給他們一點吧！」小孩子這樣說，又用我不懂的話與那女人說了起來。

「小朋友，我船上的這小孩子，想請你叫那些演員們過來，走近給他看看。」

我答應了，招呼卡比。卡比一跳，便跳上那隻船。

「還有幾個呢？」傑比和杜希聽到了，也繼著跳上船去。

「還有那猴子……」那個小孩子想叫全體演員都上船去。

裘利跳上船雖然很容易，可是我卻不放心。若是我讓牠上船去，牠一定立刻讓別人討厭牠的，所以我緊拉著牠不放。

女人問我說：「那猴子很壞嗎？」

「太太，不是的，可是牠不聽別人的話，我怕牠給您惹麻煩。」

「那麼你和猴子一起上船來好了。」

那女人吩咐船舵的僕人，那男子立刻搭好一塊跳板，我將豎琴掛在肩上，抱著裘利上船。小孩子高興得大叫：「啊！猴子來了，猴子來了。」

我帶著猴子，走到小孩子的身傍，他好奇地撫摸著。這時，我看清楚他了。他真奇怪！真的是被綑在木板上的。

那女人問：「你有父母吧？是你的父母叫你出來賺錢的嗎？」

我悲痛地說：「不，我現在只有一個人了。」

女人似乎不明白我的話，看著我說：「現在只有一個人，那就不是永久的？」

「在這兩個月裡，我要一個人賺錢度日。」

「兩個月？你這樣小小的年紀，怎麼讓自己度過兩個月的時間？」

「沒辦法，我只有這樣！」

我簡單的把師父的遭遇說給她聽，她聽了又問：

「我如果請你們上船，兩個月後，你師父出來，還會跟我要錢嗎？」

「不，只要我與這幾個演員在這兩個月能夠吃飽就好了。」

直到現在，我還不曾見過這樣使我尊敬的女人。她說話的模樣很和善，聲音裡充滿著關愛。我就勇敢地將這幾天的遭遇詳細告訴她。從在街頭表演、警察刁難、師父為我入獄的經過都說了，一直說到我被旅館所逐，這兩天還沒有賺到一塊錢。

當我說話時，那小孩子正和狗兒們玩得好高興，但他也聽見了我的訴苦。等我說完了，他對我說：「那麼，你們一定餓壞了！」

我們是真的餓壞了。一聽他這麼說，三隻狗兒都吠了起來，裘利還摸著肚子好像發狂。

女人也猜著小孩子的意思，她吩咐正在半開門處伸頭探望的女僕，叫她立刻拿出桌子來，在我們的面前擺好食品。那女人說：「你們坐下吃飯吧！雖然沒有什麼好吃的。狗兒與猴子也一起吃吧！」

我放下豎琴，倚在一旁，趕快坐到桌邊。狗兒們圍住我，裘利坐在我的膝上。小孩子問：「你的狗也吃麵包嗎？」

我們辛苦的表演，其實不也都為了這一塊麵包。我將麵包一片一片地分給狗兒們，牠們都興奮得狼吞虎嚥。小孩子睜圓了眼睛問：「咦！猴子呢？」猴子在我看管狗兒們時，早就偷了一些漢堡外圍的麵皮，在桌子底下吃，牠似乎飢不擇食，噎住了喉嚨，一直瞪著眼睛。

我拿起漢堡，雖然沒有猴子一樣的醜態，但也大吃而特吃起來。哇！麵包裡包著肉是多麼好吃啊！我真想一口就整個吞下去。

「唉！真可憐。」那女人看見我們狼吞虎嚥的模樣，細聲地嘆息，還一邊倒水給我們喝。小孩子一聲不響，對我們的牛飲鯨吞感到奇怪，他眼睛睜得滾圓。連剛才偷過肉的傑比，現在應該沒這麼餓，但也在拚命地吃。狗兒、人和猴子，好像有仇敵在後面追趕一樣，都吃得很快。小孩子很感動地說：「要是你們今天不遇到我們，晚飯要怎麼辦呢？」

「我們就少吃一餐，等明天再說。」

「如果明天又沒有賺到錢呢？」

「我會再想後天要到那裡去賺錢。要是能像今天這樣的好運……」

小孩子若有所思地不看我們，又和媽媽談了一會。他好像在向媽媽請求著什麼，媽媽像是不便答應。小孩子突然向著我說：「你想和我們住在一起嗎？」

他問的太突兀，我一時不能回答，我只瞪著雙眼呆望。那女人指著孩子對我說：「這是我兒子，他想請你和我們住在一起。」

「在……這船上嗎？」

「不錯，就在這船上。他是個很可憐的病人，醫生吩咐要將他這樣綑在木板上。他整天在家裡養病，心裡很煩，我才將他帶在船上，隨船到各處去散心。要是你肯留在船上，那麼狗兒們每天都能吃飽，你也可以彈彈豎琴。像你這樣的年紀，走江湖賣藝也很難賺錢的啊！」

我能在這樣漂亮的船上生活，這不是在做夢吧？何況是他們來請求我上船，這是多麼的幸福啊？我高興得哭了出來，她和善地摸著我的額頭說：「呀，真可憐！你的年紀和我的孩子差不多，卻已嘗遍辛苦……」

不久小孩子要我彈琴，我趕快拿起琴來，站在船頭演奏。當我在彈琴時，那女人忽然拿出銀製的小警笛，放到唇邊一吹。我感到好奇，立刻停止彈琴，我以為她不愛聽。小孩子看見我的不安，便說：「媽媽只是在吹警笛，那是在招呼岸上的馬。」

那時運河岸上，出現了三隻馬，拉著「天鵝號」遊艇向前行。水波拍著船舷，兩岸的風景向後倒退，夕陽柔和的光線斜映著，讓我心中快樂極了。小孩子再催促我彈琴。他又點著頭，請媽媽到他的身邊去，母子握著手，傾聽著我的彈奏。我真的感到了無上的滿足，也將師父教給我的各種的歌曲，彈奏了好久。

小孩子的媽媽叫密列夫人，是一位英國寡婦，自從她的大兒子失蹤後，只剩下他們母子兩人了。這小孩子是遺腹子，應該承繼他爸爸的爵位和財產，可是卻生了病，所以媽媽很擔心。若是這小孩子發生不幸，那財產和爵位只好讓他的叔父繼承了。

這小孩生的不是一種病，而是好幾種疾病的併發症，現在連腰桿也伸不直了。夫人聽了醫生的勸告，把他從英國帶到法國洗硫黃泉，然而也未曾見效。醫生又勸她將病人的身體綑在木板上，使他身體轉直，並說不要讓他踏在地上。夫人於是在波爾多港中，造了這艘特別的遊艇「天鵝號」。船上臥室、廚房、客廳、迴廊等一應俱全

天鵝號在一個月前，從波爾多港出發，上溯加隆河(注)，駛入了南運河來。法國全境的河流因運河的聯絡，貫通如蛛網。天鵝號的行程是從這裡的運河駛出，到各地的名湖遊覽，最後的終點是到達魯昂(注)，然後在那裡乘輪回英國去。化上一年半載的歲月。

他們給我住的地方，是一間一公尺寬、兩公尺長，就像童話故事裡的小房間。房間裡一切用具，如床鋪、桌子、椅子，全都可以摺疊起來，很方便。我從未見過，自然驚奇。那天夜裡，我第一次在

這船上睡，脫了衣服，跳上床去，在這麼柔軟的床上睡覺，是我有生以來第一次。床褥的彈簧、柔滑的綢被，我高興得無法入眠。可是疲累飢渴了這麼多天，在飽餐一頓後，我還是沉沉入睡了。

次日早上，我一早起身，趕快跑到甲板上去看我的演員們。三隻狗兒就像在自己家裡一樣睡得舒服。牠們一看見了我都爬起來，搖頭擺尾地跑到我身邊來，和我問候早安。裘利半睜眼睛，向我一望，卻不想站起來；牠裝著不知，又打起鼾來。

我知道牠不高興的原因，裘利一旦生氣，就執拗得很。牠因為我昨夜沒有帶牠上床，讓牠在船面上露宿一夜，所以生了氣，故意不理我，假裝還在睡覺。

但猴子當然不能上我那漂亮的睡床去，我也沒法解釋，可是牠對我的不平也有道理，所以我將猴子拖了起來，安慰牠一會兒算是謝罪。最初牠還不肯跟我和好，幸好猴子天性本來就是變化無常，沒多久牠立刻生了別念。我知道牠的意思就是：「你若是帶我到岸上去散步，我就可以原諒你了。」

天鵝號在昨夜我們入睡後，便停泊在岸邊。現在僕人們都已起身，忙著在船上打掃。所以我請他放了跳板，讓我帶著全體演員上岸去。狗兒和猴子們，亂跳亂跑了好久。當我們再回到船上時，兩隻

・**加隆河**（La Garonne）　位於歐洲西南部，發源於西班牙庇里牛斯山，穿越法國，過了波爾多與多爾多涅河匯聚進入大西洋。

・**魯昂**（Rouen）　位於法國西北部，是上諾曼第大區的首府。魯昂是中世紀歐洲最大最繁榮的城市之一，聖女貞德在此就義的。

負責拖船的馬都已等待出發。我們一登船，立刻啟程。僕人把船錨收起，船夫騎上其中的一隻馬上，低喝一聲，曳繩的滑車嘎嘎作響，天鵝號就劃破鏡波前進了。

馬兒在運河的船道上，響著鈴聲前進，船上的人們，一點也不感到搖動。船頭的水聲應和著馬兒的鈴音，恰似一曲進行歌。兩岸高聳的白楊樹，就像綠色的帳幕。朝陽穿過這無風自動的緣葉，射到了船上，陰影不斷地變易；在白楊樹蔭的下面，光線讓水色變得暗黑。然而靠近一看時，卻又是清澈見底。我站在船頭上，凝望著風景，忽然聽見有人叫我。

「小米，我叫亞瑟，你昨晚睡得還好吧？」

那小孩在我背後叫我，他還被綑在木板上，才移到甲板上來，他的媽媽緊跟著了他。

「謝謝，我睡得比在屋外時好多了。」

我走近他身邊，同時給夫人請了安，回答他我睡得很舒服。

「狗兒們在那裡？」

我叫喚狗兒們和裘利。狗兒歡喜地跑了來，可是猴子好像不大高興。牠以為又要叫牠來表演了。但密列夫人只是將亞瑟的椅子，移到不會直接晒到太陽的地方，自己也拿了一張椅子，坐在他面前，向著我說：「帶開狗兒和猴子吧！我們還有一點功課要做。」

我不懂他們要做什麼「功課」，就遵命帶了狗兒和猴子到甲板上去。這時夫人翻開了書本看著，問亞瑟能背誦多少？亞瑟背得不十分純熟，時常會頓住。總連背不上三句，而且一直出錯。雖然每次媽媽都溫柔地改正，卻毫不放鬆地一定要他背得出為止。

「亞瑟，你今天太糟了。一點也記不住嗎？」

「媽！我總是背不出來，我真的不行了！」

「你的頭腦可並沒有病啊？我不能因為你稱病，就讓你一直懶惰下去。你知道我天天為你操心，為什麼就不能多用功一點呢？」

夫人用溫柔的聲調，靜靜地念起書來。那是《狼和小羊》的故事。夫人念一句，亞瑟跟著背誦一句；三次之後，夫人把書交給亞瑟，叫他自己去默記，她走下船艙去了。亞瑟懶洋洋地念著那書裡的內容，根本無法維持多久，立刻又想到別的事上去，回頭四顧，他看見了我，我趕緊做手勢叫他念書，他似乎是感謝我那樣的微笑，眼光移向書本。但不久他的眼睛，又望著運河的那一岸上了。

我靜靜地走近他，勸他念書，他只好懶懶地念起來，不到兩分鐘，一隻翠鳥啣了一條小魚掠過船面，亞瑟又心不在焉，抬頭望那翠鳥飛去的那方面。等到他垂下頭來時，又看見了我，他似乎有點不好意思，說：「我雖然也想用功，但是總不行。」

我對他不太客氣地說：「可是那本書很容易呢！」

「容易？我覺得很難記住。」

「不會難的，我聽過你媽媽念了之後，就可以背誦出來了。」

亞瑟睜開驚眼，望著我似乎不相信的樣子。

「你若不相信，我背給你看好嗎？」

「你要是背得出來，我真佩服。」

「那麼讓我一試。你看著你的書吧！」

我叫亞瑟翻開書，自己背誦起來。只有很少的錯誤，我全部都背完了。亞瑟大吃一驚。

「你為什麼能那樣記得住呢？」

「因為我很專心聽你媽媽念，眼睛都不看其他地方。」

亞瑟很難為情，面孔發紅地說：「我也是很專心聽的，但就是記不住。怎樣才可以像你那樣記住呢？」

我也沒有祕訣。可是我想了一想，就對他說：「你一直想記住書中的字句，所以記不住。你還得記著故事的情節嗎？這故事是講羊的，你就要先想起羊，想起那羊是在做什麼的？書中說『從前，有許多的羊群，在一個安全的羊欄中。』既然是在安全的羊欄中，就可高枕無憂，所以羊兒們就隨便睡遍地上了，不是嗎？這樣一想，我的眼裡，好像真的看見一群羊在睡覺。書中的字句也記住了。」

亞瑟傾聽了一會，就說：「真的，我也看見了。」

「羊欄中有白羊和黑羊，有山羊和綿羊。連那羊欄的木柱，你看得見嗎？」

「看見了。」

「那麼，你會忘記嗎？」

「不會。」

「那麼，是誰在牧羊？」

「狗。」

「羊群在安全的羊欄中，安心睡覺時，狗在做什麼呢？」

「牠們無事可做。」

「是的，狗兒既然無事可做，那麼牠們也可以睡覺了。所以，書中說：『狗兒們全睡覺了。』」

「咦，這很容易呀！」

「很容易的吧！再想一想。誰帶了狗兒在看羊？」

「牧童。」

「他在哪裡吹笛呢？」

「在大樹下。」

「只有他一個人嗎？」

「不，他和鄰近牧場裡的牧童在一起。」

「很好，你眼裡可以看見羊群、牧場、狗兒和牧童吧？這故事的第一節，你可以記住嗎？」

「也許記得住了。」

「你試試看。」

亞瑟怯惑地望望我，心裡還有點不安，但他決心試著背了。「從前，有許多的羊群，在安全的羊欄中。狗兒們全睡覺了。牧童在大樹下，和鄰近的牧童吹著笛兒。」

我高興得拍手，卡比、傑比也學著我拍手。亞瑟一臉高興說：「我可以完全背得出來了！」

「你以後也可以這樣做呀！」

「讓我試試看。我和你在一起，一定可以記得住。媽媽一定很高興。」

故事的後半節，我們也用這方法記住了。不到一刻鐘，亞瑟就已能背誦全部了。

恰巧夫人這時又到船面上來。她以為我們在一起玩耍，所以蹙著眉頭，幸好亞瑟在媽媽還沒有說話前，就先說：「媽媽，我全記住了。小米教我的。」

夫人吃驚地望著我。她似乎要向我問些什麼，可是亞瑟卻搶著背誦起《狼和小羊》的故事來了。他背得不錯，夫人起初含笑聽著，後來她的眼裡漸漸地含著眼淚。突然向亞瑟那裡躺下去，緊抱住他，熱烈地吻著亞瑟。她高興得在流淚啊！

亞瑟得意地說：「小米教我，書中的字句，可以不必記住；但書中寫著的東西，一定得用眼睛來看。一面暗誦著字句，抬起眼來，我看見在吹著笛兒的牧童，又好像聽見那笛聲。媽媽！我唱那首歌給你聽好嗎？」

亞瑟唱起那如怨如訴的英國歌曲。夫人聽了，立刻哭了出來。媽媽的淚珠，滴落在亞瑟的額上。夫人又走近我的身邊，緊握我的手，我的心也被她感動了。

「小米，謝謝你。你真是一個好孩子。」

從此我在這船上的地位也不同了。昨天我還在亞瑟面前，做個玩弄猴犬的師父，今天我卻變成亞瑟的學友，要和狗兒猴子們分開了。從那天以後，我成了亞瑟的讀書伴，亞瑟也很高興能和我在一起讀書。從前有幾課，媽媽費了很多時間教他，但他就是無法記住，現在只要一兩天，他就全能記住。亞瑟和我的友情日增，我們好像手足一樣，兩人之中，沒有分別，她用對待亞瑟的態度，同時來對待我，她當我們是兄弟一樣。

我們坐在船上，周遊各處，這是任何情境都難以比擬的。我們遇到風景優美或有趣的地方，就多流連幾天；遇著沒什麼意思的地方，就走馬看花一樣，所以我們完全不感到無聊。到了吃飯時候，我們的飯菜，就拿到滿蓋綠蔭的迴廊來，我們一邊看風景，一邊吃著。而且夫人知道我們所要去的地方那裡的地理和歷史，就先講這些給我們聽。飯後又給我們圖畫看，時常還講故事給我們聽。我也在黃昏時或月夜，在黑暗裡奏著豎琴。如果上岸，我就站在樹蔭裡，唱歌兒給亞瑟和夫人聽。亞瑟最喜歡在寂靜的夜裡聽，每當我唱完一曲時，他總是喚著「好棒，再來一遍！」

這充滿歡樂的生活，在我離開媽媽的茅屋，緊隨師父之後，就是每天疲倦地趕路，這是多麼大的變化啊！在媽媽的家中，除了鹽煮馬鈴薯之外，別無他物可吃。自從跟了師父以後，大多也只吃一片麵包，在鄉下的小屋過夜。現在，飯後有新鮮的水果，還有冰淇淋，也有糕餅。我再也不必帶著滿身泥濘，有如喪家之犬，我現在真像在天堂裡了。船上提供的蔬菜真是可口，我更不用擔心飢寒，這遊艇上的生活真是幸福。

我在船上，夫人待我和自己的子女一樣。我和亞瑟，更如兄弟般的友愛。我們的感情天天在增加，但是在歡樂的表面，我依然有那深藏的悲哀。因為我身體健康，每次看見那悒抑憔悴的亞瑟，卻還是羡慕他的幸福。我並非是羡慕他安樂的生活，也不是這漂亮的遊艇，而是灌注在他身上的母愛。亞瑟一天要接受十幾次到二十幾次的親吻，自己也可以自由地親吻媽媽，他是多麼的幸福啊！我沒有我親生母親的親吻，也不能向她親吻。我是身世悲慘的孤兒呀！我希望能遇見我夢寐以求的媽媽一次，這是我最高的希望，也是最大的喜悅呀！

夫人和亞瑟待我愈好，我愈想起自己身世的悲慘。我是孤兒，沒有父母和兄弟，沒有家庭，我還要奢望目前這樣的生活，我是太不知足了。我希望能永遠這樣，然而，我也知道這幸福不能長久，我快要和她們分別了。

在美麗的天鵝號上，光陰速如飛矢，不久師父將出獄，我要去迎接他了。日子越近，我愈煩惱。想到在遊艇上的快樂時光，回去時情何以堪。而且我要與夫人和亞瑟別離，也許這就是永別了。我像從前失去媽媽那樣，又將永遠失去這兩人了。

有一天，我要宣洩我心中的煩悶，就問夫人：「從這裡步行到圖盧茲要多少時間？」

夫人不解我問這句話是要做什麼，我說我要去迎接我師父出獄，亞瑟聽見這話，立刻大聲說：「小米，不行，你別去！」

我告訴他：「不行，我是有主人的，自己不能自由。我的師父出了錢，向我的父母質押我來的，我的義務就是跟著師父走江湖賣藝。」

每次我說到父母時，總故意說成是親生父母。我直到如今，還不肯說出自己是一個被棄的孤兒。因為在我們村裡，棄兒看作比野貓野狗還不如，所以我心中總有這樣的觀念：「世間最被人嫌惡的，就是棄兒。」師父是早已知道的，我沒法瞞他；但密列夫人和亞瑟還完全不知道，我也不願意告訴他們。我寧死也不願說出。

亞瑟叫了起來：「媽媽，你別讓小米回去吧！」

「我也想讓小米住在這裡。你和他在一起那樣要好，我也喜歡他，可是還有別的問題。第一，若是小米不願意和我們在一起，那就無話可說了。……」

亞瑟搶著說：「不，小米是想和我在一起的，喂，小米，是不是？」

夫人不待我開口，便說：「若是小米的主人不答應，他自己也難做主。」

「喂，小米，你自己怎麼說？」

師父是我的好主人。他撫養我也教育我。然而我和他在一起時的生活，跟現在的生活，完全不能相比。我把師父當成我的恩人，但與夫人和亞瑟的感情卻是特殊的。我為了自己的生活享受，丟下了大恩人，實在也問心有愧，可是我也捨不得離開夫人和亞瑟。

我正不知所措時，夫人就說：「小米，你先考慮一下再說。我要留住你，是為想叫你伴著亞瑟讀書，並不是像從前那樣地安逸嬉戲的。你和你師父的賣藝生活，是自由浪漫的生活；所以，你應該考慮哪一種對你自己比較好。」

「夫人，你不用多心。我若能長久做亞瑟的學友，我真不知道有多高興呢？」

「媽媽，小米不是答應了嗎？」亞瑟擔心地望著我，高興地大聲說了。

「就算小米答應了，還是要有他主人的承諾，我們不能再回到圖盧茲去，亞瑟的身體又不好，也不能坐火車去。讓我寫一封信給你主人，告訴他一切，並寄旅費給他，請他來我們這裡。他若能答應，那麼這事毫無問題。可是據你說，你還有父母，我們也要和他們商量一下呢。」

最初的幾句話，我聽了很高興；可是到了最後這句話，擊破了我空想已久的好夢，我落入悲慘的深淵了。和我的父母商量，那一切就完了，他們將知道我是一個棄兒。夫人和亞瑟，就不願意我在他們的身邊，他們對我的感情也將告終了。亞瑟和一個棄兒一起學習，還結成了好友，夫人會是什麼感受呢？我失望已極，好似失了魂魄一般。

夫人很覺驚奇，看著我的樣子，以眼色促我回答，可是她見我不作聲，當我是在擔心主人的來到，就再不向我問什麼了。好在說這些話是在晚餐之後，不久就要睡覺，所以我那煩悶的樣子，可以不給亞瑟看到，我不久就走進寢室裡了。

那晚是我上了天鵝號以來，第一次失眠的夜。那夜我不知是多煩躁和痛苦呀！

即使一夜不眠，仍沒有解決的方法。結局是我決定不說什麼，抱著船到橋頭自然直的態度。我想反正師父不會讓我走，那麼事實就不用暴露出來。我甚至這樣想：「與其曝露我是一個棄兒的事實，還不如我的主人不答應，讓我離開這裡。主人既然不答應，我將和夫人亞瑟分別，也許再沒有遇見他們的機會。可是他們兩人將永遠記著我。他們在我的身上，沒有一點不愉快的記憶，這將是我一生回憶中最甜美的一頁吧！」

給師父的信，寄出三天之後，就收到了回信。他在信中答應，下星期六下午兩點鐘，他會到這裡。到了那一天，夫人給他定了旅館，叫我帶了狗兒和猴子，到火車站去迎接我們的師父。

狗兒們像嗅出有什麼事故，心裡不安地跟著我走，裘利卻嬉戲如常。我的擔心可不像狗兒們那樣，我在路上輾轉思索，埋頭在沈思中。要不是狗兒們吠著，我幾乎忘了火車已經到了。

火車一停，狗兒們似乎嗅到主人的氣味，突然向前跑，我木立的身體，也給牠們一拉，向前一閃，同時將繫著牠們的繩子都放鬆了。狗兒們吠著前跑。我看見牠們跳近從火車車廂下來的師父。最敏捷的卡比，啣住了主人的手腕；傑比和杜希，絆住主人的兩腿。師父一看見我，立刻放開卡比，突然抱住我，向我狂吻。

「小米，你沒有事嗎？你真可憐呢！」

師父本來對我也很好，可是從未像今天這般愛撫我。我的心也很感動。我望著師父的模樣，他在獄中這兩個月，似乎蒼老了許多。腰背曲了，額上增了皺痕，嘴唇也成了灰色。

「小米，你看我變了個樣吧！世上再沒有像監獄那麼不舒服的地方了，我差點得了大病，幸好現在痊癒了。」

他說後，立刻將話題一變：「可是你在哪裡認識那寫信給我的女士呢？」

我跟著師父走出車站，一路上告訴他詳情。我若是將一切全說出來時，總要面臨那令人發愁的問題。我怎能忘恩負義，告訴師父說我想離開他，去和密列夫人母子在一起呢？幸而在我的故事沒有說完時，我們已經來到密列夫人休息的旅館前了。師父在途中，也沒有提起夫人信中所說的事。

「那位叫做密列夫人的，現在正等著我吧？」師父跨進了旅館門，這樣問我。

「不錯，她在等著師父。讓我陪師父去。」

「不用你陪。告訴我房間的號數。你看著狗和裘利好了。」

師父是言出必行的，我也沒有反對過師父，然而今天我無論如何，都想知道師父和夫人會見的情形。我固執地想叫他讓我同進去時，師父揮手要我別說了，而且指示旅館入口處的椅子，我只好坐下去。狗兒們也想跟著師父去，同樣也給他叱了回來，蹲在我的身邊。老人的命令，誰也不敢違逆。

我不懂為什麼師父不讓我進去呢？有什麼事不能讓我在場的嗎？不久師父出來了。

「小米，你去給夫人辭行吧！」

我聽見這話有如做夢般呆望著師父。

「叫你去向夫人辭行。我等著你，我們在十分鐘內，就要離開這裡。」

我心亂如麻，無話可說。

「別呆坐不動啊！趕快去向夫人辭行，你還不明白我的話嗎？」

師父第一次向我粗暴地說話，我像木偶一樣地站起來，心神倉皇，向夫人的房間開步要走，又回頭看看師父，說：「那麼，師父要將我……」

「我已對夫人說了，小米是我寶貴的孩子，我一天不能離開他。所以我不能將我的權利讓給她。

我是這樣拒絕她的，所以，你去向她告辭吧！」

我身心沉重地向夫人的房中走去，心裡還念念不忘棄兒的那一回事，所以一聽師父說十分鐘內要離開此地，我以為師父已經全盤說出我的身世了。

我好不容易跨進夫人的房間，看見亞瑟正在哭泣，夫人彎腰在安慰他。亞瑟一見了我便嚷：「小米，你真的要走嗎？求你別走吧！」

夫人向他說明，我只可聽主人的命令，不能自由。她更以使我流淚的柔聲說：「小米，我盡力求你的主人，讓我來撫養你，但他就是不肯答應。」

亞瑟插嘴說：「那老頭子真刻薄！」

夫人回答他說：「不，他不是刻薄的。」

她轉向我繼續說：「老人的話也對，他真的沒有你時會很難過的，而且我看他像是真心疼愛你。他雖性情頑固，但是他說話時，那種正直和認真的風度，又和他的職業不相稱，他應該不像一個流浪藝人吧？那老人對我說：『我愛小米，小米也孝順我，我和他一起含辛茹苦，也是為了他自己。假使你撫養他，他會變得安逸，然而那和做奴隸差不多，雖然你或許不是這樣想，不過他的天性，總會自然而然變成那樣的。你或許能教他學問和禮儀，他這樣也會得到一些知識，成為一個有智慧的人；但我可不客氣地說，他在你們的身邊，絕不能成就可貴的人格和獨立的意志。小米絕不會變成你的兒子，他永遠是我的孩子。他在這裡，做你這溫柔而患病的兒子的玩具，總不及在我那裡』。」

亞瑟生氣地大罵說：「他又不是小米的爸爸！」

「他雖不是爸爸，但也是主人啊！他從小米的父母處，將他租來的。所以他有決定權。」

「我不管，我不能放小米走。」

「你不肯也沒辦法。還好小米也不是永遠屬於那老人的，所以我們去和他父母商量，或者會有挽回的餘地。我立刻寫封信去也好。」

我大聲說：「夫人，不，那不好！」

夫人莫名其妙地望著我：「有什麼不好呢？」

「那也是不行的……我求你別那樣做吧！」

「我就只有這一個方法能留下你了，你為什麼不肯？」

我出了悲哀的聲音說：「我求你，夫人，那……」

「你的父母是在夏曼儂嗎？」

我裝作住沒聽到，走近亞瑟，緊抱著他，吻別了他。又將他的雙腕擺脫，跪在夫人面前，流淚吻著她伸出來的手。

「真可憐！」夫人只這樣說了一句，吻著我的額。

我站起來時，心裡難過已極，趕快走到門口，含淚說：「亞瑟，我不會忘記您。夫人，我也不會忘記你的厚恩！」

「小米！小米！……」

我沒有聽亞瑟完慘呼的聲音，跑出室外，關上了門。我紅著眼睛，走近師父的身邊。

「喂，走吧！」

我們默默地離開旅館。

我們又走上長途，櫛風沐雨，冒著寒暑，塵埃遍面，泥濘滿身，背著豎琴，拖帶著疲倦的雙足，緊隨著師父，到處漂泊。我們又要在馬路中，為「高官貴客」們的取樂，做粉墨登場的傀儡了！

我本來並不喜歡這樣的境遇。因為人們很容易習於逸樂。每當煩愁和辛苦時，我總要回憶起那兩個月幸福的日子。在日後的路途中，我幾次故意地離開師父，走慢一步，盡力想念亞瑟、密列夫人和天鵝號的故事。我真眷戀著過去啊！過去是怎樣愉快的日子？現在每當夕陽西下，到了鄉間污穢的旅館中過夜，我將那冷木板的睡床，和那天鵝號客房中的綢絲床比較，真是天淵之別。我再也不能和亞瑟在一起遊戲了，我再不能聽到夫人的柔聲細雨了，我們什麼時候能再會呢？

我從未這麼感到悲哀，可是現在我唯一的幸福，就是師父比從前更愛我。雖然師父的天性並不是柔和那一型的，然而他卻漸漸成為柔和的人了。這是師父性情上的大變化，也是我無上的幸福。我想起亞瑟，不禁悲從中來，幸而有師父的慰撫，才勉強吞著酸淚。這時，我才感到自己不是孤單的。我的主人待我，也真像爸爸一樣。我在一天之中，不知道有多少次想和師父親吻。但我感情興奮，正想向這裡找出路時卻發現不行。師父雖然變成柔和，但依然不是可以親而狎暱的人。

最初我對師父謙恭，是因為怕他；現在卻對他肅然起敬。當我和他一起從村裡出來時，我當師父和常人差不多；但在密列夫人膝下這兩個月的生活中，我見識稍廣，現在觀看師父，他的風度，都和普通的人們不同，他的一切，和那密列夫人很相像。

我總覺得倘若密列夫人變成男子，就是師父；師父變成婦女，就是密列夫人。夫人若是「貴婦人」，那麼師父就是「紳士」。可惜夫人永遠是一位貴婦人，而我的師父，卻對著相對的人，才可以顯出他紳士的風度。我感到師父的威嚴，所以他雖在溫柔地說話，我也沒有和他親吻的勇氣。

我們仍是走江湖表演著，師父從不提起密列夫人或天鵝號的故事，我自己也不曾出口。可是有一天起，突然他常提起夫人的話。

「你好像很懷念那位夫人，這也是有理的。她性情真好，尤其對於你，她更是一位善人。你別忘記她啊！」

有時師父還常常說：「唉！當初那樣做就好了。」

我起先不明白他這句話是什麼意思。後來我才下了判斷，師父現在後悔不讓密列夫人留我。「唉！當初那樣做就好了。」這句話中含著深深的後悔，師父現在才想到了，但是我們已無法再遇到天鵝號了。

我對於他的後悔很高興，本來我不明白師父拒絕夫人請求的原因。雖然夫人告訴我，我依然不太相信。可是現在師父若真的是後悔了，這次總可以答應夫人的要求，我的心裡開始湧起莫大的希望。

我們能遇見那天鵝號嗎?它總行駛在法國的運河上，沒有遇不到的道理。在船上我曾聽過說，天鵝號現在已駛出運河，上溯加隆河。現在我們也在沿著加隆河漂泊，雖不知道誰先誰後，但我相信總有一天是會追上來的。我盼望著那樣的一天，在沿著河邊的大路上，我無暇顧及兩岸的風景與民情，只注意著水面。

我們漂流過好多地方，但這些地方的風俗和古蹟，我全然不關心。我到旅館時，只懷著熱望，一個人跑到了河邊或橋上，想看見天鵝號的影子。每當在遙遠的水天之際，看見有船駛進來時，我就心弦緊張，當它就是天鵝號。然而每次都是失望歸來。我曾去問那停在近處的船夫，但是他們沒有一個看過天鵝號。

我每一次跑出去時，師父當然都不知道。不過後來，師父也似乎也感覺到我在夢想著天鵝號了。可是他也沒叫我忘記她，我覺得師父現在似乎已經決心將我讓給密列夫人了。因此夫人也沒有寫信給我媽媽的必要，我的秘密也不會洩露，事情就在夫人和師父之間解決了吧？我的將來是可以想到了。

我們不久後到了盧昂，在那裡住了四五個星期。我在這段期間，每遇到有空時，我就跑到河岸去。我可能要比盧昂的居民還熟悉這邊的地理了，可是我還是找不到天鵝號。

我們決定離開盧昂前，我到舊書店的面前，細心查看法國的地圖。我知道天鵝號一定是沿著運河出海。可是，我們是要去第戎(注)，那麼我們沒有遇到天鵝號的機會了，因此我很頹喪。因為幾天之後，我們到了第戎，從此就再也不可能見到天鵝號的影蹤，我藏在心裡的空想，也已經完全被落空了。

使我更加失望的，是日漸接近的冬天，晨夕的朔風刮面生寒，而且這裡又到了降雨期，每日跋涉於寒雨和泥濘中，苦不堪言。濕氣浸骨，髮如飛蓬，身體疲倦得難以動彈，我們必須辛苦地走到污穢的旅店，或是一間破屋子裡，過著漫漫難熬的長宵。

不久我們到了第戎，因為下雨和寒冬，表演很不順利。我們必須趕快離開那裡。高原地潮濕的寒氣和裂膚的北風，逼人澈骨寒冷。不耐寒冷的裘利更可憐，牠比我更不堪。

如果是在巴黎，人口眾多，即使是寒冬也可以表演，因此師父想即早趕到巴黎去。搭火車雖然只有半日的路程，但為了省錢，以及沿路的小鎮還能表演賺錢，我們只好步行到巴黎。一路上雖然天氣晴朗，但在途中的村鎮裡，還要小演一兩套賺一點錢，演完再開始趕路。

前面這段路程還算很順利，不過一旦開始下雨，即使雨勢告停，我們仍須面迎刺骨的北風，緩緩前進，真的非常難受。然而我們經過了幾星期的雨淋，在最初晴朗的那一天，還以為這樣總比拖泥帶水好一點。但是從第二天起，天空中佈滿了黑暗的層雲，彷彿要下雪了。傍晚時我們投宿在一個村裡，隨便吃過晚飯，師父對我說：「喂！今晚早點睡，明天在黎明前，一定出發，否則要被大雪阻路的。」

師父想在沒有積雪之前，趕到特魯瓦（注）。據說特魯瓦是人口五萬以上的大城市，在那裡就算下起大雪來，也可按著天氣表演個四五次，賺一點宿費和旅費。我聽了師父的話，立刻上床。師父抱了裘利，到廚房的爐灶前讓牠取煖。牠在路上雖然已儘量添加衣裳，然而還是不斷打著寒顫。

次晨我們起身時，天還不曾破曉，陰沉的天空沒有一顆星。我感到非常的沈悶。開門一看，咆哮的北風吹進來，捲起暖爐的殘灰，使昨夜埋在灰中的餘薪重復燃了起來。我們匆促著帶好行李，這時旅店的主人起來對我師父說：「老伯，要下大雪了，你們千萬不能動身，太危險了。」

「但是我在趕路啊！我要在沒有下雪之前，趕到特魯瓦。」

「什麼？特魯瓦？不行啦！這種天氣，你們走不到的。」

師父不顧老闆的勸阻，冒著料峭的早寒出發。為了當面的寒風，我們不開口，默默地趕路。

不久天已大亮，天空仍舊黑暗異常，太陽雖上升了，可是僅在黑暗的低空中，掛著一條灰白的痕

．**第戎**（Dijon）　位於法國東部的城市，勃艮第運河河港，科多爾省的省會。在巴黎東南二百七十公里，建於羅馬時代，近代也是重要的鐵路樞紐。

．**特魯瓦**（Troyes）　法國中東部城市，奧布省首府。位於巴黎盆地東部塞納河畔。是針織業中心，還有冶金、化學工業。也是鐵路樞紐。

跡，不像是白天的模樣。四圍的景象好像黃昏一樣，更使我感到憂愁。寒風發出咆哮的狂吼在威脅我們。田野，道路，樹林，山丘，好似為人遺忘，不見半個人影，風聲裡只夾著小鳥的啼聲。一群天鵝噪著，劃過長空飛過去。

漸漸又吹起了西風，黃黑的層雲，漸漸地從西北方吹來，似乎快要停在樹梢了。不久，白蝴蝶一般的雪花，片片下降。它並不落到地上去，只在上下翻飛。我們根本還沒有走了多少路。依此速度下去，我們似乎沒有在大雪前趕到特魯瓦的希望。

雪下得愈來愈大，我只知寒冷，但還不知道這地方常有的「大風雪」，究竟有多恐怖。不久之後，從西北方吹來濃重的低雲，壓到我們的頭上來，天色突然更加灰暗起來，我們沒有吃驚的餘暇，就完全被包圍在灰暗的雲中了。那不是雲，而是雪啊！這已不是片片的雪，這是雨一般的粉雪，我們被厚密的粉雪包住，幾乎不能呼吸。

師父絕望地叫道：「我們不能趕到特魯瓦了，無論發現什麼房子，都一定要躲進去不可。」

我聽師父說不必趕路了，似乎好像得救了一樣，心中一寬。然而在這伸手不見五指的厚雪中，哪裡看見房子呢？

我們的周圍沒有人家，沒有一切的山丘和森林。在一刻鐘之前，我們還能分辨道路；現在這可怕的粉雪，在一瞬間，就將宇宙的一切，全埋在白色的墳墓中了。

無孔不入的粉雪，完全像塵埃一般，飄入我的身體，當它溶化時，那真難過！師父懷抱在衣服中的猴子，因為時常要出來換空氣，每次打開了胸前，粉雪乘勢吹入懷中，很不舒服。不過我們還能和風雪奮鬥，向著那漫漫的前面進行。而且時時停步，側轉身呼吸空氣。狗兒們卻好似力乏膽怯，只好跟在我們的背後。

我們現在好似走入迷宮，前途茫茫，身體又濕又凍，再加上疲勞，簡直動彈不得。可是根本沒有避難的地方，不久，風稍微小了些，粉雪又變成大雪片。我們可以看見一點前面了。我常抬眼望望主人，他像不斷地在尋求什麼，一邊看著左前方，一邊前進。

這裡是春天才剛伐過的林地，老樹梢發出來的嫩枝，受著積雪的重壓，彎得像弓一樣。我不知道師父究竟要尋什麼東西。我只看前面。心想早點走出這樹林，找到一家房子。可是前途總像漫漫無盡。雪更是下得厲害了。恐怕我們不會走出樹林外，早被雪埋在下面了。

我突然看見師父抬起手來，指著左邊。我看著他指點的地方，看見在空地那邊，有一間像全白的小屋。我們向著那邊急奔。果然，那是一間小屋，用木頭和枯枝搭成，上面有茅草蓋著屋頂。這粗陋的茅屋，對我們現在來說簡直是皇宮。

狗兒們最先跳進去，牠們在乾燥的地上，高興得很，亂吠亂滾。我們雖然歡喜，可是不能像牠們一樣，在地上亂滾，弄乾潮濕的身體。

師父對我說：「我看見這邊的樹木中，有新伐過的斧頭痕跡，所以知道附近一定有樵夫的房子。現在，任雪繼續下吧！」

我也勇敢地說：「是的，隨它怎麼樣下，我也不怕了！」

我們走到了這茅屋的入口，想不要把室內弄濕，所以將帽子上和衣服上的雪都拂乾淨了，才慢慢走進去。屋內非常簡單，椅子是石頭和木頭，屋角有一個用磚瓦圍成的火爐，可以燒火，我們心裡感謝莫名。要想燒火，可是沒有柴。雪已經堆起來了，又不能到屋外去拾樹枝，我們不覺為難。

幸而這房子的牆壁和屋頂，都是枯木砌成的，我們在不使屋子發生危險的範圍之內，抽出一些來當柴火。我將樹枝放入爐內，點著火柴，枯枝便猛烈地燒起來。最初還不旺，煙朦住了一屋子，我顧不得煙薰，雖然眼裡流著淚，還是伏在地上，拚命吹火。狗兒們全圍到爐邊來，想焙暖冰凍的身體，裘利先從主人的衣服裡伸出頭來，看見外面沒有危險，牠便迅速地跳了下來，占據一個最好的地方，牠那細小抖動的兩手，在熊熊烈火邊烤著。

師父依照往例，在每天早晨出發時，總帶著大塊的麵包和奶油，他便分給我們吃。不過他只拿出一半來分配，我們各人只能得到一點。

我有點不滿足，主人說：「從這裡到特魯瓦，恐怕尋不到住宿了，而且我完全不知道這森林的路徑。森林中即使不下雪，也很容易迷路的。所以沒有看準天氣，也不知道到第二個森林的路程，絕不可出發。雪若是再不停，我們要躲在這裡一兩天，食物也得節省。知道嗎？」

雖然吃不飽，然而我們已經勇敢了許多。因為我們有了避難處，能夠烤火，只要等到雪停。難道雪真會連下幾天不停嗎？向著北風中無盡的路前進，還不如這樣挨一點餓好。我這樣安慰自己。但是向外一望，風兒靜了，大雪有如鵝毛，天空依然是看不見的。地面受積雪的反映，比天空還要亮。

不久三隻狗兒都在爐邊睡著了，我也想照樣睡了。今天因為一早就起床出發，非常疲累，所以身體一暖，就有點睡意了。在這裡看那不停的雪，還不如睡一覺，做那重返天鵝號的夢吧！

4. 初入巴黎

你現在可以讀寫法文了，
也懂得意大利語和英語，
像你這樣的年紀，
能這樣我很滿意了；
不過你還需要忍耐和勇氣。
小米，讓我們一起盼望將來吧！

睡了一覺起來，雪已經停了。一看門口，積雪齊腰，已不知道現在什麼時候。師父也不能告訴我鐘點了。我們近來的表演很不順利，師父的儲蓄在圖盧茲法院繳納罰金後，早已剩沒多少。而且在前一個小鎮上，師父還為了替我買一件羊皮衣，賣掉了從前叫卡比看鐘點的大銀錶。

現在一望天空，也不知道正確時間，除了地面因積雪的閃映之外，四圍朦朧，空中只是處處呈著淡黃色，不見太陽在那裡。想側耳聽聽聲音，一切只有沈默，也聽不到小鳥的啼聲，只有樹上滑下來的積雪，沙沙作響。

師父在屋裡問：「小米，你想走嗎？」

「我不知道，我聽師父的命令。」

「那麼，繼續住在這小屋中吧！這裡可以睡覺，還有火烤。」

不過我已想到：「一直住在這裡，麵包吃完了怎麼辦？」

師父說話了：「這雪還要下。若是離開這裡，在路上再遇到風雪，或是迷了路，一切都完了。」

我們就決定在這裡過夜。師父分給我們剩下的麵包，可是數量有限，根本不能填飽我們的飢腹。狗兒們更感到不足，吃完了後，卡比還站起來，用腳摸摸師父的布袋。因為食品總是放在那袋裡的。然而袋裡卻已是空空如也，卡比也只好不響，饞嘴的傑比還不答應，在那裡哼個不休。

雪又愈下愈大，四圍的灌木，全埋在雪底。今天黑暗得比昨天更快，四周已經分辨不出東西了。夜裡雪還在下，從黑暗的天上，雪片還不斷地落到映明的地上，彷彿要埋沒這屋子似的。

師父說：「小米，我們輪流守夜吧！你先去睡，等一會叫你起來，我再睡。這樣大雪的夜裡，當然不會有盜賊或猛獸，可是不要讓火熄了。若是睡著時火熄了，會凍壞身體的。雪一晴，要冷得更厲害呢！」

我捲在焙乾的羊皮衣中，枕在埋平的石塊上，背向著火，睡得很舒適。被師父喚醒時，夜似乎很深了，雪已停了，爐火燒得很旺盛。

「輪到我來睡覺了。你看著火，只要時時添柴便好，你看，我連柴都預備好了。」

我一看，師父已經堆好樹枝。所以我不必離開火爐，到屋頂或牆壁裡抽柴。師父雖然想得周到，但他那裡知道，這樣反而會後悔不及呢？師父見我很清醒，他就拖著裘利在火爐邊躺下了。不久，師父發出鼾聲，我躡足走到門口，探望屋外的情形。

雪埋沒了地上的一切，一望無涯，有似鋪著凸凹的白布。空中星星閃耀，在蒼白的雪光中明滅若夢。寒氣凜冽，外面吹來的風，刺人肌骨。在肅靜沈默的夜裡，我微微聽見那積雪冰凍的細聲。我想到能發現小屋，實在很幸運。若沒找到這小屋，我們在森林裡過夜，那真不堪設想！我又輕輕地走到門口，狗兒們已經驚醒了。傑比跟著我到門口，牠看這莊嚴的雪景，自然沒有什麼意思，立刻就厭煩了，想跑到屋外去。我做手勢阻止牠，牠才不情願地縮回來。

究竟傑比為什麼要離開火爐邊而到雪中徘徊呢？牠雖然聽從了我的命令，似乎不服，牠的鼻孔還對著門口。我望著屋外的光景，不禁感到悲哀，便折回到爐邊，添上三四根粗柴，坐在我做枕頭的石上。我望著美麗的火焰，卷升到屋頂，爆裂的聲音，驚破深夜的寂寞。我的身體漸漸地暖和起來，眼睛也漸漸地閉上，不知不覺地失去知覺，我竟然睡著了。若是需要我時時起來拿柴，我絕不會這樣糊塗地入睡吧？然而已追悔無及了。

突然，狗吠聲驚醒了我，我直跳起來。屋子裡黑暗暗地。我一定是睡了好久，因為火已經熄了。

狗兒不絕地在吠著，那是卡比的聲音；可是卻沒有傑比和杜希的吠聲。師父也驚醒，爬了起來問道：

「什麼事？小米，發生了什麼事呀？」

「什麼事？我不知道。」

「你沒有睡著吧？火為什麼已經熄了呢？」

卡比跳到門口，可是不敢走出去，只向著屋外猛吠。我那時狼狽已極，無語可答。我聽見苦悶的呻吟聲和卡比的吠聲相應。我以為那是杜希的聲音，所以我想跑到屋外去。師父卻抓住我的肩膀，將我拖回來。「先點好火！」

我聽從師父的吩咐，趕快爬開爐灰，還存著殘燼。我一邊添上枯枝，伏在地上，吹著了火。師父拿起一把燒著的樹枝，當作火把。

「走吧！跟我來。卡比，你先走！」

我們剛要走出去時，聽得一聲可怕的嘶吼，如雷震一般，也不知是什麼野獸？卡比一聽到這聲音，膽怯起來，躲在我們的腳邊，畏縮著不敢向前。

「是狼！傑比和杜希呢？」師父問著。

我難以回答了。傑比一定在我睡著時，任性的跑了出去，杜希有樣學樣也跟牠出去了。兩隻狗不會是被狼拖去嗎？在師父問我時，我已經察出師父已想到這一點了。

「小米，你拿火把！我們救狗兒去！」

我在村裡時，時常聽到狼的可怕；可是我現在一點也不遲疑，在爐裡拿起火把，跟著師父就跑。我們到屋前空林中去找，不見狗也不見什麼狼。積雪上印著兩隻狗的足印。我們跟著這足印，圍繞屋子的周圍走了一週。忽然，狗兒倆的足跡紛亂了起來，雪印擲散，似乎是狗兒亂滾的痕跡。

「卡比，你去找找看！」

師父叫卡比去搜索，同時，他大聲吹起口笛，呼喚狗兒倆，然而沒有一點回聲。淒涼的森林仍舊緘默著。剛才唱著凱歌般啼號的狼，現在去那裡呢？卡比雖受了師父的命令，可不像平時那樣服從，牠緊纏著我們的腳跟，絕不敢離開太遠。我們手中的火把和雪光都不能照得很遠。師父再吹口笛，大聲地叫那兩隻狗的名字。可是師父的喚聲，只得了一聲反響，其他又像死一般的寂靜，我真心痛如絞。

師父嘆息說：「可憐的狗兒們！牠們給狼啣去了！小米，你為什麼放狗兒出去呢？」

我無言可答，只垂著眼睛。「我去找牠們。」

我想一個人去找牠們，但師父抓住了我的肩膀：「你到哪裡去找？」

「哪裡？……可能在那裡。」我隨手指了一個方向。

「林密雪深的，你到裡去找？現在積雪沒脛，火把的柴枝也快熄滅；而且火光也有限。我這樣呼喚還沒有回答，那麼，兩隻狗一定已經被拖到很遠的地方去了。我們再不小心，那狼還會來攻擊我們。我們又沒有武器，要小心提防啊！」

這兩隻可憐的狗兒，是衛塔劇團中不可缺少的主角，也是我不可一天離開的好友，這樣就放棄了，太殘酷了！我感到了自己的過失和責任，比自己被狼抓去還痛苦。假如我不要貪睡，牠們不可能跑到屋外的。師父向著小屋子回頭走，我默默地跟著他。我走一步回頭一看，還想看看有什麼東西，或是聽聽有沒有什麼聲音。

我們回到屋裡，拋在爐上的枯枝還燃得很旺，把滿屋子照得通亮，可是裘利又不見了。包著牠的毛氈還在火邊，可是卻變成扁平的一堆，裘利已經不在裡面了。我試著呼喚牠的名字，可是沒有牠的影子。

師父說：「我起身時，覺得裘利還在我的身邊。大概牠是在我們到屋外後才不見了的。」

我們拿起盛燃的枯枝，走到屋外。可是，沒有裘利的足跡，也沒有牠的影子。再回到屋裡，當牠或者躲在枯枝的角上，所以搜遍全屋子。我還騎上師父的肩頭，詳細檢查屋頂的枯枝，然而仍舊是徒勞。我們一直叫喚著裘利的名字，但還是找不到牠在那裡。師父和我都絕望了。

我對師父說：「恐怕在我們出去時，裘利也被狼抓走了吧！」

師父說：「不，狼不會進屋裡來的。傑比和杜希，是牠自己走到屋外去，才會被守候著的狼抓去的。只要在屋子裡，一定不會有事的，裘利可能是在我們出去以後，害怕得躲到別的地方去了。然而在這樣寒冷的氣候到屋外去，裘利怎能活得下去？恐怕在沒有給狼吃掉以前，早已凍死了吧！我真的很擔憂。」

我們想再找找看，但總找不到什麼，我總以為裘利被狼吃了。師父失望地說：「我們等天亮再找吧！」

「天亮在什麼時候呢？」

「再等兩三個鐘頭吧！」

師父把頭埋入手中，坐在火前不作聲，我也沒有再對他說話的勇氣了。坐在他的身邊，只時時伸手向爐裡添柴。師父有時站起來，到門口望望天空，側耳傾聽外面，不久又回到原來的位置，憂鬱地垂下頭。我想師父還是率性罵我一頓，總比這樣憂鬱地悲哀好。因為我的過失，斷送了兩隻狗和裘利，我將何以對師父呢？而且以後我們何以度日？我真是想哭。

我熱烈期待著天亮，在這兩三個鐘頭，真是生不如死。可是星稀天明，寒氣愈加刺骨。即使能將裘利找出來，在這樣寒冷的氣候，牠還能活到現在嗎？

師父在牆上抽出一根粗大的木棍當為武器，我也隨手抽了一根。卡比昨夜雖然膽怯，今早卻勇氣煥發，候命前進。我們先在屋子左右找尋裘利。可是找來找去，總找不到裘利的足跡。忽然，那抬頭向天空聞嗅的卡比，高興地吠起來，牠彷彿發現裘利不在地上，而在高處。

真的，我們朝天一看，屋子上有大樹的橫枝，被積雪壓彎道幾乎和屋頂相接，從這樹枝再望上去，在很高的樹枝分歧處，有一團黑而細小的東西。那就是裘利！昨夜狼的啼聲嚇到了牠，牠在我們出去之後，從屋頂逃出來，到樹上避難。現在任我們怎樣叫喚，總不答應，靜蹲在那裡。

裘利十分怕冷，恐怕凍死在那裡了。師父喚了幾聲，牠像是沒聽見。師父喚了四五分鐘，牠還是毫無動靜，我以為牠真的死在那裡了。

我請師父讓我到樹上去看看，師父怕我危險，不答應。我說從前在村裡時，就很擅長爬樹，他才答應了我。我攀上那有積雪而不容易爬的大樹，到那樹枝分歧處。裘利像已經死了那樣蹲在樹上，可是牠光亮的眼睛卻望著我，我這時才放心。牠看見我，在枝上滑了幾滑，到了低處的枝上，跳上師父的肩頭，立刻鑽進師父的衣服裡去了。

找到了裘利，還要知道狗兒的下落，我們順著雪上的足印去找。明亮的陽光下，兩隻狗的足印很明晰，我們發現了昨夜的悲劇。那足印在屋後有幾百公尺長，然後就突然消失了，以後是狼的大足跡，彷彿從森林那邊跳出來的。在狗和狼的足跡交雜的地方，積雪散見，還有狗兒跌滾的痕跡，白雪上紛濺著紅色的血。這可憐的悲劇！我們沒有勇氣再找尋狗兒們了。牠們是被咬著咽喉拖到森林中，現在早已葬身狼腹了。

現在我們要立刻給猴子取暖，倉忙地回到屋裡，爐裡殘火尚在，師父像嬰兒一樣抱著裘利，給牠烤手腳，我也將牠的毛氈烤暖，包裹著牠，讓牠睡覺。可是現在裘利所需要的，不只是一張薄毛氈，牠還要溫暖的睡床，沸熱的飲料。然而我們沒有。我們有了火爐，已是大幸了。我們坐在爐邊，默默地望著爐火。

「可憐的傑比！可憐的杜希！可憐的朋友們！」

這是我們從心中發出的叫喚。這兩隻狗兒，和我們患難安樂相共。尤其是我，師父在獄中的那段日子，牠們是安慰我的摯友。現在牠們因我的過失而喪失生命，若是我能盡職，牠們就不會出去；即使讓牠們走在屋子的周圍，屋子裡還有火光，那狼也不敢走近吧！

我希望師父生氣大罵我一場，然而師父並不向我作聲。他只是垂著頭，望著爐火，連看也不看我。師父大概在想：「沒有了這兩隻狗，不能表演，一切就更絕望了吧！」

今天天氣真好，和昨天完全不同，反映雪上的白光，使人不能睜眼。師父常伸手到毛氈下摸摸裘利，但也不能使牠暖和。我將耳附在毛氈上，可以聽見裘利寒顫的聲音。我們知道繼續在這裡，牠冰凍的血不可能恢復原狀。師父站起來說：「我們去找到一個村落吧！裘利在這裡一定會凍死的。走吧！」

我們烘暖毛氈，包緊了小猴子，放進師父的上衣裡，貼住在懷中。我們將要離開這小屋子時，師父悽慘地和它告別說：「好貴的旅店啊！割了我的肉做住宿費。」

老人走在前頭，我跟在他的背後。卡比還呆立在門口，向著昨夜的悲劇發生地，默默地在追思；我們回頭去叫牠，牠才跟上來。我們現在看見從這林中搬運木材出去的車道，沿著走了十分鐘，才到了大路上。

這時剛巧有一輛運貨的馬車走過，車夫告訴我們再走一小時，便可以到鎮上去。雖然我提起精神往前走，然而積雪齊腰，這條路不是容易走的。我時時向師父問裘利的情形，他說還聽見牠在發抖。不久，看見了前面的城鎮，我們鼓勇氣，加快腳步。

從前，我們無論那裡，總在市郊附近，找一家便宜的旅館，住宿在那裡。今天我們一走進城鎮，看見兩三間粗陋的旅店，師父看也不看一眼。我們走到市中心，看見了一間招牌很大的上等旅館，師父毫無考慮，堂而皇之地就走進去，我驚異地也跟著跨進。

師父看見店主，就不像往常在便宜旅店時一樣了，他放出紳士的態度，不脱帽子，大大方方的要一間有火爐的暖房。店主蓄著長髮，很漂亮，雖然對我們的來歷有點奇怪，但看見師父那種貴氣凌人的模樣，又似乎很放心，立刻吩咐女服務生們來，將我們帶到房間裡。接著燃旺火爐，師父立刻向我焦躁地說：「小米，趕快到床上睡覺去！」

我吃了一驚，望著師父。我現在肚子好餓，根本不想睡覺，但他依然命令著：「喂，趕快睡下去！」我只有聽從他的命令，脱去上衣，鑽到床裡去。師父拉開輕鬆的鵝毛被，蒙蓋在我的身上。

「好好地溫一溫吧！越暖越好。」

我想，又不是我在生病，應該是裘利才要趕緊暖一暖的。我路上走得很快，一點也不覺得寒冷。

但我只能聽令，一動也不動，使勁地溫暖著身體。這時師父才取出裘利來，抱到暖爐前，將牠反轉焙烘。女服務生吃驚地望著，不久便走出去。

過了一會，師父問我說：「怎樣，被中暖和了嗎？」

被中暖得很，我說：「熱得喘不過氣來了。」

「很好。」師父趕快抱過裘利來，塞入我的被窩裡，叫我緊抱著牠。平時頑皮的裘利，向來不大肯聽話的，但是今天卻任由我們處置。我一抱牠，牠便緊貼著。我發現牠不再寒顫了。可是牠細小的身體，卻燙得像火一般。

師父到廚房裡去，拿了一杯加糖的熱葡萄酒來，讓裘利喝一杯。可是牠緊咬著牙齒，不肯開口。牠火紅的眼睛，可憐地望著我們，似乎叫我們不要再麻煩牠。這時裘利將牠的小手，從被窩裡伸出給我看。

我奇怪地問問師父，師父告訴我說：「從前裘利患過肺炎，那時獸醫從牠的腕上放血，給牠治好了。現在牠知道自己又生病了，想叫我們像從前一樣地給牠放血。」

我覺得牠又愛又憐，心裡非常難過。師父似乎也很難過，為牠的病擔憂。裘利知道自己在生病，連牠平日最喜歡加糖葡萄酒，現在也不肯喝了。

「小米，你喝了這酒睡覺吧！我立刻去請醫生來。」師父這樣說，走出去了。

我很愛喝那種加糖葡萄酒，現在肚子又餓，便一口就喝乾，蓋上被睡覺了。我覺得身體發熱，呼吸短促，非常不舒服。

不久，師父帶著一位戴眼鏡的紳士回來。他就是醫生。師父不曾告訴他病人是猴子，因為恐怕這體面的醫生不肯枉駕，只說這裡有病人，便將他拖來。進來的醫生，看見醉酒的我，睡夢中滿面通紅，就走過來，將手按在我的額上說：「充血喔！」

我怕他在我手腕上放血，只好開口說：「醫生，不是我生病。」

「你沒生病？這是囈語，你的病可不輕呢！」

我倉忙地坐起半身，指著懷裡的裘利說：「是這小猴子生病了。」

醫生向後倒退，生氣地看著師父：「是猴子？你拖我來給猴子看病嗎？豈有此理！」

醫生非常氣，回頭想走。老人卻很鎮靜，先鄭重地挽留他，然後懇切地說明詳情：大概是說昨夜遇到大雪，狗兒不幸給狼抓去，猴子上樹得救，可是卻得了一場大病的經過。

師父這時才鄭重地說：「不錯，病人是一隻猴子，可是牠不比尋常，這幾年來我養育牠有如兒子，牠成了我們劇團裡的名角，我怎麼能請鄉下的獸醫？獸醫沒有知識，醫生才有學識，所以無論在什麼地方，若要請醫生時，就一定要請像您這樣學識高明，人情練達的醫生。先生也知道，猴子固然是動物，可是牠近似人類，猴子的疾病，也就和人類的疾病相差無幾。那麼，在學術上的立場，也請先生做個臨床試驗，看看猴子的病和人類的病是否相似，這不是很有意義嗎？」

醫生聽了師父的解釋，竟然又從門口回到睡床前來。師父在說話時，裘利似乎早已知道，這架著金絲邊眼鏡的人，是來給自己醫病的。牠將小手伸出十多回，懇求給牠快點放血。

「醫生，請你看一下，小猴子已知道你是醫生，還伸出手來請你診脈，這是多可愛而伶俐的猴子呢！」

裘利伸出的手腕，使醫生下了決心，喃喃自語說：「雖然不同，但這病例還真的很有意思。」他開始給小猴子把脈。

在醫生看來，或者還感到趣味，我們卻十分傷心。因為診察的結果，就是肺炎復發。醫生用小刀切開裘利的手腕，給牠放血。牠也不呻吟，忍受著痛。因為牠想忍痛叫疾病快好。手術定了後，又將芥子泥(注)貼在牠胸上，給牠吃藥水。當然我也不能上床睡覺了。

師父吩咐我看護裘利，而裘利似乎也很滿意我的看護，牠裝出笑顏，表示感謝。我覺得牠的目光忽然柔和起來。從前牠是活潑性急，專門和人家作對，一刻也不能安靜；現在彷彿變成好學生，非常柔順地馴服了。

我看裘利的病情，必須在牠身邊服侍一段時間了。但是牠的病狀，按著肺炎發病的過程逐漸加重，從那天下午起，牠開始咳嗽了，咳得像要命似的，因此牠更疲勞了。我的袋裡還有一角錢，就去買一點糖果來給裘利。牠每當咳嗽時，我就給牠一片。牠知道了我的辦法，一想吃糖，就假裝著咳嗽。牠非常愛吃糖果，我知道牠的詭計，不上牠的當，牠閃著眼光來懇求我，我裝著沒看到。牠到最後，咳嗽變得越來越厲害，似乎就要窒息死了。不久病勢愈來愈重，悲劇的落幕已經快來了。

我們在這裡逗留了兩三天，裘利的病狀更壞。有一天早上，師父忽然吩咐我看好裘利，吃過早飯回來時，他對我說：「今晚店主來要賬了，除了付賬以外，現在只剩下二法郎了，所以我決定在今晚出去表演一次。」

可是傑比、杜希都不在，裘利又生著大病睡在床上，我們要表演什麼呢？但我們想救活裘利的性命，就是要錢，還要在這村裡多住幾天，想到醫藥費、食宿費、炭火費等，至少要四十法郎才夠。但是這裡天寒地凍，我們演員又不足，怎麼能夠賺到四十法郎呢？

我在看護著病人時，師父匆忙地出去，在市場的小屋中，確定了表演處所才回來。因為天上在下雪，我們不能在路上表演。他自己用木板釘了舞台，還畫了海報說，今晚市場裡將要有一場夜間表演。他將最後的一點錢全買了蠟燭，每枝蠟燭還再切成兩段，於是每枝可做兩枝用，但能點燃的時間也少了一大半。我從窗口處望見師父在忙碌著，也不知他到底在想表演什麼呢？我想到這裡，心裡更加慚愧了。

不久，當地帶著紅色軍帽的流動廣告人，沿街擂著銅鼓，宣傳著今晚衛塔劇團的表演。我從窗口伸出頭來一看，那人已到旅館門前，敲著銅鼓在引誘行人，又大聲地在宣傳戲目的開場白。他在大吹大擂著的「世界知名的藝術家」，這應該指的是卡比；那麼神童音樂家就一定是我了。而且廣告中還說：「絕對不收門票，觀眾隨意看賞；表演若和廣告不符，請勿打賞。」這種宣傳真是太大膽了，到時一文錢也收不到就麻煩了。

聽見了響亮的銅鼓聲，卡比歡喜得叫了。裘利也忘記疾病的痛苦，爬到被面。牠們倆全知道這銅鼓的聲音，是在宣傳我們的表演吧！裘利用無力的足幹，搖擺地想站起來。牠不聽我的制止，反而作勢向我請求，快拿出牠的英國大將軍服來給牠。我向牠搖頭，牠又合著掌，跪了下去，向我哀求。

牠平素最討厭穿戴表演，但現在反而想穿戴起來參加表演。我對牠又愛又憐，心裡更加難受。我不肯答應，牠生氣了；最後竟流出眼淚來。要牠放棄今晚的表演很難，我想在我們走出旅館時，還是別讓牠知道比較好。

・**芥子泥**（sinapism）將芥子搗成泥狀敷於胸部，可平復咳嗽，對肺炎與氣管炎患者有舒緩效果，但無消炎作用。

師父卻完全不知，他一回到旅館裡來，便吩咐我將豎琴和必要的道具準備起來。裘利聽到這話，立刻又熱心地向著師父哀求。牠口裡雖說不出話，可是那抑揚頓挫的聲調、充滿哀憐的表情，以及身體的搖擺，比口裡說出來的還要感動人。牠眼裡流出真誠的熱淚，纏住師父的雙手，不斷地親吻。

師父靜靜地問：「你這樣想登台嗎？」

「不錯，我懇求你，我希望登台。」牠口裡雖不會說話，可是牠的表情，這樣作答。

「但是你現在生著重病呢！」

牠彷彿凜然地說：「不，我已經不是病人了。」

我從未見過師父流淚，但現在他眼裡也潮濕了。我們當然也希望允許裘利登台，然而今晚讓牠登場演藝，那簡直是叫牠送命。

不久，我們要到市場去表演了。我恐怕爐火熄滅，刻意加上一些粗大的柴。又含著淚，好不容易才叫裘利再鑽進被窩裡，然後我們帶著卡比出去。缺少了三個要角，戲當然不像從前那樣的演法了。只有我和卡比兩人，要賺到四十法郎，我是不敢奢望的。

到了市場的戲台上一看，師父一人已準備齊全，只待點起蠟燭來。但是這蠟燭也不能隨便點燃，若在觀眾還沒有到齊，就先點了起來，表演到半途，蠟燭燒完了，那就糟糕了。

我一化妝完畢，就和卡比躲在台柱後，窺探觀眾來了多少。銅鼓的聲音越響越近，我還聽見嘈雜的人聲，那是村裡的小孩子們，約有二十人左右，隨著銅鼓來了。鼓手走進市場，站在進口地方兩枝蠟燭間，又是大吹大擂起來。我們待著觀眾，心裡七上八下的。

我從台上一望，人數還算多，但全是小孩子，而且多是頑童，藉不收門票的機會，大多是純粹來看戲的。別說四十法郎，要從這些觀眾手裡得到四法郎也難。我們表演不怕人數少，就怕沒有肯賞錢的豪客。

一點起蠟燭，戲台上也熱鬧起來，雖然看來會打賞的豪客不多，不過一想到有限的蠟燭時，我們也不能一直空等了。我們不顧來客的多少，準備開幕，由我最先出場，和著豎琴，唱了兩曲流行歌。但觀眾卻並不喝采。幸而我有自知之明，他們不喝采，我也不覺得難堪。可是今晚觀眾這樣冷淡，使我非常失望，這樣看來，觀眾恐怕不會慷慨打賞了。

我一心只想醫治裘利，才熱心地拚命歌唱，但是沒有任何一個觀眾當我是神童。我失望地下台，接著是卡比登場。卡比要比我幸運一點，牠博得觀眾無數的喝采。我也不能因為沒有人家喝采就不出場，我和卡比兩人，輪流登場。托了卡比的福蔭，觀眾還像滿意。我們在拍掌和頓足之中，演完了預定的戲碼。

當我們要收錢時，在師父的伴奏中，我一個人跳著西班牙舞繼續表演，這時卡比啣了那個圓盆，在觀眾席中轉來轉去。能順利地湊到四十法郎嗎？我很擔心。然而我還是要裝著笑臉，向觀眾舞個不休。我跳得很辛苦，可是卡比還沒有回來，所以我也不能停住。卡比從容地在觀眾之間環繞，看見不賞錢的人，牠照例用一隻腳拍拍那人的口袋，要他拿出錢來。

等到卡比回到戲台上來，我正想停下舞步，但是師父卻打暗號，叫我再繼續跳舞。我就一邊跳，一邊走近卡比，看見圓盆中僅有十幾法郎而已。師父也看到了，立刻停止音樂，他站起來，向著觀眾說了。

「各位觀眾，今晚的戲碼雖然到此為止，可是蠟燭還沒燒完，諸位似乎也餘興未盡。現在我狗尾續貂，清唱一小段歌曲，煩請諸位留步。若是各位不嫌棄，我再叫卡比上前領教，敬請諸位慷慨解囊。尤其是剛才還沒施捨的諸位，請先預備一下。」

衛塔是教我唱歌的師父，不過我跟著他這麼久，至今也不曾聽過他自己出來唱歌。我還有點不放心。師父選了兩節大家都知道，但我卻是第一次聽到有名的歌曲。一首是《約瑟夫浪漫曲》中的〈辭別童年〉；另一首是《獅心王理查德浪漫曲》中的〈啊！理查德，我的國王〉。

我雖然不能判斷歌曲的好壞，可是第一次在戲台上聽見師父的歌唱，讓我非常感動。躲在一角，靜聽他的歌聲，我不禁眼裡流出淚了。我在淚眼朦朧中，看見第一排椅子上，有一位年輕漂亮的女士。她在每一曲完後，總熱心拍掌，我早就留意她了。

她的服裝和容貌，可以看出她是漂亮的貴婦。她穿著我從未見過的皮大衣，那大概是獺皮吧？我只當她是本地富人家的太太，她的身邊還有一個小孩子，他們面貌很像，大概是母子，這小孩子也熱心地為卡比喝采。

師父的第一曲唱完後，卡比拿著圓盆去募款，走到那女人面前時，我意外的失望，她一個銅板也不拿出來。第二曲唱完時，那女人忽然向我招手，我就走近她。

「我有事想和你師父談談！」

我吃了一驚。這位漂亮的貴婦人要和我的師父說話！有什麼事？若是要給錢，只要丟在卡比的盆裡就行了。然而我又不好問她，只好跑到師父那裡去告訴他。這時候卡比也啣了圓盆回來，盆裡的錢和第一曲完了時同樣的有限，兩次合計依然不到二十法郎。不能給裘利醫病呀！師父聽了我的話，不高興地縐眉說：「要找我有什麼事？」

「她說有話要和你談談。」

「我沒有什麼話好說的。」

「她沒有給卡比東西……或者是要賞錢給我們吧！」

「那麼，叫卡比去就行了。」師父口裡自語著，便帶著卡比走出來，我跟在他背後。這時有一個用人，拿著燈籠和圍巾，準備接她回去。師父走到她的面前，冷淡地點一點頭。

那女人鄭重地說：「勞您的駕。但是，您的唱歌使我很感動，所以我想直接向您致謝。」

師父默默地不答。女人又接著說：「我也是個音樂家。我能聽出您一定是歌劇界的名人。」

「我的師父是名人？」那貴婦說我這耍猴戲的流浪藝人是歌劇界的名人！我不相信。而師父聽了她的稱讚，也沒什麼高興的表情。

「我這個糟老頭，承受不起名人的稱呼！」

「我不是想打聽您的出身，不過您……」

「不，我的出身，並沒有可以使您好奇的。也許你突然聽到這平凡的流浪藝人唱了幾聲，所以有點驚奇吧了……」

「我真佩服。」

「說來話長。我也不是生來就走江湖的。我年輕時，在一位音樂家的家裡打個雜，所以就像鸚鵡學舌般地記得了幾句，現在隨便唱了出來而已……反正我只是一個走江湖的流浪藝人。」

那女人靜默著不講話，臉色就是不信。終於她用力地說：「先生，以後還有看見您的機會吧！我今晚心折之至。再會吧！您一路順風。」

她說完後，向著卡比，擲一個金幣在盆裡。我以為師父要將這貴客送到門口的，可是並沒有。不久，那女人走遠了，我聽見師父用意大利話在自言自語。

「師父，她給了卡比一個金路易(注)！」

我這樣嚷起來時，師父生氣地想要打我，但又突然縮手，像夢中醒過來似的。

「金路易不錯，我差點忘了裘利，趕快去看牠。」我們將東西收拾好，匆忙地跑回旅館去。

我跳上樓梯，最先跑進房去，爐中殘火尚在。但是不見裘利的影蹤，我急忙擦著火柴，點亮蠟燭。原來牠躺在被上，方才似乎自己起來化妝過，穿著陸軍上將的軍服，連我走進房間也不知道，牠睡得很熟。

我想別驚醒牠，便躡腳走近床邊，靜靜地握起牠的手。誰知那手已經冰冷。這時，剛巧師父跨進來，我倉皇地說：「師父，裘利已經冰冷了！」師父也趕快一摸。

「唉！已經死了！……誰也料不到的。小米，這是我從密列夫人的手裡強奪你來的報應吧！傑比和杜希被狼吃了，現在裘利也死了。事情恐怕還不止如此，我不應該做這件事，這是神在懲罰我啊！」師父的老淚縱橫著說道。

我們離巴黎還很遠，但依舊要帶著悲哀，離開村子，迎著北風出發了。老人在前，我和卡比跟著。我們排著這樣的行列，不知走了幾個鐘頭，也不曾說半句話。寒風刮面，口唇凍得蒼白，足底濕透了，鞋重腹空，我們全想臥倒了。

途中相遇的農人們，都感到我們莫名其妙，目送我們這一行列的經過。他們疑惑這高大的老頭子，帶了這小孩和狗要到那裡去呢？我覺得默默前進很痛苦，我真想講話，好移轉心情。但是我找話對師父說，他只回答我一兩句又靜默了，而且他自己是絕不回頭來對我講半句話的。

還好卡比常來安慰我，跑來舐我的手，牠好像是在說：「你還有卡比在你的身邊，別忘記我啊！」我拍拍牠的頭，我們互相鼓勵和安慰著。狗的心是和赤子之心是一樣的。

卡比從前是同類中的首領，沿途監督著其他狗兒，牠養成了這習慣，現在依然時時停止回顧。然而牠立刻想起杜希和傑比都已死，便悄然跑到我們前頭，回看師父的臉孔，似乎告訴他說伴侶沒有跟來，牠不能再負責了。

我看見那卡比悲哀的眼光，不禁心痛欲裂。而且沿途的景色，也使我們頹喪，白銀世界，一望無涯，田園和牧場，全悄無人影，萬籟俱絕。只有那覓食的鳥兒，在高樹上悲啼。鄉下人都緊閉門戶，躲在爐邊，屋外一切如死。我們在夜中，找到人家置物的房子或牛欄度夜，有時躺在曠野中的羊欄裡，一天只吃一次薄薄的一片麵包。

偶然在羊欄裡，混在羊群中睡覺，因為羊群的溫氣，我們在夢中不致凍醒。現在正是母羊育兒的時節，牧人看見羊乳太多，就讓我到羊的奶頭去吸飲。我們不肯說餓，師父看見我在拚命地吸乳時，就對牧人說：「這小孩子從小在鄉下，吸著羊乳，所以到現在還想喝。」的確我很喜歡羊乳的。在喝了羊乳的第二天，我又精神抖擻了起來。

我們離巴黎越來越近，路邊的里程標、熱鬧的交通，都告訴我們快到了。雪已融解，路上滿是泥

·**金路易**（Louis）　法國的金幣，鑄於一六四一到一七九五年間，幣上鑄有路易十三或路易十四等人頭像，所以稱作金路易，折合二十法郎。

濘。我們雖然接近巴黎，然而這裡鄉村的外表也未必漂亮。我從小就聽說，巴黎是世上的花都，所以我以為那裡是神仙居住的都市，有黃金的樹木、黃金的高塔，路旁排列著大理石的宮殿，還有穿著燕尾服逍遙街上的居民。我想早些看見黃金的樹木，因此趕快前進。可是我一想到，我們到了巴黎如何度日，又開始憂愁起來。我幾次想問師父，總覺得難以出口。

我們下坡時，走到一個大村子，停了一下，這時我看見了遠遠的天空籠著黑煙，隱約地看到高高的屋頂。我知道這是一個大城市。師父停住了，等我走到身邊時，他似乎有話要說。

「小米，從此我們要和以前的生活告別了，四小時後，我們就到巴黎了。」

我不明白這句話。可是我這時的心中亂跳，叫起來說：「呀！這裡望過去就是巴黎嗎？」

師父說：「不錯。」那從層雲裡漏出的陽光，輝煌地映著那金塔。

師父接著說：「到了巴黎，我們就要分手了。」

我一聽他這樣說，立刻覺得眼裡發昏，似乎落入茫茫的黑夜裡，再也沒有黃金的樹木，也沒有其他的一切。師父看見我臉蒼白，便悲傷地說：「你好像很傷心？」

我勉強地說：「師父要和我分手嗎？」

「呀！你太可憐了！」聽得出師父的聲音也很難過。他的眼中映著淚光，我好久不曾聽到師父這樣溫柔的言語了。

「呀！師父真是個好人！」這是從我的心底叫出來的聲音。

「不，我不是什麼好人，你才是一個好人。將來你就會明白，你有一顆善良的心。記住，將來無論遭遇什麼環境，你都要維持這樣的心。這些日子以來，好像是我在照顧你，其實是我在依賴你。你聽我說話的時候，淚水潤濕了你的眼睛，這淚珠對我是最大的安慰。你的溫柔，是我晚年最值得誇耀的成果。」

我心中難過，說不出話來。老人接著又說：「小米，人生的聚散是不由自主的。」

我膽怯地問：「師父是想把我丟在巴黎嗎？」

「不，我怎麼能將你一個人丟在巴黎呢？我對你要負責任的，絕不會丟下你。記得密列夫人要領你去養育時，我在她面前立誓，要將你養成一個有用的人，我絕不會食言的。可是你要知道，人生的際遇無法盡如人意，我們還是要分離。但分離並不會長久的。你想，在這樣寒冬，我們還有三四個鐘頭就要到巴黎，重要的演員都已喪生，現在只剩下卡比，我們還能表演嗎？」

卡比站在我背後，牠聽到這最後那句話，便走到我們面前，站起後腳，一隻腳舉到耳朵邊，行著軍禮，立刻又放在胸前，好像是說牠情願效勞。但是現在卡比的忠心，對我們也沒有用處。師父停了一停，摸著卡比說：「你也是隻好狗，可惜沒有觀眾認識你。我們雖然流著血淚，熱心表演，他們不看也是枉然的。」

我插嘴說：「是的，我們沒辦法演出的！」

「卡比獻技時，只有頑皮的小孩子們擲些果皮。冒著風雪，一天忙到晚，依然無法養活我們這一家三口。」

「可是我還有豎琴。」

「要是再有一個像你這樣的小孩子，那就好了；像我這樣的老人和一個小孩子，人們是不會想看的。若是我老態龍鍾，加上瞎眼，讓你牽著在街上求乞，那可能還活得下去。像巴黎這樣的地方，要不是畸形殘廢，或是長相怪異的，都不會惹人注目的，但我寧死也不願去討飯的。我想在這個冬天，還不至於餓死，我先將你寄在另一個師父那裡去。你只要和其他的小孩子們一起彈彈琴，在街上走走，他是可以給你吃飯的，你的豎琴也就有用處了。」

我不小心說出豎琴來，誰知道卻會造成這事。

師父又立刻接著說：「我來過巴黎，在這裡還小有名氣，只要向那裡賣藝的意大利小孩子們教教豎琴或風笛，一個人也可過冬。我還預備在這段時間，再訓練幾隻狗兒來代替傑比與杜希。明年春天，我再和你一起，過從前一樣的生活，從此就永久不會分開了。我們一起奮鬥，命運總有一天會改變的。明年春天，我要帶你到英國或德國，這樣你長大了，才會得到種種不同的經驗。我會盡我可能教你活的學問，使你能成為獨往獨來的大人物。這是我的希望，而且我已經對密列夫人說過，我也一定要那樣做。你現在可以讀寫法文了，也懂得意大利語和英語，像你這樣的年紀，能這樣我很滿意了；不過你還需要忍耐和勇氣。小米，讓我們一起盼望將來吧！」

就現在的境遇來說，師父這樣做固然很好。可是事實並不是這樣的。和師父離開，去跟其他流浪藝人，我終日想到這兩件事。以前我在村鎮裡，幾次遇見這種流動劇團，他們非常殘酷，手裡拿著木棍，打罵買來的小孩子們，雖然同是師父，但他們殘酷暴戾，酗酒罵人，一股下流的氣息。要我做這些人的徒弟，即使他們不殘酷，我又怎能不傷心呢？

我從慈母的懷裡被奪了出來，現在又要分別這嚴父一樣的師父，我為什麼不能和親愛的人在一起？我沒有父母和家庭，一生像漂流的浮萍，我的心裡有許多話要對師父說，可是總說不出口。我只好聽著師父的吩咐，勇敢地忍耐，準備到另一個師父那裡。我也不能現在露出痛苦的神情，免得師父難過。

我默默地跟著師父趕路，不久到了一條大河邊，渡過了一條滿是泥濘的橋。又到了一條狹窄的街上，看見路上時時有運貨馬車經過。屋子越來越多，道路的兩傍全是這些污穢難看的建築，絕不能和魯昂，圖盧茲或波爾多的相比。道路的兩旁融雪泥濘，積雪上面還有爐灰、爛菜、塵芥等類的東西，惡臭撲人。馬車在街上來往如織梭。

「師父，這是那裡？」

「這就是巴黎了。」

「巴黎？」我大吃一驚。大理石的宮殿，著燕尾服的行人全看不見，我夢想不到巴黎竟是這樣污穢的地方。在這樣的巴黎，我要和師父，還有卡比分開了，一個人度過凄涼的冬天。

在這條街道上，越走越出我意外。路旁污水四流、惡臭撲人。馬車過處飛濺著泥水，撒遍兩旁商店粗陋的玻璃窗上。我們到了一條勉強還可以一看的大路上，路傍的人家和商店，才漸漸地像個樣了。轉了幾個彎，我們又到了一個很污濁的地方。狹窄的街上，兩邊是又髒又臭的老房子，街中淌著污水；小酒鋪子的前面，男男女女都站著痛飲。

師父認定目的地，分開如織的行人，一直前進，我也緊跟著。

「當心著別迷路啊！」師父時時回頭說。

我早已拚命地抓緊師父的衣角，跟著在走。橫過空地，走入一條小橫巷裡，到了一處黑暗的地方，我們停了下來。那裡永遠沒有陽光，又髒又暗，惡臭直衝入鼻子裡。這樣不堪的地方，我真從未見過。

師父看見一個男子，他手裡提著燈籠，到牆上去掛一件襤褸的衣服，就問他說：「加洛在家嗎？」那男子說不知道，叫我們自己上去看，到那樓梯上最高盡頭的房間。

「我對你說過你要跟的那位新師父，就是加洛。」

師父走上樓梯，我也跟著；樓梯又很污穢，到巴黎後看到的一切，都使我沈鬱。我疑惑著加洛是怎樣的人物呢？

我們走上四層樓，師父並不敲門，只推那正面房子的房門，我看見房間中沒有一點裝飾，只排列著十二張粗糙的睡床。白色的牆壁，已被煤煙和塵埃燻得漆黑；壁上到處是塗鴉，各處還穿著洞孔。

師父跨了進去問：「加洛，你在家嗎？屋裡太黑了，什麼都看不見……我是衛塔。」

今天是陰天，屋裡牆邊只有一點煤油燈，根本看不見人。這時有一點微弱的孩子聲，從屋子角落發出。

「師父不在，還要兩個鐘頭才回來。」

一個大約十一歲的孩子，蹣跚地走近我們。他的樣子很奇怪，頭大無比，好像我們在漫畫裡看見的一樣；他的面貌上有著痛苦的表情；眼睛和身體都滿是絕望和失意。但他那潤澤溫柔的大眼，還很很惹人憐愛。

師父問：「兩個鐘頭後，他一定回來嗎？」

「他到吃晚飯時，一定回來的。師父總是監督著我們吃飯的。」

「好，我兩點鐘後再來吧！他回來時，你告訴他，衛塔師父要來看他。」

小孩子答：「知道了。」

我想跟師父出去，師父阻止我說：「你留在這裡，休息一下吧！」

他這樣說後，看見我懷著恐怖，顏色蒼白，就接著說：「我一定會回來的，你放心好了。」

我雖然想休息，也想跟師父出去，可是我對於師父，總是唯命是從的。小孩子聽到師父下樓，又等了一會，直到足音完全沒了，才用意大利話對著我說：「你剛從鄉下出來嗎？」

師父雖教過我意大利話，我也聽得懂，但是我還不能自由應用，所以我用法國話對他說：「不。」

那小孩子悲傷地睜大了眼，嘆息說：「我原本以為你是從鄉下出來的。」

「鄉下。你的故鄉在哪裡？」

「我的故鄉是盧卡（注）。我希望你會帶一點故鄉的消息來……」

「但我是法國人。」

「那就好了。」

「你不喜歡意大利人嗎？」

「不是。如果你是意大利人，那你一定是來給加洛師父做徒弟的。到他這裡來就很不幸了。」

我聽這話，不禁寒心，就問他：「你師父很殘酷嗎？」

那小孩子雖然沒有回答，但他的眼中卻充滿著恐怖，這已經告訴我了。他不大喜歡談及師父，背向著我，走到房門那一端的火燈那邊去了。那裡燃著舊木頭，燈上放著一隻大鍋子。

・**盧卡**（Lucca）　位於義大利中北部利古里亞海附近，是托斯卡納大區的一座城市，也是盧卡省的首府。

我因為取暖，走到燈旁，回頭一看，那是一隻奇怪的鍋子，鍋蓋當中，插著一根管子，噴著蒸氣。蓋的一邊，又用鉸鏈釘住，另外的一邊上著鎖，根本揭不開鍋蓋。

我問他：「這鍋子為什麼要上鎖呢？」

「因為師父不讓我渴湯。」

我不禁笑出來，那小孩子卻傷心地說：「你笑我饞嘴吧！你以後也會像我一樣。我也不是貪吃，而是肚子餓得沒有法子。聞到這管中噴出來的香氣，我更餓了。」

「但是你們的師父，不給你們吃飯嗎？」

「你來做了我的夥伴就會明白了。他並不是不給飯吃，可是那刑罰太重。我現在正是挨著刑罰呢！」

「刑罰？罰你挨餓嗎？」

「讓我就告訴你吧！加洛是我的伯父，他可憐我，才帶我出來。我家裡只有一個窮媽媽。去年，加洛到鄉下來買小孩子時，說替我家減少負擔，所以將我也帶來入夥。媽媽雖捨不得，但我是六個兄弟中的大哥，所以沒有辦法。離家前，媽媽抱著我痛哭，我的小妹妹雪麗也不讓我走，雪麗從小就是我抱大的。」

他說到這停了一停，接著淚如雨下又說：「弟弟們也哭……」

他再也不能說下去了。我也嘗過這離別的苦痛。記得那時在山頂時，望見媽媽的白頭巾時，我那時的悲傷，也是終生銘心刻骨的。馬嘉用手拭淚，繼續說他自己的故事。

他又說：「我叫馬嘉。這裡一共有十二個小孩子，都是他從意大利帶到法國來的。但有一個小孩子在途中生了病，被丟棄在濟貧院中，到巴黎時只剩下我們十一人。我們當中身體強壯的，就被派去作火爐工或掃煙囪工人；其他的人每天被派到街上去唱歌，或是彈吉他、拉小提琴或豎琴等。我每天都要拿著樂器到街上彈唱，還要順便帶了兩隻會玩把戲的小老鼠，一天要賺三十蘇(注)。」

「每天若賺不到三十蘇時，缺多少蘇，就用皮鞭抽幾下，這是他的規矩，姪兒也不能例外。我被他逼著每天出門賺三十蘇，但總是賺不到，經常挨打。但另一個和我年紀相似的小孩，也是被派去玩小鼠，每天卻能賺到四十蘇，他也能如數繳出，所以伯父很討厭我，對他經常打罵。他罵我說：『馬嘉，你為什麼這麼笨呢？』我被伯父這樣一罵更痛苦，所以很想知道那小孩子怎麼做，有一天我與他一起出去，我立刻明白了，為什麼那小孩子每天能賺到四十蘇以上，我卻連三十蘇，還賺不到。」

「走在一起的夫婦，或女孩子們給錢時，大概都是說：『給那個好看的，不要給這難看的。』他們所說難看的，就是我。從此以後，我不和別的夥伴一起出去了。被伯父的皮鞭抽打，固然很痛苦；但在街上被嘲笑我更難受。你不曾經歷過這種歧視吧？」

我不做聲。馬嘉接著說：「加洛師父知道打我也無效，就改用禁食來處罰。我賺不到三十蘇，差多少就遞減晚餐的馬鈴薯。我雖然怕挨餓，但就是賺不到錢。雖然我站在人家的門口，告訴人們若是不給我錢，我今晚要沒飯吃，可是誰也不肯因此慷慨解囊。」

我問：「那麼要怎麼樣他們才肯給錢呢？」

・**蘇**（sou） 法國古時銅幣名，為法郎的二十分之一。一蘇的價值，換算成現在的幣值，大約是十六到二十元台幣。當時的工人一天薪資大約是二十五到三十蘇。

「人們只為了自己的高興，才肯施給金錢。像我這樣的人，連一個銅板也很難討到。我每天都只吃一些剩餘的馬鈴薯度日，餓得皮包骨一樣，因此附近的人們可憐我，他們一遇到有殘菜剩飯，就喊我進去吃。我肚子既可以吃飽，回家又不用挨打，這是多麼幸福啊！但不幸有一天，我在水果店前吃著剩飯時，被加洛師父看見了。他很生氣，從此不要我出去。派我守在屋裡看家，專門負責看柴火。他又怕我會偷吃，所以鎖上了鍋蓋。他在早上出去前，先將肉、野菜與湯水配好，上了鎖再交給我。時候一到，我升火煮起來，只能聞聞香氣，無法吃到，你看我臉色很蒼白吧？這裡沒有鏡子，所以我從來不曾看過自己的臉色，可是我自己知道的。」

我雖然不通世故，但還知道對著病人，不該說出實情，所以就說：「那也未必。」

「你說得好，但是如果我像死人一樣，反而更好。我真的想讓自己成了一個病人，比現在也好得多呢。」

我吃驚地望著他。

「你一定很奇怪，可是我的那麼想。」

他苦笑了一下，又說：「我成了一個病人時，師父就會將我送入濟貧院，或是丟棄在外地，讓我自己死掉。我若是死了，也勝於在這人間地獄；若是能進濟貧院，那自然更好了。無論什麼，都比現在好。」

我對於濟貧院那樣的地方，是寧死不願進門的；但是他卻自己希望著進去，我很驚異。他更繼續說：「從前，我曾進過濟貧院。那裡的醫生，時常將破碎的糖粒分給我們吃。破碎的糖粒很便宜，但味道還是一樣好吃。那裡的護士溫柔地對我們說話：『好孩子，伸出舌頭來看看。』可是我又很不容易生病。」

「一星期前，師父用棍子在我頭上打了一下，你看，這裡不是腫了一大塊嗎？昨天師父看見時說，這是很不好醫的瘡疤。我不知道什麼叫瘡疤，可是痛得很厲害，尤其是在晚上，更是痛得不得了，所以我總在床上呻吟。師父對於夜裡呻吟的孩子更虐待，所以在這兩三天，他一定會將我丟到濟貧院裡去的。所以，你也別客氣，老實告訴我，我的面色究竟怎樣？」

他既然這樣說了，我不忍再說假話了。他眼紅如火，雙頰蒼白，口脣灰色，簡直像餓鬼一樣，我不禁打了一個寒噤，可是也不能將心裡想的話，老實地說出來。

「我……想……你……可以進濟貧院去的。」

「是嗎？你最後還是說真話了。」馬嘉又是苦笑，但立刻似乎才想起什麼：「喲，我要趕快了！師父快回來了！我要在他回來前預備晚飯不可。」

馬嘉一面說，一面趕快擺桌子。我望著馬嘉在桌子的周圍，匆促地拿著叉盤，叮咚作響，排了二十個盤子，我不禁又吃一驚，難道這裡有二十個小孩子嗎？但床鋪僅有十二個，怎麼能睡下二十個人呢？何況那床鋪也很簡陋，床上只蓋著一張馬房裡用舊的紅氈，給馬蓋都失了功效，拿來給小孩子蓋，絕不能熬這樣的冷天。

我吃驚地問：「到什麼地方去，都是這樣嗎？」

「我不知道別處怎樣，但你要做人家的弟子，勸你最好到別處。別處總比這裡好。」

可是我不知道別的地方在那裡。而且我也沒有法子，可以轉變師父的決心。我正在沈思中，門忽然開了，跑進一個小孩子來，一手抱著豎琴，一手拿著一片木板，似乎是在破棚上拔下來的。火爐裡燃著的，也是這樣的木板，所以我以為是他們師父叫他們這樣帶這些柴薪回來的。

「那塊柴給我好嗎？」馬嘉這樣說著，走近那小孩子。

「不。」那小孩子將木板藏在背後。

「你給我這塊柴，我可以在你的湯裡，材料放多一點。」

「我才不是為了要吃好湯才拿來的。我今天只賺到三十六蘇，所以就拿了這個來補充那不足的四蘇。我不能給你。」

「那樣的薄木片，也能值四蘇嗎？我看等一下就有好戲可看了。」

馬嘉說話時態度很輕鬆，沒有絲毫同情心，這種冷漠讓我吃了一驚。但處在惡劣的環境，自己也會在不知不覺中被感染。

接著大約有十個孩子陸續回來了。拿著樂器的孩子，將樂器掛在自己床邊的牆上。帶著小老鼠出去的，從袋中取出那小動物來，各自關到籠裡去。最後，我才聽見一個粗重的足音。我知道是加洛師父了。他是一個外型凶惡、身材矮小的中年男子。他慢地走來。他和普通的流浪藝人不一樣，不穿著意大利人的服裝，只穿一件灰色大衣。

加洛師父最先瞧見我，他那非常光亮的眼光向我一看，我的心也冷了。

「那孩子是誰？」

馬嘉鄭重地回答他，說那是衛塔帶來的小孩子。

「什麼？衛塔到巴黎來了？他有什麼事來找我呢？」

「我不知道。」

「我當然不是問你。我在問那個孩子。」

「我的師父就要來了，他自己會告訴你。」我避開了直接回答。

「看你反應倒是很快，你不是意大利人吧？你的模樣……」

「不，我是法國人。」

那師父一進來時，旁邊跟著兩個小孩子，似乎是在等候師父的吩咐。我不知道這是什麼道理呢？我好奇地望著他們，一個是預備給師父接帽子，將它掛在床鋪上，一個推椅子去給師父坐。他們那樣地鄭重慇勤，使我吃驚。我還看見其他小孩子，也一樣戰戰兢兢地在服事師父。師父剛坐下，第三個小孩子拿起裝好的大煙斗，恭敬地獻給他。同時第四個小孩子，擦燃火柴，戰慄地給他點煙。

加洛師父將煙斗拿近那燃著的火柴，卻皺著眉說：「火柴裡有臭硫黃氣，畜生！」他劈頭這樣罵了一句，立刻搶過那根火柴，擲入火爐裡去了。那小孩子戰慄地再擦燃第二根，這次他等到火柴頭快燒盡時再遞上去，可是師父又瞪了他一眼，用煙斗打落那火柴。

「滾開，笨蛋！」

他這樣罵了一聲，又向著其他的一個小孩子，帶著笑容溫柔地說：「里卡，還是你來給我點吧！你是好孩子。」

那小孩擦燃火柴遞給他時，加洛很高興地吸起煙斗來，向大家看了一週。接著宣布：「大家過來，算賬了。馬嘉，拿過賬簿來！快點。」

馬嘉拿來一本骯髒的賬簿，遞給加洛，他一面翻開，一面望著排在前面的小孩子們，向那第一次點火的小孩子招呼一下，那小孩子輕輕地走向加洛。

「你昨天還欠一蘇，說好今天要繳還的，看看你今天又賺了多少錢回來？」

小孩子面色蒼白，不能作答，不斷發顫地說：「還欠一蘇……」

「又是欠一蘇？虧你還能出口。是不是還了昨天的一蘇，今天又欠一蘇呢？」

「不……今天也欠一蘇……」

「什麼！加起來欠了兩蘇嗎？這畜生！」

「但是這不關我的……」

「不關你的事？不能縱容了你了，我要行家法，脫光了衣服！知道嗎？昨天的一蘇和今天的一蘇！加起來就是四鞭，今晚你也休想吃飯。喂，里卡，拿皮鞭來！你是一個好小孩，我就將這皮鞭賞給你，讓你有點消遣吧！」

里卡將掛在牆上的皮鞭取了下來。那一根皮鞭，讓人見了也要發抖。那欠著二蘇的小孩子，脫了上衣，赤裸了半身，戰兢地站在師父的面前。

但那原本兇惡的師父，忽然笑著說：「等一下，我看一定還有像你這樣不聽話的人呢，還是一次解決，也不用里卡費事。」

那些小孩子，都保持著立正的姿勢，站在師父面前，對於這殘酷的娛樂只有苦笑。師父又生起氣來，瞪著他們說：「你們笑嗎！笑得最多的，一定是欠得最多的傢伙！誰笑得最大聲？說出來！」

大家都望著那拿著木板，最先回來的小孩子。

「說出來，欠多少？……這畜生！不回答我嗎？」

「但是，那不關我的事……」

「你也這樣說嗎？再要是有誰說欠了錢不關自己的事，就多挨一鞭。明白嗎？……哼，快點說，究竟欠多少？」

「我拿了這木板來補差額，這樣好的木板。」

「拿柴有什麼用？柴可以換麵包嗎？這畜生，告訴我到底欠多少。不說，還要多挨打呢！」

「我……賺了三十六蘇。」

「三十六蘇？那就是還差四蘇，虧你還有臉回來，還這樣高興。畜生，脫了衣服。」

那小孩子帶著哭聲說：「師父！可是我拿了這塊柴回來……」

「柴還你好了，你今天晚飯就吃下這塊柴好了！」

其他的小孩子們又忍不住笑起來，正在這樣算賬的時候，又有八九個孩子回來了。其中還有三個也是不足額的。於是師父就裝著傷心的聲音說了。

「你們這五個強盜，每天吃我的，穿我的，晚飯還要吃肉和馬鈴薯，這一切都要錢的。哼！你們整天貪玩偷懶，在街上不用哭臉給人看，還不如讓里卡在你們背上抽幾下，明天你們就知道怎麼哭了。五個強盜，脫光衣服，站好！」

里卡執鞭站著，五個身體半裸的孩子，忸怩地背向著他並排站著。加洛師父卻溫柔地說：「我不忍心看你們挨打，我轉向旁邊，聽打的聲音就好了，你好好地痛打他們一下吧。喂，里卡，你要盡職啊！」

加洛師父這樣說後，就將椅子轉向火爐的那邊，也忘記了我；我站在屋角，看著這殘酷的刑罰。這時候，我真氣得全身麻木。唉！這惡魔一樣的男子，不是就要做我的師父嗎？我若每天賺錢不能足額，也要這樣吃苦嗎？我現在才聽懂剛才馬嘉的話，不如死了倒好。我聽到了猛烈的皮鞭，打在背上的聲音時，不禁流下淚來。

加洛師父又斜睨著眼睛，望著我，他忽然指著我說道：「大家看這裡，這個特別的好孩子，他不像你們一樣。他看見了別人的刑罰和我的不幸，絕不會發笑。假使這小孩子做了你們的夥伴，你們要學他這樣。」

我聽見了他這樣的話，更加感到好像冷水澆背，不覺全身戰慄。

「啪！」第二次的皮鞭打下去時，那小孩只會發出呻吟的聲音；到了第三次皮鞭時，他殺豬般的叫聲，使我的心痛如絞。這多殘酷啊！這時候，加洛師父抬手做記號，叫里卡停止鞭打。我以為他要赦免那小孩子，誰知不然。

加洛師父平靜地向那孩子說：「你再那樣鬼吼鬼叫，可要小心！我最討厭聽你的哭聲。再多叫幾聲，就照這個數字多打幾下，你們要仔細，別再使我難過。明白了嗎？里卡，繼續。」

里卡聽命，再痛打那孩子。孩子掙扎著哭叫：「媽媽！媽媽！」

幸好我不必再看下去了，因為這時候房門開了，我的主人衛塔師父走了進來。他一看這裡的事情，一切全明白了。

他跳近里卡身旁，搶過皮鞭，走近了加洛師父的面前，莊嚴地站著，看著他。因為這是突如其來的，加洛一下面容失色，但沒一下子又恢復了，泰然自若地說：「衛塔！你搶了皮鞭幹什麼？」

「你……你……太可惡了！」

「對啊，這些孩子實在太可惡了！」

師父鎮靜地說：「你別裝傻，我說的不是這些小孩子，我是說你太可惡，你將沒有自衛能力的小孩子脫得精光，打得要命，這麼殘忍的事，你怎麼做得出來？」

「喂！衛塔！這裡不用你多嘴。」

「我去報警，看你還趕不敢這麼亂來。」

加洛忽然站了起來，兇狠地瞪著我的師父：「哼，報警，你這老傢伙，想用警察來嚇我嗎？」

我的師父威嚴地答：「不錯！」

加洛鎮靜地譏誚說：「衛塔，你真的要跟我胡鬧嗎？那麼我們大家不必掩飾，我也說出來，那時看誰吃虧。就是鬧到警察那裡去，我也不用說你什麼；因為說了對我也沒有好處。可是我在外面給你宣傳一下，等我將你的真姓名說了出來，看究竟是誰丟臉？你仔細考慮一下吧！衛塔。如果識相，趕快滾開吧！」

師父聽了，動彈不得。但到底師父在害怕什麼呢？我很驚異這意外的話，正在發呆，忽然我覺得師父牽著我的手了。

「我們走吧！」

師父說後，走向門口去。加洛師父笑著在背後說：「衛塔，老朋友難得見面，坐一會再走吧！你不是有事要找我？」

他說這話似乎也不是懷著惡意說的。但我的師父回答：「我不想麻煩你了。」

他頭也不回，緊牽著我的手，走下樓梯了。

我嘆息一下，放下心中的重擔。我好不容易脫離那殘酷人的手了。我在路上，真想抱著師父的臉親吻。

我們走到街上，街上行人如織，我們一直往前走，不能說話。不久我們走到一條沒有行人的橫路上，師父坐下了，不時用手按著額頭，表示心中的焦慮。

「唉！我說那些話，雖然很好聽，但現在袋子一文都沒有，餓著肚子，在巴黎的街上亂跑，怎樣度日？小米，你肚子很餓吧？」

「不錯，我只有在早上，吃過師父給我的一片麵包。」

「可憐啊！……呀，那麼現在只好挨著餓睡吧！可是要睡到哪裡去？」

「師父，你原本不是要把我留在他家裡嗎？」

「小米，我是想在這個冬天，將你寄在他那裡，也許他可以給我二十法郎，這樣我也可以過冬。可是他這樣虐待小孩子，我也不忍看見，寧願離開他。你一定也不願意住在那裡吧？」

師父這時也無法可施了。那時日暮天寒，刺骨的冷氣從北邊吹來。師父一直坐在石頭上不動，我也蹲下去，等他吩咐。等了一會，師父才沈重地站起來。

我問：「我們要去哪裡？」

「到郊外去看看吧！那裡有跑馬廳的圍牆，也許還有空的小房子，先在那裡過夜吧！我記得以前也在那裡睡過兩三次。小米，你很疲倦嗎？」

「我剛才在那個人家裡，休息一會，現在倒也還好。」

「可是我沒有力氣了，附近又沒有可休息的地方。我們還是趕快到那裡去吧。齊…步走！」

「齊…步走！」這句話，當杜希和傑比未死時，每當師父高興，在出發之前，總會說來鼓勵我們。而且我們聽了師父這句話，也像增加了不少勇氣。然而，今夜卻不堪回首！師父說這話時的聲音和臉色也很難看。

今夜又這樣黑暗，街上的煤氣燈在怒吼的寒風中，閃著弱小的光輝。路上污水已經結冰，像蓋上了玻璃一樣，滑溜溜地真不好走。我和師父沒有法子，只好牽著手前進。卡比跟在背後，牠一看見垃圾堆，便將鼻子鑽進去找尋食物，可是都找不到，牠的模樣也非常可憐。我們穿來穿去，總是反覆地走著同樣的街路。街上行人絕跡，偶爾遇見一兩個人，他們都吃驚地回頭看我們。也許我們奇怪的服裝，驚動了人家吧？也許我們疲倦哀傷的模樣，惹起了人家的同情吧？當面走過的警察，也好像要站住，看看我們的背影。

師父和我默默地前進。雖然他彎腰急走，可是身體還像冰凍著一樣。他牽著我的那隻手，卻漸漸地熱起來，現在已經熱得燙手了，我覺得他的身體像在發抖。

再走一會，師父像忍不住了，他停了腳步，靠在我的肩頭喘氣，像起了痙攣一樣。我害怕得不得了。停了一會，他立刻又拔步走了，我也只好默默地跟著跑。從此他走了幾步，總要靠在我的肩頭休息一會。每次我感到師父追促的呼吸和揵。

我忍不住鼓起勇氣發問：「師父，你有哪裡不舒服嗎？」

「一點點不舒服……我疲倦得很。年紀老了。冒著寒冷，跋涉長途，我彷彿覺得全身的血液，全冰凍了一樣。我真想坐在火爐前，吃點暖和的東西……唉，別多說了……大家快走吧！」

我從來不曾聽見過師父說得這樣頹喪，我心裡也很難過。可是我們還只有前進。倒在這裡，我們只好餓死。所以，繼續默默地前進。我們似乎已經離開了巴黎。路的兩旁全無人家，路上也沒有半個人影，就連警察也不見了。那裡又沒有街燈；遠處人家窗口的燈光，和藍黑的空中星星的閃耀，照引著我們的路。到了郊外，風急夜寒，我的袖口又裂了一處，風從那裡吹到指頭，左手完全凍得沒有感覺了。

道路是黑暗的，我不知經過些什麼地方，然而師父對於這裡，似乎非常熟悉，步步前進。我安心地只想快點達到跑馬廳，突然師父停了步說：「小米，你看見前面有黑暗的樹林嗎？」

「樹林？我沒看見。」

「怎麼會看不見！黑漆漆的東西便是啊！」

我睜大眼睛來看，還是沒看見樹林的影蹤。現在我們似乎站在曠野，四周是無邊的黑夜，沒有樹木、沒有人家、也沒有樹林，只有怒吼的北風吹著枯草。師父嘆息地說：「要是我的眼睛像你一樣，那就好了……我總一點也看不清楚。你好好地望望那邊，一定可以瞧見樹林吧！」

他用右手指著前面，我也想看個明白，可是根本看不見什麼。不過我又不好實說，所以我沉默著，師父也仍舊默默地向前走。

不到幾分鐘，他又停步問：「現在看見樹林了嗎？」

我也停了步，四周張望，還是看不見什麼東西。我也不覺心慌起來。我抖抖地說：「什麼東西都看不見！」

「也許你太害怕了，所以眼睛也不敢看清楚吧。」

「師父，不是。我無論怎麼仔細看，都不見樹林呢！」

「也沒有大路嗎？」

「沒有！」

「真的嗎？那麼恐怕走錯路了！」他的聲音很頹喪。

我不知道我們現在那裡，也不知道向那一方走好。所以也不能作答。

「再向前走五分鐘吧！如果還是看不見樹林，那一定走錯路了，非回頭不可。」

我已經疲倦得不能動彈。師父拉著我的手說：「你怎麼了？」

我傷心地答：「對不起，走不動了。」

「你走不動，那我怎樣辦呢？我又不能背你走啊！我自己也早就沒有力氣了，可是臥倒在這裡只會凍死。我們必須拚命前進。到跑馬廳去，走吧！」

我也只好牽著師父，向前進發。他又說：「仔細看，路上有車子走過的痕跡嗎？」

我聽了立刻伏下去，差不多鼻頭貼到泥土，細看一會兒，也不見什麼車跡。

「一點也沒有。」

「那麼，完全走錯路了，回頭走吧！」

我們沒有法子，只有向原路走回去。北風當面刮來，咽喉被吹得塞住了，氣也喘不過來。我覺得自己的身上，似燃燒著一樣的發熱。我們剛才走來時，已經很勉強了，現在又遇著這迎面的狂風，又沒有半點氣力，根本無法可施。

「現在最要緊的，就是找出車痕來。一找到就跟著跑好了。到跑馬廳的路，是從十字路口，沿著樹叢向左邊走的。只要向左邊走就好了。」

我們向著原路，在北風裡掙扎，差不多走了一刻鐘。夜色死寂，只有北風的怒吼，和我們踏在冰路上的鞋聲。師父似乎一步一頓，從前是師父拖著我走的，現在反而要我牽引他了。可是我雖拚命，也似乎不能再多走十分鐘。我依著師父的吩咐，留心道路的左邊，仔細前進。突然，我看見一線微細的紅光，像星光一樣，在那邊的黑暗中閃耀。

「師父，我看見了火光！」我覺得精神徒振，指著那方向給師父看。

「在哪裡？」

「那邊。」

雖然在不遠的地方，火光閃耀著，師父卻一點也看不見。他年紀雖老，平時他的眼力倒也還好，在夜裡應該可以看見很遠的東西。可是今夜卻連那火光也看不見，可見他的心裡一定很難受。我一想到這裡，更覺害怕。

「就算看見那樣的火光，又有什麼用處。也許是貧窮的工人，廚房裡燒著火，或是病人床頭的燈火。跑過去也沒有用的。在僻靜的鄉下要去求宿，人家也許答應，但在巴黎的近郊，那可不行了。你也不用再希望人家了，還是前進吧！」

我們再走了幾分鐘，果然到了十字路口。看見在一個轉角上，有一叢暗黑的樹林。我放開師父的手，跑上前去一看時，那真的是矮樹，在那裡轉向左邊的路上，還有縱橫的車痕。

「師父，到了。這裡有樹叢和車痕。」

師父高興地叫：「哦，真的嗎？快點拉著我的手走吧！我們有希望了。從這裡不到五分鐘，就可以到跑馬廳。你再小心地看，那邊有樹林吧！」

我看見前面確有一叢樹林。

「不錯，真的有一叢樹林。」我回答著，又再前進。

我們鼓起餘勇，身體和兩腳都輕快了。可是師父方才說過只要五分鐘，現在還是走不到跑馬廳。師父彷彿疑惑起來：「我們不只走了五分鐘吧？」

「不錯，我們已經走了五分鐘以上了。」

「還有車痕嗎？」

「還有，一直通過去。」

「哦，跑馬廳的入口，是在左邊的。我們大概在黑暗中走過了吧！真的，這路不用走五分鐘以上的。」

我不做聲停步。師父又說下去：「你早一點留心車痕就好了。」

「可是，車痕從頭就是直連著，沒有轉向左邊去的。」

「可恨又要回頭走了。」

我們又開始回頭走，這次我們走到左邊了。

「樹林到底在哪一邊呢？」

「就在左邊。」

「這裡也有車痕嗎？」

我細心地尋尋看。「沒有車痕。」

「唔！我的眼睛真不行，根本看不見樹林。」師父側著頭想。他用手擦了擦眼睛後又說：「總之，向著樹林直走就行。那樹林是跑馬廳的。小米，你牽著我走吧！」

再向前走兩三步前面，似乎有圍牆一樣的東西。我喊著：「師父，前面就是圍牆了。」

「不是圍牆，是石堆。」

「不，那是牆，一定是的。」

我們走上前去看。師父還不能看到，我牽著他的手，讓他去摸摸看。

「小米，這一定是跑馬廳的牆。應該有入口的，入口一定有很多的車痕。你仔細看一看。」

我聽了吩咐，彎著身尋過去，但是既不見入口，也不見車痕。我只好走回來，將這告訴了師父，更向相反的方向去尋了一會兒，然而也是一樣。

「師父，雪蓋住了一切，我看什麼也不到。」

我們根本無法可想，我突然害怕起來，師父一定走錯了路。不然，也許是他記錯了吧！我想跑馬廳一定不在這裡的。

師父一個人在那裡沈思。他停了一會，自己摸著牆壁，一直摸到盡頭。卡比看見我們一直這樣做，心裡不大高興，猛烈地吠起來。我也不顧牠，心中雖不滿意，也只能跟著師父，走到圍牆的盡頭。

「要我再去找找看嗎？」

「不用去了，全部都是圍牆。」

「全部？」

「不錯，沒有入口，無論如何，恐怕都走不進去。」

「那麼，我們怎樣辦呢？」

「怎樣辦？我也沒有方法，只好在這裡等死！」

我吃驚地緊纏著他：「師父！」

師父聽出了我的驚慌，就安慰我説：「別怕，我沒有什麼，不過你不應該死的。你有未來的前途，應該保重。生命比什麼都要寶貴。走吧！你還可以走嗎？」

「可以，師父怎麼了？」

「我？我到走不動時，就像老馬一樣，倒在路邊就算了。」

我真想緊抱師父，痛哭一場。但還是拚命地忍住了，發抖著問：「師父，我們往哪走呢？」

「唉！只好回巴黎去吧！」

「到巴黎？」心力交瘁的我們，還能走到巴黎嗎？

「到巴黎去求警察，帶我們到濟貧院裡，也許能照料我們吧！我早就知道了，可是我不願意那樣做，所以跑到此地來。但現在我再也不能讓你這樣犧牲。小米，聽好了，若是我在途中倒斃，你就一個人往前走吧！」

慈愛的師父總想救活我，我也一心顧著他的安危，自己的事倒不曾想到。我們二人各自懷著無法言喻的悲慘，默默地向原路走回去。我們也不知道現在是什麼時候，我們已經走得那麼久了，應該已經十二點或一點鐘了吧！暗藍的天空上，只有稀少的星在明滅地閃爍，風卻呼嘯得更厲害，捲起混著白雪的塵埃迎面吹來。

路旁的人家都門戶緊閉，完全不見燈光。我想：「在家裡睡得很暖和的人們，知道了我們的苦處，一定會親切地開門讓我們進去的吧！」可是我們只能疲倦地向前跑。我這樣快跑時，身上自然會發熱，但我的師父不行，他氣喘得幾乎動彈不得。

「師父，你還是不舒服嗎？」

他聽了我的問話，將手拿到唇上，似乎不會說話般地只做做手勢。

不久，我們漸漸走近巴黎，看見兩側聳著的高牆，處處點著的街燈。那時師父似乎已精疲力盡，他突然靠在我的肩頭，停了腳步。

我說：「試試叫門看。師父，好嗎？」

他喘息著斷續地說：「不用，這裡全是做園藝的人，這時候不會起來的。還是到巴黎去吧！」

我們想勉強地前進，可是師父已卻不能再走了。剛走了五六步，又停下來。

「小米，我很抱歉……我真的走不動了。找地方去休息一下吧！」

剛巧那裡有一個開著門的圍柵，裡面有很高的稻草堆。師父說：「走進那門裡去休息吧！」

「師父，你不是說現在休息下來時，寒氣入骨，再也不能走動的嗎？」

我很擔心，但師父並不回答，倚在門傍，只用眼睛命令我將稻草堆起來。我趕快拾起稻草堆起，他根本不等我弄好，立刻就倒了下去。他的牙齒和身體都在發抖。

「再拿些稻草來遮住風吧！」

這些稻草雖不能禦寒，但總可以遮住風吧？我這樣一想，就趕緊去找了些乾草來，全堆在師父的身上。我自己也鋪了些，方才坐下。

「你緊貼著我坐好了。你抱緊卡比，也許可以暖和一點。」

師父本來很明白，在這時倒在風口是不對的。但他已精疲力竭，只好這樣。這半個月以來，他一直飢寒交迫，鼓著殘勇來支持。今夜恐怕是末日了吧！他的身體一半靠在門上。我又靠在他身上，像抱住了他一樣。我不時還在拾稻草，分蓋在師父和自己的身上。忽然，我感到師父彎下身體，在我的額上輕吻，這是他對我第二次的親吻，誰知道這是不是最後的親吻呢？

以後我也朧朦起來，原來在普通冷天時，身體發抖起來是不容易入睡的；可是凍得過度，全身就麻木地失了知覺，自然地入睡了。我靠在師父的身上，讓他親吻之後，不久就感到睡氣襲來。我也知道，現在這樣入睡，一定要凍死，所以想拚命地張開眼睛，但是我無論怎樣努力，總是徒然的。

最初我還微微地聽到了師父短急的喘息，而且混著卡比安靜的鼻息。怒吼的北風在頭上吹過，揚起草堆中的雜草，像樹葉一樣落在我們身上。除了這狂風之外，其他毫無一點聲息。死一般的寂寞，正完全地籠在我們的四周。我昏昏沉沉地感到寂寞的悲哀，以及莫名的恐懼，我眼裡含著淚珠，想到我會不會就這樣地死去。

忽然我的眼前，現出故鄉夏曼儂的風景。眷戀的媽媽、久住的屋子、我的花園……彷彿我又站在那花園裡了。溫和的陽光照著黃金一般的水仙花，小鳥在枝頭唱著甜歌，媽媽正將在小溪中洗過的衣服，掛在籬笆上。彷彿我又在天鵝號上了，亞瑟仍舊被綑在木板上，密列夫人在他的身邊看顧著，而且微風裡帶來她溫柔的聲音，彷彿在說：「呀！這樣寒冷的天氣，小米不知道在那裡，他怎麼度日呢？……」

不久，我的心裡也朧朦起來，什麼也看不見。我失去了一切的知覺，逍遙地進入夢鄉。

5.

花農之家

我早聽到孩子們說到你的計畫了，
可是我不能因為自己的需要，
就不顧他人。
做人應該先顧到他人，
愛就是不求自己的益處，
自私自利的人是不懂得愛的。

一覺醒來，很驚訝自己竟是睡在床上，房間裡還燒著火爐，我的兩頰也被烘得通紅了。這是我從未到過的房間。我舉目一望時，房間裡全是從來不曾認識的人。

有一個中年男子，穿著灰色的舊外套，腳上套著一雙暗黃的木鞋，還有三四個小孩子。其中一個六七歲的小女孩，愣然望著我，最使我注意。她的眼光和旁人不同，就像是會說話一樣。等我的神智漸漸恢復後，我勉強坐起來，人們全跑近我的身邊。

「我的師父……衛塔先生呢？」我這樣地問。

「他問他的爸爸吧？」年紀大一點的女孩子這樣說。

「那不是我爸爸，他是我的師父。」

「他不是你爸爸嗎？」那女孩子疑惑地說。

「我的師父怎麼了？還有，卡比，那隻狗呢？」

假使衛塔是我的爸爸，他們一定不肯將事實告訴我。但是當他們知道，那個人只是我的師父，就將一切都娓娓道來了。

原來昨晚我們凍僵了的地方，是巴黎郊外一家花農的門前。早晨三點鐘左右，這花農正駕著馬車想趕到市場，忽然發現在散亂的稻草中，我們就倒在那裡。他大吃一驚，走到我們的身邊，大聲呼喚我們，但是我們卻像死了一樣。只有卡比還看守著我們，露出牙齒在狂吠。

花農不管狗的狂吠，只是不斷地想搖醒我們，但他發現沒辦法時，立刻跑回家裡叫醒大家，拿著燈籠走出來一看，衛塔師父早已斷了氣，身體冰冷。我也完全失了感覺，不過因為抱著狗的福蔭，心頭還有點溫暖，剩下一絲殘息。

他們抱我到屋子裡，花農又喚醒了一個小孩子，將他的床讓給我睡。我一睡便睡了六小時多，才漸漸恢復了元氣；現在剛醒過來意識也還有點模糊，可是我知道親愛的師父，已經和我永別了。

這個花農是救我性命的恩人，在他告訴我這些事時，他最小的女兒一直望著我，她的眼光裡滿含同情，使我很感動。但她好像不會說話，我也聽不清楚她的聲音。尤其當我聽到師父的死訊，那女孩似乎了解我的痛苦，她走到爸爸的身旁，用手指做出種種記號，並向我流淚。

花農撫著她的背說：「麗絲，那孩子實在可憐；不過我還是要告訴他實話，反正等一會兒警察也要告訴他的。」

花農告訴我，他將長子克西叫起床，要他跑去報警，又將我移到克西的床上；不久警察來了，運走了老人的屍骸。

「那麼，卡比呢？」

「卡比？你說是那隻狗嗎？牠現在怎樣了？」

一個小孩子說：「那狗跟著擔架一起走了。」

「你看見了嗎？」

「我看見的。牠垂頭喪氣，一直想跳近那死屍，被人家打走了，又傷心地吠著跟去。」

可憐的卡比，從前每次在表演《傑比的葬禮》那齣喜劇中，總是裝著哭喪著臉在嘆氣，引起小孩子們捧腹大笑，但是現在……跟著了死去的主人之後，又不知要跟到什麼地方去了。

花農和孩子們全出去了，只剩下我在房裡。我茫然不知應該怎樣。我知道，我不能就這樣一直留在這裡，所以我拖著無力的身體，走下床來。我的豎琴還倚在床邊。那時我雖頭暈眼花，可是還能將琴拿起來，掛在肩頭。然而頭上似乎金星亂閃，立刻就要倒下去的，好不容易站定了，又坐到椅上去。

等到略為好了一些，我再站起來看看。我總要離開這裡的。我想去向他們告別，所以跑到他們的房裡去。房中正燒著火爐，他們一家正圍著桌子在吃飯，那飯菜的香氣，使我感到非常饑餓，我一時蹌蹌踉踉，幾乎要倒下去。

「你還不舒服嗎？」花農吃驚地站起來，同情地向我說。

我也覺得自己還未恢復，靜靜地站著，點了一下頭，求他讓我在這火爐旁邊多休息一會兒。可是我現在所最希望的，並非爐火，而是想一充飢腸。我看到他們的吃喝，更使我的氣力衰弱。我雖想討一碗湯喝，但師父不准我做乞丐的。我也在想，若是我要去做乞丐，我情願餓死。

我咬牙忍著苦痛。麗絲坐在我的面前，她總是看著我，不動桌上的食物。突然她站了起來，拿著一碗自己不曾喝過的湯，送到我的膝上。我沒有說話的氣力，只用手作勢告訴她說，我雖然深謝她的厚意，但是請她別這樣做。

那女孩子的爸爸，立刻對我說：「她特意送給你吃，你就別客氣了，不夠時再添好了。」

我實在腹飢難忍，立刻就爽快地接了過來，狼吞虎嚥地吃著。麗絲還是一直看著我，直到我一喝完，她就立刻幫我補上。

我將碗接過來，瞬息之間又喝得乾乾淨淨。突然那些本來含笑看著我的小孩子們，大聲笑了出來。花農也像很愉快地笑說：「不錯，你是真的餓了。」

我面孔漲得通紅，感到非常難為情。我只好說出來，昨夜完全沒有吃過東西。

「哦，那麼你吃過午飯吧？」

「不，午飯也沒有吃。只在早上吃過一片麵包。」

「那麼你的主人呢？」

「他比我還要吃得少。」

花農聽見這樣，嘆了一口氣說：「這樣嗎？所以那老人也不全然是凍死的，真可憐！」

我喝了兩大碗濃湯，已經完全復元了。這時我就站起來，想和這班親切的人們告辭。

花農問：「你現在要到那裡去呢？」

「我現在就想出去……」

「出去？你要去那裡？」

「我也不知道要去那裡。或許到巴黎……」

「你有同伴在巴黎嗎？」

「沒有。」

「那裡你有同鄉人，可以求他照顧你嗎？」

「不，我沒有可以依靠的人。」

「你有住的地方嗎？」

「沒有，我們昨天剛到巴黎的。」

「沒有住的地方！你現在去巴黎想做什麼呢？」

「我想在街頭賣藝，找一口飯吃。」

「不行！太危險了。我想你還是立刻回鄉下才好。鄉下還有你的父母。你不是說那死了的老人不是你爸爸嗎？」

「可是，我早沒有爸爸了。」

「那麼媽媽呢？」

「我沒有父母。」

「叔伯兄弟呢？」

「我一個親屬也沒有。」

「那麼你從那裡來的？」

「我……」我遲疑一下，決然說：「我在照料我的乳母那裡，被師父買來的……」

我剛說到這裡，又換了口氣：「老伯，謝謝你們的好意，我將來總要報答的。若是你們同意，我星期日再來玩吧！我彈彈琴，陪大家跳舞取樂。」

我向他們敬禮之後走向門口，麗絲突然跑來，抓住我的手，指著那豎琴。她臉上的笑容，告訴我她的希望。

「你想聽我彈琴嗎？」她點點頭。

爸爸說：「既然麗絲想要聽，就請你彈一曲吧！」

我從肩頭取下琴來，雖然一點也沒有彈琴作樂的心情，可是我又不能使這可愛親切的小女孩失望，所以我就奏起我那擅長的圓舞曲。我一邊手不停揮，心裡卻想著我主人的悲劇。假使他還活著，和我在一起，一起來安慰這可愛的女孩子時，那是多快樂的事啊！我手中彈著琴，心頭卻在流淚了。

她最初呆望著，不久，她腳尖點著拍子了。到後來，從她那可愛的眼光裡，可以見她完全醉心在音樂中了。她在不知不覺之中，站起來跳起舞來了。兩個男孩子，和那最大的姊姊，倒不曾想到在一起跳，他們只是靜坐著，看那小妹妹的狂舞。尤其是那坐在火爐旁的花農，凝視著麗絲在跳舞，時常拍掌讚嘆。

一曲完畢，我就停下來。她很有禮貌地走近我，含笑點了頭表示敬意。她用指頭彈彈我的豎琴，似乎尚有所求，也許她要我再彈一曲吧？

我為了她的興趣，就算彈個一整天都沒關係，但是她的爸爸恐怕她這樣狂舞，會使她疲乏，所以阻止說：「好了！」

我雖然不彈了，卻唱起從衛塔師父口裡學來的意大利歌，就是我最擅長的《拿波里之歌》，一聲聲，一句句，可以感動別人的靈魂。當我一唱起來時，她便走到豎琴之前站住，眼睛望著我，嘴唇也跟著我在振動，她的心中在起著共鳴了。

等歌調漸漸地悲哀起來，她也漸漸往後退。等到我唱完最後的一節，她忍不住倒在爸爸的膝下，嗚咽地哭著。

「好了，夠了。」她的爸爸說，一邊撫摩她的頭髮。

「你在發狂吧！剛才跳舞，現在又哭了。」有一個哥哥在嘲笑她。

「不，她受了音樂的感動呢！」姊姊替她辯解，又吻著她。

我再掛上豎琴的皮帶，預備走出去，她的爸爸叫住了我。

「孩子，你到那裡去？」

「我也不知道，可是我不能不走了。」

「你想繼續你從前的生活嗎？」

「除此之外，我也沒有辦法。」

「你不曾過倦那樣的生活嗎？」

「可是我無家可歸。」

「以後誰又能保證你，不會發生昨晚同樣的悲劇呢？」

「我何嘗想不到，可是沒有辦法。其實我也盼望有家庭，有床睡覺，有溫暖的環境。我要是能夠那樣是多麼的幸福啊……可是……」

「你只希望這樣嗎？可是你先要會做工。你知道嗎？若是你希望那樣……你留在我的家裡，要幫我們做一點事才行。你能做工，你就可以和我們一樣生活，……這樣好嗎？」

我聽到他這樣說，簡直不敢相信：「老伯，你是說要讓我留在你家裡嗎？」

「我並不是想供給你一切。我想，要是你願意留在這裡，那麼你就應該和我們一起勞動，才有三餐可吃。從此，你也不會像昨夜那樣，露宿在草堆中，也不用擔心流落街頭了。每天晚上回家，總有可口的飯菜給你吃，有暖和的床給你睡。我們都是整天做工的人，雖說粗茶淡飯，但少不了你可吃的。若是你能規規矩矩地做，我可以當你是自家人一樣。」

麗絲在一旁眼淚未乾，滿足地看著我。我聽了花農的話，不知該如何答覆，只好呆呆地站著。忽然麗絲離開爸爸的膝邊，走近了我，握著我的手，叫我看掛在壁上一幅粗陋的彩色畫。那是一幅銅板畫，上面繪著耶穌的門徒約翰，他是一個身上穿著羊皮衣服的少年。她做著手勢，叫她的爸爸兄弟們也仰頭看這畫，而且同時指指我，摸摸我的羊皮衣，又指指我的頭髮。我的頭髮像畫裡的約翰，分開在前面，捲曲地垂在肩上。

我想她是想叫他們明白，我很像約翰，我很高興，對她的真情，我也深切的感動。她的爸爸點頭說：「真的很像。」

她看見爸爸這樣就含笑鼓掌，她的爸爸就對我說：「怎麼樣？你不願意做我們家庭中的一員嗎？我不是要你做我們的奴僕，而是家人。」

家人？家人？住在這裡，我就會成了他們家族中的一員。哇！我活到現在，雖然有有幾個親切的人，像媽媽之後有密列夫人，又有衛塔師父，可是他們都離開我了！剛才我不加考慮，就想離開這裡，但我能一個人這樣漂泊度日嗎？從前我和師父兩個人，帶著三隻狗與一隻猴子，尚且不能糊口。這兩三年來，師父就是我的爸爸。現在竟親眼看見了他的不幸，我心中感到不可言喻的恐怖，現在連和我的最親的忠犬卡比都離開我了。

若沒有這和善的花農救了我，也許現在我已步師父的後塵，在另外一個世界了。然而我現在也不是孤單的一個人了。我感激神的安排，並非現在我可以飢寒無憂，而是我看見了這溫馨恬美的家庭，我還可以作這家庭中的一員，我不禁心跳起來。這些可愛的男女孩子，不久便是我的兄弟姊妹了，這是我長久的盼望啊！

於是我立刻取下豎琴，她的爸爸很高興，笑著說：「你同意了嗎？好的。你就將那琴掛在牆上吧。我也不干涉你。你暫時住在這裡，等到你不想住時，你隨時可以離開。但沒等到真正羽翼豐滿，還是別出去比較好。知道了嗎？」我簡直感激涕零，從此就能成為這家中的人了。

這花農名叫亞根，一家共有五個人，長男克西，弟弟邦明，大女兒艾琪，小女兒麗絲。麗絲不是生來就啞的。她在四歲時害了一場大病，從此舌根不便，再也說不出話來。醫生說這症狀將來還有可能復元的，但現在還不行。

麗絲雖然不會說話，可是非常聰明，是弟兄姐妹所不及的。可是在這樣窮困的家庭中做了啞吧，對家庭，對自己，都是莫大的不幸，通常都要受人虐待的；但是麗絲因為溫柔和聰明，爸爸加倍地愛護她，姊姊艾琪也當她寶貝一樣，兩個男孩子也很愛護這小妹妹。

貴族的家庭中，長男比其他的兄弟姊妹有更多的權利，也有更多的責任。在勞動者的家庭中，長男長女也同樣要負很大的責任。麗絲在兩歲時媽媽去世，比長男克西只大兩歲的長女艾琪，好像做了這一家的主婦那樣，將責任和勞苦負上她自己的肩頭。

艾琪沒讀過書，只在家裡做些炊洗針線等事情，還要照料這個不能說話的小妹妹。這四五年來，她兼做媽媽和女僕的任務了。艾琪雖然年少，可是裝扮樸素，每天黎明即起，幫爸爸燒水煮飯，讓他趕著赴市，夜裡也是她最後上床，終日勞動，沒有休息。連掬水澆花也要自己動手，所以她的臉上，竟有了中年人的愁苦。她也因此深明世故，待人接物非常和藹，見過她的人都能感覺她的可親。

我掛了豎琴，應他們的請求，將昨夜的悲劇一一地全部告訴他們；這時向著庭園的門上，像有什麼在搔抓的聲音，而且可以聽到悲傷的犬叫聲。我不覺站起叫了起來：「呀，卡比！」

麗絲突然向我使眼色，她自己跑到門口去，打開了門。可憐的卡比，一看見我，立刻跳到我的身上來。我緊抱著牠，牠細聲地發出歡喜的吠聲，吻著我的臉。我還感到牠全身在戰慄。但我也開始擔心：「這狗該怎樣處置呢？」

那花農立刻解決了我的憂慮：「牠也可以和你一起住在這裡。」

卡比也明白了這句話，牠離開我，踮起後腳，前腳放在胸前，表示謝意。孩子們一見不覺大笑。小妹妹更高興。我想叫卡比，再做點把戲給他們看看，但是卡比不服從我的命令。牠跳上我的膝頭和舔著我，又跳下來啣住我的袖口，想拖我到那裡去。

「牠一定是想拉你到師父那裡去。」

「我懂，牠是這樣想的。」

據花農說，昨夜警察運走了老人的屍骸，本來說還有話要問我，所以等我醒來後，警察還再要到這裡來。照理我不用自己跑去的，可是我急於要知道師父的下落。而且越是等待警察，警察越是不來，我心裡想，也許師父像我一樣，也被救活了也說不定。想到這裡，我再也坐不住了。亞根察覺出我的焦急，便說：「不用等警察來了，我先帶你去吧！」

亞根帶著我到警察局，我想在那裡能見到師父，誰知那是夢想。老人到警察局時，也曾叫醫生來看過，已經無救，所以決定由政府安排在明天安葬。

警察問我關於衛塔師父和我自己的履歷。我說父母早喪，老人用錢將我從乳母那裡買來的；他們自然沒有生疑的地方。警察問我：「那麼你以後怎麼生活？」

這時花農在旁說：「要是你們許可的話，我想領這孩子回去，照料他的一切。」

「這樣很好。沒有什麼事了，你帶他去吧！」

警察又查問我關於老人的事。但是我對師父的履歷也完全不知，只知道他是一個意大利人，其他關於這老人的生平，我一點也說不出。我知道師父還有一些祕密，他從前說要等有機會再告訴我，可是他到最後還是沒說。

記得我們最後那次表演時，一位漂亮的貴婦，聽了師父的歌唱很驚奇，她稱呼我師父叫「先生」，還給了我們一個金幣。以後當加洛師父說話脅迫他時，他那不安的態度，讓我感到很可疑的。然而我受過師父的厚恩，若是將他生前的祕密，現在宣布出來，我覺得也不妥，所以我想還是不要開口比較好。然而像我這樣的小孩子，終究逃不過熟練的警察。他用種種法子引誘我說實話，因此我上了他們的當了。我將所知道的事情，一切和盤托出。

「你認識那加洛的家吧？」

「不，我第一次來巴黎，什麼也不知道。」

「街名也不知道嗎？」

我記得當我停在那街角時，在灰青色的鐵板上，似乎看見「盧爾辛街」這幾個字。我一告訴警察，另一個警察就拿出地圖來，查了一查說：「不錯，那裡離意大利廣場不遠。」

他點一點頭，向身邊的一個警察說：「你帶著這個小孩子，立刻到盧爾辛街。到了那邊，這小孩子大概可以認得出那一家，也可以查明老人的身世了。」於是警察、亞根和我三個人，一起到盧爾辛街去。

到了那條街上，一下子就找到那屋子。我們跑上四層樓，走進那房間，可是我沒看見馬嘉，也許他已經進了濟貧院吧？加洛還在家，他一看見警察，頓時臉色蒼白，好似作賊心虛一樣。

「你就是加洛嗎？」

「是的。」

「你認識那叫『衛塔』的流浪藝人嗎？」

「是，衛塔怎樣了？」

「他昨夜凍死了，我來調查他的身世。」

他聽見是這事，才回復安心的神色說：「哦，衛塔死了嗎？真可憐啊！」

「你知道他的身世吧？」

「不錯，我全知道。大概在巴黎，也許只有我知道吧！」

「請你不要藏瞞，一切都告訴我。」

「衛塔也沒有什麼複雜的身世。可是他的名字是假名，他的真名叫做卡羅．巴爾札特，說起卡羅，也許現在法國還有一些人記得這個名字。」

「卡羅？你說的是那個男高音『歌神卡羅』。」

「沒錯，就是他。三十年前在意大利，這名字甚至連三歲的孩童也知道。那時候別說意大利，就是全歐洲，也可以說沒有可和他相提並論的聲樂家。他是一位最有名的歌唱家。在那不勒斯，他時常伴著繆斯國王到威尼斯、羅馬、佛羅倫斯等地方，就是巴黎、倫敦、柏林等大城，他也都去過很多回的。」

「那麼卡羅後來為什麼忽然失蹤了，又淪落為流浪藝人在耍猴戲呢？」

「唉！他這個人就是這麼固執。他生了一場病，康復後嗓子沒從前那麼完美了。他是個極度完美主義的人，不願意十年名聲毀於一旦，便毅然和舞台斷絕關係，隱姓埋名躲了起來。起初三五年間他還能維持生活，不久坐吃山空，他就變更姓名，經營別的事業，但最後都失敗了。」

「以他的名聲，在大舞台上演配角，或去其他小戲院演出，甚至教學生演唱都可以維生，為什麼堅持要匿名來耍猴戲？」

「唉！都是過強的自尊心害了他。他怕人家知道他是卡羅，寧願這樣浪跡天涯。……但是偶然間被我發現了他的祕密，所以，以後他對我……就不敢……」

原來是這樣！一直在我心中的疑問消失了！呀，衛塔師父就是有名的聲樂家卡羅啊！我到現在才明白他悲慘的祕密。

老人的葬禮在次日舉行，花農一家要跟我去參加的，可是從那天下午起，我身上發起高熱，昏睡在床上，根本動彈不得。假使我當天早上離開這家庭，在路上害病，後果不堪設想。我的病和裘利在樹上凍僵時一樣，也是因為受寒而引發肺炎。因為這場病，我更感到花農一家的親切，尤其是長女艾琪對我的看護，真是無微不至。

亞根還為我請了醫生，那醫生診察後，說我病太重了，不容易就在這家中醫得好，最好還是送我去濟貧院吧！當然，送我到濟貧院很容易，我留在這忙碌的家中，還要麻煩他們照料病人，已經是個大麻煩了，萬一我死了更麻煩。所以我想亞根一定會聽醫生的話，可是他卻不願意這樣做。

「這小孩子不是倒在濟貧院門口，他是倒在我家門前的，所以我們應該負責照料他的一切。」於是我仍舊留在他們的家裡，讓他們來照顧了。

長女艾琪，本是這一家的管家，現在還要來看護我。然而她並不嫌費事，也沒將我忘掉。她像護士一樣，待我有如自家兄弟。當她因事要離開我的病床，那小妹妹麗絲一定代替姊姊，坐在我的枕邊陪我。我因為發熱，所以時常神經錯亂。我看見麗絲睜大的眼睛，擔憂地看著我時，好像看到的不是普通小孩；我相信她是護衛我的天使，從天上降到我的枕邊來的。

於是我像對著天使說話那樣，將我的希望全告訴她了。等到了我的病輕了一點，不再說囈語時，我還是懷著種種的疑問，不斷地凝望著她。我還把她當作是天使，但我突然想起，她是花農亞根的女兒。

我的病漸有起色，但還不能完全康復，就這樣在病床中過了一個冬天。當春風吹綠了巴黎市郊時，我才慢慢離開病床。這時花農的工作已忙碌起來，克西和邦明兄弟二人也幫著爸爸，在花園裡辛勤工作。只有麗絲還不會做事，所以當日麗風和的日子，她和我帶了卡比到河邊去散步。這年的春天，天天都是晴朗和暢的，我們差不多每天出去散步，這就成了我永遠眷戀的記憶。

一般巴黎附近的村落，都是小工廠林立，非常骯髒。可是這裡卻風景幽美，小溪在低地間緩流，溪旁有綠柳和白楊，綿延的青山與漂亮的房子，點綴在村落各處。各種的鮮花像星星一樣，散在綠草上。柳樹和白楊樹上，還時常飛來種種小鳥，唱著優美的歌聲。這樣別有天地的世界，人們一定難以相信是在巴黎郊外。

我的病漸漸好起來了，多少也能幫忙他們一點。我想早日報答他們的厚恩，所以很想勞動。現在正是紫羅蘭盛產時，亞根家裡全栽種著紫羅蘭花。紅色、白色、紫色等各色的紫羅蘭，分植在溫室裡，絢爛異常，花園中到處飄著甜美的香氣。

我大病初癒，亞根只分派我比較輕便的工作。例如為了防禦薄霜，我在黃昏時要關起暖房的玻璃窗，早晨再打開來。另外在中午時，為了避免太陽光的直射，要用稻草蓋起花苗。這些工作雖不困難，可是很麻煩的。例如開閉那幾百扇玻璃窗，每天要做兩次，而且將全花園蓋起來，這需要有很大的耐心。

現在麗絲也能幫忙了。她跟在引水澆花的抽水機器旁看馬。這種抽水機是利用馬來拉動旋轉的齒輪。遇到那匹馬偷懶時，就要揮著手裡的皮鞭來督促牠。一個兄弟將引出來的水桶拿起來，倒入水槽內；另外一個在花園中幫爸爸的忙，這樣全家的人都有工作了。

我從小在鄉村裡，熟悉農夫們的工作；但是巴黎近郊花農們的勞動，實在使我驚訝。他們的勇氣和精力，不是我們村裡的農夫所能及。他們早上在三四點鐘時就起身了，整整一日都在拚命地工作。我從前用我弱小的腕力耕過田，不過到了這裡我才知道，田園可以因為耕耘和勞動，在一年中沒有任何一個時候是無用的。所以這花農的生活，又教我知道種種活用的學問。

我不是永久只做開窗關窗的工作。等力氣復元時，我也要掘花床、播種、種花苗。我看見我所播灑的種子，漸漸萌芽長成時，我感到了不可言喻的滿足，也忘了勞動的辛苦。不久，我完全習於這忙碌的工作了。

我從前和師父所過的生活，與現在的比起來，不啻天壤之別。從前每天在街上亂跑，不受拘束，自由自在地度日；現在卻在圍牆內的小世界中，一天工作到晚，雖然每日都不愁三餐，工作卻是很吃力的。我已不是孤兒了，在這裡，我有自己的家庭，有安眠的床鋪，桌上也有我的座位。在晚餐後，我們一家也有圍著談話的快樂。這不是我幸福的日子嗎？

星期日下午，我們聚在葡萄棚下。我取下在牆上掛了一星期的豎琴彈唱起來。四個兄弟姊妹手牽著手，應和著跳舞。跳得疲倦時，他們要求我唱歌。那一曲《拿波里之歌》，我唱了千百回也不覺厭。當我唱到最後的一節時，小妹妹的眼裡總閃著淚光。我為了要使她快樂，便在《拿波里之歌》

後，彈起活潑的曲子，叫卡比玩把戲。卡比在星期日，總不禁憶起昔日街頭的生活。我這樣成了這家庭中的一員，差不多又過了兩年。

這兩年中，有幾次亞根帶著我，到巴黎的市場上去賣花。我們到過巴黎的大花市，有時也到巴黎的各花店去賣。遇著節日良辰，我也和家中的人們，一起到巴黎去逛過。我們見到了巴黎的宏偉建築和古蹟，也沿著河堤在林蔭大道上留連忘返。我在盧森堡公園、杜伊勒利花園和香榭麗舍大道上散步，見到了許多雕像；也常常停下來注視我面前潮湧般的人流。

在這些遊歷中，我知道了貴賤貧富的生活狀態，也模糊地明白了大都會的輪廓。當我初和衛塔師父到巴黎時，看到的巴黎是很骯髒的；但現在我才知道那觀念是錯誤的。然而我還是知道，巴黎並不是黃金世界。

在這兩年間，我不只學會了這些活用的學問，也讀了很多的書。原來亞根在年輕時，曾在巴黎的植物園（注）裡服務。他從植物學者處，學到種種栽種的常識，又念了許多關於植物學的書籍。

亞根年輕時很好學，一有了錢就買書。自從有了家累，生計日迫，不能再讀書和買書了。可是從前買的書籍還束之高閣。所以每當秋末冬初，園事漸少時，我就在那書架上涉獵，埋頭在書堆中。其中大多數是關於植物的，也有歷史和遊記。但他的兩個兒子，完全無乃父之風，雖然有時也像我一樣，會抽出一兩本書來念，但念不到三四頁，又昏昏欲睡起來。我卻一定要等到就寢時，才戀戀不捨

·**植物園**（Jardin des Plantes）　位於塞納河左岸的巴黎第五區，十七世紀初期，路易十三王朝開闢了「皇家草藥園」。到路易十四時又擴大範圍，收集、種植了來自世界各地的奇花異草，成為名實相符的皇家植物園，後來成為公園。

地將書合起來。

我會喜歡讀書，完全是因為衛塔師父的教訓，有時想到他不覺滴下淚來了。爸爸見我這樣愛書，就回憶起他自己年輕時，省下午飯的錢來買書的往事，常在從巴黎回來時，買些有趣的書給我。我一接到手立刻就讀，視為珍寶。

麗絲原本不知道什麼是讀書的，她看見我那麼熱心讀書，也以為讀書一定很有趣的，就叫我念給她聽。我就將爸爸買來的書，找出其中比較容易明白的念給她聽。她很聰明，居然都能明白，所以很高興。從此以後，我常和她在一起念書。她不明白的地方，也會用心聽我解釋。

我感於她的用功，就教她學字母拼音。那本來是很困難的，尤其像我這樣的人來做她的老師，可是她學得還不差，爸爸看見我們這樣非常高興。另外我又教她彈豎琴。她很聰明，不久就彈得很好了，可惜她還想自己唱歌，但這件事我就無法教他了。她眼裡含淚，表示她把歌詞和歌譜都記住了，可是她唱不出聲音，這是她的遺憾，也是我的。

爸爸愛我像自己的兒子，孩子們愛我像自家的手足。但是這樣幸福的生活還是不能長久，因為我生來好像就無法永遠幸福的。每當我感到最滿足的時間，就會有一種恐懼。

「小米，你現在太幸福了，不久就要樂極生悲的。」

我當然不會知道不幸是怎樣發生的，可是我確實地感到，我快要到樂極生悲的時候了。我時常因此而煩悶，怕這不幸是由我而起，所以我處處小心。為了這家庭，我不惜全力來幫助。這不幸的原因，雖不是因我而起，結果卻連我也一起賠上了。

每到暮春時節，巴黎市上到處是千紅萬紫。可是栽培紫羅蘭卻有一種祕訣，因為單瓣的花毫無價值，所以非要揀多瓣的種子不可。否則等到這花開時，全年的辛苦就白費了。在花開出嫩芽時，最要緊的就要分出單瓣和重瓣，把單瓣的撿出來。

但也不是每一個花農都知道這祕訣的，這是傳家的祕訣，只有少數花農知道；至於不懂的花農，只好請知道這祕傳的同業者，代選花苗，然後栽培。爸爸是擅長分別這花種的名人，每到紫羅蘭播種的時節，來請教的人讓爸爸簡直應接不暇。

因此，每當紫羅蘭的花開時節，是家族中最忙碌的日子；那段時間艾琪最勞苦，爸爸給朋友請去後，總要喝一瓶葡萄酒；這樣走了兩三家，到半夜三更回來時，臉色已喝得緋紅，講話嚕嗦、步履蹣跚，和平日判若兩人。

爸爸雖然回來得遲，艾琪總是要等到他回來才睡。有時我還沒睡著，或是給這些聲音鬧醒時，常常聽見爸爸和艾琪的談話。

「艾琪，你先睡覺吧！為什麼到現在還不睡覺呢？」

「我恐怕爸爸回來時，還要什麼……」

「哈，你照顧得到……你真是女間諜，每晚都要看守我。」

爸爸平常不會這樣胡鬧，但一醉酒便這樣了。

「如果我睡覺了，爸爸就叫不到一個人，那不是很麻煩嗎？」

「你當我喝醉了嗎？哼！我又不是酒鬼，你看我走直線給你看。怎麼樣？我一點也沒走歪，這樣一直走過去，就是小孩子們的床！一，二；一，二。」

他蹣跚地鬧著，又靜了一會。

「麗絲呢？」

「她早睡了。你再這麼大聲，會吵醒她的。」

「誰在大聲呀？我只是在走直線給你看。你想說我的壞話，哼！不行，我沒有回來吃晚飯，麗絲怎樣了呢？」

「她只是呆望著爸爸的空坐位。」

「她一直看著我的空坐位，是嗎？」

「不錯。」

「她看了幾次？」

「好幾次。」

「然後呢？」

「然後，麗絲的眼中似乎在說：『我在等爸爸回來！』」

「真的？以後她做手勢，問我今晚為什麼不回來，你就告訴她說，爸爸被人家請去了。」

「麗絲沒問什麼，我也沒有說。她早已明白，爸爸到哪裡去了。」

「麗絲知道的嗎？她知道我……」爸爸說到這裡又支吾地：「她早已睡熟了嗎？」

「不，她在等著爸爸，剛在一刻鐘之前才睡的。我……」

「唔，你……」

「幸好爸爸沒有在麗絲睡覺前回來。」

爸爸暫時沉思一會說：「艾琪，你真是一個好孩子，明天一定又有人請我，可是我一定回來吃晚飯的。害你久等，害麗絲擔心，這樣我實在對不起你們了。」

然而爸爸很容易食言。到了人家那裡，手一拿起酒杯，總要在晚飯後才回來。他在家裡時，處處顧到麗絲，但是一到外邊，爸爸便忘了她。不過爸爸常是支吾其辭，給自己辯解。

「最初的一杯只是應酬，人家誠心請我喝一杯酒，我卻之不恭。再來一杯……一杯喝了之後，第二杯怎好推辭。於是第三杯了。乾枯的喉頭，要酒來滋潤。一杯在手，萬憂全忘，那時周圍也熱鬧起來，我的靈魂就離開身體，彷彿在空中憑虛御風，從此四杯五杯地喝了起來……哈哈，完全醉倒了。艾琪，這是沒有法子哪！哈哈，我回來得晚，也是這原因。真對不起呢！」

爸爸喝到這樣酩酊大醉，直到半夜回家，當然不是常有的。而且一過這撿花苗的季節，他也不會到那些人家裡去了。平常他是誠懇而勤勉的，絕不是嗜酒如命的醉漢，所以他只能算一時的醉鬼，不久又回復到原來的狀態。

紫羅蘭花將要過時，又要開始種其他的花卉。種花人的慣例，總不能讓土地空閒，花農因為要賣高價，所以花要應時上市。一年中各大聖人瞻禮日(注)，也是花農們最重要的日子。有許多善男信女，將聖徒的名字取作自己的名字，在紀念聖徒的節日中，他們的親朋全要送花給他。所以一逢到這些節日時，既有許多人受人祝賀，巴黎的全市便差不多成了花都；不只花店和花市非常繁盛，就是在街頭巷尾，也開設了臨時的花攤。那時候的熱鬧不輸給聖誕節。

．**聖人瞻禮日**(feast day)　天主教教規裡有許多聖人的紀念日，稱為聖人瞻禮日，如聖瑪麗亞節或聖路易節。而嬰孩出生後領受洗禮時，要選一個聖人的名字作教名，每年到了這位聖人的瞻禮日，親友會送花祝賀，但這種天主教化的法國習俗現已逐漸淡薄。

花農們等過了紫羅蘭花的季節，便針對在七八月中的各種聖徒節日，如聖瑪麗亞節或聖路易節要用的花卉，在花床和溫室中專種雛菊，石南一類的花卉。但花卉要到定期上市是很麻煩的。花開得早，在節日之前根本沒有人要買；如果花開遲了，也是沒人買。所以要不早不遲，剛好在節日那天怒放，控制起來不是很容易的。

亞根最擅長這一點，他沒有一次讓花兒開得太早或太遲的。他像有神祕的方法，能使花在可以出售的那天盛開。八月五日的那一天，我們園中的花已含苞欲放，園裡的舞菊滿綴著可愛的花蕾，溫室內玻璃窗下的石南，受了透過玻璃窗的陽光臨照也長成了；石南在三角形的尖頂，一直到下面全是纍纍的苞蕾，滿眼全是可愛的景色。

我一看見那些花時也很高興，爸爸更喜逐顏開，時常搓著手，含笑地看著我們：「今年我們的生計不必擔憂了！」

他預想這些花全部賣完後，可以多賺一點錢，自然不禁高興。我們星期日也不休息，把花木培養得這樣好，每日流汗工作，這就是報酬。現在栽培已告一段落，只待到時花開。我們為了平息幾星期來的疲勞，在八月五日的星期日，一家人都到別人家裡去遊玩。

鄰村的花農殷勤地招待我們，連卡比也去了。我們在三點鐘時完成該做的工作，匆忙地收拾完畢，關起門戶，爸爸還拿著一把大鎖，將那夜我凍僵在那裡的小門也上鎖了。我們在四點鐘高興地出發。我挽著麗絲在田路上跑，卡比雀躍狂吠，牠本來就不能靜坐在屋子裡，我也不能陪著牠玩。今天跑上田野，似乎使牠想起兩年前的生活，於是牠更高興得亂跳了。

我們全穿上最漂亮的衣服，路上的行人都向我們注目。我不會先看自己，而是看麗絲戴著麥桿帽子，穿著水色衣裳，模樣真可愛。我們在鄰村農家吃過可口的飯菜，快樂地忘了時間。吃完之後，有人看到在落日的附近，突然吹起一塊大烏雲。我一看見那東西，也立刻感到恐怖，想到暴風雨不久來臨。

爸爸忽地站起說：「哎喲！孩子們，快回家去吧！」

「要回去嗎？」小孩子們失望地說。

麗絲也做手勢，不大願意就回去。她平日很聽從爸爸，今天也可不同了。

「風暴迫在眼前，一下子就會打碎了玻璃門窗。立刻告辭回家吧！趕快。」

我們知道玻璃門窗是花農的性命，若給風暴襲擊，這一家也要同歸於盡了。

孩子們於是匆忙地站起來，爸爸忙碌地看著我們說：「克西、邦明，先和我用跑的回去。小米和艾琪帶著麗絲在後面跟來。」

爸爸一說完，連忙向主人夫婦道謝，帶著兩個孩子出去了。我們一起同走，可是心裡雖急，麗絲總跑不快，我和艾琪鼓勵她趕快前進。我們真的乘興而來，敗興而返。

這時空中已黑雲密布，驟雨似乎立刻就要來到，風捲沙塵在半空中亂舞。我們被捲在這砂塵中，只好背著風，將兩手掩住眼睛。若是吸一吸氣時，滿口全吸了泥沙。遠處隆隆的雷聲，漸漸地追近起來，電光也在閃爍著。艾琪和我牽了麗絲前進，心裡越急，走得越慢。我們能在驟雨前趕到家裡嗎？爸爸和兩個哥哥，早已趕到家裡嗎？

雷聲越響越近，天上黑雲籠罩，一時之間，天昏地暗，我突然聽見在雷聲裡，有著好似千軍萬馬奔馳的聲音。一轉瞬間，劈劈拍拍地冰雹擊在路上。最初還只是小粒子，打在我們的臉上。不久立刻變成大粒了，而且落得像雨雪一樣密，我們只好跑到路旁一家門下去避難。我從未見過冰雹落得像瀑布這樣，連道路上也像冬天下了雪一般完全白了。

大如鴿蛋的雹粒落在地上，聲音自然驚人。尤其是各處玻璃碎裂的聲音，更是激響。屋頂上的冰雹與被擊碎的瓦片、崩落的牆壁與石板的破片等，把道路堵塞起來了。

「呀！玻璃窗！」艾琪感到絕望，高舉兩手向天高呼；我的心裡也這樣絕叫著。

「也許爸爸已經回到家裡了吧？」

「就算回到家裡，也來不及將所有玻璃都蓋起來，玻璃一定完全粉碎了。」

「我曾聽說，冰雹不是每個地方都會下的。」

「可是這裡離家很近呢！那裡一定下的。如果冰雹像這裡一樣，那我們家也完了……。」

我知道每張玻璃都要五法郎以上；我們家中有五六百張玻璃，如果全部破碎了，單是玻璃就要損失三千法郎。如果再加上栽培花卉的損害，這筆帳真的難於應付了。

我還想詢問艾琪，可是她已沒有說話的力氣，好像看見自己的家被火燒光了那樣，現出滿懷的絕望，癡望著從天急降的雹粒。我看見她這樣，也不忍再和她說話。幸而可怕的冰雹只下了五六分鐘便停了。黑雲向巴黎那方飛去，我們趕快從門下跑出來。堅硬的雹粒堆在路中，恰像海邊的小石灘一樣，讓我們不容易趕路。

路上的積雹幾乎要埋沒我們的足跟，麗絲穿著麻布的短鞋，更不良於行。我便背了她回家。她出來時是那樣的高興，現在卻垂頭喪氣，她的眼中還儘流著熱淚。

好不容易到了家門前，大門還洞開著，我們一直走到花園去。哇！這可怕的景像映在眼前，全是破碎淨盡的窗戶，花卉也都成粉碎了。玻璃的破片和雹粒混在一塊，堆成雜亂的小丘。記得早上花園裡還齊整璀璨，現在除了不堪入目的零落外，再不剩一點東西了。

可是我們看不見爸爸。我們三個人到處尋找，還是找不到，於是我們跑到溫室裡去。那裡玻璃粉碎，爸爸將折斷的石南當作椅子，頹喪地坐著。他的兩旁，坐著悲哀的克西與邦明。爸爸聽見我們踏著碎玻璃的腳音，才抬起頭來。只聽他長嘆一聲：「可憐的孩子！」就緊抱著跑近他的麗絲，默默地垂淚。呀！這不測的風雲，使我不寒而慄起來。

克西和艾琪告訴我，十年前爸爸買了這花園，自己經營。買花園的錢一半是借來的。最初投資的四五千法郎，也是借來的，還定著十五年內還清的契約。這張合同很苛刻，若有一年不能照納，就要沒收土地和房屋，所以從前她總是如數照納的，但現在卻不行了；即使要再種花也來不及，爸爸深陷入絕望的境地了。爸爸用什麼方法來應付呢？

這幾天來，孩子們不敢高聲說話，一家人全都很憂慮，到了我們應該賣花那天的次日，本來那天要支付今年的貸款本息。我們看見一個穿黑衣服的紳士跑進家中，態度傲慢，拿出一張貼著印花的紙（注），在空白處填上幾個字，交給爸爸。他是法院裡送公文的傳達吏。從那天以後，他每天都來，不久便認識了我們。

「克西先生，邦明先生，艾琪小姐，你們好呀！」

・**印花**（Stamp）　就是文書稅。所有的合同、憑證、書據、賬簿及權利許可證等文件，必須貼了印花才有法律效力。這裡是指法院送達要求亞根必須清償債務的裁定。

他一一向我們問安，然後像給朋友東西一樣，含笑將那貼了印花的紙給我們，然後說一聲：「孩子們，再見！」他又回去了。那段時間，爸爸整天不在家裡。

他每天都到巴黎去，不像平常對我們那樣對我們說話，現在他更沉默了，因此我們也不知道他到巴黎去做什麼，聽說他是上法庭。

我聽見「法庭」這個字就害怕，衛塔師父也曾到過法庭，我知道在法庭上，窮人一定要吃虧的。可是這次審問的結果，要等待宣判才知道。不久，秋盡冬來，爸爸也沒有錢修理溫室和換新玻璃窗。他只能在原有的花園中種著一些青菜和普通的花草。他不準備賺錢了，只想藉此糊口，也好消遣時日。

可是有一天下午，爸爸比平時更頹喪地回來。對我們說：「孩子們，我有事要宣佈。」

我想先迴避一下，因為我以為爸爸要述說這一家中的大事；但我不是這家中的骨肉，所以想避開，讓他們自己討論，可是爸爸招呼我留下。

「小米，你不也是這個家的人嗎？你也是我的孩子啊！我現在要對你們說的話，也許你還不能完全明白，不過你已吃過很多苦，大概可以領略一點。……我的孩子們，我不能再和你們在一起了……」

大家聽見這話，一起發出驚懼和悲哀的喚聲。麗絲跑近爸爸，眼裡流著淚親吻著他。

「麗絲，丟掉像你這樣的好孩子，絕不是我願意的，你原諒我吧！」

爸爸緊抱著麗絲，再說：「法官宣判我要將欠債還清，可是我哪裡有這筆錢呢？所以除了要沒收這房子和一切用具外，我還要坐三年牢。」

我們不覺放聲痛哭。

「唉！你們雖然傷心，但法律就是這樣。聽代書說，從前欠債不能還清，債主可以來割那人的肉抵債，幸而現在沒有那麼殘酷的事了。我只要坐牢三年，可是最使我擔憂的，就是你們在這段時間怎麼辦呢？我想到此事就心如刀割。」

我不知道其他的兄弟姊妹怎麼想，可是我已難過到無法形容了。

「你們也別擔心，我對這件事已經計畫好了。即使坐牢，也不會讓你們流落街頭的。」

我聽到這裡才放下了心。

「小米，你幫我寫封信到圖盧茲，我姊姊卡琳住在那裡，你告訴她這件事，叫她快來。她很能幹，洞達世故，只要她一來，一定會想出安頓你們的方法。」

我從來不曾寫過信，感到很難為的。但是除此之外，實在也別無他法。可是在那位卡琳姑媽還沒來之前，專門拘捕債務人的商務警察卻比她先到了。那時剛巧我和爸爸兩人，在前往朋友家的途中，忽然三四個商務警察圍住我們。爸爸也不想逃，只用蒼白的顏色向他們懇請，讓自己再回家一次，向孩子們告別後就跟他們走。有一個警察像同情地說：「你別怕，商務監牢裡關的都是像你這樣的窮人，不是作姦犯科的壞人，你在裡面不會吃太多苦的。」

他們准許爸爸暫時回家去一次。我在花園裡找到了克西與邦明，大家走進房中時，爸爸正緊抱著天真爛漫的麗絲，她在嗚咽啼哭著。一個警察低聲向爸爸關照了一聲，爸爸點頭說：「好，我就走。」

爸爸站了起來，放下麗絲，她還不忍分離，緊抱著爸爸。爸爸依次吻著艾琪、克西、邦明和麗絲；我淚眼模糊地站在一角。

突然爸爸向我說：「小米，你為什麼不來和我吻別呢？你也是我的孩子呀！」

我跑上去，爸爸熱烈地吻著我。爸爸最後說：「你們好好地等在這裡。不久卡琳姑媽一定會來的。」

爸爸這樣說完後，將麗絲送到了艾琪手上，警察們就帶著他走了。我想跟著爸爸出去，但是艾琪用眼色阻止了我。我們等到看不見爸爸的影子，大家才放聲大哭起來，一句話也說不出口。

我們早就知道，爸爸總要被警察捉去的，現在大家只能希望姑媽早一點來。從前在兄弟姊妹之中，大姊艾琪是我們的靠山；自從遭遇了風暴之後，她也時常安慰和勉勵我們；可是到了現在，她也無能為力，像我們一樣地頹喪，沒法再安慰和勉勵我們了。她只能騙騙麗絲，我們都知道自己已落入絕境了。

卡琳姑媽在爸爸被捉後一小時才趕到。她是很能幹的女人，曾在巴黎十年，做過五個家庭的奶媽，雖然不曾受過教育，可是洞達世故，也明白度日的艱難，她到了家裡，我們又有了第二靠山。但她家裡也沒有多少財產，不能擔負這麼大的責任。現在這個家長去坐牢的家裡，兄弟姊妹就四個人了，再加上我，五口嗷嗷待哺，姑媽要怎樣處置呢？她真能在貧困中間，負上這五個小孩子的重擔嗎？

姑媽先去找她從前做奶媽的舊主人商量，再到監裡去和爸爸說明，終於在她到巴黎後的第八天，決定了我們的命運。她本來都不向我們說明她的計劃，等到她一切辦妥時，已經不可改變了。

小孩子們都還不能自立，所以決定由親戚們各領一個去養育。麗絲到圖盧茲的卡琳姑媽家。克西到瓦爾斯（注）當礦工的伯父家，邦明到聖康坦（注）當花農的另一個伯父家去，艾琪則到另外一個姑媽家去。

姑媽分配完了，卻沒提到我。我以為她忘記了我，所以，上前幾步去問：「姑媽，我呢？」

「你嗎？你不是這裡的人呀！……」

「可是，我什麼事都可以做的。」

「但是，我已經說過，你不是這裡的人，沒辦法。」

「你可以問問艾琪或克西，看我是不是真能做事。」

「你或者會做，可是你要吃飯啊！你又不是我們家裡的人，我不能顧到這麼多。」

大家同聲幫我：「小米是我們家裡的人啊！爸爸也是這樣說的。」麗絲更跑到姑媽面前，合掌含淚，為我懇求。

姑媽說：「麗絲，我不能帶這小孩子回去，你是我的外甥女，我帶你回去，即使我們家裡的人要多話，或是在吃飯時做出吝惜的模樣，我只要說一句：『她是我家裡的人』就好了。但如果是別人家的小孩，我要怎麼說？這不只是我一個人這樣，就是其他姑媽家或伯父家，也是這樣。自己雖然窮困，但是對於兄弟姊妹的孩子，就不能不照料；可是，在這年代，要養育別人的孩子就很難做到了。你不要以為是我刻薄，這世界本來就是這樣的。」

·**瓦爾斯**（Vals）　法國中南部塞文山脈裡的一個煤都，以盛產煤礦出名。

·**聖康坦**（Saint）　法國北部城市。位於巴黎盆地北部的索姆河畔，距離巴黎約一百五十公里。是紡織工業重鎮。

我知道多說也無用。姑媽所說的也是實情。我不是「家裡的人」啊！我沒有強求的權利。而且，這位姑媽言出必行。她告訴我們：「明天我們就要各奔前程了！」就將我們送上床去。

我們回到房裡，大家圍住我。麗絲更是啼哭著纏住我，他們不管一家的離散，心裡全不是顧到自己，只是為我設想。我想到他們這樣對我的時候，雖然姑媽說過我不是「家裡的人」，但是我現在卻感到自己也是他們的兄弟一樣，立刻勇敢起來。

這時，我胸中湧起一個念頭：「兄弟姊妹們，姑媽說我不是『家裡的人』，可是你們還都當我是家裡的人吧？」

「不錯！我們永遠當你是家人。」他們異口同聲地說。

「謝謝！我也這樣想。那麼，我以後要做給你們看，證明我們都是兄弟姊妹啊！」

邦明問我：「你想到哪裡去呢？」

艾琪想了想也說：「前幾天，我聽說巴黎有一家人家，要雇一個僮僕。明天我替你去問問看吧！」

「不用，我不願意去做僮僕。而且，一到巴黎去做僕人，我從此真的就看不見大家了。所以我想重新穿上師父留給我的羊毛衣服，背上豎琴，再過我兩年前的流浪生活。我漂流著從走到瓦爾斯，從瓦爾斯再走到聖康坦，從聖康坦再走到圖盧茲，這樣可以看見你們了。我還不沒忘記師父教我的歌和圓舞曲；現在年紀稍長，一個人總可以勉強度日吧！」

大家都贊成我的話。我在悲傷之中，也感到不少安慰。我們思前想後，談論不及。我預備的路徑，依著麗絲的希望。決定先從艾琪那裡出發，再去看克西，再到邦明那裡，最後才去看麗絲。那時夜已深了，姑媽雖然將我們趕上了床，可是誰都不能安睡，尤其是我，更不能成眠。

次日早上八點鐘出發，姑媽雇好一輛大馬車。先到牢獄，讓孩子們和爸爸告別，然後到火車站去，從此東西分飛。在出發的一小時前，艾琪喚我到花園裡去。

「小米，這次我們要分離了。我想送你一點東西，可是我只有這個，請你留起做紀念吧！這盒中裝著針線和剪刀。本來是我媽給我的，我想你在路上，一定有用到它的時候，那時你就像是見到我一樣吧！」

當艾琪和我說話時，克西走在我們的身邊。等到艾琪走進家中去收拾東西，只剩我一個人在感激她的好處，克西便走近我。

「小米，我存了兩個二法郎的銀幣，我想給你一個，你能收下嗎？」

我知道，他向來是錙銖必較，經過很久的時間，才存到這兩個二法郎的銀幣，然而他現在要給我一個，他的慷慨實在感動了我。我想拒絕，可是他堅持一定要我收下。他將那光亮的銀幣，強塞在我手裡，我也卻之不恭了。

邦明也沒忘記我，他將從前爸爸買給他寶貴的刀子，留給我做紀念。可是按照習俗，將刀子送人時，就代表割斷關係，所以他向我要了一個銅板當作交換。

時間立刻就到了。我們的別離，也一分一秒地逼近了。然而，麗絲能忘記我嗎？當我聽見馬車停在門口前的聲響時，麗絲才從姑媽的房裡跑出來，向我使眼色，要我到花園裡。

「麗絲！」我聽見姑媽的喚聲，然而她卻不睬，趕快跑到花園裡去。

在種花或種菜的園裡，本來是不許野花存在的；幸而花園的一角，還有一株不曾掘起的玫瑰花。

她帶我到這株玫瑰花的旁邊，折了一枝剛開的，有兩粒蓓的小枝，她自己拿了一粒，把另外一粒給我。我望著她深情的眼光，心裡充滿了不可言喻的感激。

「麗絲！麗絲！」姑媽不斷在催喚著。大家的行李也全裝上馬車了。

我取起豎琴，喚著卡比。卡比看見我的樂器和羊毛衣服，知道又要開始漂流生活，高興得跳到我的身上。卡比喜歡在大路上自由奔跑，比靜坐在家中不知好許多倍。我們珍惜這最後的一刻相聚，互相吻別。姑媽卻緊催我們，將克西、邦明和艾琪三人扶上馬車，又叫我將麗絲抱進車，讓她坐在姑媽的膝上。

我聽了吩咐，將她抱進車裡，放在姑媽的膝上。這時我還發著呆，忘記下車。姑媽將我推出車外，自己關上車門，叫馬夫快走。我眼淚朦朧地看見麗絲從車窗裡探出頭來，她那可愛的手向我送吻。不久馬車一轉角，就看不見了，只有惜別的灰塵依依地在那裡飛揚。

我抱著豎琴，讓卡比站在腳邊，癡望著馬車的駛去。忽然那個被託看家的男子，拿著鑰匙要來鎖門了。他看見了我，就說：「小孩子，你站在這裡，究竟到到什麼時候呢？」

「我立刻要走了。」我清醒過來，這樣回答他。

「你要到哪裡去呢？我看你還是隨我走吧。」

那男子好似可憐我，望著我說：「要是你到我家裡來，你願意嗎？可是我現在還不會給你工錢。」

我敬謝了他的親切，辭謝他的提議。

「那麼隨便你好了，自己身體要留心啊！」那男子也走了。家門鎖了起來，馬車早去得遠了。

我將豎琴的皮帶，穿過肩膀，喚了一聲卡比：「喂，走吧！卡比。」

住了兩年的房子，我再回顧一眼。藍天晴日，氣候也很暖和。記得我和衛塔師父，曾經倒在這門前，但現在我又要和這留戀的家永遠訣別。回想起這兩年中間，這只是我街頭生活的暫時休息。因為這休息，也給了我不少力量；而且我更感到滿足的，便是這段日子以來，亞根一家人給了我家人的真情。我們的心結在一起，我在這世界中，不再是孤獨者了。我的生活已有了目的，我要為愛我的人和我所愛的人們而工作。努力展開在我面前的新生活，努力向前走！

向前走！可是走到那裡去呢？本來我可以自己找路走。我雖是一個小孩子，現在做了自己的主人，我可以照自己的意思，自由行動。……但是這也不行呀！愛玩耍的小孩子，總望能脫離羈絆，他即使有了挫折，後面總有退路。我呢？一著錯便滿盤皆輸，誰來救援我呢？我寧願受他人指使，終日忙碌，也比自由行動，反使我更安心快樂呢。可是我現在必須自己做主人了，我該怎樣開始這新生活呢？

我忽然想到，姑媽雖然趕我出來，不讓我跟著進牢獄探監，可是在這兩年中，亞根就像親生父親那樣地看顧我，現在我應該去和他見一面，給他一個最後的吻別。

我決定先去看看亞根。我雖然不曾到過什麼商務監獄，不過，我聽到警察說過那監獄是在馬德蘭街，我想一定可以找到。姑媽和小孩子們既然可以去看望爸爸；那麼我當然也可以。我也是亞根的孩子，亞根也一樣愛我啊！但是我不能讓卡比在巴黎亂跑，免得惹起警察的取締。

過去的經驗，使我非常害怕警察。我不敢忘記師父的遭遇，所以不管卡比多難受，只好將牠綁了繩子；其實像卡比那樣有教養的狗；拘束了牠，簡直是在侮辱牠，但我沒別的辦法。我牽著卡比，總算走到了馬德蘭街的商務監獄。牢獄的門那樣的陰暗，好似墳墓的門一樣。墳墓只有冰冷的石頭，然而此地卻活生生地關押了無數的犯人。

我躊躇了一會，不敢踏進去。我想避開人目，也感到進去了便沒有再見天日的希望。我早就想像過了，要從獄中出來不是一件容易的事；但現在我又知道，踏進獄門也不是簡單。可是我現在只能硬著頭皮前進，無論遇見什麼人，我就將我的目的告訴他，請他允許我會面。

他們立刻帶我到會客室裡。我所想像的東西：像鐵窗木柵等之類，那裡竟然都沒有。不久亞根走出來，但他也沒帶著刑具。他看見我很高興地說：「小米，你來得正好。我今天早上正怨著卡琳，為什麼不一起帶你來。」

亞根的話，化解了我的悶氣。我說：「爸爸！我今早也很想和他們一起來，可是……姑媽說，這不關我的事，而且……」

「可憐呀……小米，要知道世事不能盡如人意，你也別怨她。她的丈夫只是一個看守河閘的工人，收入僅足糊口，當然不能再養活你。……可是剛才我聽見孩子們說，你又要過漂流的生活；你該不會忘記那時倒在我家門口的情景吧？」

「爸爸，我當然不會忘記。」

「那時你還有你師父照料。現在事情是不能逆料的。你雖然長大了兩歲，可是依然是小孩子。你一個人能過那種流落街頭的生活嗎？」

「我還有卡比呢！」卡比一聽到有人說牠，照例吠著走上前來。表示牠無論何時，都願效力的模樣。

「不錯，卡比是一隻好狗，不過狗怎能幫助人呢？」

「我自己唱歌，叫卡比演戲與表演技術。」

「只有卡比就能表演嗎？」

「我還想教牠一點技藝……喂，卡比，你能聽我的指揮吧？」

卡比將前腳按住胸前，表示答應。

「小米，我想你還是找一家去幫傭比較好。只要你有心，一定找得到工作的。這不是比漂泊好得多嗎？漂泊的生活，是不長進的人做的事。」

「可是您知道，我不是不長進的人呀！我從來不會想偷懶的。若是我能和你們在家裡，當然是很高興做工；可是要我到別人家裡去做奴僕，我死也不願意。我只願為家人工作。」

我特別用強調的語氣說這最後的這句話，所以亞根不再做聲，只是含淚看著我。

「小米，你常說你的師父高傲，我看你也和他一樣……我懂，你不到人家裡去當奴僕，也有你的理由。現在你離開了我，我一切全可以隨你，可是我卻要為你的將來著想。」

亞根的話，使我遲疑起來。一個人孤單地漂流，我早知道危險。比如賺不到錢，或是到處被逐，或是狗兒又被狼吃了，或是迷路阻雪，還要和飢寒苦鬥得精疲力盡；而且往往沒有隔宿的食宿。從前的經驗，使我相信亞根的忠告，確實是實話。

然而，要謀得一日三餐，不去漂流，就只有去做奴僕。我是絕不願意去做人家的奴僕。我曾經拜衛塔師父為主人，雖說是他金錢買來的，可是這主人也就是我的恩人。我決意除這老人之外，不要再有第二個主人。而且假使我變更初志，去當人家的奴僕時，我就要違背對艾琪他們的約定，要使他們失望了。他們的消息也就不能互通，我怎能對不起他們呢？

我毅然決然地對亞根說：「爸爸，你要知道孩子們的消息吧？我以後還會來巴黎的……」

「我早聽到孩子們說到你的計畫了，可是我不能因為自己的需要，就不顧他人。做人應該先顧到他人，愛就是不求自己的益處，自私自利的人是不懂得愛的。」

「爸爸。謝謝你，我現在聽了你說：『愛就是不求自己的益處』，更堅定了我的信心。我會幫爸爸把這句話帶給其他兄弟姊妹的。」

亞根默默地看著我，突然流下淚來，緊抱著我。

「小米，我聽你這樣說，就很安慰了。你真是好孩子。」

那時我們並坐在會客室裡的椅上，我感激地伏在亞根的懷裡，幾乎忘記這裡是監獄了。

忽然亞根推開我，站了起來，他抖著聲音，屈膝祈禱：「我的神啊！求你保佑這孩子！」在深沈的靜默之後，亞根忽然從袋裡掏出了一隻繫著細皮帶的錶來。

「小米，這錶給你做紀念，你收下吧！我沒有值錢的東西。這錶要時常上發條，否則就要停的，可是總還可用。我只有這一樣東西可以送給你。」

亞根將他身上最值錢的東西給我，我不敢收。可是他說：「小米，要知道我住在這裡，有了一個錶，時時留心時間，反而度日如年，只有增加痛苦。小米，以後恐怕再也見不到你了，你自己要多保重。」

亞根抱著我，作了最後的吻別。他牽著我送到門口，我心亂如麻，茫然走出獄門。自己失了一切的主意，偶然將手插入袋裡，才知道袋裡有著亞根的錶呀！我像摸著了魔術的手杖一樣，立刻忘記了一切的悲哀和苦痛。我有了一隻錶呢！只要拿出來一看，就可知道時刻了。

我連忙拿出錶來，驕傲地看了一看時刻，已快近正午了。在我，無論什麼時候，對我全沒有關係，可是我知道現在是十二點鐘，心裡非常高興，自己也不知道是什麼緣故。而且好像錶這東西，是我可靠的朋友；我覺得我有一位可以諮商的朋友了。

我獨自高興著，忘記卡比也在陪著我高興。卡比啣著我的褲邊，細聲吠喚，叫我注意。但是我總不看牠，後來牠大聲吠起來，用力拉著我的褲子。

我才像從夢中醒來一樣：「卡比，什麼事？」

卡比望了望我，見我還不明白，牠便蹬起後腳，前腳敲著我裝著錶的。卡比袋還記得衛塔師父在世時那樣，給觀眾報告時刻。我取出了錶，牠凝看片刻，搖尾吠十二聲。對了，只要靠這一點，我一定可以表演賺錢糊口，這是多幸福啊！

我們這時正站在監獄門前，這些動作引起了行人的注目，有人故意停下來看我們。我想在這裡排演起來，一定門庭若市；不過我也害怕警察，只好將這念頭打消，最後向監獄望了一眼就離開了。

我們這樣的漂流生活，第一要有一張法國地圖。我想先買一張來看看，決定我們的去向。我知道地圖是在塞納河邊的舊書攤裡有賣，所以我又折回來，穿過公園，從博物館旁走到塞納河岸。我找了幾家舊書攤，都沒有合意的地圖。因為我想要一張精裝的上等貨，但價錢只肯出五法郎，所以不容易成交。

幸而結果總算給我找到一張帶著泛黃的舊地圖，我只出了三法郎就能買下。我一有地圖，就可大膽離開巴黎。我很想早一刻離開這裡。我來查閱地圖，我有兩條路可走：一是經過義大利門走楓丹白露這一條；或者經過蒙特魯日走奧爾良那一條；走哪一條對我都無所謂，我就選了走楓丹白露這一條。

走到了郊外，我無意中想起了加洛和馬嘉的事，下了鎖的鍋子，可怕的鞭笞，我總不會忘記；我漸近聖梅達爾教堂前，忽然看見一個小孩子，靠在教堂前的牆上打盹，手裡還抱著一把提琴。他的模樣有點怪，頭顱巨大，眼光溫潤，加上慘傷的表情，滑稽的面貌，越看越像馬嘉。

我走近幾步，看清楚了他一定是馬嘉。馬嘉也認出是我，蒼白的臉上浮起微笑。

「原來是你。記得在我還沒進濟貧院的前一天，你和一位白鬚的老人，到加洛的家裡來的，那天我真倒楣。」

「你現在還住在那裡嗎？」

馬嘉看看四周，低聲地告訴我說：「加洛已經入獄了。因為他凌虐死了一個小孩。」

我聽說加洛入獄，心中大快，我明白了，殘酷的監獄，用來對付惡人就很好了。

「其他的小孩子呢？」

「我早已不在他家裡，所以不知道。我從濟貧院出來後，他知道我不堪虐待。隨便一敲打，又要將我送院，太麻煩了。所以和馬戲團訂了兩年合約，將我賣給他們。在馬戲團裡，他們叫我演鑽大砲，誰知最近我的頭大了一點，不能在大砲孔中鑽進鑽出。所以昨天早上我又被趕出來了。我先到加洛的家裡去，看見門都鎖起來，鄰近的人們，告訴了我一切。我無家可歸，所以只好在這裡徘徊。從昨天到現在，沒有吃過一點東西。肚子餓得要命。」

我雖不是有錢的，然而總能給馬嘉一飽。我想起當時自己從圖盧茲出來後，各處奔波，在失望與飢餓中度日，若是有人能給我一片麵包，我便永不忘他的恩德。現在馬嘉餓到這樣，我深深地起了同情。

「你等一下。」

我跑到街角的麵包店裡，買回一個大麵包來給他。馬嘉一接到手，像餓鬼一樣，狼吞虎咽著，不久就把一個麵包吃光了。

「你以後怎麼辦呢？」

「我自己也不知道。」

「如果你沒有事做，到那裡去找飯吃嗎？」

「我想賣了這提琴。其實我早就想賣了，可是有些捨不得……我心中難過時，就到僻靜的地方去拉一會兒提琴，立刻忘記一切的悲傷，到了一種不可言喻的境地。」

「那麼你就在街邊，拉拉小提琴，賺點錢不是很好嗎？」

「我也曾這樣做過，可是誰也不肯賞錢，所以沒有辦法。」

這樣痛苦的經驗，我也曾有過，所以我對他的話很同情。

「你呢？你現在怎樣度日？」馬嘉反問我。

「我？我現在做了衛塔劇團的團長了。」

「衛塔劇團？在哪裡？我可以加入嗎？」

「唉！可惜劇團裡除了我，只剩下卡比一個了。」

「不要緊的。我們兩人也可以成為一團。好朋友，我求你，請你不要丟我在路旁，否則，我只有餓死在路邊了。」

這句話深切地感動了我。我知道餓死在路邊是實話。

馬嘉接著說：「我也可以幫你的忙，我會拉小提琴、跳繩索、穿鐵輪，我也會唱歌。而且我願意做任何事，甚至做你的僕人也好，求你收了我吧！只要你給我吃飯，我也不要工錢。你的打罵，我都甘心承受。……不過請你不要打我的頭……那已經被加洛打得太厲害了，現在只要輕輕一摸，都還隱隱作痛。」

我聽到這話心中很難過，幾乎要流淚。我怎能遺棄這可憐的小孩子呢？然而我自顧不暇，此後能再背上這擔子嗎？我正在沒法的時候，他對我說：「我們兩個人合起來，就可度日。我們在一起，一定可以賺到錢的。」

我記起從前衛塔師父的話了。他常說：「只要再有一個像我這樣的小孩子就好了。不錯的，兩個人總比一個人便利得多。

「好，我帶你走吧！」

馬嘉牽著我的手，高興得流淚了。我也不禁陪他流淚。在這一刻中，我們離開巴黎。

6. 絕處重生

先生，請你原諒我們這些粗人沒見識，
現在大難當頭，大家不團結，
就算地上的人發現我們在這裡，我們也會沒命。
現在就請你做我們的首領，
我的力氣最大，一切聽你指揮。

正是暮春時節，四月的太陽，照耀在晴空中。和我第一次跟師父初到這裡時相比，人事變化真不可意料呀！

乾爽的道路，沒有一點泥濘，郊外到處開著野菊花。各處的庭園，發出盛開的花香；微風拂過，牆上的花瓣，紛落在我們的帽上。小鳥唱著甜歌，燕兒追著小昆蟲，低飛掠過地面。卡比更是得意忘形，在我們周圍雀躍；牠向著馬車也吠，向著石頭也吠，彷彿心裡高興似的，無緣無故地，向著一切東西亂吠。

馬嘉默默地前進，一邊想著各種的心事。我不願意驚動他的沉思，不敢向他開口。實在我也在一面想著心，一面前進。我們沒有一定的目的，也不知應該先到什麼地方？

我原本約定最後到麗絲那裡去。可是其餘的三個人，我們沒有決定先訪那一個。我可以自由行動。我們從巴黎向南走，當然不能先到北邊去看邦明，所以選定先到艾琪或克西那裡。

我想取道南方，一半是想因此可到夏曼儂，去看看已五年不曾見面的奶媽巴蘭媽媽（我從前稱她媽媽的）。我雖然離開她很久了，但我不能忘了她。我會寫信，但我不曾寄給她隻字片紙，也不是我忘恩負義。實在是我每次一想寫信給她，可就會想到了傑洛。若是他已經到巴黎去了，那當然很好；否則我的信一入他手，他藉此來找我，或者又將我帶回去，再賣到別處去。我懷著深深的恐懼，所以直到現在，還是不敢和她一通消息。

我想見巴蘭媽媽一面，自從馬嘉跟著我之後，那種思念更加強烈。我單身前往夏曼儂未免困難，現在有了馬嘉，我可以叫他先去探探路。若是傑洛不在家，我立刻就可以去看她；若是他在家時，我也可以教馬嘉請巴蘭媽媽出來，到外邊相會。

我想出了這個辦法，就拿出地圖來查看路線。我們走到曠野暫時休息一下；我從背囊中取出地圖，鋪在草地上查閱。從這裡到夏曼儂有一百多里格的路程，沿途有七八個大都市。我在這些都市中演技賺錢，大概旅行毫無困難。

我告訴馬嘉自己的計劃，再將地圖收入囊中；忽然，我想將我的東西，拿出來向馬嘉誇示一下，我將囊裡的東西全搬了出來，列在草地上。我有三件全新的襯衣，三雙襪子，五條手巾，一雙穿舊的鞋子。

馬嘉癡望著這些東西。我問馬嘉：「你有什麼呢？」

「我，除了這提琴之外，一無長物。」

「既然我們是夥伴，我將這些東西，分給你一半吧！我給你兩件襯衣，兩雙襪子和三條手巾。但是你要和我輪流背這背包。」

馬嘉想推辭，可是我言出必行，不容他多開口了。我將艾琪送我的裁縫盒打開給他看。麗絲給我做紀念的薔薇花蕾也還在，但馬嘉想看時，我叫他別動我這個東西，仍舊收藏起來。

我還嫌現在身上的褲子太長，不便做事。表演者的褲子應該是短的，襪子上也要用絲花邊滾邊。我現在想做什麼，沒有半點兒阻礙，可以隨意實行。我取出艾琪送我的剪刀，一刀就剪下去。

「我在剪褲子的時候，你拉一下小提琴，讓我見識一下你的本領。」

「我來試一試吧！」

我在剪褲子，馬嘉拉著琴。最初我還是一邊剪我的褲子，一邊聽著，到後來，我竟忘記移動剪刀，被他的琴藝給迷醉了。馬嘉的奏法簡直和衛塔師父一樣。

「你從哪裡學來的呢？」

「我不曾跟誰學過。但也可以說我到處有師。我是聽來的。」

「誰教你看歌譜呢？」

「我不會看歌譜。我只是聽了就學著自己拉著看而已。」

「哦，你真棒。可惜你不會看歌譜，也有不便處。我有空時來教你吧！」

「你怎麼會什麼都知道啊？」

馬嘉聽我教他看地圖時，早佩服我的博識了。

「我們一切都要靠自己，當然要知道一切。」

我也想顯點本領給他看，所以一邊彈著豎琴，還唱了一首歌給他聽。我一唱自己最擅長的《拿波里之歌》，馬嘉立刻側耳傾聽，讚不絕口。我們兩個互相稱對方是音樂的天才呢！然而我們自己說好，根本不值一文錢的，現在我們要趕緊找到今晚的食宿了。

縫好褲子，裝在背包裡，馬嘉先背起來。我們決定走到那裡，便開始「小米劇團」第一次登台。

「你教我學唱歌好嗎？我學會了，我們兩人可以合唱。我也可以彈豎琴來伴奏，應和你的歌聲。」

我們一路談著，下午到了一個很大的村裡。正在找適當的地方，卻到了一家農家的門前，那裡有許多衣裳華麗的男女們，胸前佩著花束，也許是鄉下的結婚禮。我想這些人聽了音樂，一定要跳舞；我便帶著馬嘉和卡比走進庭裡，脫下帽子，像衛塔師父一樣，驕傲地向他們致敬，然後向靠近我身邊的一個人說：「我們看你們有喜慶，想為大家演奏幾曲助興。」

這青年的臉很紅，態度還算和善，她身上穿著硬領的衣服，但並不回答我，只將身體轉了一轉，因為他的領子又硬又高，衣服還是緊身，他轉變方向時，只好全身移動。他將兩個手指塞進口裡，吹了一聲很響亮的口哨，讓卡比嚇了一跳。他看見了人們看他時，便開口說：「大家聽到了嗎？這小孩子說要為我們奏樂助興。」

男女來賓全贊成，叫著：「快挪出跳舞的地方來。」

他們選定庭院的中心，原本在那裡徘徊的雞群都嚇跑了。

「喂，你會彈對舞曲吧？」我不放心地用意大利語暗問馬嘉。

馬嘉答：「會的。」我也會的，所以很放心。

大家從儲藏屋裡拉出車子，暫時做了我們的音樂台。我們兩個人立刻爬上去。我們從前不曾合唱過，不過歌曲很容易，還能合拍。

那紅臉的青年來問：「你們哪個會吹喇叭嗎？」

「我會吹的，可是沒有喇叭。」馬嘉說。

「我去借來吧！豎琴的聲音太小了。」青年立刻跑去。

我不放心地又用意大利語問馬嘉：「馬嘉！你真會吹喇叭嗎？」

「無論喇叭或笛子，我全會吹。」

馬嘉真是衛塔劇團中的好演員，他吹著喇叭，讓大家跳舞跳得更熱鬧了。一直跳到午夜十二點鐘，我們幾乎沒有休息。我雖然還以可支持，馬嘉因為身體沒有復原，頭腦衰弱，有點過勞了。我小心地看看他的臉色；他的臉色漸漸難看，眼皮都抬不起來，可是他並不叫苦，仍舊拚命地吹著。

幸而並不只我一人注意他，新娘也留意到了，她向大家說：「諸位，那年紀較小的孩子好像疲倦了，我們也來幫忙湊點錢吧！」

「謝謝大家，就讓我們衛塔劇團的會計來領受諸位的盛情吧！」我這樣說完，就將帽子拋給卡比，牠啣著了，立刻在賓客間巡迴。他們看了都很高興，而且我們是來祝賀結婚禮，跳舞又跳了這長久的時間，自然全都慷慨解囊。最後新郎還大方地給了兩個銀幣。

我們不只得了很多賞金，跳舞完後，還讓我們飽餐一頓，而且是睡在小屋子裡。次晨我們計算昨夜的收入，有二十八法郎，我很感謝馬嘉。

「這樣的收入，全是你的功勞。靠我一個人奏樂是不行的。」

我們一個晚上就得了二十八法郎，好似暴富了一樣。到了第二個村裡，立刻買了很多東西。我先買了一枝三法郎的舊喇叭，又買了一些綁在足上的紅花邊和半新的軍用背包，從此我們各背各的，不用兩個人輪流背行李了。我們又買了許多東西，花錢很多，然而在離開這裡時，我的袋裡還有三十法郎。

因為天氣晴朗，正是人們行樂的時候，所以我們很容易賺錢。我編出許多戲碼，不用重複地演出同一種表演。馬嘉和我很合得來，所以我們立刻好似親兄弟一樣。

「我從未見過像你這樣不毆打團員的團長。」有一次馬嘉笑向著我說。

「你喜歡嗎？」

「當然喜歡，這是我一生中最幸福的日子。」

錢越賺得多，我的希望越大了。我想遇見巴蘭媽媽時，一定能送她一樣令她吃驚的東西了。我的禮物，不但要使她吃驚，最好還要使她有用，晚年有所依靠。或者買一隻母牛替代從前的露特。若是我能送她一隻母牛，她一定喜出望外了。

唉！這是多麼美妙的幻想，我要實現這美夢，一定要買一頭母牛送她。我不知道一頭母牛需要多少錢？大概總要很多的。我要買的母牛，應該大小適中。牛太大了，食量也大，巴蘭媽媽養不起，這樣使她為了我的禮物還要操煩太多，我先去打聽牛價吧！

我們寄居的旅店中，常有牲畜販子們來往，我想向他們打聽一下。有一天，我問一位同宿的牛販，那人笑向旅店主人說：「老闆，你聽見這孩子的話嗎？他要一頭大小適中的母牛呢。……你是什麼意思，難道想買一頭牛來教牠表演嗎？」

這話引起大家發笑，可是我倒不介意。我繼續說：「不會表演也好，只要牛奶多，食量小一點……」

他們還嘲笑不止，後來發現我是在問真的，那人才告訴我：「要一頭馴服的牛，牛奶好、食量小，至少要六十埃居(注)。我看你是小孩子，零頭就不要了，現在你有五十埃居放在桌上，我所帶著那頭最好的牛，你就可以牽走。」

我上床後，還不忘他所說的價錢。五十埃居折合一百五十法郎，我現在有的錢，和牛價相差太遠了。但我想了一夜，如果我能像昨晚那樣賺到錢，也許還能存到這筆錢。於是我決定先不去夏曼儂，

．**埃居**（Ecu）　法語「盾徽」，是一種法國古貨幣。本來是十三世紀法王菲力浦六世鑄造的金幣，到了十七世紀路易十三將埃居改為用銀鑄造，這裡指的是銀製埃居。

而是去到瓦爾斯拜訪克西；再到艾琪那裡，將來買到母牛了，再到夏曼儂去找巴蘭媽媽。次晨我將這計劃告訴馬嘉，他也贊同。

「我們先到瓦爾斯去。那裡的煤礦一定是很有趣的。」

我們開始改變方向，但到瓦爾斯路途很遠，距離好幾百里格。如果像我們這樣一路表演，一路前進，花的時間會更長。幸而現在季節很適合，一路上表演還順利，三個月後，當我們到瓦爾斯時，袋裡已有一百二十八法郎了。還差一點就能買一頭上等的母牛了。我想從瓦爾斯到夏曼儂，當然可以再賺一點錢。馬嘉和我一樣高興，我也很感謝他。因為有他做我的夥伴，我才可以賺到這樣多的錢。

瓦爾斯在一百多年前，還是荒山裡的窮村，自從開了煤礦，一躍而成南部著名的工業重鎮，現有人口一萬二千了。表面上一看，這村景象荒涼。沒有耕地，沒有矮樹，沒有叢林，只有稀疏的幾株橄欖樹、栗樹或是桑樹，映在眼裡。也沒有野菜一類的東西。

這個山石遍地的地方，雖然有兩條河流，但一遇下雨，立刻就要泛濫。路上高低不齊，大路上的軌道，一天到晚都運行著煤車，弄得整條街一片漆黑。每當下雨時遍地泥濘，一經晒乾，被風吹散又在空中飛揚起來，甚至窗口屋頂和樹葉上，也都染著漆黑的污泥。鎮上沒有任何紀念碑，沒有修飾廣場的銅像石像，當然更沒有公園了。每戶人家的房屋，擁擠並列著好似鴿籠。

我們在下午二時到達瓦爾斯附近，那裡藍天麗日，可是漸漸地前進時，太陽光隨著變，青空都被煤煙朦住了。我不知道克西的伯父在那裡，只聽說他是在第二號煤礦做礦工的。我想到那裡去一問，也許可以打聽出來。

我沿途尋問著，快到第二號煤礦時，走到一條鋪滿煤渣的路上，遇見一位好像是迷路的女人。她服裝零亂，蓬鬆著頭髮，手裡還牽著一個小孩子。她一看見我們，就停下來向我們說話。

「你知道哪裡比較涼快嗎？快告訴我。」

我不知道她在說什麼，但她似乎繼續說著。

「那裡有蓋著樹蔭的大路，路旁有美麗的小河，清水在白石上緩緩流著，小鳥在樹上啼唱！」

她這樣一面說著，我不知該怎麼回答她，她似乎還不曾留意到我。

「那涼快的地方，離開這裡很遠嗎？你快告訴我，我無論怎麼樣找，就是找不到。」

我不回應。她又說：「你曉得我的丈夫嗎？你不認得？他是這孩子的爸爸。他在礦內險被燒死，幸而搬到那涼快的地方才救活。從此他總是離不開那涼快的地方，永遠在那裡了。」

她嗚咽啜泣地說著，眼露兇光地的向著烏煙蔽天的煤礦那邊，舉起拳頭大罵：「礦坑就是殘酷的地獄！你還我爸爸吧！我的哥哥，我的丈夫，我的一切，你全還我吧！」

她這樣自言自語著告一段落，就轉身將背朝著我，吹著口哨，又大步走開了。

我看見礦中有人出來，就上去問克西的伯父的家在哪裡，那個人立刻告訴了我。克西的伯父加爾，他家離煤礦不遠，就在向河岸的斜坡中。我走到那裡，看見這家的門口，站著一位四十歲光景的女人，她正和鄰人在閒談。

我問她：「請問克西住在這裡嗎？」

她說：「是的，可是克西要六點鐘才回家，你找他有什麼事嗎？」

「我來看一下克西的。」

那女人仔細地打量我，又看著卡比說：「你是小米吧？克西常提起你啊！」

忽然她又指著馬嘉問：「他是誰？」

「他是我的同伴。」

她是克西的伯母，那時我們站在火爐似的陽光下，又趕了很多的路，兩腳已像木頭一樣，我以為她會請我們進去坐坐的。可是她還是只重複告訴我們克西在礦內做工，要六點鐘回家。她既不招待我們進去，我當然不願意哀求她，所以只說了幾句話，又拖著疲倦的雙足走回街上。

我們到麵包店裡，買了一些麵包充飢。克西的伯母態度冷淡，使我很難堪。馬嘉的臉上也好像有不快的模樣。而且要是早知道這樣，我們也不必多跑這三個月的冤枉路了。我沒有再到那家門口的勇氣，所以我們決定等到六點鐘時，直接到煤礦口去找克西。

到了六點鐘，礦工們紛紛從礦坑裡走出來。他們臉上漆黑，衣服帽子也都蓋滿著煤煙，我們根本辨認不出究竟是誰，要不是克西自己跑上來抱住了我，我也認不出他，就讓他過去了。

從前克西面貌白皙，現在黑得像非洲土人了。克西放開我，向著身邊一個四十多歲和亞根相像的男子說：「伯父，他就是小米。」

那男子面貌誠實，我知道他是加爾伯父。

「小米，我們一直在等你來呢！」他和善地說。

「不好意思，從巴黎來到這裡很遠的。」

「而且你的腿還這麼短。」加爾笑著說。

卡比一看到克西，就像舊友重逢，很高興地舐舐他，又跳到他身上去。我將馬嘉的事，一一地告訴加爾和克西了。

「這隻狗就是卡比嗎？克西說牠比喜劇中的小丑，或學校裡的老師還要聰明，這是真的嗎？明天是星期日，你們今天休息一晚，明天叫卡比表演幾套把戲給我們看看。」

加爾伯父完全不像伯母，他和藹可親，不愧是亞根的哥哥。

「克西，你和小米談談吧！我隨後和馬嘉談談閒話。」

我和克西的對話千頭萬緒，不知從何談起。克西想知道我怎麼走到這裡來，我又想知道他別後的生活情形，我們都只忙著發問，並沒有想到回答。

我們一邊走一邊談，從背後走來的工人們，都趕過我們的前面。舉目一看，全街都是要回家的工人，他們的身體都是一片漆黑，我們就這樣走進了加爾的屋子。

一走進家裡，加爾對他的妻子說：「這就是小米和他的同伴。」

「孩子們，我沒有什麼好菜給你們吃，可是我要請你們喝一碗好湯。」

「我早已見過了。」

「好極了。快做個湯請他們吃飯吧！」

真的，我們很想嘗嘗好湯。因為我們自從離開巴黎後，路上都只是隨便吃點麵包，從不曾喝過湯，就是有時到了稍好的旅店時，雖然偶然吃過可口的晚餐，但自從有了母牛的目標，我們就非常節省了。馬嘉也很順從，和我一樣地懸念著買牛的事，不曾因吃乾麵包而不滿。

然而喝湯的好夢又落了空，伯母說她沒有做湯的材料。後來我才知道了，在礦工們的村子，到處開著現成的小吃店，因此他們的妻子不用自己動手給丈夫做晚餐。男子們在做工的時候，她們就約伴談天，或跑到咖啡店裡去消磨時間。加爾的妻子也是這樣的，她從沒有好好地做過一碗湯，每天總是買些現成的香腸夾在麵包裡給她丈夫吃。加爾也不罵她，隨便吃了就算吃過了。

我們今天也只有香腸吃了。吃完晚餐，加爾又對我說：「小米，你和克西一起睡。」然後他轉向馬嘉說：「你跟我到蒸麵包屋裡去。我用稻草給你鋪一張上好的床。」那夜我和克西睡在床上，談了一整夜。

克西的工作是將加爾掘起來的煤，盛到搬運車內，再從軌道上推到井口，再用鋼索吊上地面。克西還告訴我礦內的情形，據說礦內常有不測的橫禍發生。在六個星期之前，因為瓦斯氣爆，燒死了十二個人，其中的一個工人的妻子因此發了狂，她就是我今天在路上遇見的那個女人。我好奇心起，想看看礦中的情形，就和克西約定，第二天讓他帶我到礦坑。

第二天我們對加爾請求時，他卻搖頭說：「規則上不允許的。不在這裡工作的人，就不許進去。若是你想到礦內去打工，這樣克西也不愁沒有夥伴。我以為你這樣比在街頭漂流要好得多。而且我有法子，把馬嘉也弄進去。」

但我來瓦爾斯的目的，並不是要做礦工，我還有其他的任務，也不能久留在這裡。我謝了加爾伯父的好意，也不去看煤礦了。我決定三天後就離開這裡。

但我要離開瓦爾斯的前一天，克西在工作時，不小心被壓在車底下，手臂受了傷。據醫生說不會變成殘廢，可是一定要休息兩個星期以上才行。最感到倒楣的就是加爾，因為他一定要找一個小工來替代克西。可是這村裡的小孩子，能上工的都已經雇完，他當然找不到，也失望到了極點。因為沒有一個小孩子來做幫手，他自己也要停工了。一不做工，便沒有飯吃，他的愁悶，令人不忍坐視。

我不忍坐視他的困難，就說：「伯父，誰都能代替克西來幫助你嗎？」

「只要在軌道上推動車子，誰都做得到的。」

「車子很重吧？」

「一點也不重。連克西都能不費力氣就推得動。」

「克西能推得動，那我也能吧！」

「當然，你一定能。可是你問這個幹什麼？」

「我想代替克西！來幫你的忙。」

加爾歡喜雀躍地說：「你肯幫我的忙！小米，你真好。你明天便和我一起去辦好手續，就給我做幫手。呀！這樣就好了。」

我在礦內做工的時候，馬嘉帶了卡比到街上去賣藝。他抱著很大的希望，對我說：「要買母牛不夠的錢，讓我去賺吧！」

三個月半的賣藝生活，使馬嘉的身體恢復了許多。在加洛家裡守在下鎖鍋子旁的馬嘉，現在不知去哪裡了；靠在教堂牆邊乞討的馬嘉，也不知道哪裡去了。馬嘉已經不是從前的馬嘉了，太陽和新鮮的空氣，使馬嘉恢復了健康和活潑。馬嘉無論遇著什麼事，總是看作樂觀的，這也許是意大利的國民性吧！

馬嘉具有意大利人的天性，樂觀又容易親近，而且不會埋怨，可惜有點懶散。我們兩人性格的相異，似乎使我們更親密。假使沒有馬嘉的安慰，我這長遠的旅途，還不知怎麼熬過呢！

次日加爾叫我穿上克西的工服。我對馬嘉說：「好好地帶卡比出去，要處處小心。」然後我跟著加爾伯父出門去了。

到了礦口，加爾點著弓火油燈給我。我拿了跟在他的背後。最初走過岩石間的隧道。下了一個平坦的斜坡，才達到最初的石級。到了這裡，加爾對我說：「小心！下面是石階和木梯混起來的。別滑下去啊！」

我一看才知道，面前是一個深不見底的漆黑洞穴。遠近的火光隱約，這是比我們先進去工人們帶來的燈火。他們的說話聲音還幽微地可以聽見，沉重濕冷的空氣，帶著惡濁如揮發油的臭氣噴上來。我害怕地走下石級，接著是木梯子。以後石級和梯子連接著，走盡了一百五十公尺，才到第一工場。這裡四壁都是石層，天井低壓，僅能彎腰步行。地上有好幾條軌道，但全浸在水裡。

「這裡都是污水浸透的泥沙。他們用不斷地用唧筒抽去這些水，後流到河裡。若是不抽水，這礦坑就要浸水了。現在我們的位置大概在河底。」

加爾這樣說。他看見我吃驚，又說：「你別怕，最少隔了五十公尺以上，河裡的水是不會漏下來的。」

「可是萬一漏了洞時……」

「我們不怕河漏的，最怕是還是氣爆和崩塌。」

我們的工場比這裡還要低四十公尺，還要有好幾道石級和木梯才達到。一到了工作的地方，加爾教我作工的技術。工作很容易，只要推推車子，誰也能做。幸而我的身體，早已吃盡困苦，礦內的勞動也不見得更辛苦。兩三天後，加爾很滿意，說我可以成為一個很好的礦工。可是我總過不慣礦工的生活。因為在礦內工作的人，要沉靜而不怕寂寞。甚至半天或整日不能說一句話，全無安慰或娛樂。那裡除了手上的煤油燈，沒有一線光亮；除了雷吼的車輪聲、流水聲、掘煤聲，沒有其他一點其他的聲響。礦內的生活，多麼陰鬱啊！

礦工各有一定的位置，不能亂走。加爾伯父的附近，有一個和我同樣推車的男子。推車子的全是小孩子，只有他蓄著白鬍子。其實他的鬍子，只有星期日才是白色的，星期一就變成灰色；到了星期六，那白鬍子就變成黑鬍子了。

他快六十歲了，從前是礦坑裡的木匠，有一次他從亂石中救出三位同事，失去了三個指頭，不能再做木匠了。一開始公司承諾每年定期給他一些賞金，藉此養老。但最近他的賞金又拿不到了，只好來做推車子的小工。大家都不呼她姓名，只叫他「老夫子」，因為這老頭子為人很奇怪，彷彿無所不知，所以大家這樣稱呼他，但這多少還有點譏笑的意思。

在吃午餐時，我偶然和他談了幾句，這老頭就很疼愛我；我也因為喜歡和他談話，兩人就在礦內聊了起來。我在礦內過了幾天，已有了許多疑問，加爾卻不能告訴我。

例如我有一次問加爾：「伯父，煤是那裡來的？為什麼生在這裡？」

「煤是生在土中的，讓我們掘出來就能換錢。」

這等於沒回答我。我更想起了衛塔師父，他是有問必答的。我只好去問老夫子。

「煤嗎？煤是和普通的炭一樣的。木炭是將樹木放在爐裡燒成的。煤卻不用人力，它是幾萬年前的大森林燒成的。」

我很驚疑，他又對我說：「我在這裡沒空閒談，明天是星期日，我在這三十年中，蒐集了許多煤塊和岩石，只要是有心的小孩子，聽了我的說明，一定能明白。礦工們全譏笑我是老夫子。我看你還看得起我。一個人除了手足要工作以外，還得使用頭腦。我像你那麼年少的時候，一切都要問個仔細。自從在這礦內工作，也常向技師們問了並牢記。有錢就買書看。我現在雖然沒有念書的時間和買書的錢，可是我還是喜歡研究。明天你來吧！我們來談談好嗎？」

第二日我告訴加爾，要到老夫子家裡去。加爾笑著說：「哈哈，老夫子也找到了談天的對手。你去去也好。可是我要告訴你，你在他那裡，即使學到一點東西，也別太自誇啊……那老頭子如果不自誇，也實在是一個好人……」

老夫子的住家，借住在造在半山上的茅屋裡。房間好像貨棧，床腳都長出菌菇來，非常潮濕，幸而他過慣了，也沒有什麼不方便。他所以選定這地方，因為在這山腰裡，要採取的石塊和化石就很便利了。我到了他家裡，他正洗白了鬍子，歡迎我進去。

「你來了嗎？我正做好了酒蒸栗子。我要開導你的耳目，也要開導你的腸胃呢！」酒蒸栗子，是這地方有名的特產。他叫我吃了酒蒸栗子後，再帶我看陳列室和說明。

他把自己的陳列室，布置的像博物館一樣，怪不得他的同伴要愚弄他。其實他的陳列室，就和他的寢室一樣的可憐，壁上只是粗笨的架子，放著骯髒的煤塊和石片，這就是他的陳列室了。可是他的努力卻不小，三十年來收集的化石標本，讓地質學者和博物學者都很羨慕。

我吃著栗子，他就給我講釋煤的來源：「我們住的世界，並非從古至今就這樣的。不知幾萬年之前，地球上只有各種像熱帶地方的羊齒植物，後來那枯乾的枝葉漸漸腐敗了，埋在地下，就變成了我們現在開掘的煤層。你看我收集起的化石和有樹葉形的煤塊，就可以知道什麼時代有什麼的植物。你仔細地看一下吧！」

他又給我看各種的標本，同時說了許多關於煤的故事。我把他視為是飽學的老師。在他家裡玩到深夜才回去。

次日我們在礦內遇見時，加爾伯父問老夫子說：「先生，這孩子還可教嗎？」

「這孩子真不錯。將來希望無窮。」

「哦，我可有了幫手了。」加爾笑著說。

我們立刻動手工作，當我在第五次將車子推到礦井口時，我聽見井上有一種可怕的巨響。這是我從未聽見過的，像是什麼地方崩壞了。同時到處也都響著相同的聲音。我驚惶失措，匆忙地想向梯子那邊走。

我從前常因膽小惹人家的譏笑；所以我想這次別太慌張，免得造成笑柄。我想也許不是瓦斯氣爆，只是搬運車子顛覆也說不定。我正在這樣想時，忽然看見成群的老鼠，飛快地在我的腳邊跑過，立刻我聽見地上和迴廊的壁中，竟有滔滔流水的響聲。

可是我們所在的地方不應該有水的，我用煤油燈往前一照，果然是浸了水，水勢正洶湧著。那水從礦井流下來的，迴廊上也早浸著水了。最初可怕的響聲，大概是礦井上噴水的緣故。水勢很大，立刻全礦浸透了。我將車子丟在軌道上，跑到加爾伯父處。

「哎喲，伯父，不好了，礦內發大水了！」

「哈哈，你說什麼？」

「河底崩漏了！……快逃吧！」

「別胡說了。」

「真的。不得了呀！」我很認真，加爾也放下十字鍬，側耳細聽。水聲愈大，礦內全是水了。

「不得了，浸水了！浸水了！」他大聲呼叫，立刻拿起足邊的煤油燈。礦工遇著危急時，總不忘記煤油燈。他拿起燈，滑了下來，口裡嚷著：「快逃！快逃！」

老夫子也聽見了聲音，從工作處下來。加爾喚著他說：「先生，礦內像浸水了！」

「河底崩漏啊！」我叫起來。

「別胡說！」

「不管怎樣，先到梯子那邊去。」老夫子淡淡地說。

迴廊上水深沒膝，已不容易跑。我們拚命地跳，沿路向那立在架子上做工的人喚著。

「大水來了，快逃啊！」

還好我們工作的地方，離梯子很近，否則一定沒命。老夫子最先跑到梯子邊，可是他停下來說：

「你先上去吧！我年紀大了，比你膽子大一些。」

現在不用謙讓了。加爾伯父最先攀上，我第二，老夫子殿後。我們的後面，還有十多人爬上來。有從梯子上來的，有從石階上來的。我們爬得很快，到將近最後的一層梯子，流水冒頭瀑布似的衝下來，幾乎打熄我們的煤油燈。我們的身體，也險些被水衝倒了。

「緊緊地抓著爬上去！」加爾喚著。我拚命抓著梯子的橫木，冒水上攀。跟在我們背後的礦工們，似乎都給水衝下去了。我們若低十級，恐怕也要同歸於盡。

達到第一號工場，並不算就得救了。我們離開地面還有六十公尺。第一號工場的迴廊也早已浸水。我們的煤油燈都熄了，礦內伸手不見五指。

「沒有救了！」加爾感嘆著。

老夫子仍舊沉靜地說：「小米，讓我們來作最後的祈禱吧！」

我也束手待斃，這時迴廊的那頭，呈現七八盞煤油燈，零亂地向我們這邊走來。水深沒膝，急流洶湧，粗大的木材捲流著。向我們走來的礦工們，都想渡過這迴廊到梯子口去，可是誰能穩渡這樣的急流？站著也感到危險呢！我們幸而避入水勢稍緩的地方才沒事。

「沒有救了！」礦工們全都絕望地叫著。

沉靜的「老夫子」這時才開口說：「我們到梯口去才沒有救，若走得到舊礦，或者還有希望。」

舊礦就是從前的廢礦，但誰也不認得路。只有老夫子因為時常冒險搜集岩石，才認得路徑。

「給我煤油燈，我帶你們去。」平日老夫子一開口說話就成笑柄；現在聽見他這樣說，大家一起遞過煤油燈去，口裡恭敬地說，「先生！」

他接過一盞燈，同時牽著我的手先走。我們在迴廊上走了很久，忽然老夫子停了步，喊起來說：「水勢這樣急，沒有法子走到舊礦了！」

浸水已達到我的胸口了，我差不多無法再提舉步了。

「先生，怎樣辦呢？」大家的聲音有點發抖。

「我們先逃到最近的『袋』裡去。」

礦脈波狀隆起的地方，掘了上去，會比普通的工場要高一點。可是就像口袋一樣，因為有進無出，所以叫做「袋」。

我們逃進「袋」裡，只要水一淹到「袋」裡，一切就全完了。但是現在有什麼法子呢？不是跑上「袋」，便是不顧一切，向迴廊突進。老夫子向「袋」裡走去，大家跟著他。但也有三個礦工堅持留在迴廊裡，以後就再也沒見到他們了。

走到袋口，我們爬上斜坡。現在又聽見礦內各種可怕的聲響。地崩聲、流水聲、木造物的破裂聲、氣爆聲等雜然交作，振耳欲聾；這時的恐怖真是說不出來的。

「呀，一切全完了！」

「礦內全滅了！」

「沒有救了！」

「上帝快來救我們吧！」

當眾人都在這樣絕望地叫著，老夫子卻鎮靜異常，他對大家說：「這樣攀在岩上，不能站太久，一疲倦了就要跌下水底去。我們趕快努力掘成一個立足的地方可好？」

這的確是忠告，可是大家忙著逃命，誰也沒有帶圓鍬。

「用煤油燈的鐵鉤來掘吧！」老夫子接著說

我們用堅牢的煤油燈鐵鉤，各自挖掘立足的地方。這工作很不容易，地盤是那樣的峻險，地質又是岩石，如果一不留神，跌下去時就完了。我們因為性命交關，拚命掘洞立足，幾分鐘後總算好了，才舒服一點，不會滑下去了。

我們在一起的有七個人，老夫子、加爾伯父、我，還有三個礦工巴契、貝魯與亞吉與一個比我大沒幾歲的推車工卡利，其餘的人都在迴廊上走失了。

礦內響如雷鳴，非常可怕，就正像全世界都將毀滅了，誰也不知道這洪水的來源。

「恐怕礦外發了大洪水吧！」巴契說。

「也許是大地震。」亞吉說
「不是舊礦內噴出水來嗎？」加爾說
「也許有妖怪吧！」卡利說
「一定是河底崩漏了！」我搶著說，因為我想這是一定的。
老夫子聳聳肩膀，像要說話的樣子，不久終於開口說了：「這是浸水，沒錯。可是誰也不知道這大水的來源。」
卡利說：「不是河底穿了嗎？」
老夫子回應：「誰說的？」
加爾說：「也許是地震。」
「這事我也不知道。」
卡利不耐的說：「不知道的人就別多說。」
老夫子冷冷的說：「可是我知道這一定是漲大水，所以也不用著急。而且這水是從頭上灌下來的。」
巴契說：「先生，這是誰都知道的。水從來就不會往上流的。」
卡利在旁又冷嘲熱諷說：「你的知識，也和我們差不多呀！何必神氣十足呢？」
老夫子不再開口了。讓大家去嘈雜地談話。不久老夫子對我說：「小米，你有什麼問題？」
「誰也不知道這大水的來源吧？」
「好，這要慢慢地講！」

我發了幾點疑問，他都不作答，只是說著：「好，好。」

「先生有點不對勁啦！」巴契開始質疑了。

「先生，你在發狂嗎？」

「先生，你醒醒吧！」

其他礦工跟著巴契這樣呼喚著。老夫子卻冷靜地說：「我沒發狂，在你們吵鬧時，我正研究學問。」

「你又來了！你研究什麼呢？」

「我想，就算全法國的水，都流到這礦坑來，我們現在的地方，也不會浸水，不用怕溺死。」

「真的嗎？」

「先生，你有什麼證據呢。」

「你們看這煤油燈。」

「看煤油燈?煤油燈不是好好地燃著嗎？」

「沒有奇怪的現象嗎？」

「有一點。它燃得很旺，火焰也比平時短一點。」

「先生，難道是氣爆嗎？」

「不用急。浸水不會再高起來的。」

「喂，先生，你葫蘆裡在買什麼藥呢？」

「我並不是要說得神祕。我們現在的地方，就像是充滿空氣的排氣鐘一樣。空氣壓住了水，所以水漲不起來。但這空氣一洩漏，這裡立即就沒頂了。」

誰也不相信他的話，大家在竊竊私議。

「先生，別胡說。水是連大石頭也沖得動，大樹也能連根拔得起來，世界上再沒有比水更厲害的了。」

「那是在水可以自由流動的地方才會那樣。可是這裡就不行。將玻璃杯覆在水上，水便不能升到杯底，那就是因為杯裡空氣的壓力，這地方也恰像杯子一樣呀。」

「我完全明白了。大家聽我說好吧！你們不應該輕視老先生。他比我們知道得多。」

巴契說了公道話，其他人也就不再插嘴了。

「先生，我們還有救嗎？」亞吉這樣問。

「我不是說我們一定有救。可是不用擔心淹死。因為這裡就像一個玻璃杯一樣，空氣逃不出去，所以我們得救了；但是空氣逃不出，我們也逃不出。」

「先生，這水會在什麼時候退去呢？」

「這我不知道。我不知道這水是怎麼漲的，所以也不知道會在什麼時候退。」

「這不是大水嗎？」

「當然是大水，我不知道這大水的來源。是大風雨嗎？是水源地被破壞嗎？是大地震的結果嗎？我們必須出了這礦中才能知道，在這裡是沒法推想得到的。」

「或許地上也浸了水吧！我的老婆孩子也不知怎樣了？」巴契憂鬱地說。

老夫子也說，地上說不定也浸了水。大家感到恐怖，都默不作聲。剛才那樣可怕的水聲，現在完全停止了。寂靜如死，只是時常聽見大砲似的轟聲，振撼天地。

「礦內像全變大海了。」卡利又開口了

老夫子喃喃地說：「再沒有可以浸水的地方了。」

「小特啊！我苦命的孩子。」巴契忽然絕望地叫喚著，小特是他的兒子，在下面第三工場裡做工的。他聽見老夫子剛才說的話，似乎想起自己兒子的命運了。

「啊！我的小特呀，小特！」巴契接連地喚著。

老夫子安慰他說：「別那樣失望，小特也許像我們一樣的，找到了『袋』，也避進去了吧！神總不會使我們三百個夥伴都淹死的。」

今天早上，至少有三百人走進這第二號礦內的。其中有多少人逃得出去？有多少人能夠像我們一樣，找到避難之所？或許我們的伙伴都葬身水裡了呢？現在我們來不及同情和憐愛他人，因為我們自顧不暇呢。

「先生，你說我們現在要怎樣做才好呢？」亞吉又問了。

「只能在這裡等著吧！」老夫子說。

「真的沒有別的法子嗎？」

「沒有別的法子！你想用煤油燈的鉤子，往上面掘穿六十公尺嗎？」

「我們不會餓死嗎？現在我們最怕的，就是沒有飯吃。」

「恐怕會餓死吧！但現在最可怕的還不是餓死。」

「先生，你別胡說。究竟還有什麼可怕的事呢？」

「肚子餓還不要緊。我曾經看過這煤礦的老記錄，在五十年前，也曾因為礦內浸水淹死許多人。那時有很多像我們這樣覓到避難處的人，整整餓了二十四天，最後獲救。所以五天十天不吃，不會餓死的。」

「那麼還有什麼更可怕的呢？」

「你覺得腦裡沈重嗎？耳裡發響嗎？呼吸困難嗎？」

「我覺得頭痛。」巴契說了

「我早覺得胸裡發悶。」亞吉也說。

老夫子說：「這才是最可怕的！這『袋』裡的空氣能讓我們能活多少時間，我不知道。不過若是全礦全浸滿了水，這水至少要高過我們頭上四十公尺。因此這『袋』內的空氣，也就承受著這麼可怕的壓力。人在這樣壓縮空氣中能活得多久，只有等過這回經驗後才能明白。我說可怕的就是這件事。」

老夫子的話使我感到更恐怖，其餘的礦工也是如此。我們的無知，又增加了大家的恐怖。

「還有，這地方受著我現在所說的壓力，也許到最後會破裂。」

「破裂？」大家叫了起來。

「假使上面的地盤疏鬆，那麼就會穿個大洞。」

「這樣我們不是可以逃生嗎？」卡利大叫起來。

「傻瓜，別插嘴。」巴契斥責他。

老夫子說：「天井應該是很堅固，大概不會破裂，可是我也不敢擔保。」

大家都在祈禱，只有老夫子不感到絕望。

「大家都這麼害怕，即使地上的人發現我們在這裡，恐怕也來不及。倒不如大家想一個法子，不要跌到水裡。」

「我們不是早就掘起立足的地方了？」

「能永遠這樣站著不動嗎？」

「你覺得我們要在這裡過好幾天嗎？」

「我不知道。」

「不久會有人來救我們吧？」

「也許是的，但是不知道什麼時候才能來到這裡。在這段時間中，滑下一個人下去，就是死一個人。」

「那麼，我們大家綁在一起吧！」

「繩子呢？」

「大家拉著手好了。」

老夫子沈靜地說：「我想現在最要緊的，還是在這裡掘幾個階梯。只要挖兩個階梯就行，上一階可以坐四個人，下階可以坐三個人。」

「先生，我們用什麼來挖掘呢？我們又沒有十字鍬。」

「鬆軟的地方，用煤油燈的鐵鉤子挖掘；堅硬的地方就用身邊的刀子挖掘。大家都有刀子吧！」

「不行，用鐵鉤子和刀子，那裡能掘石壁呢？」卡利又反對了。

加爾伯父終於說話了：「大家要聽先生的話，趕快掘吧！不然一直站著，誰睡著了就是誰跌下去，最後大家都要死的。」

在這個時候，老夫子以他的知識在支配著我們，大家都感到只有依靠著他，性命才能得救。因此，大家都服從他的命令，開始要掘階梯。

「先找一個鬆軟的地方開始掘吧！」老夫子說。

加爾先說：「大家請等一下，我想跟諸位商量一下。無論做什麼事總要有首領，我現在就推先生做首領，請你指揮我們吧！」

卡利剛才被其他礦工罵是「傻瓜」，現在找到機會就唱反調：「推老夫子做首領？他剛才不是和我一樣在推車子嗎？」

貝魯立刻大喊：「放屁！加爾不是因為先生是推車子的，才請他做首領。我們現在是選最有知識，能救我們大家的命的人做首領。」

我們當中身材最高大的礦工巴契，這時轉頭對老夫子說：「先生，請你原諒我們這些粗人沒見識，平日對你的不禮貌。現在大難當頭，大家不團結，就算地上的人發現我們在這裡，我們也會沒命。現在就請你做我們的首領，我的力氣最大，一切聽你指揮。」

在旁邊一直不表達立場的礦工亞吉也說了：「先生，我也願意聽命。」

現在四個成年的礦工都同意了，推車工卡利也不敢再反對了。老夫子還是沈靜地說：「承蒙不棄，我也不必推辭。我們在這裡即將喪命，就像破船中的乘客，緊抱著海上浮木等待救援。但抱著木頭時還有空氣和陽光，這裡簡直是活地獄。所以我們要同舟共濟。大家若不願絕對地服從我，我就不願意負這大任。」

「我們一定從命。」大家齊聲地說。

「好，那麼大家一起在神面前立誓。」

巴契立刻帶頭說了：「我們一切都聽先生差遣，違者不得好死。」其他人也都跟從。

老夫子就這樣做了首領，大家各自動手。我們的袋中全有刀子。他說：「現在由你們四個力氣較大的礦工負責挖掘，我們三個推車工負責搬泥土。」

巴契說：「先生，你是工程師，只要監工和指揮就行。萬一你有不幸，我們都沒希望了。」

大家也都同意這樣做，老夫子是我們的救星和引導者，絕不能有危險。掘階梯本來是很容易的，可是我們只有刀子。而且還要站在險峻的斜坡上工作，立足不穩就會摔下去淹死。我們拚命地掘了三個多鐘頭，總算把二層階級做成了。

「停工！」拿著煤油燈任指揮的老夫子吩咐：「現在只要能坐就行，以後再做吧！最要緊的還是要保留體力，我們還有許多工作呢！」

大家停工坐了下來，老夫子、加爾、卡利和我四個人坐在上級，巴契，貝魯，亞吉三個人坐在下級。老夫子又吩咐：「煤油也要節省一點。現在只留一盞燈，其餘的都熄了。」

我們本來是點著四盞燈的，現在只留一盞，剛想吹熄其餘三盞時，老夫子又阻止說：「且慢，我怕只留一盞，萬一被風吹熄就糟了。這裡雖然沒有風，可是還是要留心才好。你們誰身上有帶火柴？」

照工作規則，礦內是嚴禁帶火進去的，然而這是規定，四個礦工口袋內其實都有一盒火柴。現在被老夫子一問，他們知道了此刻不必受罰了，大家同聲說：「我有。」

老夫子自己說：「我也有，可惜放在口袋裡被浸濕了。」

其餘四個礦工的火柴，也都是藏在褲袋裡，剛方才浸在水裡時，也都被浸濕了。這時卡利才開口說：「我也有。」

「你的濕了嗎？」

「我不知道，我都放在帽子裡的。」

「那你將帽子拿過來給我看。」

卡利的頭本來就很大，還帶著一頂大氈帽。但他聽了老夫子的命令，還是不願意交出帽子，只拿出帽子裡的火柴給他。幸好是放在頭上，所以沒有打濕。

「很好！現在那一盞也吹熄吧！」老夫子命令說。

只剩一盞燈，陰森地照在我們的階梯上。這裡非常寂靜，沒有半點聲響，更加使我們害怕。在工作的時候還不覺得，像這樣不動時，那無名的恐怖更加猛烈地迫近著，使我們難受。

老夫子也忍不住了，垂頭沈思，誰也沒有開口的勇氣。忽然溫熱的水點，滴在我的手背，空氣更沈重，呼吸愈感困難。我的胸中窒塞，耳裡嗡嗡作響。

老夫子忽然向大家開口說話了：「我們來查查看有沒有可吃的東西？」

誰也不做聲。我先說：「我的口袋裡有一個麵包。」

「在那個口袋裡？」

「褲袋裡。」

「恐怕早已變成醬糊了。你先拿出來看看。」

我摸摸袋裡，取出一看，果然成了漿糊。我大失所望，想把它丟了。老夫子阻住我說：「別丟。你現在丟了，等一下就要後悔。」

他說完後又對大家說：「誰也沒有帶著麵包嗎？」

還是沒有人答應。

「這就糟了。」老夫子感嘆著說。

「先生，你肚子嗎？」巴契問了。

「我不餓。誰有麵包，讓這兩個孩子先吃。」

巴契不服說：「為什麼？我們大家都在挨餓呢！」

老夫子緩緩地說：「好在這裡也沒有麵包，你怎樣說都不要緊。可是你剛才不是才說過，願意聽我的命令，現在一不合你的意思時，你又反對阻撓了。」

「要是誰都像你，那麼這裡只要有一塊麵包，大家就要打架了。你要知道，有麵包先給小孩吃，

「先生，請你別生氣。我不再說這種話了。」

這是法律上所規定的。」

「法律有這種規定嗎？」

「不錯。法律上規定凡是遇著天災時，最先要救卹六十歲以上的老人和未成年的孩子。」

加爾在一旁插嘴問了：「你不是已經過了六十歲了嗎？」

老夫子說：「我不要緊，況且平日我就不大吃東西的。」

卡利這時才開口說：「所以，要是我有麵包，我可以自己先吃嗎？」

「不錯。可是要分一點給小米。」

「要是我不給他呢？」

「你已經發過誓，你不給他，你自己也不能吃。」

卡利又想了一會，最後才從帽子裡拿出一塊麵包來，遞給老夫子。

「我有一塊麵包。」

「你這帽子真奇怪，裡邊到底還有什麼東西嗎？快把帽子拿來我看。」

卡利不願意，可是其他的礦工立刻將它強搶過來，交給老夫子。

老夫子將帽子持近燈光，查看帽裡的東西。我們的處境本來很為難，但見了這帽子，卻忍不住大笑起來。原來帽子裡有個夾層，裝著煙斗、鍵子、一片香腸、桃核雕成的笛子、羊骨雕成的玩具、三顆胡桃與個洋蔥頭。

「今夜先分給你和小米一點麵包和香腸吧！」

卡利悲傷地說：「我早就餓得要命。」

加爾安慰他說：「忍耐點，我們也不知道什麼時候才出去。」

「誰有帶錶嗎？我的錶停了，不能知道什麼時候。」

「我的濕了，也停了。」

現在是什麼時候，我們完全不知道。因為在我們當中，只有兩個人帶著錶，偏偏又都停了。有的猜是十二點多些，有的卻說將近下午六點鐘了。假使說現在是十二點鐘，那麼我們受困只有五個多鐘頭，但這似乎不對，因我感覺到我們在這裡至少已過了十多個鐘頭了。

暫時談過什麼時候之後，大家各有心事，又沈默下去了。我想著水、黑暗和死的恐怖，又不能再看見麗絲、艾琪、克西、邦明與馬嘉等人了……而且也再遇不到密列夫人、亞瑟和巴蘭媽媽了。還說什麼母牛呢？

「你們可聽見什麼聲音嗎？」

「沒有。」

「我也聽不見，所以問你呢。瓦爾斯城一定全滅，我們也絕望了。」

「我也是這樣說。否則他們當我們全死了，所以不來營救。」

「他們真想見死不救的。」

這時老夫子插嘴說：「大家別胡說！這個時候我們不應隨口埋怨別人，要知道礦工都有互助的精神，礦工的天職就是只要有一個人被活埋時，大家無論要付什麼代價，也要救他起來，大家在礦區生活這麼久了，這點常識應該不用我多說。」

「不錯。」

「所以他們不會見死不救的。」

「我因為一點聲息也聽不到，所以才會擔心。」

「你要知道，這裡離地面四十公尺以上。你以為能這麼簡單就聽見外面的聲音嗎？除非是地震毀滅了全村，我們才會感覺到。別胡亂埋怨了，現在最要緊的，還是要知道那三個礦井怎麼樣，恐怕也壞了吧？入口的迴廊應該也壞了。要搶救我們總要先有準備，我雖不敢說我們一定能獲救，可是我敢擔保，上面的人一定在給我們想方法。」

老夫子的話，讓大家有點相信了，因此稍為安心一點，舒了一口氣。

貝魯還是有點懷疑：「若是他們以為我們全死了，還會來救嗎？」

「貝魯，你放心吧，你不妨敲敲壁上，讓上面的人知道。土地最會傳達聲音。只要他們細心，即使在四十公尺的上面也可以聽到的。」

貝魯於是脫下他的大皮靴，用力敲著石壁。敲累了，亞吉和其他的人也接手幫著他敲。

「即使上面的人聽見了，他們有什麼方法呢？」加爾問了。

「或者從地上掘下來，或者吸乾礦內的積水。」

「什麼?從地上挖到這裡來?」

「怎麼吸乾這許多水？」

老夫子沈靜地說：「我們在四十公尺的地下，他們若一天掘六公尺到八公尺多，那麼差不多也要七八天。」

「先生，一天能掘六公尺這麼多嗎?」

「平日當然不行，可是他們要努力營救我們，一定會想辦法的。」

「我們能在這裡活八天嗎？」

「我們在這裡活不到八天的。」

雖然老夫子曾說過，有礦工埋在地下二十四日還能生還，可是我們卻半信半疑。而且八天之後，還不知道有沒有人來營救。

過了許久，忽然卡利在呼喚：「我聽到有聲響呢！」

卡利在聽覺上，像動物一樣的靈敏，這生死關頭更派上用場。

「什麼？你聽見了什麼嗎？」

「水裡像有聲音呢！」

「你不是將石頭推下去嗎？」

「不，不是石頭，那聲音很沉重。」

我們屏息地細聽了一會。我在地面上聽覺也算靈敏，可是在洞穴內，卻比不上礦工們。我聽不到什麼時，老夫子點頭說：「水裡有聲音。」

「是什麼呢？」

「不知道。」

「水退的聲音嗎？」

卡利說：「不，聲音並不連續，只斷斷續續的。」

加爾忽然大叫：「這聲音很有規則，是水動的聲音，一定是上面的人在抽水。我們一定可以得救了。」

老夫子也叫起來：「我們可以得救了吧！」大家全興奮站起來，不覺精神抖擻。

然而一陣興奮過去，我們又懷疑起來。「先生，三天內這水抽得乾嗎？」

老夫子說：「未必，我想這礦內的積水，約有二十萬到三十萬立方公尺。當然，我們這裡是第一工場，不用等到水全乾了，可是三個礦井中各有二部幫浦在抽水，至少也要在四五天以上，才可達到這裡。」

最初也很高興的老夫子，現在也開始失望了。不過我們知道上面已經在營救，就放心了不少。可是最使人難堪的，就是坐的地方太狹小，坐得筋骨酸痛，而且頭昏腦脹。卡利卻不覺得什麼，只是一直喊著肚子餓。老夫子只好取出剛才從帽子裡找出的麵包，分給卡利和我兩人各一小塊。

卡利還在抱怨：「我還不夠。」

「再不吃，等一會就沒有吃了。」

其餘的人們看著嘴饞，但是已經發過誓，只好繼續看著。

「不讓我吃，但喝水總可以吧！我口渴得要命了。」貝魯望著老夫子說。

「隨你高興，要喝水儘管喝好了。」

「讓我借水充飢吧！」

貝魯正想去汲水，忽然老夫子制止他說：「等一下，你的體重太重了，會壓垮橫木摔下去。還是叫身材瘦小一點的小米去拿水上來吧。」

「用什麼來汲？」

「拿我的鞋子去吧！」卡利遞給我鞋子。

我拿著鞋子，將要下去時，老夫子又叫住我說：「小米，讓我拉著你的手。」他走下一步身子彎向著我，不知道他是足下滑了或是泥土崩了，不留心落到水裡去了。我手裡拿著照路的煤油燈，也同時跌入水內，「袋」內立刻黑暗，礦工們的口中恐怖地喚著。我看見老夫子跌入水裡，就像義犬一樣，立刻跳到水裡去救他。

我本來就會游泳，後來跟著衛塔師父，一有機會就到河裡去潛水，所以在水中並不害怕。可是我在黑暗中卻不知所措，老夫子抓住我的肩膀，把我拖到水深處去了。我用足踢著水浮起來，他還是緊抓我不放：

「誰叫我一聲，我認不出方向了。」我大聲地叫喚。

「小米，你在那裡？」加爾伯父在上面喚著我。

我緊抓著老夫子的肩，向發聲地方游去，一邊喚著：「快點起燈來！」立時煤油燈點燃了。加爾和卡利走到水邊，伸手來牽我們。貝魯在上面照著燈，總算把我們拖上來了。

老夫子雖喝夠了水，可是看來似無大礙。他對我說：小米，讓我抱抱你，謝謝你救了我的命。」

「先生，你才是救了我們大家的命了。」

卡利卻在旁邊自言自語說說：「我最倒楣了，靴子丟了，水也沒有喝到。」

他生性就是這樣，什麼事情也不能感動他，在這種情況下，我只好說：「我下去替你找回來。」

老夫子嚇阻說：「小米，什麼時候了，別再找鞋子，誰拿鞋子來？我去拿水。」

巴契說了：「先生，請不要冒這個危險，還是小米一個人下去吧！貝魯，拿你自己的鞋子來。」

貝魯把鞋脫下來給巴契，巴契交到我手上，我拿了貝魯的鞋子，更小心翼翼地爬到水邊，終於裝了一鞋子的水上來，讓大家止了一止渴。

老夫子和我雖平安，但下水後全身濕透，現在漸漸地身體冷起來了。

「誰將上衣借給小米穿吧？」老夫子說了，但誰也不曾答應。

「我也冷得要命！」卡利先這樣說，提防人家要他的衣服。

老夫子看著環坐的人們說：「我要不是全身也透濕了，就可以將我的借他。他是為了讓大家有水喝才全身溼透的，我們不能拋下他不管。現在讓我指出一個人來吧！亞吉，你的上衣借給小米。」

亞吉很不甘心的脫了上衣，還好他身材高大，上衣沒浸到水，大致還是乾的。我穿上他的上衣，立刻覺得溫和起來，坐著就想睡了。老夫子兩手緊抱著我的頭，溫和地說：「你就睡吧！別怕，我抱住你的。」我靜靜地入睡了。

我醒來後，還聽見幫浦抽水的聲音。因為坐的地方很狹窄得，大家都不舒服，於是我們再掘大些，有了立足地，就輕鬆了一點。不久我們掘得更大，大家都可以橫睡了。

我和卡利分吃了最後一片麵包到現在，也經過了很久了。我們生活在這人間地獄裡，也不知道什麼時候。有人說只經過了兩天，有人說至少有六天了，但這都要等到我們生還後才能知道的。

巴契忽然好像從假睡中醒來，開口大叫說：「大家聽著，我剛才聽見一個聲音對我說：『我必救我的羊脫離他們的口，不再作他們的食物』(注)。」

不信世上有神的貝魯嘲笑地說：「你在作夢啦！在這裡誰能救你？要是有神，你現在就不會在這裡。」

兩個人在狹小的階梯上不斷爭論，最後氣得都站起來了。老夫子不能不管了，才插嘴說：「要打架的滾出去！」

他們兩人只好再坐下去，巴契還不服氣：「貝魯，你到這時候還要褻瀆神，你要下地獄的，你這

・這是《聖經》裡先知以西結所說的預言。

沒信心的東西。」

「你才走不出這地獄呢！」

「我一定要出去給你看。」

「你一定走不出去！」

老夫子再喊了一次：「貝魯，別再說了。」

兩人暫時停了一會，不久巴契又自言地說：「我一定可以出去的，我們不能馬上出去，都因為有惡人在這裡。」

他說的自然是貝魯。貝魯也頂了一句：「是的，就是因為這裡有惡人。」

「是的，一定有誰做過壞事，所以上帝懲罰我們。」不知為何，加爾伯父也插嘴加入爭論。

巴契說：「我在神前，一無所懼。我生平沒有對不起任何人。你們有誰做過虧心事吧？」

貝魯也拍著胸膛說：「我也一樣清白。最多只有在喝了幾杯酒後，和人打過幾次架。可是我在路上，絕沒撿過人家遺失的東西。」

那時我突然聽見背地有人啜泣。回頭一看，亞吉跪在地上流淚。他不知何時爬上了一階，跪在我和卡利的當中。

亞吉痛哭流涕地說：「做壞事的，不是貝魯或巴契，做壞事的就是我。現在上帝責罰我了。我真後悔不及。現在我對你們懺悔，你們聽我說吧！」

「你幹了什麼壞事。趕快懺悔吧！」

「假使我能出去，我立刻去自首；要是我不能出去，只好拜託你們轉告了。你們知道去年六月裡，何特因為偷了人家的時鐘被捕下獄，其實那不是何特偷的，而是我偷的。贓物還在我的墊褥下。」

「你是竊賊，為什麼不早說，害何特坐牢，他的家人也飽受羞辱……將他拋進水裡去吧！」貝魯和巴契同時叫喚著。如果亞吉現現在還坐在下一階，恐怕會被他們兩人推落水裡去。

老夫子這樣說，伸手給亞吉說：「亞吉，你別怕，憂傷痛悔的心，神必不輕看，你抓緊著我吧！」

「先生，這樣的畜生，讓他死了好，別救他。……我們為了他，自己也不能出去了。」

「不行，我要保護他。你們要將他推下水去，就連我也一起推下去吧！」老夫子這樣堅持，才阻止了貝魯和巴契。

「先生，不推他下去也可以，但是叫他滾到他那袋角去。誰也不許跟他說話。」

老夫子說：「這樣也好，他是該好好反省。」他將亞吉推到角邊，我們三個人也坐到另一邊，不去挨近他。

以後幾小時中，亞吉蹲在那裡不動，只自己嘆著氣說：「我錯了，我害了大家。」或許他在發熱，他那巨大的身軀，顫抖得很厲害，牙齒也索索作響。

好久之後我才聽見他低聲地說：「我喉乾如焚，你們哪一位能給我一點水喝？」這時鞋子裡已沒有水，我看他可憐，想爬起來去給他拿點水，貝魯阻止我，加爾也不放我走。亞吉還在呻吟著，但他發現沒有人理他，竟然自己爬到水邊去。

「喂，小心！」加爾叫著。

「唉，隨他去吧！」老夫子說了，大家就不再理他。

亞吉剛才看見我是用背靠在地面滑下去的，他也學著做。但是他沒有我的身體輕快，像他那樣的笨重軀體，剛靠著崖面想滑下去時，煤塊立刻崩鬆了，他掉入黑黝黝的水中去了。我們只聽見他的一聲呼喚，那漆黑的水面又復合攏來，再也看不見亞吉的影子了。

我看見他跌下水裡，很想去救他，可是加爾伯父和老夫子都抓著我不放。

「讓他犧牲，我們得救了。」原本堅持無神論的貝魯，這時竟也這樣說。

我目擊這慘劇，全身發抖，又無力地坐下去。

「反正他是竊賊。」加爾伯父像恍然大悟地說。老夫子很久都不做聲，最後才低聲說：「總算少了一個人呼吸這裡有限的空氣。」

本來看見亞吉的慘死，誰都該感到恐怖的印象，可是這些礦工們卻好像得了新希望一樣。他們勇氣倍增，奮勇地擊打著「袋」的石壁。這時候最難受的就是飢餓，後來有人竟爬到水邊，撩起那浮在水面的爛木頭吞吃，來暫時壓住餓火。最飢餓的卡利，竟將鞋子切開，嚼著鞋皮。

我看見這樣，心裡不禁起了新的恐怖。衛塔師父曾告訴我許多冒險故事，據說有一艘船遇難，大家漂流到荒島，因為找不到食物，結果殺死旅伴中一個小孩子充飢。我聽到巴契等不斷地在喊著飢餓時，就想到我也是小孩子，要遭同一的運命。加爾和老夫子當然是盡力保護我的，但是大家肯服從老夫子嗎？

礦工們像野獸一樣，到了生死關頭時，會做出什麼可怕的事情來嗎？我看見卡利閃著眼睛，露牙突齒在吃皮鞋的模樣更加耽心。在頭腦冷靜的時候，這些恐怖本不用害怕的。不過我們現在，大家不克自制；理性已管不住我們了。

因為沒有燈火，這裡更加恐怖。有限的幾盞煤油燈，油乾火稀，現在只剩兩盞，不到必要是不肯點的。在這樣的黑暗世界裡，非但害怕，萬一不小心，把身體亂動一下，也會有掉到地獄裡去的危險，真叫我們沒有放心的時候。

自從亞吉死了，這裡只剩六個人，身體可以躺得舒服一點。我坐在加爾和老夫子的當中。有時正在朦朧欲睡，聽見老夫子像在夢囈。我立刻醒起來，側耳細聽。

「堆堆的白雲真好看。哦！起風了？風也很好啊！」

老夫子似乎是在夢囈，我去搖動他的身體，可是他並不停止說話。

「什麼，只放六個雞蛋嗎？這點蛋黃蛋白是不夠的。打十二個蛋吧！」

我搖醒加爾伯父，「伯伯，老夫子在說夢話。」

「不，他並不曾入睡。」

下階有一個人說：「他在說笑話呢！」

「不，他是睡著的。」

「喂，先生！」加爾喚他一聲。

老夫子又接著說：「加爾，到我的家裡來吃晚飯吧。可是我告訴你，外邊的風很大呢……」

「先生可能發狂了。」加爾不放心地說。

巴契說：「他死了，現在是他的靈魂在說話。吹風了，好暖的南風呀！」

貝魯說：「地獄裡會有南風嗎？所以我叫你別到地獄去啦。」

糟糕，連貝魯和巴契也像在說起夢話來，這不是大家都發狂了嗎？說不定等一下就會打架和殘殺，我更感到不安。

老夫子、貝魯和巴契三個人，像是在一起說夢話一樣。我忽然想起點燈的事。煤油燈和火柴都放在老夫子的身旁。我偷偷地拿起燈來。火光一亮，各人立刻好像都從夢中驚醒，面面相看，尋問有什麼事。

「你們好像都在發熱，說著夢囈呢！」加爾伯父說，可是他們誰也不相信。

「哪一個點燈的？」老夫子望著煤油燈，有點不高興。

我連忙說：「我看見你們都在胡說，所以點著了燈。現在熄了吧！」

巴契這時卻阻止我說：「且慢，我知道我已沒有生還的希望了，請讓我寫下幾句遺言。」

「我也要寫。」

「我也要……」

「先生，請你幫我寫吧！」巴契的袋中還有紙筆。

老夫子說：「大家不要急，我想先這樣寫，我們六個人，加爾、貝魯、老夫子、卡利、小米、巴契，在這袋裡等候神來接走我們的靈魂。巴契，你先說，你要我寫什麼？」

「巴契要向妻兒們吻別。她們的將來，謹託給耶穌和煤礦公司。」

「加爾呢？」

「加爾要將一切家產，贈給姪兒克西做紀念。」

「貝魯呢？」

「貝魯願上帝照顧我的孤兒寡婦。」
「你不是不信有神的嗎?」巴契在一旁又喊了。
「別吵了!我們還有正事要做。」老夫子喝止了巴契。
「先生，你自己呢?」我好奇的問。
老夫子傷心地說:「別管我，我沒有可託的人，沒有一個人會為了我掉淚的。」
「卡利，你呢?」
「我放在籃子裡的栗子，恐怕要壞了，叫他們立刻去取出來……」
「這是遺言，不要胡說!」巴契叫了起來。
「我哪裡有胡說，籃子裡真的有很多的栗子。」
「你的媽媽呢?你不向他道別嗎?」我問他。
「她早就跟她的姘頭跑了。」
「不用理他。小米，你呢?」
「小米將他的愛犬和豎琴給馬嘉。向克西吻別。並請克西到圖魯茲的麗絲那裡，替我和她吻別。並將我背囊內那朵乾薔薇花還給她。」
老夫子依言全寫上了。「大家一個一個來簽名吧!」
貝魯說:「我不認得字，就畫寫一個十字架吧!」
「你又不信有神，畫了十字架，人家也看不出是你要說的。」巴契還是要跟貝魯拌嘴。
「要吵架的出去!」老夫子喊了一聲，兩人才閉嘴。

「遺言寫成了，我也死無遺憾了。大家不要再和我說話，讓我靜靜地等死。現在我要和大家訣別了。」巴契說完，走到上一階來，依次吻著我們三人，然後又爬下去，和貝魯，卡利兩人吻別，又離開了他們，橫倒下去，頭枕在煤屑上，像死了一樣睡著不動。

我們寫遺書和巴契等死的態度，好似毫無生望。吹熄了煤油燈後，四周茫茫黑暗。我們身邊還有十三枝火柴。誰也不說話，死一樣的沉默，又鑽「袋」中。

忽然在下面的卡利叫起來：「我聽見十字鍬的聲音了！」

最初也是他先聽見汲水的聲音的，所以大家聽見他現在的叫喚時，心裡又緊張起來了。

「你確定是十字鍬的聲音嗎？」巴契又爬起來了，伏在壁上，想仔細一聽。

加爾伯父說：「大家放心，我們有救了！」

「唔，我也聽見了。我們來敲敲看。」老夫子對我們說，於是我們拚命地敲著石壁。我們聽見壁上傳來回答。

「呀，我們有救了？」大家高興得擁抱起來。

其實這大水究竟怎麼來的？原來是我們下礦的那個早晨，天氣陰暗而悶熱，像暴風雨要來到似的。河的上流像是昨夜下了大雨，今晨水勢洶湧。等到我們下礦後一小時，立刻雲佈雨降了。這地方全無樹木，都是岩石嶙峋的童山，雨水一多當然暴發，山澗裡的雨水衝到河裡突破堤防，流到了這第二號煤礦的低地來了，大家措手不及時，全礦已浸滿了水。

地上的人們雖不及防禦，然而也並不是坐視不救。公司的技師已指揮著工人們防洪流，一邊又著手營救活埋的礦工們。在第一工場工作的五十多人已經得救逃生了。要救其餘的二百五十人，就像老夫子所想的一樣，必須抽出礦內的浸水，或是直接掘洞下來。他們也立刻實行了，先在三個礦井中抽水。

掘洞到半途中，遇到很硬的地盤，很不容易突破。到了第九日，像是已絕望的了，工人不願意繼續費力。技師勉勵他們繼續工作。一天之後，有一個工人聽見了一點輕微的敲擊大地聲。他連忙放下工具，靠近岩層傾聽，又叫其他的一個同伴一起來聽，果真聽見一點低微的聲音。地上一知道這消息，大家興奮地下來了。技師也來聽，可是他太興奮了，卻一無所聞。其他的礦工也聽不到，所以大家疑心他們是幻覺。

然而聽到這聲音的人，是非常老練的礦工，技師不信他們會聽錯的，於是他自己和他們兩人，也不斷用鍬頭發出「滴滴滴、答答答、滴滴滴」的三短三長又三短的SOS求救信號，他們這樣輪流一個人敲，另兩個人聽，等坑內的回音。不久，他們聽見相同拍子低聲的回音了。再重複試了兩三遍，都得到同樣的回答，他們才知道礦內一定還有活人。

這消息立刻傳遍全村，村裡的人們，全擁到第二號礦裡來。亂烘烘地，比浸水那天的情形還要厲害。家人們生死未知，都是心驚膽跳地聚到這裡來。大家熱誠地問：「救活了多少人呢？我們的家人總全是平安的吧！」

結果還要多等好幾天才能知道，因為音響很低，一定是很深的地底，而且要確定方向也不容易，他們不知道該向著哪裡掘下去。於是先從第一號礦，挑選熟練力大的人來掘。在抽水的那方面，知道了這事，盡力抽去礦內的水，又發掘崩壞的入口迴廊。

我們在「袋」中，也知道積水漸減。又聽見合拍的信號聲，我們高興得像已遇救，但是從聽到信號聲到現在，似乎已經有兩三天了，不禁望眼欲穿，而且呼吸也更加困難，使人難受。我們懶得說話，只沉靜地在悶，忽然聽見壁上有低微的爬行聲，和小石子落在水裡的聲音。我們要明白這是什麼，便點了煤油燈，看見一群老鼠在「袋」下亂跑。

這些鼠群，過去同我們一樣，逃到充滿空氣的「袋」中，等到現在水退，想離開這裡出來找食物了。鼠兒既能跑到這裡來，迴廊上的浸水，當然不會浸到天井上了。看見這一群老鼠，好像看到挪亞方舟的鴿子（注）一樣，告訴我們大洪水已經退了。

卡利對我說：「小米，去捉幾隻老鼠來，一充飢腸。」我剛想去捉，鼠群立刻逃得沒有影蹤了。

我慢慢地走到水邊，看看水退了多少。水確實是退了，水面和迴廊的天井當中有了空隙。我突然想起，立刻爬上我們坐臥的地方來，對老夫子說：「先生，老鼠已經出來了，我也可以到迴廊那邊去的。我想游到梯子那邊，向上呼喚幾聲。或者他們會從那裡下來救我們。」

「不，這太冒險了！」

「先生，我在水裡泳技如魚呢！」

「但臭氣也會傷身體的。」

「老鼠可以出來，總不要緊吧？」

貝魯插嘴：「小米，你若肯去，我出去就將我的錶送給你。」

「加爾，你看怎樣？」

老夫子問加爾伯父。

加爾說：「先生，你決定。」

老夫子想了一想，握住我的手說：「勇敢的孩子，你既然願意，就去試一試吧！我雖以為這是沒用的，可是成功往往是出乎意料之外。你和我們吻別後再走。」我吻了老夫子和加爾伯父後，就走到水邊。

「你們大家輪流喚我的名字，免得我迷了方向。」我這樣說過，跳進水裡去了。

我慢慢地游泳前進，回頭一望，煤油燈有如燈塔一樣，慘淡地映著漆黑的水面。老夫子在問：「怎樣了！不要緊吧？」

「不要緊的。」我一面回答他，一面留心前進，不要撞破了頭顱。迴廊上的空處，漸漸寬大，不久我不用再擔心了。可要走到梯子旁的那條路，我總找不到，而且又有很多的歧路，容易迷失。幸而還有鋪在地上的軌道。依著軌道前進，一定可以達到梯子的地方。所以我時時探下腳去，依那軌道前進，還聽到背後夥伴們的喚聲。

不久叫喚聲漸低，我知道已游了不少的路，又響亮地聽到抽水的聲音，我想我立刻可以看見天日，夥伴們也可因我而得救了，便鼓起勇氣繼續前進。然而我也發現，地面已沒有軌道，我潛下水底去亂摸也摸不到。我發現自己走錯路了，我不知道走到什麼地方來了，連重回舊道也不行了。

四面是茫茫的黑暗，側耳靜聽，也聽不見同伴們的聲音，也不知道是我走到聽不見的地方，還是

·**挪亞方舟的鴿子**　《聖經·創世紀》裡的故事，天降大雨，洪水淹沒了最高的山，在陸地上的所有生物全部死亡，只有挪亞一家人與方舟中的動物得以存活。雨停之後，挪亞放出了一隻烏鴉，但牠並沒有找到可以棲息的陸地。七天之後挪亞又再次放出鴿子，這次牠帶回了橄欖樹的枝條，證明洪水已經散去。又過七天再放出鴿子，牠不再回方舟，挪亞一家人與各種動物才走出方舟。

他們停止不喊了。我進退維谷，不禁心酸。忽然又聽見同伴們的低喚。這樣我才又認出方向，摸回轉來，一丈多路後，我又伸足一探，居然又探出軌道。仔細探求，我知道軌道在這裡中斷了，因此使我迷失。

我想洪水已經把軌道沖得不知去向了，路線既迷，我沒有法子到梯子那裡，只好戀戀不捨地回頭了。我在歸途中，知道再沒有危險，便依著夥伴們的聲音，盡力向前。我覺得很奇怪地，夥伴們的聲音中，似乎又帶著新的希望。

不久我游進「袋」裡，招呼他們，老夫子很高興地對我說：「快來！快來！」

我說：「抱歉，洪水沖斷了軌道，我找不到出路。」

「不，那不要緊，上面的人已把洞掘得很深了，差不多可以談話了。我們聽見說話的聲音了！」

我爬進「袋」裡的斜坡，一邊細聽著。一陣一陣鋤頭的聲音，果然好似近在咫尺，礦工們的話聲，也嗡嗡地隱約可聞。我精神陡振，同時感到身體又濕又冷，只好鑽到煤屑裡去，加爾伯父和老夫子又伏在煤屑上使我溫暖。老夫子告訴我說，雖然沒有梯子，然而掘洞到了這裡，我們便可安心出去了。

不久，我的身體溫和了些，便覺得非常疲勞，頹然入夢。等到我睡醒時，地上礦工們的聲音，可以和我們隔牆談話了，他們在問：「你們有幾個人？」

加爾伯父聲音最響，他代表我們答應說：「六個人！」

我們感到暫時靜寂。大概他們大失所望了。

「喂，快來救我們出去！我們快要死了。」加爾伯父大叫說。

「你們報上名來！」

「巴契、老夫子、貝魯、卡利、小米、加爾。」外邊的人們，屏聲靜氣地聽著。

起先大家知道挖掘成功的消息，那被生埋的二百五十人的家屬，都在一二小時內趕到了，現在知道存活的只有六個，他們當然大失所望。他們還盼望這六個人中，能有自己的家屬在內，可是這六個人的名字，也立刻揭曉了！於是這二百五十人的媽媽妻子中，只有加爾、貝魯和巴契的妻子感到高興，大家重新悲切了。

我們在「袋」內，也急切地想知道若干人遇救，加爾伯父大聲問：「幾個人遇救？」

沒有人回答他。

「請你問問他，小特怎樣了？」這是巴契的希望；加爾伯父給他再問了一聲，還是沒有應聲。

「恐怕他們聽不清楚吧！」

「也許他們故意不回答吧！」

「喂！我們在地底下已經過了幾天了？」

這一次有人回答了：「十四天！」

呀，我們困守在「袋」裡，已有十四天了。

「就快救出你們了，別慌忙吧！你們要快點得救，就不要再多說話。」

我們一聽見鋤頭的聲音，就疑心立刻要掘穿了。然而又聽見第二下了。結果鍬音還在連續著。

「你們很餓吧？」

「我們餓得話說不出話來了。」

「你們還能再忍一下嗎?要是忍不住，我們就通條管子，倒一點湯進來。可是這樣要遲些救出來了。」

「我們願意忍著，請你們趕快掘吧!」

水量也抽去了許多，據老夫子說，迴廊上也一定可以站住人了。

「告訴他們水退去了吧!」加爾伯父又報告上去。

他們回答：「知道了。或者那還要比掘洞快，你們就可從迴廊出來，再忍耐一點吧!」

鋤頭的聲音漸低，因為掘得太快，我們會有和泥塊一齊埋到水裡的危險，而且洞穴是橫掘過來的。老夫子吩咐我們，留心掘穿時，這裡壓擠著的空氣會飛速炸出，引起大風，我們應該伏在地上，避免危險。石片受了鋤頭的打擊，從上面紛落到水裡。我們離脫險的時間越近，卻越來越覺得衰弱起來。

我縮在煤屑底下，連坐半身起來的氣力也沒有。並不是寒冷，但全身卻發著抖。不久大煤塊頻頻地落在我們的坐榻上，洞穴已經穿通了。

我們因為煤油燈的光亮感到眩暈，突然蒙在恐怖的黑暗中。隨著洞穴一穿透，那可怕的氣流像龍捲風一樣，連泥帶沙地都吹到半空裡，煤油燈也給吹熄了。大風的音響一停，我聽見迴廊那邊雜然的水聲。定睛一看，已經豁然開朗，幾個人分開水路，向我們這邊跑來了。

「別忙!別忙!」他們這樣叫喚著，「袋」的頂上也有陽光射進來，從上面下來的礦工們，已經握著上一階梯人們的手了。從迴廊中跑來的人們，那技師最先爬上「袋」裡，來不及說話，便抱住了我。我得慶更生，心裡一快活，反而昏迷過去了。

我並不曾知覺全失，他們將毛氈包好我，抬到礦外。我閉著眼睛，任他們擺佈，忽然感到陽光刺目，我已被抬到地面了。立刻有一件白色的東西，跳到我的身上，牠是卡比。牠爬在抱著我的技師的腕上，舐遍我的面孔。馬嘉和克西抓住我的手狂吻，我四圍一看，那無數的群眾，讓開一條路，並列在兩旁。他們只靜靜地望著我們。因為若是叫喚起來，會刺激我們的感情，所以不敢開口；然而他們的表情中，不知要說多少話呢？

在群眾的前面，神父穿著白色的禮袍，手裡拿著燦爛的銀器，來給我們祈禱。我們一出來時，他就跪在地上誦經。我們被抬到設在醫院中的床上。

我過了兩天，才能起身，陪著馬嘉和克西，帶著卡比在村裡散步。村裡的人們，看見我走過，都停下來來看著我。有的走近我，含淚和我握手；有的蹙著眉頭，不忍看我。這些人大多是穿著喪服，他們的家屬都已喪身在煤礦中。

死者已矣，生者何堪！像我這樣的孤兒卻幸而遇救，他們怎不難過呢？還有人請我到他們家裡去吃飯，或進咖啡店裡去喝茶，要我說說這十多天的故事。

我們雖受著各方的歡迎，卻苦不勝言。為了一餐飯或一杯酒，就要隨便和他們談天，這多麻煩呀！

7.

重返故鄉

「你別彈奏，讓我自己來吧！」
我彈著《拿波里之歌》，並不唱出聲來，
因為麗絲聽得出我的聲音。
我一邊彈著，一邊看著窗內，
麗絲聽見曲聲，立即抬起頭來，
眼睛裡閃著光輝。

我很高興地對馬嘉與克西，談著這十多天受困的情形。克西對我說：「我以為你為我而死，心裡更難過。」但馬嘉的話，卻和克西不同。

馬嘉說：「我始終相信你不會被淹死的，只要搶救得快，一定可以找到你。每當克西失望流淚時，我就告訴他：『小米雖然危險，但不會死的。』我遇見他人也總是詢問，『到底一個人不吃東西能活幾天？礦內的積水要什麼時候抽乾？洞穴要什麼時候才掘得通？』可是誰也不知道。我是多麼焦急啊！最後那一天，技師提到了你們的名字時，我就淚如雨下，哭倒在地下了。若是那時候有一個人在我的背上走過，我也不會有感覺的，心裡真是高興得忘記了一切了。」

馬嘉相信我不會死，真是我的知友。

我們得以生還的六個人，成了患難中的知交。加爾伯父和老夫子更對我有了深刻的感情。營救我們而最先抱住我的技師，也特別的愛我，他對待我好似救活了兒子的爸爸。有一次我還到他家裡去吃晚餐，他請我將困在「袋」內十四天中的情形講給他女兒聽。瓦爾斯這裡的人全想留住我。

加爾伯父說：「我想培養你成一個能幹的礦工，你以後和我們住在一起吧！」

技師也說：「你也不必去做礦工，到我辦公處來吧！你將來不用下坑挖礦，我可以教給你需要的學問。」

不顧家人反對，加爾伯父還是堅持要繼續做礦工，所以他希望我也去做。可是我卻沒有他那麼勇敢，也不想再去做推車子的小工了。礦坑裡雖然有趣，但我也進去看了幾次，加上困在裡面這幾天，該看的都已經看夠了。無論我再怎樣好奇，也不願再去冒險。

我不願在地底下過生活，我要生活在天空之下；只要看得見天空，不論晴雨，都比煤礦天井好得多。我老實告訴加爾伯父和老夫子，他們全為我嘆息。我又告訴卡利，他卻罵我是怯弱的傢伙。對於技師呢？我不能將對加爾伯父們講過的話來對他說，因為他好意想叫我到辦公處去學習。

我勇敢地向他表明自己的意思。技師也失望地說：「你喜歡冒險和自由的生活，我也沒法留你，只好照你自己的意思。」

馬嘉知道我和他不必分離，也非常高興。我雖然不願意在礦內做工，可是一旦要離開此地，心中也不禁悲哀。和克西、加爾伯父與老夫子又要分別了，我總是要和我所愛的人或愛我的人訣別。

前進吧！我將豎琴掛在肩上，背囊背在背上，帶了雀躍的卡比，在青天下的大道上前進了。我們離開了瓦爾斯後，好似戰後凱旋一樣。從巴黎到瓦爾斯的這段時間，我教馬嘉念書和看樂譜；現在我們又踏上流浪的路程，我要把握時間，使他有時間繼續溫習。

但也不知道什麼緣故，馬嘉對於功課，總是不能進步。馬嘉擅長空想的東西，要他認真識字就是不行。我忍不住了，丟下書本罵說：「我從未見過你這樣笨蛋！」

馬嘉卻不生氣，他溫柔地望著我含笑說：「我的頭腦真笨，只有被敲打的時候才管用，加洛很聰明，早就發現了這個方法。」

我聽了他的話，也不好意思繼續生氣，只好笑著繼續教導。馬嘉讀書雖不行，但說到音樂方面就完全不同了。他的疑問，有時連我也不能解答。可是我不肯承認自己不知道，也學著加爾伯父的語氣：「一掘就有了！」這樣在敷衍他。

我常告訴他：「因為大家都是這樣做，這就是樂理。」馬嘉是不願意違反樂理的，但他好像不滿意，只是張開了大口，閃著眼睛看著我。我看他這樣，心中也很自慚。

有一次馬嘉整天沈思著，不肯對我開口。他平日有笑有說的，忽然變成這樣當然可疑，我仔細尋問，他才說：「你確實是一位好老師，毫不保留地教我一切……不過……」

「不過什麼？」

「我想你或也有不知道的東西。大學者也未必全知全能的。不是嗎？你總是說：『大家都這樣就這樣。』我想也許你自己也不知道吧！所以若是你答應，我想買一本音樂的書，就算是便宜的舊書也可以，我想和你一起念念看。」

「好的，有機會我們就買。」

「還有，你說你的學問不是從書裡學來的，所以我想，書中有些東西，你可能也無法了解。」

「沒錯，書本雖好，但總不及良師。」

馬嘉接著說：「我只希望能有一次，讓良師能解決我的疑問……」

「那麼你自己有了錢也可以做到。」

「我知道要找良師，一定要花很多錢。可是我又不能亂用你的錢……」

他說出了「良師」兩個字，很傷了我的自尊心；可是最後的那句話，我卻受了感動。

「我的錢不就是你的嗎？你比我還賺得多呢！隨你要到老師那裡去學多久。就這樣吧！你要想去，我陪著你去。我也該去學學自己所不知道的學問。」

我們所要的良師，不是鄉下伴舞的音樂師，一定要在大城市中享有盛名的音樂家。我趕快一查地圖，路上有一個叫芒德（注）的地方。我不知道那是不是一個重要的大都會，但在地圖上的字很大，我想應該會有大音樂家住在那裡，所以我們轉向芒德。

在到芒德的途中，我們經過了荒山和僻地，這裡各地都很貧瘠，我們根本不能賺錢，在失望中趕路，不久我們到了芒德時已經天晚，因為旅途疲倦，所以趕快找一家便宜旅館去休息。看來芒德也不會有什麼音樂大家的，所以馬嘉很擔心。

當我們到餐廳時，我問店裡的老闆娘，這裡有沒有好的音樂教師。其實我也心知肚明，有的機會不多，但老闆娘卻奇怪地看著我們說：「你們不知道嗎？你們不是因為仰慕甘特先生才來這的嗎？」

「甘特先生？對不起，我們是從遠道來的，不知道他是誰。」

「你們是從很遠的地方來嗎？」老闆娘在說「很遠」時特別地用力。

馬嘉說：「是的，我從意大利來的。」

老闆娘這時才明白了，他說：「如果你們是從里昂或馬賽來的，就一定會認識甘特先生的。」

我用意大利語對馬嘉說：「這一次也許我們來對了。」馬嘉的眼中閃著希望。我想甘特先生一定可以做他的良師，他一定不會像我這樣敷衍他吧？

可是我心裡很疑懼，這麼一位鼎鼎大名的音樂家，肯來指導我們這樣的無名小卒嗎？

「甘特先生很忙吧？」我問老闆娘說。

「當然！他哪有不忙的道理。」

「那麼我們明早去找他，他肯會見我們嗎？」

「如果帶錢去，他一定肯見的。」

・芒德（Mende）　法國南部城市，位於洛特河畔，是朗格多克・魯西永大區裡洛澤爾省的省會，也是著名的旅遊城市。

於是我們安心睡覺。我們在床上，還商量著許多明天要向大師提問的問題。

次日我們洗去風塵，衣冠整齊，馬嘉與我都背上背包，拿著豎琴和提琴一起出去。卡比想照例跟著我們走，但今天我卻不能答應，反而用繩子把牠綁在狗屋裡。因為帶著狗到名家那裡去拜訪太不禮貌。我們雖然按地址找到了他的住家，可是情形有點不對。因為他家的前面，放著理髮的器具和香水，還有掛著剃鬚用的銅盆，一點都不像音樂大家的門面。

我們以為這裡是理髮店，始終不敢進去，只好一直站在門前。恰巧有人走過，我們問他甘特先生住在那裡？他指著這理髮店說：「這裡就是啊！」我們只好硬著頭皮進去。

店裡隔成兩間，右邊的架子上有著化妝品；在左邊的壁上和長榻上，有幾枝提琴、笛子、小喇叭與大提琴等類樂器，有的掛著，有的靠著。

「您好，我們來拜訪甘特先生。」馬嘉向店內問著。

一個男子，短小精悍的，正在給一位鄉下人剃鬍子，他細聲地回答我們：「我是甘特……」

我一開始不敢相信這位理髮匠會是音樂家，然而馬嘉卻不聽我的話，他立刻坐到椅上說：「麻煩您修好這位客人的臉之後，也幫我剪個頭髮吧？」

我看著馬嘉，心理很不解；但馬嘉也對我使眼色，叫我稍安毋躁。

我正在擔心時，音樂家已經將前面那客人的臉修好。他請馬嘉到鏡前的椅子，用白布圍住他的脖子。馬嘉立刻問他說：「老伯，我與我的同伴，剛才還在討論音樂的問題，想向老伯請教一點。」

「我雖不知道你們討論什麼，可是你不妨說給我聽聽。」

我知道馬嘉想試一試這音樂家的本領，要是他對我們能有問必答，那我們只花了理髮錢，卻省下學費，這倒很合算呢！馬嘉問了幾個疑問，甘特先生都詳細地解答了。我莫名其妙地張著嘴巴，呆呆地望著那理髮店的老板。他一邊揮動著剪刀，一邊輕鬆地向馬嘉解釋疑義。他的解釋，連我在一旁也聽得津津有味。

不久，馬嘉的頭髮剪完了，換成甘特先生問我們的來歷，我們簡單的回覆後，他知道了我們的來由，笑著說：「你們真是頑童，連我也被騙了！」

甘特先生說要罰馬嘉拉一曲給他聽。馬嘉立刻拿起自己的提琴拉了一曲。理髮匠拍掌贊歎：「你真是神童！」

馬嘉放下拉琴，拿了壁上的笛子說：「我也能吹笛子和小喇叭。」

「你吹給我聽。」

馬嘉吹了一曲笛子，甘特先生像是感慨地又說：「你真是音樂的天才。要是你和我在一起，我可以培養你成一個第一流的音樂家。你只要在上午時幫我給客人們修面，下午我就教你的音樂。你別小看我是理髮匠，因為我也要生活，所以才做理髮匠。亞然(注)的詩人耶斯曼(注)，也是一邊替人家剪髮，一邊做詩的。我也學他這樣。亞然出了大家耶斯曼，芒德就出了我這大音樂家甘特。」

我熱切地看著馬嘉要怎樣回答，我想又要和他永別了。我當時心中的紊亂，就像在天鵝號時，密列夫人說要永遠看顧我時一樣，然而我卻不像那時候的衛塔師父。我真心地對馬嘉說：「馬嘉，你別

・**亞然**　法國西南部城市，洛特加龍省首府。
・**耶斯曼**（1798－1864）　法國奧克語詩人兼理髮匠。

替我擔心，你想住在這裡，就住在這裡吧！」

馬嘉走近我的身邊，握著我的手說：「不，我絕不離開你。」

他說了這句話後，就轉向甘特先生說：「謝謝你，老伯，但我不能留在這裡。」

甘特先生又來勸了我很多話，他說他要馬嘉住在這裡，先受初步的教育，再送他到圖盧茲和巴黎的音樂學校去進修，我想誰都會為這樣的條件動心的，誰知馬嘉卻重複地說：「我絕不願意和小米分開！」

最後甘特先生絕望了，他說：「你既然不願和你的朋友分離，那也很好的。我還想送你一點東西做紀念。」他說完後就在抽屜裡找出一本書來給馬嘉說：「這本書也許對你有益的。」

那書已破舊了，書名叫《音樂原理》，甘特先生拿起鋼筆，在書的首頁處寫著「本書給今天來訪的一個孩子馬嘉，他日你若有成就，願你不忘今日芒德的理髮匠。」接著題上日期後，便給了馬嘉。我不知道這裡有沒有其他的音樂老師，然而我知道，芒德的理髮匠甘特先生，是我們永遠不忘記的。

我們離開芒德時，我更愛馬嘉了。他為了對我的友情，拒絕甘特先生的提議。只要他願意留在甘特那裡，就不用隨我奔波，安逸地學學音樂，將來大有希望。然而他為了我，願意再過漂流生活。我緊握著馬嘉的手說：「我今天才知道你是肯和我共患難的。」

他帶著微笑的眼光看著我說：「我早就這樣想了。」

馬嘉自從得了《音樂原理》後進步更快，我們在途中很難賺錢，所以我們只願早達目的地，早出遲息，整天趕著路程，也沒有用功的時間。不久到了目的地，我們在溫泉村中表演，收入卻很好。馬嘉比我會賺錢，他先會端詳觀眾的性質，要是觀眾不合，就算有人集攏來，他也不彈不吹。他善於選擇觀眾，對於我們也有好處。

加洛師父與衛塔師父不同，他是專教小孩怎樣向公眾乞憐布施的，所以擅長感動他人的同情心，馬嘉對於觀眾的心理也很有研究。我很佩服他識別觀眾的眼光。來溫泉的浴客，大多是巴黎人，馬嘉很熟悉他們的心理。

例如當年輕貴婦人穿著黑色的禮服，從教堂那邊走來時，馬嘉就對我說：「注意，要演奏哀歌了。我們若能使她憶起死者，只要她流淚就好了，她一定肯慷慨解囊的。」

在芒德這一帶的溫泉村中，散步道上有美觀的樹蔭，浴客們常在這裡散步或休息。馬嘉依照環境和對象，隨時改換我們的曲目，差不多沒有一次失敗的。我們看見那坐在椅上憔悴的病人時，就在稍遠的地方立定，望望他們，試彈一兩曲來引動他。若是看見他不高興，我們立即離開；若是看見他在靜聽，我們就走近些彈奏哀歌，然後叫卡比啣著圓盆子到他身邊，一定可以賺到錢的。馬嘉最會引誘小孩子，琴絃一動，小孩子們總跟著雀躍跳舞，破涕為笑。

溫泉村的表演，讓我們得到很大的成就，除去開支，還賺了六十八法郎，加上從前我們錢包裡本來的一百四十六法郎，等於已經有了二百一十四法郎。現在我們不用躊躇，立刻可到夏曼儂去了。前幾天我們在途中，就打聽到了買賣家畜的市集，我們想到那裡去買一頭我們朝夕盼望的母牛。可是我們夢想中最好的母牛究竟是哪一隻呢？這是一個重大的問題，我和馬嘉全是外行呀！我們最憂慮的就是從前在旅途中，時常聽見那些旅客說的販子們的詭計。

據說有一個農人在牛市中，買了一頭長尾巴的好母牛，那尾巴一拂就可達到頭上，能夠驅逐全身各處的蒼蠅，這當然好極了。但那農人很得意地把牛拉回家裡後，等到第二天，到牛欄裡一看，那寶貴的尾巴已經掉在地下了，原來是一條假尾巴。還有一個人買了一頭裝著假角的母牛；此外也有買了裝了假乳房的乳牛。假使我們費盡心機，最後卻買了一頭假母牛，那就糟糕了。

馬嘉卻很安心，他說：「只要吊在牛尾巴上試試，就知道尾巴是不是真的；對於假的乳牛，可以拿一根長針刺刺看就知道了。」但如果這樣一試是真的，那牛豈不是要大發「牛」脾氣了。馬嘉想到挨牛蹄的一踢和牛角的一衝，空想就完全揭破，我們更加不安了。假使牽了一頭假乳牛到巴蘭媽媽的家裡時，那不是笑話嗎？

幸而別人告訴我們，這一類的壞商人，最怕遇見獸醫，在獸醫面前就不敢騙人。我們只要拜託獸醫，請他去代我們去選擇，那麼我們總不會上當了。當然請獸醫也要花錢的，可是我們寧願花錢拜託獸醫，這樣決定後，我們才安心繼續前進。

本來要走到尤塞爾，需要兩天的行程，因為我們趕得快了，在第二天的下午就趕到了。尤塞爾好似我的故鄉，衛塔師父最初就在這裡買皮鞋給我，我第一次公演《裘利先生的呆僕》也在這裡。可惜我們再看不見那穿著英國陸軍大將制服的裘利了。淘氣的傑比、溫柔的杜希，還有可憐的衛塔師父，都和我永別了。

高大的衛塔師父，以前總是抬著銀髮飄揚的頭，挺著胸膛，吹著橫笛，領了全體演員浩蕩前進。當時我們團員共有六個，今日重返此地，只剩我和卡比，回首前塵，我怎能忘懷呢！我忽然看見那一家店鋪，從前老人為了替我裝扮，在那裡買舊衣服和帽子。店前的情景和從前毫無差異，入口處還掛著當時使我羨慕的鑲金線的舊軍服；陳列架內的，還是一樣的舊槍砲和舊煤氣燈。

我叫馬嘉看我第一次登台的地方，在那裡我演那《裘利先生的呆僕》，卡比也似乎憶起往事，不斷地搖動尾巴。我又看見從前和衛塔師父住過的客店，便住進去，放下行李，略事休息。因為天色尚早，我們問到了獸醫的住址，就先去尋訪他。

這位獸醫年過五十，他很高興地會見我們。我說出我們的來意，他照樣笑對我們說：「市上不會有賣會玩把戲的牛。」

「我不要會玩把戲的。我們只想要一頭有好奶汁的牛。」

我剛說了，那留心牛尾巴的馬嘉就補充說：「我們要有一頭有真尾巴的。」

我又說：「我們知道牛販的鬼計，所以要請先生給我們找一頭好的。」

「你們要買牛什麼用呢？」

我們就將我們的目的，大概告訴了他。他說：「好的，我明天早上，和你們到市上去看一看。放心，我挑出來的牛，一定不會叫你們上當的。」

馬嘉說：「牛角也要真的。」

「好。」

「牛奶也不要假的。」

「好。總之是一頭上好的牛。不過是很費錢的，你們知道嗎？」我一聲不響，把包著金錢的包袱，解開給他看。

「好的。明天早上七點鐘，你們來就是了。」

「先生，我們應該給你多少報酬呢？」

「報酬我是不要的，我會接受你們這樣孝順小孩的錢嗎？」

我對於這麼和善的獸醫感謝萬分。可是馬嘉似乎想起辦法了，他說：「先生愛聽音樂嗎？」

「自然愛聽。我最喜歡音樂了。」

「先生晚上幾點鐘睡覺？」

「大概九點鐘之後。」

我們約定明天七點鐘再來後就辭別了。我明白馬嘉的辦法了，所以一出了醫生的門，就向他說：「你想和我為他舉行一場音樂會吧！」

「不錯。我打算在他將要睡覺前，演奏一首小夜曲的。」

「你想得不錯。那麼趕快回去，我們先練習一下吧！在街上討錢的時候，演奏得好不好都不要緊；可是今晚是在付錢，一定要演奏得出色。」

到了九點光景。馬嘉挾著提琴，我背了豎琴，都到獸醫的宅前來。這時街上一片寂靜，店鋪也都鎖上了門，行人差不多要絕跡了。九點的鐘聲一敲，我們就奏起小夜曲來。在這狹小寂靜肅的街上，波動著樂聲，恰像在音樂堂裡一樣，各處人家的窗戶推了開來，從窗裡伸出帶著睡帽的人頭，互相詢問著這音樂的來由。

獸醫的家，就在十字街頭的一角，屋頂上有著一個小圓塔。忽然從塔上有一扇窗推開了，我們的朋友獸醫先生的臉伸了出來。他一看見我們，似乎是知道我們的來由，便揮手阻止我們彈奏，然後開口說：「我給你們開門，快到我家裡來演奏吧！」

門立刻開了，他帶著我們進去。獸醫和我們握手說：「你們都是好孩子，可是半夜裡在路上奏樂，這是妨害住戶睡眠的不法行為，會被警察捉去的。」

我們在庭中合奏。這庭子小巧精緻，庭角有蔓草的圍壁和天井，也有綠葉的小徑，葉蔭下有著桌椅。這獸醫有好幾個孩子，他們圍起我們來。在綠葉的小徑中，點著三四枝蠟燭，我們一直演奏到十點鐘左右。因為小孩子們總不讓我們停止彈奏，要不是他們的爸爸送走我們，他們一定要忘了睡覺。

「讓他們早點回去睡吧！他們約好明天早上七點鐘來這裡的。」獸醫對他的孩子們說完，還請我們在樹蔭下，吃了一頓甜美的晚餐，我們自然卻之不恭，叫同來的卡比也玩了幾套滑稽的節目做餘興。孩子們全歡天喜地的，獸醫也像很高興。我們回家時已近午夜了。

尤塞爾的夜裡雖靜，次日早上又都活躍起來了。天還沒亮時，我們就聽到轆轆的車輪聲、赴市的馬嘶聲、母牛的叫聲、綿羊的啼聲和農人們的謾罵聲，嘈雜不絕，我們也睡不著了。匆忙起身，到樓下一看，旅館的庭前全是人。街上全是赴市的男女。我們裝束好了，發現才六點鐘，比約定的時間還早，我們就先到市上去看看我們所要的母牛。

到了市上一看，母牛真多呀！五花八門，目不暇給。除了牛之外。還有各種的馬和污穢的豬，甚至還有亂啼的雞鴨。我們也無暇他顧，只在物色我們的母牛。走了半小時，選定了十七頭母牛。尤其是其中三頭褐色的，二頭白色的最出色。我想買一頭像露特一樣褐色的，馬嘉又勸我買白的好。

七點鐘到獸醫家裡時，他已在等著我們了，他立刻啟程赴市。我在途中向他說明所要的母牛的條件，要乳汁多，東西吃得少。我們到了市上，馬嘉指著他自己選定的白牛說：「這白牛倒好。」我當然指著自己看好的褐牛說：「這褐色的才好。」

但是獸醫只看了一眼，便走過去，慢慢地走到了當初我們沒有注意的一頭小母牛前立住。這牛腿小，毛是紅色的，耳朵和兩頰帶著灰黑色，眼眶深黑，鼻頭潔白。

「這牛很好，合著你們的條件。」獸醫細聲說。

牽著這頭牛的農人，叫價要賣三百法郎。價錢這麼高，讓我們失望了，想請獸醫再看別的。但是他叫我們且等一下，自己和農人講價了。獸醫先還他半價一百五十法郎。農人減了十法郎。獸醫加到一百七十法郎。農人又減了十法郎。獸醫再不和他講價，批評起那牛的腿太細，脖子太短，角太長，胸部不發達，一大堆不滿意的話。那農人就說：「你既然是內行人，那麼不要多還價，我讓到二百五十法郎吧！」

我們現在有點害怕了。因為我和馬嘉聽了剛才獸醫的批評，不覺悲觀起來了。農人為了留住我們，再減了十法郎，看來他無論怎樣都不肯再減了。獸醫卻用手肘撞撞我，暗示我剛才的批評只是為了方便討價還價，像這樣好的母牛真便宜。不過二百四十法郎，最後農人讓到二百一十法郎，終於我下了決心買了。我給了他二百一十法郎，伸過手想接牛繩，農民卻不讓我牽走。

「等一下，我還要給老婆的一點禮錢呢？」他說。

我們又開始了新的討價還價，最後我同意另外給二十蘇作為他老婆的禮錢。這時我口袋裡只有三法郎了。

等我再次伸過手去時，農民又抓住了我的手，就像我是他的老朋友似的緊緊地握著。對了，既然我是他的老朋友，就不該忘記給他女兒一點酒錢。結果他女兒的酒錢，又讓我們付出十蘇。

當我第三次伸手去接牛繩的時候，我這位農民老朋友又擋住了我。

他問我：「你帶籠頭了嗎？我只賣牛，不賣籠頭。」

因為我是他的「朋友」了，他願意以三十蘇把籠頭讓給我，這不算貴。必須有籠頭才能牽走我們的乳牛呀，我只好又給了三十蘇。最後一算，我們只剩二十蘇了。

我於是又數了二百一十三法郎，第四次把手伸過去。

「你的轠繩呢？」農民問：「我賣給你籠頭，可沒有賣給你轠繩呀！」

轠繩值二十個蘇，這是我們僅有的二十個蘇了。我們付了錢，乳牛才和籠頭、轠繩一併到了我們的手裡，這時我袋中已空空如也。

母牛雖然到手，可是我們身邊已不名一文，既不能購買牛的食料，連自己吃飯的錢也沒有了。馬嘉說：「今天就在這裡表演一天吧！咖啡店裡全是客人，我們一定可以賺到幾個錢的。」

我們將母牛拉回旅店裡，縛在牛欄內，自己分頭到街上去表演賺錢。下午回家結賬，馬嘉賺到了四法郎五十生丁，我也賺了三法郎。我們請廚房裡的女僕，給我們向今早買來的牛擠牛奶當晚餐吃。我和馬嘉，從沒有吃過這樣好吃的牛奶。我們歎賞不絕口，決定去和牠親吻，兩個人跑到牛欄裡，各吻著那黑色的臉。母牛也像感到高興。伸出硬的舌頭來，舐我們的面孔。

「牛也會親吻！」馬嘉高興得亂叫亂跳了。

次晨我們起來得很早，裝束完畢，就拉了母牛向夏曼儂出發。我們所以能夠買牛，全靠馬嘉的努力，我為了答謝他，將轠繩讓他拿著，我自己跟在牛背後前進。

不久我們走出狹窄的小路後，我就和牛並排著，因為這樣能夠一路走著，一路可以看到牠。這頭牛真好！我從未看見過這樣合意的母牛！牠又柔順又穩重，慢慢地前進的態度，真像一位高貴的人物。我對於這一帶地方，可以不用查地圖。自從跟了衛塔師父，離開故鄉已久，可是現在重來舊地，依然似曾相識。我想不要叫母牛太疲乏！也不要到夏曼儂太遲了。所以決定今夜先到我和衛塔師父初次歇宿的村裡過夜，明夜再從那裡出發，正午時就可以到巴蘭媽媽家裡了。

我們將行程分成兩日，就不像從前那樣匆忙了。吃過午飯後，我們又看見一片綠草青青的空場，就牽母牛走到那裡去吃草。本來我們想拿著韁繩讓牠吃的，可是看見牠很柔順，而且正熱心在吃著草，我便放心了，將韁繩捲在牠的角上，讓牠走動著；我們自己卻坐在草上吃起麵包。

我們比牛先吃完。看了一會吃草的母牛，牠還是在吃著，所以我們從背囊裡，將皮球取了出來，擲著遊戲。一直到我們拋球停止，母牛還在不停地吃草。我們走到牠身旁時，牠像還沒有吃飽，更加拚命地吃起來。

馬嘉說：「再等一會吧！」

「你不管牠，牠永遠是吃不夠的。」

「那麼再等十分鐘吧！」

我們放下等牠。可是一刻也不能安靜的馬嘉，對我說：「吹一曲喇叭給這牛聽好吧！我從前住過兩年的馬戲班裡，也有一頭母牛，很喜歡聽音樂呢！」

他完全不顧我的嚇阻，就用喇叭吹起軍隊的進行曲來了。母牛吃了一驚，抬起頭來，我也來不及拉韁繩，牠突然拚命向前飛跑了。

馬嘉和我追著奔牛。我還叫卡比去阻止牠，可是根本不行。卡比本來是跳到母牛的鼻前的，可是忽然又跳到牠的腳後去，這麼使那牛更狂奔了。我一邊追著母牛，口裡大罵馬嘉是笨蛋。馬嘉喘氣回答：「你敲我的頭好了，隨你怎樣處罰我。」

我們追了半里格路光景，母牛跑進了一個村莊了。當然牠和我們距離很遠，不過道路很直，我們還能望見牠。忽然我們看見前面有許多村人，阻住了母牛。我們安心地放慢腳步上前，先向村人們道謝，他們一定可以還給我們的。

然而母牛的周圍，簇擁著大批群眾。等到我們走到時，大家指著我們吵鬧，我才想去牽回時，他們不肯交還，反而圍著我們質問。

「你們從那裡來的？」

「這母牛從哪裡偷的？」

「這是誰家的牛？」

我簡單地說，這是我在尤塞爾買來的。但是誰也不相信我。其中有兩三個人，說我們就是偷牛賊。要交給警察入獄。我聽到牢獄不禁膽寒。面色變白、言詞支吾。尤其是因為我們剛才跑得上氣不接下氣，所以說話更不靈敏，無從置辯。

不久來了一位憲兵，村裡的人說明我們就是小偷。所以母牛被牽到牛馬收留處去，我們也被帶到牢獄裡。我們想辯論，憲兵卻叫我們不用多說。

我記起在圖盧茲時，衛塔師父因為和警察抵抗，被押到牢獄去時的光景，便向馬嘉使眼色，叫他別多說話，只跟著憲兵跑就是了。村中的男女，都跟在我們背後，一直跟到村公所的牢獄前。大家圍住我們喧鬧，要不是憲兵保護，也許我們會給群眾擲石打傷吧！雖然我們完全無辜，可是群眾全是不可理喻，他們以我們的犧牲為快樂呢！

我們到了牢獄，負責的獄卒，將獄門打開。他起先不讓我們入獄。因為獄室的地板上，正曬著了許多洋蔥頭呢！獄卒不高興地收拾洋蔥頭，憲兵又把我們的錢、小刀、火柴等東西全沒收了，將我們推入牢房。沈重的鐵門砰然關上，於是我們兩個孤單地在嘗鐵窗風味。我們將要坐多少時候牢獄呢？

我這樣問馬嘉時，他坐在面前，伸過頭來說：「你敲我的頭好了，我準備受罰。……」

「我也不能只怪你，我也有不應該的地方。」

「請別饒恕我，你重打我幾下好了，這樣我才能安心呀！可憐的母牛呀！」

他說著說著又哭了，我只好安慰他。我們雖被關入牢中，可是也不用憂心，那尤塞爾的獸醫，一定能做我們的證人的。可是他們若說買牛的錢也是偷來的，我們又怎能辯白是賺的呢？

我想到馬嘉的話有理。人們對待不幸者的冷酷，我心裡太清楚了。

馬嘉繼續哭著說：「即使我們無事出獄，也拿了回母牛來，但巴蘭伯母真的還是健在嗎？」

「你為什麼總往壞處想呢？」

我心裡這時才害怕得發抖，因為他說得有理，巴蘭媽媽真的可能已經死了，雖然巴蘭媽媽不算太年老，但比她健壯得多的衛塔師父也就死了，誰能保證她不生意外呢？我很怕就要失去親愛的人啊！我真後悔為什麼不早點想到。

「你在沒有買牛之前，為什麼不早點告訴我呢？」

「我在幸福的時候，就只會想到快樂的事；到了不幸的時候，又只會想起不幸的事了。在我想著買牛送巴蘭伯母時，那想到這事呢？」

「我也像你一樣的笨呢！只是那麼樣想，忘記一切了。」

馬嘉這時哭著叫起來了：「呀！王子的母牛！」

「假使巴蘭伯母真的死了，只留下那可怕的傑洛，將我們的母牛奪去，而且也搶了你去時，我們又該怎樣呢！」

我們看著陰鬱的牢獄、群眾的威嚇，更覺傷心。馬嘉除想到我們自己的不幸以外，還想到母牛。

「誰餵給母牛吃呢？誰給牠擠奶呢？」

我們心境悲鬱，也不知道經過了多少時候。可是我為了要使馬嘉不要絕望，對他說：「別怕，立刻有人會來查問釋放我們的。」

「有人來查問時，你怎樣回答他？」

「我說真實的話。」

「可是一說真話，憲兵一定要將傑洛傳來，將你交給他帶去。若使巴蘭伯母健在，那麼為了要查明我們，他們還要去尋問她吧！這樣一來，我們想給巴蘭伯母的驚喜也都不可能了。」

不久那牢門砰然開了，一位白髮的老紳士，容面正直和善，跟在獄卒的背後進來。我們覺得心裡寬了一些。獄卒對我們說：「好好地站著，回答這位法官吧！」

這老人是治安法院的法官，輕罪和雜事都是由他判決的。老法官點著頭，吩咐那獄卒說：「好，我先問這小孩子，那一個你暫且帶開吧！」

於是馬嘉被帶走了。法官凝視著我的眼睛說：「你是被控為偷牛賊，你真的偷過牛沒有？」

我說：「我沒偷過任何東西，我的牛是在尤塞爾買的，尤塞爾的獸醫可作我的證人。」

「你這樣說，我可以去查的喔！」

「請您快去查吧！」

「你們為什麼要買那牛呢？」

「我們想送給我那在夏曼儂的奶媽。」

「那奶媽叫什麼？」

「她叫巴蘭。」

「前幾年在巴黎受傷的石工傑洛，他的妻子不是叫巴蘭嗎？」

「不錯，她是傑洛的妻子。」

「這個我也可以查的。」

法官看見我有點為難的樣子，更加追問起來。雖然我心中稍覺安慰，因為法官既然知道巴蘭，而且要向她查問我的話真偽，我想巴蘭媽媽一定還沒有死呢！

法官又告訴我，傑洛前幾天已經去巴黎了，我聽了大為高興，對法官的回答也講得更清楚了。而且我們只要等尤塞爾的獸醫來證明一下，就可釋放了。

「你為什麼到瓦爾斯去呢？」

「我在巴黎，認識一個小孩子克西，我們像兄弟一樣，他住在那裡，和一位做礦工的加爾伯父，同在煤礦裡做工，所以我去找他。」

「加爾？這在什麼時候？」

「兩個月前。」

法官閃著奇怪的眼光說：「那時你在瓦爾斯，現在又為何到這裡？」

「因為我的小兄弟克西受了傷，所我就替他在礦裡幫忙推車，結果發生災變，礦裡浸水，我就和其餘的礦工們被活埋了……」

法官突然溫柔地插嘴說：「你們兩個人中間，有一個叫小米嗎？」

驚奇地回答他：「我就是小米。」

「你可有證據嗎？據憲兵說，你們沒有身分證。」

「沒有。」

「你告訴我活埋時的情景。你要真是小米，那話一定和報紙上的記載一樣。」

法官的話親切而溫柔，彷佛很同情我，我便將一切講出來了。他柔和地凝視著我；也不釋放我們，一聲不響地跑出去了。也許是再去查問馬嘉吧！

我心亂如麻，不久才看見他帶著馬嘉進來。

「我立刻到尤塞爾去打個照會，明天可以放你們出去。」

馬嘉問：「母牛呢？」

「當然還給你們。」

「今天誰給牠草吃呢？牛奶呢？」

「你們可不用擔心。」

等法官走了後，我告訴馬嘉兩個喜訊。一是巴蘭還活著；二是傑洛到巴黎去了。「母牛萬歲！」我們快活得雀躍起來，縮做一團的卡比，也情不自禁踮起後腳來，參加我們的遊戲。獄卒擔心著那洋蔥頭會被我們踏壞，所以跑到牢房前：「你們想越獄逃走嗎？牢房並不是舞廳。安靜點吧！」

可是他的聲調不像當初的嚴厲，我們知道事情很順利的。果然過了一會，獄卒拿了一大瓶牛奶，和一個盛著大麵包和冷牛肉的盤子進來。他放了下來，說是法官給的禮物。這樣高興地吃喝著，讓我覺得牢獄這東西，比我的想像中好得多了，馬嘉也是一樣。他笑著說：「不用花錢，而且還有膳宿，真合算呀！」

我還想嚇他說：「萬一尤塞爾的獸醫得急病死了，我們不是沒有第二個證人嗎？」

「你不用嚇我，我現在心裡一高興，一切全是樂觀的。」

我們慣於星夜露宿，對於牢房的床，也可高枕安眠。馬嘉早上一爬起來時說：「我做了一個夢，夢見了王子的母牛進宮了。」

八點鐘時，牢門開了，昨天的法官帶了尤塞爾的獸醫一起走進來。獸醫為了保釋我們，還親自跑來一趟。法官又給我們各一張蓋了印的身分證。

「這是你們的執照，有了執照，你們可以到處無阻。今天你們就可以高興地走了。」

法官和我們握手，獸醫還和我們親吻呢！我們來時非常狼狽，現在卻昂著頭，牽住母牛的韁繩，橫行闊步地前進了。我們因為昨天的經驗，再不敢將母牛的韁繩放開了。

不久到了初次和衛塔師父住宿的村裡。從這裡越過荒野，爬過山嶺，就是夏曼儂了。在村裡走到從前傑比偷肉的那店前時，我忽然想起，連忙告訴馬嘉說：「我曾對你說過，要在巴蘭媽媽的家裡，請你吃甜餅嗎？做甜餅應該有奶油和麵粉雞蛋。」

「很好吃嗎？」

「當然。可是巴蘭媽媽的家裡，奶油麵粉和雞蛋全沒有，所以我想買了帶去，你看怎樣？」

「好。」

「那麼，你牽著牛；別再把韁繩放開。我到這店裡去買奶油和麵粉，至於雞蛋，現在我們帶著，路上會打碎的。如果巴蘭媽媽沒有，她可以去向鄰居借。」

我走進店裡，買了一磅奶油和兩磅麵粉。我們心裡越急，路程好像越長，我不斷地拿出錶來看，一面和馬嘉談著。

「我的故鄉好吧？」

「你的家鄉怎麼一株大樹都沒有？」

「過了這山嶺，到夏曼儂，那裡有很多的櫧樹栗樹呢！」

「會生栗子嗎？」

「當然的。我在巴蘭媽媽家裡，還有我小時候當馬騎的梨樹呢！那梨子大得像你的頭一樣，甜得不得了。」

我以為故鄉總是好的。我在那裡，不知道什麼叫做不幸，只是幸福地生長。現在我越走近故鄉的村落，那幸福的回憶，就越來越明晰和熱烈了。我覺得空氣中漂著清香，使我迷醉了，一切全是愉快的回憶。馬嘉也因為我的說明，感到有趣。

「假使你到我意大利的故鄉時，我也要讓你看一些好東西。」

「好啊！我們看過了艾琪、麗絲和邦明以後，再一起去好嗎？」

「你願意去嗎？」

「你不是也和我一起到過夏曼儂嗎？我也要和你一起去看你的媽媽和妹妹雪麗。而且假使雪麗不很重，我還要抱她起來玩呢！你的妹妹就是我的妹妹。」

「你！」馬嘉含著淚，這樣說了一聲，再接不下去了。

不久我們到了山頂。越過了山，便直達夏曼儂巴蘭媽媽的家了。又經過那小墩，那裡是當時依戀巴蘭媽媽的地方。我將韁繩交給馬嘉，自己跳上那小墩。下面的景色如舊，雜樹之間，隱約地露著舊家的屋頂，我不禁心動。

馬嘉問：「你在幹什麼？」

「我看見了！」

馬嘉雖走近來，母牛還在吃草，所以他不能上來，只踮起腳尖望了一下，我指著對他說：「那裡是巴蘭媽媽的家，我的梨樹也看見了。還有『我的花園』。」

馬嘉並不像我那樣興奮，他不作一聲。這時煙囪裡飄起煙縷，筆直地吹上寂靜的山谷。

「巴蘭媽媽在家啦！」我叫著。

樹梢的微風拂過煙氣來，彷彿那煙縷裡帶有櫧葉的清香。我的眼裡，不由自主地掉下淚來。

「快點下去吧！巴蘭伯母既然在家，我們不能去嚇她了。」馬嘉說。

「可以這樣：你先把牛牽進去，說是王子的禮物，那麼她一定大吃一驚，訊問來由，這時候我便進去好了。」

我們轉過山尖，我望見庭前有一塊白頭巾，那正是巴蘭媽媽。她推開柴門，走到街上，向村裡走去了。我停著步，呆望著她的影子。我很想喚住她，終於還是忍住了。我不願拋棄這幾個月來想使她驚喜的計劃。我們到了我住慣的舊家柴門前，我像從前一樣，推開柴門和馬嘉走進去。我早知道巴蘭媽媽的習慣，她每次出去時總不鎖上門，只是虛掩著。現在我們還要將牛牽到牛欄裡去。牛欄還是當年的光景，只多堆了一些雜柴。

我叫馬嘉將母牛繫在牛欄前，兩人趕快將柴堆好。巴蘭媽媽的柴很少，立刻就堆好了。弄完了後，我對馬嘉說：「到屋子裡去吧！我還想像從前一樣，靜坐在火爐邊。等巴蘭媽媽回來。等一下門一響，你就帶卡比躲到床後。她突然看見我，一定要吃驚的。」

我們商量好了，便跳進屋裡。我坐在火爐旁邊，那裡是從前冬夜的休息處。我掩過頭上的長頭髮，將手足縮成一堆，裝得好像從前媽媽的「小小米」一樣。我靜坐回顧，別離時的情景有似昨日，一切都還像從前的模樣。我從前敲破了的玻璃窗，還是當年補著的紙，只是紙色變得灰黃了。我心中蕩漾著懷舊之情，焦急地等待巴蘭媽媽回來。

一會兒，我就看見一個女人的白頭巾，在柴門前出現了。門一推開，巴蘭媽媽悄悄地走進來，她突然看見火爐邊的人影，就開口問：「是誰在這裡？」

我看著她不作聲。站著驚奇地凝視著我，忽然雙手顫抖，自言自語說：「你……」

我站起來，立刻跑到她的身旁，熱烈地抱住她。

「媽媽！」

「小米！你真的是小米呵！」

我們好久才放開手，拭乾眼淚。她打量著我說：「要不是我天天在想著你，也許現在會不認識你了，你長大了。」

我聽見了床後短急的鼻息，便想起了馬嘉，我叫他出來。

「媽媽，他名叫馬嘉，是我的兄弟。」

媽媽閃著奇異的眼光說：「呵！你已經遇見你的父母嗎？」

「不，他是我手足一樣的好友。這狗叫卡比，也是我的好友。來，卡比，敬禮！」

卡比照樣用後腳站起來，一隻腳放在胸前，鄭重地彎腰行禮。巴蘭媽媽不禁破涕為笑。馬嘉倒不像我一樣，高興得忘記一切，他以眼色招呼我，使我想起母牛的事。我若無其事地對巴蘭媽媽說：

「媽媽，我們到後邊去吧。馬嘉想看我從前當馬騎的梨樹。」

「好的。你也到庭園去看看。我一點也不曾動過，因為我心裡總以為你一定會再回來的。」

「媽媽，我種的洋薑好吃嗎？」

「哦，是你種的嗎？我為洋薑驚喜了半天；我知道是你偷種的，你總愛叫我又驚又喜。」

我知道時機到了，就說：「媽媽，牛欄裡現在怎樣了？」

「自從露特不在之後，就只堆了乾柴。」

我們邊走邊聊，快走到牛欄前，巴蘭媽媽想將牛欄給我看，她先推開了門。這時那我們肚餓的母牛，當是有人來餵飼料，忽然叫了一聲。巴蘭媽媽吃了一驚，倒退著張大眼睛說：「喲！母牛！牛欄裡有母牛！」

我和馬嘉聽了，不禁大笑。巴蘭媽媽驚訝地看著我們。她想不到牛欄裡突然會有母牛的。

「媽媽，這是我們商量好了來嚇你的，洋薑使你驚喜，這母牛更使你驚喜吧？」

「太好了！太好了！」巴蘭媽媽重複地說著，驚喜交集。

「媽媽，我想報答你的撫養之恩，所以帶一點有用的禮物來，特別買一頭代替露特的母牛。我將我和馬嘉兩個人賺來的錢，在尤塞爾那裡買來的。」

她緊抱著我說：「你真是孝順的好孩子！」

我們因為要使她看看我們的母牛，現在是屬於她的了，便走進牛欄裡去。當她發見這牛的每一個長處時，總是贊嘆著：「這牛多麼好啊！」

她突然回顧我們說：「你已經發財了嗎？」

我不響，馬嘉笑起來說：「是富翁了，袋裡還剩五十八蘇呢！」

巴蘭媽媽凝望著我們一會說：「你們真好！」

我真高興，巴蘭媽媽看馬嘉和我一樣了。這時母牛在叫個不停。馬嘉說：「要擠奶了吧！」

我跑回家裡，去找白鐵的奶桶。這是從前擠露特的奶時用的，我剛才看見還掛在舊地方。我先倒些清水在桶裡，將那滿是灰塵的奶桶洗淨。媽媽看見這奶桶裡盛滿牛奶，心裡高興得很。

「這比露特奶更多呢！」

「不錯，奶質也好。」馬嘉插嘴說，「有橘子的香味呢！」

擠好牛奶，解開韁繩，讓牠在庭中隨便走著，我們回到屋裡。我剛才進去拿奶桶的時候，早已把拿來的麵粉和奶油，放在餐桌上醒目的地方，現在媽媽看見又驚喜交集。我笑著阻止她說：「媽媽，這是我們的東西，我和馬嘉都很餓，我們來做甜餅吃吧！媽媽，還記得嗎？在狂歡節的那天，媽媽給我做好了甜餅，卻被傑洛吃了，可是今天不會這樣了。」

「你知道傑洛已到巴黎了嗎？」

「不錯。」

「你可知道他為著什麼事呢？」

「不知道。」

「那是和你有關係的。」我嚇得臉色蒼白說：「和我有關係的嗎？」

「大概不會是使你不幸的事。」她看著馬嘉，表示這要有所保留的。

「媽媽，在馬嘉面前，不用避忌。他和我親如兄弟呢。」

「可是話卻太長了。」巴蘭媽媽總想避開，不讓馬嘉知道。我又不能強迫她說出，因為她會拒絕，而且也叫馬嘉難過，所以我只好由她。

「媽媽，傑洛；喔！是爸爸不會突然回來吧？」

「你放心，他不會突然回來的。」

「那麼，慢慢地說吧！」我覺得安心：「快點來做甜餅吧。誰也不會來掀我們的鍋子了，今天才是我們的世界呢。媽媽，有雞蛋嗎？」

「沒有，家裡一隻雞也沒有了。」

「我恐怕會在路上打破雞蛋，所以沒買。媽媽，你到鄰家去借幾個吧！」

巴蘭媽媽像很為難，大概她借得太多，又不曾去還過。

「讓我去買吧！媽媽先將麵粉用牛奶調起來，叫馬嘉去將柴砍好。」

我連忙去買了一打雞蛋，還分了些豬油回來。等我回到家裡，麵粉已經調好，只等打下雞蛋。我們都很焦急地等吃甜餅。巴蘭媽媽將打下去的雞蛋，用力攪著。

「小米，你既然還記得我，為什麼不給我消息呢？我都不知道你的生死如何。」

「可是這裡不只是媽媽一個人，還有那個因二十個法郎而賣了我的爸爸呢！」

「小米，別提舊話吧！」

「我並不想算舊賬。但爸爸既然賣過我一次，要是我再有信來，他知道了我的下落，一定又要將我轉賣了，所以我不敢寫信來。當我師父去世時，我真的很想告訴媽媽一切。」

「小米，那帶你去玩狗的音樂師已死了嗎？」

「呀！師父一死，我不知道哭了幾次。我全靠師父，所以才有今日。這兩年間，我又在巴黎附近，一家和善的花農家裡過日子。若是我有消息，爸爸或者還要來找我或要錢，這兩樣都是我所不能忍受的，所以我只好不給你消息。」

「我懂了。」

「我雖然不給你消息，但是我無論在幸福，還是在患難的時光，總會想到媽媽的。我得了自由，想立刻跑到媽媽這裡來，為了要買牛來送你，所以耽擱了很多時間。像我們這樣的小孩子，哪裡會有大筆的進款，只好錙銖積蓄，縮食減衣，努力地工作儲蓄起來。我們雖然非常辛苦。可是越辛苦越快樂，馬嘉可以證明這句話的。」我看著馬嘉說。

「不錯，我們每夜計算一天的收入，真是快樂無窮呢！」

我們在說著話時，巴蘭媽媽將糖放進麵粉去，一起拌攪。馬嘉將砍好的柴放在爐裡燃燒起來。我將盤子、肉叉、杯子列在桌上，還到外邊提水。水一回來，火候正好，巴蘭媽媽將鍋子放在火上，溶化著奶油，發出吱吱的聲響。

「呀，奶油在唱歌，讓我來奏樂吧！」馬嘉立刻拿起提琴，彈奏著，和著那煎奶油的聲音。巴蘭媽媽不禁大笑。她一邊在精巧地做著甜餅。我遞過盤子去，扁圓的甜餅，就落到盤裡來。

第一個先給馬嘉，他燙到了手和嘴也不管，立刻吞吃了。他塞滿一口，嚷著要再吃：「滋味真好！」第二個換我吃，我也像馬嘉一樣乘熱吞吃。等到第三個，馬嘉又想去接，卡比也想嘗嘗，馬嘉便擲給牠，巴蘭媽媽睜大眼睛，覺得很奇怪，分給狗吃甜餅，似乎浪費了。我就向她說明，卡比是能賺錢的狗，牠是我們的同伴，有了牠我們才能買到母牛；請她對於卡比，要像對待我們一樣。

我們吃得巴蘭媽媽比做還快，現在要讓她來吃了，我替她做，可是我的手段不高明，有兩次幾乎將餅拋到灰裡去了，馬嘉忙用手接住，還遭到燙傷。等到吃完，馬嘉知道巴蘭媽媽的心事，假裝要去看看牛，便跑到屋子外，讓巴蘭媽媽好和我說話。

我也很想詢問傑洛到巴黎去的緣故，只因忙於吃餅，才忘了片刻。照我的理想，傑洛是到巴黎找衛塔師父，向他收取租我的租金。可是衛塔師父已經死了，他當然無計可施。或者他為了金錢想將我討回來，隨便去賣給人或是賣到什麼地方，只要錢多就是。

要是他想這樣，我也有方法對付。我會在他沒有找到我以前離開法國，和馬嘉一起到意大利去。我可以逃到世界上任何的地方，以脫離傑洛的毒手。因為我存心這樣，對著巴蘭媽媽說話，也要隨時留心。媽媽雖然愛我，肯給我幫忙，但是她一見傑洛總會害怕的。假使我一告訴她，傑洛就會強迫她轉說給他聽，可以找到我的下落。所以我對於她也要留意。

我看見馬嘉走到庭外，才開口說：「媽，現在只剩我們兩個人了，告訴我爸爸為什麼去巴黎？這事對我有好處嗎？」

我苦笑地這樣說，巴蘭媽媽卻認真地回答我：「的確是一件好消息。」

這是什麼好消息呢？她才要說話，先到門口去一望，再跑到我的身旁，含笑地低聲說：「你的家屬像是在尋找你。」

「我的家屬嗎？」

「小米，不錯，是你的家屬！」

「我還有家屬嗎？我不是孤兒嗎？」

「或許不是你家裡的人丟棄你的。他們現在正在找你呢！」

「誰在找我呢？媽媽，請你立刻告訴我。」我又狂叫說：「媽媽，別騙我！是傑洛在找我吧！」

「不錯，傑洛也在找你，可是他是受了你們家屬的囑託。」

我不想再上傑洛的當，便說：「他一定是想找到我，再賣給別人。我不會再讓他找到的。」

「小米，你以為我會幫著傑洛來欺騙你嗎？」

「不！那是爸爸在騙你呢。」

「聽我說，小米，你別那樣害怕，讓我把聽見的話，仔細告訴你，不到一個月之前，我正在烹飪時，有一位衣衫華麗的先生跑到這裡來，他鄭重地問我們，這裡可有傑洛先生，傑洛自己上前答應。他又詢問那個棄兒的下落，傑洛也反問他說，為什麼要打聽這棄兒？」

我屏聲靜氣地聽著，巴蘭媽媽又說下去。

「我在廚房裡也可以聽到說話的聲音。我想這是關於你的事，更要留心聽一下，就想伏在牆上偷聽，誰知不留心發出了聲響，他們就注意到了；那位先生問，還有別人在家嗎？」

「是我的女人。」傑洛說。

但那位先生說：「這裡太熱了，讓我們到外邊去談吧。」

於是兩個人一起出去。大概是到村裡的咖啡店。

幾小時後，傑洛獨自回來。我以為那位先生，是你的親父，所以我等傑洛回來後問他一切；傑洛並不肯詳細地告訴我，只說他不是你爸爸，可是受了你家的委託來找你的。巴蘭媽媽的話，自然使我深信不疑。

「我的家在那裡呢？我的爸媽還在世嗎？」

「我雖仔細地問傑洛，可是他自己也不知道。只說他要到巴黎去找你，前次租走你的音樂師，曾給他一個地址；所以他按址前往，次晨他便出門去了。我告訴你地址吧！巴黎盧爾辛街……」

我插嘴說：「媽媽，我知道那是加洛的家。……爸爸到了巴黎後，有信來嗎？」

「沒有什麼消息，他一定是在拚命找你。那位先生拿了一百法郎給他做盤費；他說到了巴黎後，還會再給傑洛錢的。看到從前包裹著你的綢緞，我猜你的父母一定是富翁。我還以為你遇見傑洛了，所以看見你回家時，我以為你們一家已經團聚了。所以在你說馬嘉是你兄弟時，我也當他真是你的手足。」

這時馬嘉在門口走過，我叫住他進來。

「兄弟，我的父母也在找我呢！我有家庭了！」

馬嘉聽到了這可驚的消息，並不怎樣興奮。並且像不明白我的快樂一般。我很覺沒趣。

那晚我不能安眠。可是那張床，是我小時候睡慣的，我屈著身體，縮在被窩裡，在這床上曾酣睡過多少美麗的夜。在夜空下露宿的晚上，星霜頻經，使我幾次憶起了這床呢！不久我因波奔疲勞，終於不知不覺地入睡了。但是立刻又醒轉來，輾轉不寐。

「唉！我的家庭。」這觀念使我寤寐不忘。眼睛一閉上，我好像看見從未見過的自己的家和爸媽兄妹等。還有馬嘉、麗絲、巴蘭媽媽、密列夫人和亞瑟，他們全是我的家屬，衛塔師父做了我的爸爸。老人還活著，並且成了富翁，前幾年被狼吃了的傑比和杜希，也都被我找到了。

我做了一夜的夢，彷彿和他們一起過了一夜。等到了這空想的影子消逝時，我卻悵惘了。我的家人一定在找我，可是要能會見他們，一定要經過傑洛的介紹。我因此有點不高興。我還記得，他曾對衛塔師父說過，因為自己想得厚禮，所以才將我養到今天。可見他的收留我，並不是出於惻隱之心，而是為了包裹著我的華麗綢緞，一旦將我送回我的父母時，他可以得到利益。然而他失望了，所以將我賣給衛塔師父，現在他重新恢復了希望，預備將我賣還我的父母。

傑洛和巴蘭媽媽，簡直有霄壤之別！傑洛的愛我，只是為了貪心。我很想讓巴蘭媽媽得到利益，但卻不願傑洛分肥，然而我也想不出方法來，所以這一夜我失眠了。

最後，我決意丟開對傑洛的顧慮了；但是我既成了富家子弟，現在或者會做不到，將來總要厚謝巴蘭媽媽，這樣我才能安心。我想現在先去找傑洛，巴蘭媽媽只知道他往巴黎去，不知道他住在巴黎的什麼地方。他到了巴黎後，也沒有來信，所以巴蘭媽媽也不能寫信給他。不過他從前常寄寓在小客棧裡，到那幾家店裡去一問，恐怕也能打聽到吧！

我本來很想在巴蘭媽媽的家裡，過幾天平穩幸福的日子，一溫兒時的舊夢，可是命運卻叫我們離開，世間的事情，總不盡如人意的。我們本來打算與巴蘭媽媽告別後，便去看疼愛我的艾琪，但是這時我只好忍心不去了。而且我們本來是想看了艾琪之後，再到圖盧茲訪問麗絲，報告她兄姊的消息，這樣就不能去看她嗎？我因此事又煩惱了一夜。

後來我想，為了使我的父母早日安心，還是先到巴黎去才對。那夜我很煩惱，第二天早上，我們聚在爐邊等著燒牛奶時，我就提出昨夜未能解決的問題，徵求他們的意見。

巴蘭媽媽說：「你應該先到巴黎去，你的父母在找你呢！你先去給他們高興一下。」

我覺得她的話很有道理。我說：「我們立刻到巴黎去吧！」

然而馬嘉卻不贊成，我問說：「馬嘉，你不贊成我們立刻到巴黎，為什麼呢？媽媽告訴了我先去巴黎的理由。但是你的理由呢？」

馬嘉搖頭不肯說。我強迫著他，他好容易才說：「你不應該喜新厭舊。你從前的家族裡，有艾琪、克西、邦明與麗絲們在一起，大家親如手足。現在雖然有了新家庭，但那新家庭從前曾拋棄你，你因為這樣就把那個親切的舊家族忘了，這不是不近人情嗎？」

巴蘭媽媽又說：「那不一定是小米的父母將他拋棄的。也許是誰去偷出來丟了的，恐怕那時候小米的父母就在找尋他呢！」

「我不管這些，我只知道那麗絲的爸爸亞根，將倒在門前垂死的小米救活了，做他重生的恩人，待他有如家人骨肉，這樣的恩情怎能忘卻呢？」

馬嘉對我好像很不高興，不看我的臉，也不看巴蘭媽媽，抖著聲音來辯說。他很使我傷心，可是馬嘉的意見，也有相當的理由。

「馬嘉的話不錯。我不應該喜新棄舊的，那麼讓我們晚一點再去巴黎吧！」

「可是他們總是你親生的父母啊！」巴蘭媽媽還在勸我。我考慮了一會，便想出一個折衷辦法。

「這樣吧！我先不到艾琪那裡去，免得去繞很大的圈子。我只寫一封信給她便行。但我們在沒有到巴黎之前，還是先到圖盧茲去一趟，不會耽誤太多時間。因為麗絲還不認得字，而且我這次的漂流，大半也是為了她的緣故，所以我一定要往那裡去，告訴她克西的事。艾琪的回信，也叫她寄到麗絲那裡，讓我好唸給她聽。這樣不就好了嗎？」

馬嘉也答應了，於是我們決定明天動身。我費了一個上午，寫一封長信給艾琪。次日離別，雖然依依不捨，可是我和巴蘭媽媽親吻，約定我在不久之後會陪著我的父母來看她。我和巴蘭媽媽還談起，下次和父母一起來時，要給她什麼禮物。

她告訴我：「無論你什麼好東西，也不及那母牛好。沒錢時送的禮物，那才是真禮物。」

我們和母牛相別，也依依難分。馬嘉在母牛在的臉上吻了十多次。於是我們再踏上我們的旅程，背著背囊，掛著樂器，卡比走在前頭，我們大步地進行，想早一點趕到巴黎。

我們在路上，每當我說到家族時，馬嘉總不見得很高興；我非但傷心，而且有些生氣了。

「我們不是親如兄弟嗎？」

「我和你固然親如兄弟。不過……」

「不過什麼？」

「不過我不是你父母的兒子。」

「有什麼不同呢？」

「我不像你一樣，生出來就有綢緞包裹。」

「那有什麼關係呢？」

「現在我和你是一樣的，可是一旦你成了有錢的少爺。我卻還是這樣寒酸，你的父母會好好來教育你，而我卻一個人仍舊輾轉溝壑，想著你過著好日子。那時你還會想起我嗎？」

「馬嘉，你為什麼要這樣說呢？」

「我是知道你的心。但是你的父母肯待我像你一樣嗎？」

「我的父母既在那裡找尋我，他們當然很愛我。而且一定會答應我所說的要求。我希望在從前我漂泊時，那些對我有恩的人，我要一一報恩。幫助巴蘭媽媽，幫助亞根出獄，再叫艾琪、克西、邦明與麗絲團聚；將來你和我一起受教育，做一個音樂家。」

「我真希望你的父母是窮人，這樣我才高興呢！」

「你真傻。」

「我是很傻。」

馬嘉不再多說，他呼喚卡比，因為這時我們該停下來吃午飯了。他把狗抱在手裡，像在對一個聽得懂他話的人說話：「卡比，你也希望小米的父母是窮人，這樣我們就能和小米永遠在一起了，是不是？」

與往常一樣，卡比一聽見我的名字，就發出滿意的叫聲，把右爪擺在胸前。

馬嘉默默地逗弄著卡比，我在路上用以前賺來的積蓄，買了一個洋娃娃，不但漂亮有趣。價錢也不像母牛那樣貴。到圖盧茲的途中，沿著運河岸前進，在那岸上的叢林中，看見馬兒拖著木船，在平靜的水面滑過，我不由自主想起那和密列夫人與亞瑟一起在天鵝號時幸福的生活。可是天鵝號現在又在哪裡呢？

現在已到秋天，白天漸短，不能像夏天那樣多趕路。我們在天沒有全黑之前，總算到找到旅店休息。到麗絲的姑母家裡，只要沿著運河走去就行。姑母的丈夫是看守閘門的工人，所以他家住在閘門附近。我們漸漸地走近這屋子，心裡也越來越緊張。他們家裡蠟燭點得像在燒火，火光反射到窗子上，連街上也可看到。

走近屋邊一看，門窗嚴閉，隔窗可以看到屋裡的情形。麗絲坐在餐桌前，姑母坐在她的旁邊，一位男子，像是她的姑丈，坐在麗絲的對面，背向著我。

馬嘉說：「巧得很，他們在吃晚餐呢！」

我叫他別作聲，並將卡比拖到背後，從肩上拿下豎琴，想彈奏一下。馬嘉低聲說：「好的。我來彈一曲小夜曲吧！」

「你別彈奏。讓我自己來吧！」我彈著《拿波里之歌》，並不唱出聲來，因為麗絲聽得出我的聲音。我一邊彈著，一邊看著窗內，麗絲聽見曲聲，立即抬起頭來，眼睛裡閃著光輝。我不覺唱出歌來，麗絲就從椅上跳下，走向門口。我來不及將豎琴交給馬嘉，麗絲已經擁抱著我了。

她的家人叫我們進去，姑母吻過我後，又在桌上放下兩個人的食具。將裝在紙盒內的洋娃娃，慎重地拿出來，放麗絲在旁邊的椅子上。那時麗絲看著我的眼光，我永遠不會忘記。可惜我們急於趕路，離多會少。我和麗絲話也說不完呢！

麗絲自從來到圖盧茲之後，姑父姑母都很疼愛她，當她像親生女兒一樣。麗絲告訴我怎樣快樂地度日，我也將別後的情形，詳細地告訴她。我又告訴她我有富貴的家庭，又像告訴馬嘉一樣，再說一遍；我希望要將亞根從獄裡救出，請她安心等著，讓大家都得到幸福。

麗絲沒有像馬嘉一樣的貧困經驗，又沒有遇過像加洛那樣狠心師父，她總以為只要有錢，一切不用憂鬱。所以她不像馬嘉，她是真心地希望我變成富人。爸爸亞根的入獄，也是為了貧窮的緣故。這世界簡直是金錢世界，我若是有錢，麗絲就可以幸福了。我們常在閘門旁散步談話，還時常帶著馬嘉三個人，抱了洋娃娃，帶了卡比，在森林或曠野閒逛。

黃昏時，我們又將小桌搬到庭前。有濃霧的時候，就在家裡，馬嘉和我盡力彈唱著。麗絲最愛聽我唱《拿波里之歌》，她在上床前，一定要我為她先唱一曲。

然而分別的時候終究要到了。我只能對她說：「等我下次用馬車來接你回去。」麗絲絕對相信我的話，並且在等待著我。

8.

誤入賊窩

我不因你不能送我禮物而傷心，
你節衣縮食買給我的那頭母牛，
在我的心中已是上好的寶貝。
那頭牛還很壯健，照舊有很好的牛奶，
我只要這樣已很滿足了。
我每次看到那母牛時，總想起你和馬嘉。

從圖盧茲到巴黎，如果沒有馬嘉，我一定是只要賺到當天的麵包錢，便盡力趕路。我覺得現在也不用勞苦工作，因為即使我們賺了錢，也不必拿到我的父母那裡去做禮物；我到了他們那裡，會立刻可以成富翁呢！但是，馬嘉卻覺得：「能多賺一點總是好的。到了巴黎，誰說就能立刻找到傑洛呢？」

「我想應該沒有問題的。」

「萬一傑洛找不到你，已經回夏曼儂去，你又要寫信去接洽，然後等他的回信了。那時沒有錢怎樣度日呢？你該知道巴黎是怎樣的地方吧？你難道忘記跑馬廳的那夜嗎？」

「我永遠記著的。」

「我也忘不了餓得要死，靠在教堂旁邊，蒙你救活的那一次。我再也不願身無分文到巴黎挨餓了。」

「可是找到我的父母後，我們衣食全不用憂慮了。」

馬嘉聽了就說：「你要是做了富翁，一定也是懶得要命！」

我們越走越靠近巴黎，到了我和馬嘉第一次聯合表演的鄉村，那一對新婚夫婦依舊認識我們，立刻又聚集全村來跳舞，解決了我們的膳宿問題。次日抵巴黎，從離開到現在，已經六個半月了。地同時異，季節陰冷起來，秋霧朦朧地罩住山野。枯黃的樹葉，從路旁的牆上落到頭上來。

然而季節雖壞。我們的胸中，卻充滿了喜悅，其實充滿喜悅的，只有我一個人。因為越走近巴黎，馬嘉像是更沉鬱；他一聲不響，只願默默地走路。馬嘉雖然不說話，可是我知道他恐怕我和他分手，我也不願再用舊話來安慰他，所以我也不作聲。

我們走到巴黎的舊城牆前，已是正午。我們坐在矮牆上，將預備著的午飯拿出來果腹，在吃飯的時候，馬嘉才開口說：「你知道我要進巴黎時，想著什麼心事嗎？」

「我不知道。……」

「我在想著加洛的事。……我恐怕他現在要出獄了。萬一他看見了我我怎麼辦呢！……他是我的主人，也是我的伯父。被他抓著時，我就無法可逃了。我怕他，像你從前怕傑洛那樣，一被他抓住，我就再看不見你，也不能回到故鄉，去看望我的媽媽和妹妹雪麗了……」

我很慚愧，只顧我自己的家庭，完全忘記了加洛的事。馬嘉的擔心倒是真的。

「我們該怎麼做呢？不去巴黎好嗎？」

「不，只要不到盧爾辛街附近去，他就抓不到我的。」

「那麼讓我一個人去。我們先約定好，到下午七時，在什麼地方等著。」我們決定在聖母院前相會，我一個人就走進巴黎了。到了意大利廣場，馬嘉帶了卡比和我分別，我心裡難過得很。他帶著卡比向植物園那面走去，我也自己一人出發。

半年以來，我第一次不帶著馬嘉和卡比，一個人在街上走。我忽然悲從中來，似乎就要流淚。但是現在正是我要找到新家庭的好日子，我不應想一些不幸的事吧？巴蘭媽媽曾將幾家的旅館名字告訴我，我早已記在心裡。可是我走到那裡，問了幾家，還是問不到他。

到了最後一家，是一間小菜館。我走進去時，主人正在廚房裡替顧客們盛菜。他也回答我說：

「傑洛嗎？他不在這裡了。」

「請問他現在在那裡？」我抖著聲音問。

「我不知道。」他的回答使我大失所望。

「要去那裡才找得著他呢？老伯伯，請你告訴我吧！」

「他沒有留下地址啊！」

我聽見這話，模樣變得難看而可憐。隔壁桌邊的男子問說：「你找傑洛幹什麼？」

我不能說實話，便說：「我是從夏曼儂來的，他的妻子有口信給我。她告訴我說，來這裡一問，就可以知道他的地方……」

主人對那個男子說：「你知道傑洛在那裡，就告訴這小孩子吧！他大概沒惡意的……」

「不錯。」我重新又燃起希望了。

「也許他住在奧斯特街的康塔爾旅館，我三個星期前還在那裡遇見他。」我聽了後道謝出來。

奧斯特街應該就在奧斯特橋的附近，到那裡要先經過盧爾辛街，我也可以藉此機會探聽加洛的消息，回報給馬嘉。到了盧爾辛街，我遇見了一位老頭子，就是第一次和衛塔師父到這裡來遇見的，我問他說：「老伯伯，加洛師父回來了嗎？」

老頭子望著我沒回應，只是不斷咳嗽。咳了好久才說：「他還有半年才可以回來。」

加洛還要坐半年牢，這樣馬嘉也可放心了，有這麼樣長的時間，讓我請求我的父母，用錢來解決加洛和他姪兒的關係就好了。我離開這裡，趕快向奧斯特橋前進。心裡一陣高興，對於傑洛的害怕也就淡了些。

康塔爾旅館破舊不堪，店主是一個半聾的老太婆。我問她：「夏曼儂來的傑洛住在這裡嗎？」

「我聽不清楚。」她用手遮在耳後，叫我走近點說。

「我來找傑洛的！找從夏曼儂來的傑洛，他是住在這裡吧！」我在她的耳旁大聲說。

那老太婆不知是什麼原故，不回答我，突然向天高舉兩手，睡在她膝上的貓也吃驚地跳下去了。

「唉！」老太婆只是嘆息，她頭搖得很利害。仔細地打量我：「你就是那個小孩子嗎？」

「哪個小孩子？」

「他在找的那個……？」我聽見這話，心裡更加緊張。

「我是他要找的小米，那麼傑洛……？」

「傑洛已經死了。」

「傑洛怎麼會死了？」我的驚叫聲，連那老太婆也聽見了。

「他死了。在八天前死在濟貧院。」我癡然木立著。傑洛死了！我該怎樣能找到我的父母呢？要到那裡去找尋他們呢？

老太婆又接著說：「你真是那小孩子嗎？傑洛正在找你，說要交還給有錢的父母。」

我抱著萬一的希望，插嘴說：「老婆婆，他曾交代過什麼話嗎？」

「我聽傑洛說過，他在十幾年前，撿到一個小孩子，現在他的父母在尋找。如果找得到來還他必有重報，所以他到巴黎來……」

我喘氣著問：「那麼我的父母在巴黎嗎？」

「你真是那小孩子！你真是那小孩子！你是！」老太婆一直搖著頭，更仔細地打量我的臉。我可不想讓她仔細端詳。

「老婆婆，請將你知道的事情，全告訴我。」

「少爺，我知道的不多啊！」她忽然改口稱呼我少爺了。

「傑洛沒有告訴過我的家庭嗎？你想一想再告訴我吧！」老太婆不答，又高舉兩手。

「天意難測啊！」這時恰巧有一個女僕模樣的女子進來，老太婆丟下我，向著她說：「是啊！天意難測。這位少爺，就是傑洛說的那棄兒。傑洛那樣拚命地找了幾星期都找不到，他現在卻自己跑來，但傑洛已經死了，真奇怪啊！」

「老婆婆，傑洛有沒有說到我父母的事呢？」

「他講過一二十次了。你的父母是大財主呢！」

「他們住在那裡？叫什麼名字？他沒有說過嗎？」

老太婆聳了聳肩：「他想自己一個人得到酬金，當然嚴守秘密的。」

我的希望完全失敗了。我想在這裡也無話可問，老太婆大概什麼也不知道，傑洛也不曾留下什麼線索。我無計可施，根本忘記向那老太婆道謝，便匆忙地向門口走去。

老太婆問我：「喂！你要去哪裡？」

「有朋友在等我。」

「你有朋友嗎？他是在巴黎嗎？」

「我和我的朋友，今天才從鄉下到巴黎來……。」

「你們今晚住宿的旅館呢？」

「旅館還沒有確定。」

老太婆立刻推銷：「既然沒有定，住在我們這裡不好嗎？房間舒服，招待週到，住宿也可安心，比外面的旅館好得多。而且若是少爺的家人，不見傑洛的消息，一定會到我們這裡來找他。這兩三天內恐怕就會來的，除了我這裡以外，沒有人會知道傑洛的行蹤了。你就住在這裡吧！我不會欺騙你的。少爺，你的朋友，年紀比你大嗎？」

「他比我還小。」

「那麼你們更要小心，兩個小孩子到巴黎，巴黎是一個無情的地方啊！你們沒有大人看顧很危險。外面的旅館既噪雜，又有壞人出入，但在我們這裡就不用擔心，又安靜又沒壞人。」

其實這裡絕不會清靜，而這康塔爾旅館的污穢，也是出乎我意料之外。對於這老太婆的盛情，原本我一定要推辭的；然而我現在要立刻能找到父母，旅館的好壞，就先放到一邊。何況這旅館住宿費用大概不高，我們現在還不能太浪費。

現在回想起來，在途中勸我拚命賺錢的馬嘉，顯然要比我聰明得多。假使現在我們袋裡沒有十七法郎，還真不知該怎麼樣呢？我對那老太婆說：「我和我的朋友兩個人，一天要多少房錢？」

「一天十蘇。」

「那麼，我夜裡再來……」

「謝謝你。早點來吧！巴黎的夜裡是很危險的。」我想去找馬嘉了。然而離約定的七點鐘還差很久，我百無聊賴地只好走進植物園裡，在一個無人的角裡坐下，失望得走不動路了。

我坐在植物園中樹蔭下的椅上，含淚沉思，看見有一位紳士和太太，帶著一個拖著玩具小馬車的小孩子走來，坐在我對面的椅上。他們一坐下去，就逗著小孩子，小孩子丟下馬車，伸著兩手跑近他的父母。爸爸先抱著她，吻著她蓬鬆的秀髮。然後將那小孩子交給媽媽，媽媽也一樣地抱著她接連地吻著她的頭髮。小孩子含著笑，肥胖的小手，也不住地摸著他父母的臉頰。

我看見人家親子間的幸福和快樂，不覺落下淚來。我從未有過父母的慈愛，突然若有所思，便拭淚彈起豎琴，為那小孩子演奏一曲。那小孩子小腳點地，踏著拍子；不久爸爸走到我旁邊，想給我一個小銀幣，我推回他的手說：「我不要你的報酬，是我自己高興，彈給可愛的小姑娘聽。」

紳士又驚又喜地看著我，恰巧這時候走來了一位看守公園的警察，雖然那位紳士也為我辯解，但是那警察說，我再不走開，就要用違反公園使用規則的罪名送我到警局。我默默地將豎琴的皮帶穿上肩膀，離開那裡；幾次回顧，那紳士夫婦還用同情的眼光，望著我這邊。

走出公園，到聖母院的時間還早，所以我走到塞納河畔看著水景。到了天已入夜，街燈齊燃，我才慢慢地走向聖母院。時間尚早，馬嘉還沒來，我看見那邊有椅子，便倉忙地坐了下去，獨自傷心著。不但我的心中悲哀，連周圍的景物似乎也悒鬱寡味。

在這晝夜喧鬧的巴黎，車馬如織中，我感到自己好像獨立於荒野寂靜的黑暗。我聽著院中的鐘聲，悠悠地等待著。唉！馬嘉的溫柔的眼光與慰藉的言詞，是我現在最需要的。

七點鐘近了，我忽然聽見高興的狗吠聲，在黑暗中，有一件白色顯眼的東西向我跑來，卡比跳到我的膝上，舐著我的手。馬嘉也從那邊走來，遠遠地便問我：「怎樣？」

「傑洛死了！」等到馬嘉走近了我，我簡單地敍述了一切。馬嘉很同情這悲傷的消息。於是我心中稍減悲傷；而且我也知道，馬嘉想要找到我父母的熱心也不少於於我。馬嘉一邊安慰我，一邊勉勵我別失望。

「你的父母一定在等著傑洛的消息，假使傑洛沒有消息時，他們一定自己會到康塔爾旅館來找。

我們就到那裡去住好嗎？你別失望啊！只是多等幾天而已。」

這話和剛才那搖著頭的老太婆說的一樣。可是經馬嘉一說，卻變得很有力量和理由。我感到不用失望了。我的心思稍定，才將剛才聽到關於加洛的事告訴馬嘉。

「啊！還有半年。」馬嘉不禁雀躍。他立刻又停止跳舞，走近我的身傍說：「你的家人和我的家真是天差地別，你因找不到家人而悲哀，我卻因失了家人而高興。」

「像加洛那樣的伯父，還能算作家人嗎？假使你失了你的妹妹雪麗，就不會這麼高興了！」

「好啦！別胡說了。」

我們沿著河邊，走到奧斯特橋，澄清的秋月籠罩著塞納河，現在全心都充滿著感情的我，眼中看著萬物都是這麼美麗啊！

康塔爾旅館雖然不是「黑店」，但是那骯髒污黑的程度，還真令人吃驚。我們看到的房間是在閣樓上，在這狹小的房裡，有一人想站著，另一人就要坐在床上。我們到了巴黎，還要住在這樣有如豬欄的地方睡覺，是誰也沒有想到的。床上鋪著褪色而且又硬又舊的墊褥；晚餐也只有塗著意大利乾酪的麵包，這完全出我想像之外了。然而我安慰自己，我還有莫大的希望，只要稍安勿躁，等我父母來接我，就這樣先鑽進骯髒的床裡睡了。

次晨我寫了一封報告消息的長信給巴蘭媽媽，對她說假使有我的家族來找或有信給傑洛時，請她立刻寫信到康塔爾旅館來，並留心不要將我家族的住處給忘了。

我寫完信後，還有一件一定要做的痛心事，就是要到獄裡，探望麗絲的爸爸亞根。我在圖盧茲看麗絲時，對她說我到了巴黎，一看見我有錢的父母後，便要救亞根出獄，並且我自己還要去接他出獄，然而我現在卻只能空手去看他。但是我有艾琪、克西與麗絲們的消息，告訴他時，他還是要高興的。我鼓起勇氣去探監，馬嘉也說想要看看監獄，我便帶他同去。

這次不用像以前那樣，在獄門前徘徊太久了。我招呼過看門的憲兵，他就讓我們進去，在會客室中等待。亞根一出來，高興地說：「真不敢相信，你怎麼又來看我？」他抱著我，和我親吻。我先告訴他克西和麗絲的平安，然後說到我不能去看艾琪的理由。

他插嘴說：「你找到你的父母了嗎？」

「爸爸，你怎麼知道的？」我驚訝地問。亞根告訴我，大約在兩個星期之前，傑洛曾到這裡來找過他。

「傑洛現在已經死了。」

「傑洛死了？還沒有看見你以前，他就死了嗎？」

亞根還告訴我傑洛來找他的事。原來傑洛照著衛塔師父寫給他的地址，先去找盧爾辛街的加洛師父家，但那時加洛已經入獄，所以他又到獄裡去找加洛，知道衛塔師父已經去世，我被收留在花農亞根家裡。他又到亞根那裡去，發現亞根也在監獄，所以他又到監獄裡找亞根。

亞根告訴傑洛，說我正在法國各處表演；又將到他散在各地的孩子們那裡去。傑洛請求亞根，寫信到圖盧茲、瓦爾斯等地。寄到圖盧茲的信，恐怕在我離開了那裡之後就到了吧！

我問：「傑洛有沒有提起我的家族？」

「他也不曾細說，只說你的父母，到傷兵院附近的警察局去一查，知道當時在傷兵院前丟了的小孩子，是被夏曼儂的石匠傑洛收留的，就到夏曼儂去找傑洛，所以傑洛才會來巴黎找你。」

「他沒有說出我父母的姓名嗎？也沒有說出地方或其他什麼事嗎？……」

「我雖問他，他堅持不告訴我。我知道他是恐怕別人分紅，因此嚴守祕密。他又怕我因為做過你兩年的爸爸，也想插進去分紅，所以胡說起來，我生氣了，就趕他出去。他因為貪慾，竟把你垂手可會面的父母又失去了。你真是不幸！」

我請亞根不用失望，馬嘉不是也說過，與父母見面不過是遲早的分別而已，亞根聽了後就說：「不錯。你的父母總會到康塔爾旅館來找你的。你暫時忍耐一下好了。」

亞根爸爸的這番話，又使我勇敢些，使我高興起來。說完自己的事，又將我在瓦爾斯的礦坑，與加爾伯父一起被活埋的事告訴了他。亞根聽了驚駭地說：「多麼可怕啊！克西也真可憐……想起從前種紫羅蘭花時，是多麼的幸福啊！」

「爸爸，你別擔心，我們很快又會變成從前那樣的。」

「小米，我也希望是這樣。」我原本想告訴他，若是我找到了父母，會拜託他們將亞根保釋出去，但是這樣話不能亂說，因為這次的挫折讓我經驗到了，所以我就忍住不說。

和馬嘉兩人走出監獄，馬嘉對我說：「我們挨餓著等你的父母來也不是辦法，所以我想今天天氣既然這麼好，還是去表演吧！」

巴黎好似他自己的家，哪裡會有錢賺，他全知道，我只有聽從了他。我在馬嘉的領導下，到各處表演，回到旅館來時，袋裡已有了十四法郎，這收入真好。次日我又被馬嘉拉出去賣藝，這天也賺到十一法郎。

馬嘉很高興地說：「照這樣看來，我們根本不用依靠你的父母，自己就可以成富翁了。自己賺來的錢，才是最安穩的。」

我們在康塔爾旅館住了三天，我每天問旅館裡的老太婆，今天有沒有人來找傑洛？有沒有寄給傑洛或我的信？可是她總說沒有。到第四天的早上，她終於說：「今天有一封少爺的信。」

老太婆一面說時，一面給我一封信。那是巴蘭媽媽的回信。可是她不認識字，一定是託人家代筆的。她的信中說，巴蘭媽媽在沒有收到我的信前，已先得了傑洛的訃聞。在訃聞來到的前幾天，她也接到傑洛給她的信。那信中有些關於我的家族的事，她想我用得到，所以就附在裡面。

「趕快念信。」馬嘉眼睛睜圓地說。我心頭亂跳，抖抖地讀著傑洛的來信：

巴蘭：

我已在濟貧院中，病已垂危，恐怕不能回到故鄉了。我要在沒有斷氣之前，將要緊的事趕快告訴你。假使我死了後，你就寫封信到倫敦格林廣場的法律事務所，裡面住著兩個人，一個叫萊斯，另一個叫格雷，他們是負責尋找小米的律師。你告訴他們，只有你一個人能向他們提供孩子的消息。你辦這件事要多用腦筋，讓他們明白，必須先付給你一筆大錢，才能從你手裡買到這個消息，這筆錢至少應當能使你安享過晚年。至於小米的下落，你只要給一個名叫亞根的人寫封信，他就會告訴你的。亞根過去是花農，現在被關在巴黎商務監獄裡。凡是你寫出去的信，都只能請神父代筆；在這件事情中，你什麼人都不要相信。最重要的是：在沒有確知我已經死去之前，你先什麼事也不要管。讓我最後一次擁抱你。

我還沒有念完最後的一句時，馬嘉就先跳起來說：「快！我們到倫敦去！」

我還不明白馬嘉的意思。馬嘉接著說：「從倫敦的法律事務處來找你，你的父母一定是英國人。」

「但是……」

「你不願意做英國人嗎？」

「我想和麗絲、克西做同一國的人。」

「你一定是英國人。假使你的父母是法國人，那麼他們又何必到倫敦去，託人來找住在法國的你呢？你一定是英國人了，你到英國去，才能找到你的父母。」

「寫信到倫敦的那法律事務處就行了。」

「小米，你何必遲疑不決呢？你不是想早點看見你的父母嗎？當面談話，比通信要快得多。」

「那也不錯……」

「我們表演很順利，要到倫敦去也有錢。我們剛到巴黎時，就已經有了十七法郎，後來又一天掙了十四法郎，接著是十一法郎，以後是九法郎，總共已經有五十一法郎了。扣掉吃飯、住店，只花了八法郎，我們現在還剩四十三法郎，去一趟倫敦一定夠了。」

「你跟我都沒去過倫敦吧？」

「不錯，但我從前有兩年在馬戲團裡，有兩個英國丑角，他們時常告訴我倫敦的故事。而且他還教我說英語，我們常用英語談天，我能說普通的英語會話，讓我帶你到倫敦去吧！」

「衛塔師父也教過我英語的。」

「小米，我還有別的理由要到倫敦去。因為假使你的父母到巴黎來找著你，他們一定不肯帶我到英國的；但我自己到了英國，他們總不好意思逐出我吧！」

馬嘉不信任我的父母，使我很不高興。然而事實也可能真如他所說，所以我決定和他同赴倫敦。

我們不到兩分鐘就打點好行李，到樓下去結帳。老太婆吃驚地說：「少爺，你現在就要走嗎？你不在這裡再等你的父母嗎？我們這樣殷勤招待，要是給你的父母看見時，他們一定很感謝呢……」

現在我們再也不聽她的話，我付清房飯錢正想走時，老太婆又說：「請你留下地址，或者還會有人來找你。」

老太婆這句語說得沒錯，所以我就在帳簿上，寫下倫敦的地址。

我想先去和亞根告辭，一出了旅館，就到商務監獄去探監。亞根盼望我不久就能找到家族，並為我們的出發祝福。我告訴他，不久我會和父母再到法國來，當面向他道謝。

亞根說：「那麼不久再會吧！祝你平安。假使你不能立刻來法國，先寫封信給我吧！」

「我一定就來。」

當晚我們宿在一家農舍，因為我們想省點錢，免得旅費不夠。我們從巴黎到布洛涅（注），走了八天，因為我們不肯用掉以前的儲蓄，所以多費了點時間，在途中比較繁華的村鎮中都停下表演。

到布洛涅後，發現開往倫敦的汽船，要到明晨四時才啟錨，我們坐在候船室直到午夜三時，天未黎明時，我們走上船去，躲在甲板上的貨箱後，藉以避開料峭的北風，望著他們在準備開船。到處響著拖拉滑車的聲音、搬貨物的聲音和船工們的呼喊。不一會兒，汽笛長鳴，這些聲音都歸寂靜，船就朝著我的祖國前進了。

船一離開港口，就開始顛簸起來，有時像是沈到海底去了，有時又像抬到半空中。因為暗礁和潮流的關係，船在港口特別搖得兇，但是今天的海象，也確實是不平穩。自從昨天看見海之後，馬嘉開始對海就討厭起來了。今天再遇到這麼大的風浪，他更狼狽了。不久馬嘉突然站了起來，他說胸口很難過，我知道他是暈船了，便匆匆地走到欄干旁。我抱住馬嘉，讓他的頭枕在我的懷裡休息。

現在太陽高升，雖然霧氣籠罩，但我們已可以望見英國的海岸了。更向前進時，帆檣林立，船也不再動搖，而是向著運河平靜的地方慢慢駛去。已經進了港，遠樹隱現。船已經駛進泰晤士口了。

「好了，總算到英國了。」我安慰馬嘉說。

但他卻若無其事，還是照舊站在甲板上說：「算了，讓我再睡一會吧！」

我在横渡這海峽中時並不暈船，所以也不想睡。我讓馬嘉去靜睡，自己帶著卡比，跑上高堆貨物的地方坐下去，將卡比挾在兩腿中間，望著兩岸如畫的美景。

這時船已下錨，馬嘉的頭痛也好了，我們在倫敦一上岸，路人都以奇怪的眼光望著我們，大概是因為我的服裝奇異吧！誰也沒有和我們說話。

我向馬嘉說：「現在用得著你的英語了。」

馬嘉信心十足地走到一個蓄著紅鬍子的胖子身旁，脱下帽子，彬彬有禮地問他去格林廣場的路。

我覺得馬嘉花了很長的時間，一直在向這個胖子解釋，胖子也似乎有好幾次要馬嘉重複幾個同樣的字或幾句同樣的話，但我還是不願意懷疑馬嘉的英語程度。最後，他終於回來了。

．**布洛涅**（Boulogne）　法國加來海峽省舊首府，是法國西北部的港口城市，面臨加來海峽，與英國距離很近。

「很容易，只要沿著泰晤士河走就行了。」

然而，倫敦是沒有沿河馬路的，至少在那個時代還沒有，房屋都是直接建築在大河的邊邊上的，我們只好沿著那些看來最像是沿河馬路的臨河小街走去。

我們沿著河岸的道路前進。那道路黑暗而陰鬱，泥濘的馬車和貨車，不斷喧鬧地經過，我綑起卡比來牽著走。那時還只是下午一點鐘，然而商店都已經點起煤油燈了，街上到處飄著煤煙，讓我對倫敦的第一印象也不是很好。

我們一邊問著路，一邊前進。到了一個小墓地前，那裡有許多的墳墓，墓石都塗得漆黑，一點也不像是公園。我不覺呼吸短促，身體發抖起來。我跟著馬嘉前進，終於看到一棟房子上，釘著一方白銅牌，上面寫著「萊斯與格雷法律事務所」。

馬嘉想按門鈴，我連忙阻止他，馬嘉吃驚地說：「你想幹什麼？……哦，你臉色好蒼白呢！」

「我沒有什麼，你讓我先休息一下吧！」

馬嘉等了一下，才用力按按門鈴。那時我的心頭亂跳，不及細看周圍。大概點著很多的煤氣燈，有三個工友正在埋頭寫字。馬嘉受了我的囑托，向他們辦理交涉。

馬嘉說的什麼話，我不明白，可是他常重複地說著小孩子、家族、傑洛等的字眼，我也能夠明白。他大概是在說明，我就是我的家族委託傑洛去尋覓的小孩子吧！工友們都停筆來望著我們。和馬嘉說話的那個祕書站起來招呼我們，我們就跟著他進去裡面的房間。

那房間裡全是書籍，寫字檯旁坐著一位先生，有一位紳士帶著假髮，穿著黑色的律師服，手裡拿著許多綠色的書，兩個人正在談話。工友簡單地介紹了我們，那兩位紳士打量了我們一會。

「你們兩個人中間，誰是傑洛養大的？」坐著的先生用法語說。
因為他說著法語，所以我安心地上前說：「是我。」
「傑洛呢？」
「他死了。」
兩位紳士互相看了一眼。帶假髮的紳士說了幾句話，就抱著書出去了。
「你們是怎樣來的？」留在那裡的紳士，態度淡莫地問我們。
「我們從巴黎來的，現在剛到。」
「你們向傑洛拿著旅費來的嗎？」
「不，我們不曾和他見過面。」
「你們為什麼知道要來這裡呢？」
我略述始末，更急於要知道我家族的事。但是當我說完時，紳士又要我說明從幼時到今日的生活情形。我沒有法子，只好一五一十地老實說了。紳士一邊聽著我的說話，一邊紀錄，他那打量我的樣子，使我不覺厭煩。他的語調和臉容一樣的乾枯冰冷。
「那個小孩子是誰？」紳士用筆指著馬嘉說。
「他是我的朋友，我的同伴，我的兄弟。」
「你們是在街頭認識嗎？」
「他和我親似兄弟。」
「是嗎？」紳士依然冷淡地說。

現在換我發問了：「我的家族可是住在英國嗎？」

「現在住在倫敦。」

「我現在可以立刻看見嗎？」

「當然可以，我立刻叫人帶你去。」

紳士説完一按著鈴，立刻有一個工友進來。

「且慢，我還有話要問……我有爸爸嗎？」

「你有爸爸，連媽媽、兄弟姊妹都有。」

「啊！」我眼睛睜圓地看著馬嘉時，他卻含淚欲滴。

在旁等候的祕書與被我問話的紳士，臉上都露出不耐煩的表情，紳士催促他送我們到我家裡去。我跟著那男子要出去時，那紳士喚住我說：「我忘記了，您姓德里，這是您父親的姓。」

我不顧那紳士的冷淡，拉著他的手想親吻，可是他卻揮開了，只用那隻手指著了房門。帶我們走的工友，是一位面色慘白、猥瑣蒼老的矮子，穿著骯髒可笑的禮服，帶著過時的禮帽，結著雪白的領帶，他的模樣滑稽而可厭。我們到車水馬龍的大街上。工友喚了一輛高座馬車，讓我們坐了上去。他和車夫交談，一邊驅車前進。

馬車跑進很狹窄的小路裡，我有點不放心，叫馬嘉問那工友：「到我父母家還有多遠？」馬嘉的回答卻使我很失望。他說：「這法律事務處的工友說：『我也從未來過這個賊窩，所以連我也不知道』。」

我想會不會是馬嘉聽錯了，就是他聽不懂那工友的回答。然而馬嘉堅持沒有弄錯。我吃了一驚，但我立刻又想，也許那工友是說，到鄉下去的道路很僻靜，恐怕有攔路打劫的強盜。我告訴馬嘉，馬嘉說：「可能是這樣吧！」我們暗笑那工友的膽怯。不曾出過都市的人，是多麼少見多怪啊！

趕了好久的路，那車夫也很不高興，和工友爭論起來。工友付了車錢，和我們一起走著前進。過了幾條這樣狹窄的街路，兩側的住家更不堪了。法國無論怎樣骯髒的街路也不像這樣的。說是房子，其實好像是堆雜物的小屋，要是其中沒有女人和小孩子的聲音，就想不到這裡竟然是住人的房子。

這些女人個個都是面色蒼白，小孩子們全裸著身體，只在背上披著一塊破布。沿路惡臭觸鼻，真是令人難受。工友忽然又停步了，大概是迷了路吧？剛巧這時有警察走過，他們就交談起來。那警察就走在前頭給我們引路，我們默默地跟著他走。經過幾條彎曲的街路和十字路口之後，到了中間有小池的廣場，警察就站住說：「這裡就是紅獅庭。」我很奇怪，難道我的父母，竟住在這樣的地方嗎？

我正在懷疑，警察就跑到對著這廣場的一家圍著木板的小房子前，敲敲那扇門。工友謝了警察，就讓他走了。我們是已經到了嗎？馬嘉牽著我的手更加緊了，我也緊握著他。我們能相互了解，在我胸中的苦惱，也是馬嘉胸中的苦惱。我心很紊亂，也不記得那扇門是怎樣開的。

我們走進去時，房間中只有煤油燈和煖爐中的火光，照映著朦朧的人影。在那火爐前，有一位蓄著雪白鬍子的老頭，頭上還繫著黑頭巾，他坐在藤編的安樂椅上，一動也不動。在一張餐桌前，和這老人對面坐著的是一位男子和一位婦人。男子約有四十多歲，穿著灰色的天鵝絨衣服，面色很嚴肅。女的比他約小五六歲，長髮淡褐，垂在白黑的方格的披肩上。

在房間裡，另外還有四個小孩子。兩個是男的，兩個是女的，頭髮的顏色都和那婦人的一樣，男的約十二歲，最小的女孩差不多三歲，蹣跚地在室內擺來擺去。工友正在向他們說話，我卻打量著屋內的情景。

我沒有聽清到工友和他說些什麼，但就是聽清楚了也聽不懂，因為他們說的也不是英語。等他說完了時，全屋子裡的人都望著我和馬嘉。就是那個癱在椅上的老人也望著我們，只有那最小的女孩，被卡比吸引住了。

「你們兩個哪一個是小米？」穿著天鵝絨衣服的男子用法國話問。

我說：「我。」

「你是小米嗎？快到這邊來，讓爸爸看看。」在我的想像中，我想一看見爸爸時，一定會情不自禁飛奔，抱住與他親吻。然而現在我卻沒有那樣的心情。我只好勉強地走上去，輕吻了那男子一下。

爸爸放開了我說：「那邊坐著是你的祖父。這位是媽媽，這些孩子們都是你的弟弟妹妹。」

我先走到媽媽身旁抱住她，媽媽默默地讓我吻她，但她並不吻我。只對我說了兩三句我不懂的話。爸爸又說：「去和祖父握握手，要小心點，祖父是半身不遂的。」

我聽了他的話，去和祖父握手，然後又和弟妹們握手。我還想去抱那小妹妹，可是她正熱心地和卡比玩，一把推開了我。

我雖然和他們一一握手，但我自己也覺得很冷淡。長久憧憬著的家人，一旦看見了，竟然一點也感覺不到欣慰，這是什麼緣故呢？我現在有了爸媽，有了兄弟姊妹，連祖父都有了。可是心裡還是像冰一樣冷。我以前是多麼熱心、焦急地想著家人，然而我現在卻很失望。望著家人們冷漠的面孔，不知從何說起，我也只能茫然地站著。難道是我忘了自己的身世嗎？

我這樣一想，感到很慚愧，立刻跑到媽媽的面前，兩手抱住了她，但她仍舊反應冷漠，懶洋洋的眼光，只是望著我，慢慢地聳一聳肩，看著爸爸，說出兩句我不明白的話。爸爸像是刻意地笑了一下。父母的笑聲都很冷酷，更使我感到悲哀。連我特意表現的孝心，他們也不肯接受。

這時，在一旁悄然沈思著的爸爸，又指著馬嘉說：「小米，這小孩子是誰？」

我沒有勇氣來解釋我和馬嘉的關係。只簡單地說幾句。

「他是來倫敦玩玩嗎？」

我正想作答時，馬嘉搶著說：「不錯。」他自己先答了。

「那麼傑洛呢？為什麼不和傑洛一起來？」我說明才到巴黎，傑洛已經死了，並和馬嘉來到倫敦的始末。爸爸似乎又將我的話，翻譯給媽媽聽。媽媽好幾次地說：「這樣也好！」我終於聽懂了這句話；但不知為什麼傑洛死了，她會認為「這樣也好」。

爸爸問我：「你不會說英語嗎？」

「不會說，但我會一些意大利話。那是我的師父教我的……」

「就是那是叫衛塔師父的流浪藝人嗎？」

「爸爸知道的嗎？」

「是的，上次我到法國找你時，遇見傑洛，聽他說過。然而這十四年中，我置你不顧，現在又找起你來，你一定很奇怪吧！」

「不錯，我真的感到奇怪。」

「你到火爐邊來。我仔細告訴你吧！」我就到爸爸指示我的爐邊去。

當我將一雙泥濘的腳伸向火爐邊時，祖父像生氣的老貓一樣也不開口，而是向我啐了一口痰。我嚇了一跳，也知道祖父生氣的原因，趕快將腳縮回來。

這時候爸爸對我說：「不要緊的。老人不高興他人走近他自己的火邊，但是你也很冷，不要客氣，把腳伸出去好了，用不著和他客氣的。」

我聽見爸爸對於這個白髮龍鍾的老翁，說出這樣無情的話也吃了一驚。我只將潮濕的腳縮到椅下去。爸爸繼續說：

「小米，你是我的長子，在我和你媽媽結婚後一年生的。因為我結婚之前，另外還有一個女朋友，她以為我一定去向她求婚的，可是我卻和你媽媽結婚了，所以那女子嫉妒心起，暗中計畫報仇，我和你媽媽卻不知情。你出生半年後，那女子將你偷出，帶到法國去，丟在傷兵院前。我和媽媽到處尋找，但不會想到要去法國找，因此始終找不出你的行蹤，只以為你死了，悲哀了一段日子，也就斷了念頭。」

「三個月前，那女子患病將死，她在臨終前懺悔了，說出一切。所以我立刻到了法國，在巴黎的警察局一查，就知道你被夏曼儂的石匠傑洛撿到了，還帶回去養育。我又到夏曼儂，找到傑洛一問，才知道你已經被賣給衛塔師父，到處漂流著。所以我給了傑洛旅費，託他去尋找，一旦找到，就通知我的律師好友萊斯與格雷。我之所以不說出自己住的地方，是因為我們家只有冬季在倫敦，其他的時候我都帶著全家，到英國各地去做生意。」

爸爸說完後又接著說：「我好不容易才找到你，你明白了嗎?你現在和我們一家還很生疏，所以有點害怕，而且大家言語不通，有點不方便，可是這也是暫時的事，不久大家熟悉了，就自然而然能親近起來。」

我也知道當然會親近起來，不用懷疑。和自己的父母兄弟在一起，還不能親近，那才奇怪呢？但我也發現，原來襁褓時的綢緞，並無法改變結局。這個發展對於巴蘭媽媽、麗絲和亞根們自然是失望；但是對於我自己，我覺得也不要緊。我所希望的並非財富，我只希望有個溫暖的家，就像在亞根家那樣，我也就心滿意足了。

爸爸在和我說話的時候，媽媽和妹妹正準備要吃晚飯。他們拿著鐵盤，放在食桌的當中，盤裡盛著煮好的牛肉，肉的周圍放著許多的馬鈴薯。

爸爸問我和馬嘉說：「你們肚子餓嗎？」

馬嘉微笑著。

「就坐下來一起吃飯吧！」爸爸這樣說過，先將祖父的椅子推前來，讓他靠著餐桌，爸爸自己也背著火爐坐下，做起主人的任務，拿近鐵盤，切著大塊的煮牛肉，把上等的肉片和馬鈴薯，一起分給我們。

我一看到弟妹們用餐時的情景，不覺驚駭起來。弟妹們不用肉叉和刀子，只用手抓著牛肉或馬鈴薯送進口裡，或是將手指浸到湯裡拿起來舐，父母也好似不見一樣。祖父也只顧自己吃，動著嘴巴，而且更用那邊能活動的那隻手拖著盤子。每當祖父想要將肉送到口裡，因為無法使力而落到地上時，弟弟們卻在嘲笑他。

我想晚飯之後，一定是全家團圓、快樂地談天的，可是爸爸說：「你們去睡吧！」他點著蠟燭，叫馬嘉和我到寢室去。這是放馬車的車庫，裡邊放著兩輛流動商人所用的大馬車。爸爸打開一輛的車門，車內有兩格的睡床。

「你們睡在這裡吧！」爸爸說完走出去了。

爸爸出去時有留下蠟燭，可是卻將馬車門反鎖了，我們只好睡覺。我們也沒有興趣來談話，只說了一句：「安睡吧！馬嘉。」

「安睡吧，小米。」於是我們默默地睡了。

我很感謝馬嘉那時不和我說話；可是我不願意說話，並不是因為想睡。蠟燭熄了後很久，我的眼睛依然睜著，想起了今天的情景，我不禁傷心悲痛，只在狹小的床中輾轉不眠。睡在上格的馬嘉也似乎睡不著。

我低聲地問：「睡不著嗎？」

「是的。」

「身體不舒服嗎？」

「謝謝，我沒有什麼。可是周圍的東西像在天旋地轉，我覺得還像坐在船上一樣，好似這馬車也在一上一下的。」

這樣熬了不知多少時候，因為聽不到鐘聲，所以我們也都不知道，大概已過午夜吧！我突然聽見有人在敲車庫的門，而且是從後門來的，聲音很有規則，像是打暗號一樣地在敲。立刻有光線射到我們的車裡來，我驚駭地四顧，同時睡在我床邊的卡比，也醒了想吠叫。

這光線是從馬車壁上的窗子射進來的，因為那窗上還有簾子遮住，所以起初我並不知道。並且那窗子一半是馬嘉在的床上，一半是在我的這邊的。我將手伸到卡比嘴裡，叫牠別作聲驚醒他人，偷偷地探看窗外。

爸爸拿著提燈到車庫裡來，慢慢地開了剛才敲過的那扇門，然後又掩上了。那時走進兩個背著沈重包袱的男子來，爸爸招呼他們不要做聲，又指著我們睡著的馬車，吩咐他們別驚醒我們。於是爸爸幫著他們，將包袱拿下來，再回到屋裡去，回頭並和媽媽一起出來。

爸爸回屋裡去的時候，那兩個男子打開包袱，一個裝滿著布料，一個裝滿著穿戴的東西。最初我很奇怪，但是我一想就知道了，商人拿了原料，要來賣給我的父母去做生意的。爸爸仔細地在燈下看著貨物，然後遞給媽媽，媽媽用剪刀剪下貨物上的商標，放進袋裡，這個做法就叫我很奇怪了。

爸爸一邊在看貨物，一邊輕輕地和那兩個人談話。可是我不懂英語，他們說什麼，我完全不知道，彷彿聽見他們說著警察兩個字。檢查好貨物之後，爸爸媽媽就和那兩個男子回屋子裡去；車庫中又黑暗起來。他們大概進去算賬了，我以父母做的是「批發貨物」的生意來安慰自己。然而令我不解的是這兩個男子，為什麼要在深夜從後門進來？他們為什麼要低聲談著警察呢？媽媽又為什麼要剪下貨物的商標呢？

不久他們又進屋來，兩個男子似乎是回去了。只有爸爸和媽媽進來，媽媽將包袱重新包好，爸爸掃去車庫角上的塵土，掀開地板，看見一個地蓋。爸爸拿起地蓋，媽媽拖過包袱來。蓋下有一個很深的大洞，媽媽用燈照著，爸爸把兩個包袱，用繩子綑好吊下去，再將地蓋蓋好，又用掃帚將土沙掩上，不讓它露出痕跡，並到附近去拿一些稻草來撒在上面。

一切收拾完畢後，爸爸和媽媽又回房去了。他們一走，我覺得馬嘉的床像是又動了一動。馬嘉已經看見剛才的事了嗎？我不能向他解釋這一切，我感到恐怖起來，好像全身冰冷。

終夜煩悶，不久雞聲高唱，天色大明，我才不覺睡著了，然而總做著惡夢。我被開鎖的聲音驚醒，有人來替我們開門。我以為是爸爸，便蒙頭裝假睡，只聽見馬嘉在說：「是你的弟弟來給我們開門，他已經走了。」

我一起來，也不敢問馬嘉睡得著睡不著的話。偶然馬嘉看著我時，我就顧左右而言他。我們走進屋裡的餐廳，爸爸和媽媽都不在那裡，祖父仍舊坐在搖椅上面向著火。叫做安妮的大妹在鋪整桌布，叫亞倫的大弟在掃地。

我跑近他們，但是他們看也不看我，仍舊做他們的事。我想去向祖父問安，一跑近火爐邊，祖父又對我啐了一口，所以我又停住了。

我悲哀地對馬嘉說：「請你問問祖父，我的父母現在去那裡了？」

馬嘉惶恐地問祖父，祖父一聽見英語，面色立刻變得和靄了，高興地和他談話，絮絮不絕。

「祖父說了些什麼？」

「他說你爸爸今天要出去，媽媽睡在房裡，我們可以自由行動。」

「祖父只說了這一點嗎？」

馬嘉支吾地說：「以後的話，我也聽不大明白……」

「就將你聽懂的告訴我吧！」

「他說，我們到外邊去，千萬不要引起人家注意，為什麼？我可不知道……而且祖父說……要把人家的東西，當是自己的。」

祖父像知道馬嘉是在對我說明了。他看著我，用那隻沒有中風的手，裝做將東西塞進口袋的模樣，同時眼睛尖銳地四顧，做給我看。

「我們到外邊去吧。」馬嘉催促我說。

我們在外邊走了好久，恐怕迷路，只好回頭在附近走著。我們常常面面相覷，但是無話可說。

不久，回到家裡時，媽媽已經起來了。她的頭伏在餐桌上，我以為她身體不舒服，然而我又不會說英語，所以跑到她的身旁，抱住了她。媽媽抬頭向我一望，她醉眼矇矓，看不見我，我覺到她的熱氣吹在我的臉上，彷彿是酒氣，我不覺倒退，媽媽又俯下頭打起鼾來了。

祖父帶著笑對我說：「那是杜松子酒。」以後又是我不懂的話。

我呆呆地站立著，望望馬嘉，他也在悲哀地望著我。我對馬嘉使著眼色，我們又到外邊去。我們緊握著手，沈默地亂走著。

馬嘉像有心事地說：「我們走到哪裡去呢？」

「不知道。我們找一個可以和你談話的清靜地方。我有話要對你說。可是在這裡不方便……」

衛塔師父曾告訴我，在街路的當中絕不可說要緊的大事，所以我現在也想走到沒人的地方和馬嘉談談心。我們走到一條清靜的大路上，那邊隱約可以看見樹林，也許是鄉下吧！仔細一看，那裡並不是鄉下，而是一個大公園，綠草如茵，樹蔭如蓋。

這是最好談心的地方，我們就坐在草地上。我說：「你大概知道我的心事吧！我這樣將你帶到我的父母那裡，當然希望對你有好處。你也知道我是很愛你的。」

我這樣一說，馬嘉便搶著說：「不用提起這樣的事……」

「而且我……」我突然悲從中來，「你或者會嘲笑我吧！我在家裡真無淚可揮，除了你之外，我再沒有別的知心的人。」

我立刻倒在馬嘉的懷裡，淚如雨下。感情從未這樣衝動過。我嗚咽一會，才勉強收淚。最後我說：「你不要問我為什麼，我勸你立刻回法國去。」

「我不能讓你一個人留在這裡。我怎可以到別的地方去呢？」馬嘉毅然地說。

「我知道你一定要這樣說的，我也不願和你分離。可是你最好趕快離開這裡。無論你到法國去，或是回到你的祖國意大利去，總之最好快點離開倫敦吧！」

「但是你要到哪裡去呢？」

「我只能留在這裡。這是我的義務，伴著我的父母……。這裡是我們用剩的錢。我一文也不要，你拿去當旅費吧！到法國一定還夠。」

我將錢包拿出來，放馬嘉在的面前。馬嘉看也不看。

「你這樣對我，我很痛苦。我絕不回法國去。假使我們兩個人中有一個要離開這裡，那個人不該是我，而是你。」

我聽不懂馬嘉在說什麼，就問他：「為什麼？」

馬嘉沒回答，又遲疑地他顧了。

「馬嘉，你老實回答我吧！你昨夜有沒有睡著？」

馬嘉輕輕地說：「我一夜沒睡。」

「你看見了嗎？」

「我都看見了。」

「你明白他們在做什麼嗎？」

「那兩個人拿來的貨物，並不是他們買來的，你爸爸生氣地問他們為什麼不走前門，其中一個就説前門有警察。」

「馬嘉，既然你知道了，你就會明白我為什麼希望你離開這裡。」

「如果我一定要離開這裡，你也要和我一起離開這裡。」

「馬嘉，你先聽我説。我聽了巴蘭媽媽的話，所以帶你到倫敦來。那時我相信我的雙親，一定是有身分的富翁，而且預定他們會將我們送到學校。這樣我們就什麼都是一樣，可以永遠在一起了。誰知到這裡一看，一切全是失望，因此你還是和我分手比較好。」

「不！」

「請你別這樣説，聽我的話，回法國去吧！假使我們萬一在巴黎遇見加洛，他拉你回去，那時候你會勸我也和你一起做他的弟子嗎？你不會吧。你一定會説我剛才所説同樣的話，不會讓我留在加洛那裡吧！」

馬嘉沈默不答。過了很久才説：「我們在夏曼儂時，聽見你的家族在找你，我真是傷心。本來你能找到你的家人，我應該額手同慶；但是我想著自己，只有傷心。我的心中，總想你一定有比我還要愛你的兄弟姊妹吧！而且你的兄弟姊妹，都是受過高尚教育的少爺小姐。這使我起了嫉妒。我那時多自私呀！我現在都對你自白了，要是你可以原諒我的話，你就原諒我吧！」

「啊！馬嘉！」我也已經掉下淚來。

馬嘉又説：「這雖是我自己不好，但你真是好人。就算你原諒我，我自己也覺得慚愧。或許你不知道，我還有許多對不起你的事呢！……我初來英國時，就存心想到英國各處去看看，因為我想當你得到幸福時，就會喜新厭舊，到那時候，我可以自己逃出英國，回到故鄉和媽媽與妹妹雪麗重逢……然而現在事過境遷，我再不這樣想了，我現在只有你一個親如手足的朋友。」

他這樣說完，又拉起我的手，熱烈地吻著。我眼淚盈眶，非常感動，然而我的決心卻不變。

「馬嘉！我請求你，為了使我安心，我請你離開這裡。否則你不知我是多麼的痛苦呢？」

「你是因為父母貧窮，所以叫我回法國去嗎？假使你們貧窮不能養我，那我可以自己糊口。所以你也不用叫我回去了。或許你恐怕因為昨夜看見的事情，或者我會為你的父母……」

「那種壞事就不用再提……」我慚愧得漲紅了臉。

馬嘉繼續說：「假使你是為了我，怕我會和他們一樣，那麼請你放心。我無論怎麼樣，總不願你留在這賊窩，我一個人離開這裡，你也和我一起走。逃回法國去看巴蘭伯母、麗絲與克西他們。」

「我不能這樣做，你跟我的父母沒有關係，所以我不希望你被連累；我有好不容易才找到的父母，無論如何總得和我的家人在一起。」

「你的家人？你那樣的家庭！……」

我睜大了眼睛看著馬嘉，發命令似地說：「馬嘉，我不能讓你說這樣無禮的話。無論如何，他們總是我的家人。既然是我的家族，我就要孝敬他們。」

「你說的我也知道。假使他們是你真的父母，我也要尊敬他們。但如果是假的，難道你也要孝敬他們嗎？」

「我的爸爸，他不是說過我是他的兒子嗎？」

「證據呢？也許他們家裡，失去一個和你同年的孩子，這次找到了和那孩子同歲的你了。」

「那孩子是丟在傷兵院前的，不可能這麼巧的！」

「但是這也很難說！」

「你為什麼會這樣想？」

「小米，我看你一點也不像你們的家人。你不像你的父母，也不像你的祖父。你頭髮的顏色也不像你的兄弟姊妹。你看你的兄弟姊妹都很相像，只有你卻一點也不像。而且這樣寒酸的爸爸，卻拿出那麼多的錢來找你。……這樣推想起來時，我確信你一定不是那一家的人。所以我勸你和我一起逃走，假使你一定要留在這裡，我也要和你在一起。我已經下了決心了。你可以寫一封信到巴蘭伯母那裡，讓她確實地告訴我們，包裹你的繈褓是個什麼樣子。然後再問你的爸爸來對證，真相不是可以大白了嗎？你先這樣做吧！我每天跟你帶著卡比出去賺錢。」

馬嘉這樣疑心，使我心亂如麻。我們還談了很久。午飯時就買些麵包來充飢，在這樣美麗的公園中，散步了一天。等我們回到紅獅庭時，已是傍晚了。

我們回家時，爸爸已經歸來，媽媽也酒醒了。父母也不責備我們的嬉遊。在晚飯後，爸爸說有事要對我們兩人說，叫我們到火爐邊。

爸爸向我們說：「你們在法國是怎麼度日呢？」

我就簡略地報告我們賺錢的情形。

「你們那樣能糊口嗎？」

馬嘉回答說：「我們不曾挨過餓。我們還要將賺到的錢積下來，買過一頭母牛呢！」

「買母牛做什麼呢？」

「買來送給巴蘭伯母，就是小米的奶媽。」

「你們的技藝大概很好，請你們在這裡表演一下吧！」

我拿起豎琴彈了一曲，但不曾唱那最得意的《拿波里之歌》；爸爸點頭道好。又向馬嘉說：「馬嘉，你呢？」

馬嘉先拉小提琴，再吹喇叭。當馬嘉在吹喇叭時，大家都在拍掌稱贊他。爸爸望著卡比說：「這隻狗好像也會表演，你們總不會無故養著狗取樂的，想必這傢伙也會賺錢吧！」

我最自誇的就是卡比的技藝，這是我師父的成績。卡比聽了我的命令，表演幾套，小孩子們看了都高興得很，喝采如雷。

「這隻狗真的會賺錢呢！」爸爸很佩服地說。卡比受了贊賞，真使我高興，我還告訴爸爸，這狗非常聽話，能做別的狗做不到的事。

爸爸將我所說的話，翻成英語給大家聽，而且還說了幾句我所不懂的話，大家聽了都大笑起來。連祖父也說了好幾次：「真是好狗！真是好狗！」

爸爸還接著說：「這樣也好。馬嘉怎麼樣呢？你願不願意留在英國？」

「我願意和小米在一起！」馬嘉用力地說。爸爸不知道馬嘉的真意，自然很高興。

「這樣很好。我的意思是說，我們不是富翁，要做工度日。等到時候漸暖，就要到各處去做生意；可是在這樣的寒冬，只能留在倫敦。但是我們也不能優遊歲月。小米和馬嘉，還應該像在法國時一樣，到街上去彈唱賺錢。倫敦是可以賺錢的，在聖誕節前後，生意一定很好。亞倫和傑克，叫他們兩個人和卡比在一起，也可以去賺幾個錢。」

我不能讓卡比離開我，所以立刻插嘴說：「爸爸，卡比沒有我，是不肯表演的……」

「沒關係，伶俐的狗是不要緊的。我這樣分配，還可以多賺些錢。」

「我和馬嘉沒有卡比，就不能多賺錢。……」

「別多說了！在這裡，你要服從我的命令。明白了嗎？」

我無可奈何，只好和卡比分開，真是傷心。我們又去睡在馬車裡，今夜爸爸不來鎖門了。我慢慢地脫衣就寢，但馬嘉比我脫得還慢，他走近我的枕邊，低聲地說：「你看，你爸爸真刻薄。他養小孩子只為賺錢。他不是連你的狗也要奪去嗎？所以我勸你早點覺悟，明天就寫信給巴蘭伯母。」

次日我先教訓卡比了一場。我和牠分手時，真戀戀不捨。等到我將卡比的繩子交給亞倫時，我還叮嚀吩咐牠。卡比真是伶俐而柔順的狗，牠像很是傷心，然而並不反抗，跟著他們出去了。爸爸自己帶著我和馬嘉，到最好賺錢的地方去。我們走到倫敦熱鬧的地方。表演了一天，回家時已經不早了。

回到家裡，最高興的就是卡比，牠搖著尾跳到我的身上來。不知為何，牠滿身泥濘，可是還很快活。我們就在床前，用乾草幫卡比擦拭清爽。我將羊皮裹著牠，讓牠和我一起睡在床上，卡比和我都很高興。

我們這樣的過了幾天。每天亞倫和傑克都帶了卡比出去賣藝。有一天午後，爸爸對我說，明天叫亞倫和傑克留在家裡，我們帶狗出去。我們很高興，因為我和馬嘉計劃好了，明天要好好地表演一天，多賺些錢，讓爸爸知道卡比和我們是拆不開的。

次晨我們將卡比裝扮好，向那最可賺錢的地方走去。但是很不幸，從昨天起，倫敦起了濃霧，今天更濃了，連五六步前的東西也看不清楚，街上行人稀少，我們的收入倍減了。馬嘉咀咒著倫敦的濃霧，我將卡比帶在背後，時常喚著牠，使牠不會離開我們。

不久我們到了倫敦最繁華的商業中心。我忽然看不見卡比了，這是從前從未有過的。但是我們相信他不久就會回來的，我們就站在街角等牠。因為霧太大，我怕牠從遠處看不到我們，所以我們還不斷地吹著口笛。我非常害怕。恐怕被人偷了，突然卡比在霧中跳近我們，牠的口中啣著一雙羊毛襪。牠搖著尾巴，前腳攀住我們，是在叫我接手，而且牠在等著我的贊美呢！

我嚇得呆立在那裡，馬嘉從卡比的口中搶過襪子來，抓住我的手前走。

「快點走！但是不要奔跑。」

我們趕了好久，馬嘉才放慢腳步說：「我正驚異那襪子的來源，就聽見街上有人大罵：『別讓那隻狗逃了！』所以我才倉皇逃走，你現在明白了吧！假使沒有濃霧，我們和卡比都要被捉了。」

我羞得說不出口。我的家人將卡比訓練成賊犬了。我變色說：「立刻回家去吧！」我很快地拿出繩來將卡比綑住，馬嘉也同意，我們拚命地回家。

我們回到家裡，家人們都圍在餐桌前摺布料。我很不高興地走進去，將拿回來的襪子，擲到餐桌上，亞倫和傑克看見這襪子，很高興地笑了起來。

「這襪子是卡比偷來的。牠本來是隻好狗，一定是家裡的人教壞牠了。但是，我想總不是有人故意教牠這樣做吧？」我抖著聲音說出這段話。

爸爸瞪了我一眼說：「假使是有意，你預備怎麼樣呢？」

「我想綑起卡比，將牠丟到泰晤士河裡去。我太愛卡比了，與其使牠成為盜賊，倒不如殺死牠。我寧死也不願做賊！」

爸爸睜著眼，彷彿想要打我。他的眼裡冒著火，但是我一點也不肯屈服地看他。忽然一下子，爸爸的面色又變得柔和了。

「你的話也不錯。大概也不是有人故意指使牠做賊的。牠和亞倫、傑克在一起，似乎不大有用，明天起仍舊交還你吧！」結果出乎意外的，以後卡比不會離開我了。

我的弟弟們總是和我作對。他們不當我是哥哥一樣。尤其是在卡比偷襪子之後，他們一有機會，就想欺侮卡比，我每次都握著拳頭向他們演示，如果他們要欺負卡比，我先對付他們。我還希望我的姊妹，能對我會有一點友愛，我就去和安妮親近，可是她也不當我是哥哥，常惡作劇來戲弄我。她年齡雖小，詭計可真多。

現在可以和我做伴侶的，只有那天真的三歲小妹妹。她的年紀還小，還不能加入兄姊們的對我排斥。我時常叫卡比玩給她看，有時表演回來，看表演的小孩子們給卡比的糖果，我也帶了一點回來給她吃，所以只有她很愛我。

在乘輪船到英國時，我熱望著親愛的家人，但是現在真心和我相愛的，卻只有這個三歲的小妹妹。老祖父當我走近爐旁時就吐痰；爸爸只是計算我們每天的收入，不向我說半句溫柔話；媽媽常常出外；亞倫、傑克與安妮都常和我作對。三歲的小妹妹所以和我要好，只為了每天的糖果；如果沒有這糖果，恐怕她也不會向我笑吧？

家中的人，現在對待我竟像路人一樣，這使我很是難受，也有點不高興。馬嘉察覺我這心情，對我說：「你趕快寫一封信給巴蘭伯母吧！」我終於寫了一封信寄給巴蘭媽媽。又叫她的來信，寫到郵局轉交我。

幾天之後，我們每天都到郵局去查問，有沒有巴蘭媽媽的回信，最後終於接到了回信。我們出了郵局，找到冷靜的地方，拆開巴蘭媽媽的回信。這是夏曼儂教堂裡神父的代筆：

親愛的小米：

你的來信使我感到驚駭和憤慨。從逝世的傑洛所常說的話，和那來夏曼儂找你的人回去後，還有傑洛最後的遺書，連在一起推想，我總認為你的父母不是一般平民。

我所以會這樣想，大半是因為傑洛在巴黎撿到你時，你身上的襁褓，是有錢人家所用的。你說是要我告訴你，你當時穿什麼襁褓嗎？我正好好地收藏著，讓我仔細告訴你吧！

我為什麼說你一定是出身世家，因為嬰兒長得很快，父母不會給他們穿什麼衣服，都只是用一塊布包住嬰兒當繈褓。但你當時並不是用繈褓包著的，我記得很清楚，你頭上戴得是金線和絲線編成的帽子，身上穿的是鑲花邊的襯衣、白法蘭絨的長上衣、法蘭絨的墊褥，繡花連帽的長外套，腳上穿的是白羊毛的襪子、絲絨的白鞋子。

而且我還要告訴你最重要的是，這些東西都沒有標記，白法蘭絨的長上衣與法蘭絨墊褥，原來大概都是繡著記號的；但是傑洛在巴黎撿到你時，那些記號都被剪掉了，可見有人故意要讓你和親生父母分離，讓警察想調查也沒線索。如果你需要這些證物，我立刻可將這些東西寄給你。

我不因你不能送我禮物而傷心，你節衣縮食買給我的那頭母牛，在我的心中已是上好的寶貝。那頭牛還很壯健，照舊有很好的牛奶，我只要這樣已很滿足了。我每次看到那母牛時，總想起你和馬嘉。

請你常寫信來，我每天都在等著你呢！你真是溫柔的好孩子，我想你的父母兄弟，一定也很愛你，你一定過著幸福的日子，這樣我就很安慰了。

小米，再會吧！珍重身體，並代我問馬嘉好。

馬嘉快樂地說：「我真高興，巴蘭伯母在想我呢！小米，我們詳細知道這襁褓的事了。很顯然的，你爸爸的說明不太對了。」

「或許爸爸忘了也很難說。」

「不會的。要找到孩子的唯一線索，只有那時的襁褓。記不清楚怎樣找得到孩子？」

「你的推測很不錯，但在沒有聽到爸爸的回答以前，請你別再提起這事吧！」

這天我們若無其事地回家，但是我對於爸爸的詢問很難出口，就這樣過了兩三天，我還是不曾問起。有一天遇到下雨，我們表演趕早回來，別人全不在家，只有祖父和爸爸還在，我便鼓起勇氣提出詢問了。

爸爸閃著灼灼的眼光，直望著我。我也大膽地望著他，表示不回答我，我就不干休。爸爸起先怒容滿面，後來又變成冷笑了：「小米，你要知道，我可以告訴你。我們因為那襁褓的線索才會找到你。就是金線和絲線編成的帽子、鑲花邊的襯衣、白法蘭絨的長上衣、法蘭絨的墊褥，繡花連帽的長外套、白羊毛的襪子與絲絨的白鞋子。襯衣和墊褥還繡著『喬治』的縮寫，可是被剪去了。喬治是你的教名，我還藏著你受洗禮時的登記證，如果你要看也可以。」

爸爸突然非常高興起來，在櫃子的抽屜中掏了一會，拿出一張蓋滿印信的大紙來。我看不懂，便問他說：「我請馬嘉念給我聽好嗎？」

「當然。」

馬嘉把這段文字翻成法文：「喬治生於八月二日星期四，是德里和他的妻子瑪莉的長子。」

我現在沒有疑問了，然而馬嘉還不滿足。我們就寢時，他又俯向我的枕上說：「雖然他說得不錯，可是一個鄉下做小生意的商人，哪裡能有金絲編的帽子和繡花的外套給小孩子穿戴呢？」

「也許因為爸爸是做生意的，所以能買到便宜貨。而且爸爸不是說他那時還很有錢嗎？」

馬嘉還是搖搖頭，又向我附爾說：「我總認為你不是他的兒子，你是他偷來的！」

馬嘉說完這句話後，就上床去睡覺了。

9. 回到法國

我想謝謝波波，
他卻打斷了我的話，
緊握著我的手說：
「別再提了。大家應該互相幫忙的。
我只要想到自己能為馬嘉出力，
心裡就很高興了。」

在此之後，馬嘉還是經常要這樣表示他的疑惑：「為什麼亞倫、傑克、安妮和那三歲的小妹妹，大家都長得很相似，但你卻不像呢？為什麼弟妹們頭髮都是淡褐色像媽媽，而你卻不是呢？」

「為什麼家裡的人，除了那三歲的小妹妹，都當你是路人呢？」

「為什麼你在嬰孩時代，會穿戴成貴族的孩子一樣呢？」

我對於這些疑問，我也總無言可解，但是我卻以下的話反問。

「如果我不是爸爸的兒子，他就算知道了我在哪裡，也不會理我的。為什麼還要去給傑洛這許多錢，要他來找我呢？而且還要去拜託那兩位大律師？」

馬嘉對於我的這些反問，也是無法解釋。

我再問他：「那你說我接下來應該怎麼做才好？」

「我想和你一起逃回法國去。」

「這不行啊！」

「如果因為你要對家人盡義務，所以這樣想，我不反對。但他們如果根本不是你的家人，那就不成問題了。」

這樣的說法更使我苦痛了。我常常懷疑，現在這父母真的是我的父母嗎？這些家人真的是我的家人嗎？將這懷疑說出來是多麼可怕。我在做孤兒時雖感到寂寞，但比起現在的我，我覺得還像幸福一點呢。

我一直這麼傷心，仍舊每天背著豎琴在街頭彈唱。我們星期日最幸福了，因為在倫敦，星期日不許演奏音樂，所以我們也停止歌唱。我帶著馬嘉和卡比，頹喪地在附近散步。

有一個星期日，我正想照舊和他們出去散步時，爸爸卻對我說：「今天有事要對你說，別再出去。」他要馬嘉出去，祖父也留在臥室裡，不走出來。大家都不在家裡，只剩下我和爸爸兩個人。

一小時後，有人來叩門了。爸爸和一個人進來。那男子真是英國人所謂的「紳士」。衣衫整潔，頭上帶著大禮帽，舉止高尚，年紀約有五十歲。最使我失驚的，就是當他露齒一笑時，錯亂鋒利的牙齒便露了出來；就像狗的犬齒一樣，似乎是要張口咬人。

他用英語和我父親說話，不時地朝我這邊看看，當我們的目光相遇時，他的眼睛立刻就轉開。幾分鐘之後，他嘴裏的英語變成了法語，而且他的法語說得很流利，幾乎不帶外國口音。

「你說可以對我有用的，就是這個小孩子嗎？他的身體似乎還算強壯。」紳士望著我說。

「他身體好得很。」德里在一旁趕緊回應著。

紳士不理他說的，直接問我：「你身體好嗎？」

「好。」

「你從來不曾生過病嗎？」

「我曾生過肺炎。」

「為什麼會患肺炎？」

「某次酷冷的時候，我和師父兩人睡在雪中，後來師父凍死了，我卻遇救，不過患了肺炎。」

「多久之前的事？」

「大約三年前。」

「你會常流冷汗嗎？很容易疲倦嗎？」

「沒有盜汗，偶爾走路太多時，也會疲倦，不過不要緊。」

紳士便走近我，來看我的手臂，摸摸脈搏，又按按我的心臟，仔細地診視我。診視完了，紳士又望了我好久，好像要動手吃我了。那紳士不對我說話，他跑到爸爸的面前，又和他談著英語。於是兩人立刻出去，向那間車庫走去。

一會兒後，爸爸一個人回來了。他向我說：「那紳士本來想雇用你，但是現在不要了，所以沒你的事了。」

我那時也不想到外邊去逛，然而悶坐也很無聊，還是去散步吧！這時外邊下著微雨，我想去拿皮大衣來，走進馬車裡，原來馬嘉正睡在那裡。

我想喚他時，馬嘉掩住我的嘴，低聲說：「你靜靜地開了車庫的門，我和你偷偷地到外邊去。我不能讓他們知道我在這裡。」

我不知道馬家要做什麼，趕快拿了皮衣服披在身上，跳下馬車，偷偷地和馬嘉出去。

我們到了街上，馬嘉對我說：「你可知道剛才來的紳士是誰？」

「誰……？」

「是你念念不忘的亞瑟的叔父詹姆。」

我吃了一驚。馬嘉拉著我的手，一邊走一邊說：「我因為下雨，就沒出來散步，反而從後門走進車庫睡午覺。我正睡到朦朧時，你爸爸一邊和別的男子談著話，一邊到車庫中來了。我無意中聽到一個陌生人的聲音說：……身體很堅實，別的小孩子恐怕受不了，現在沒有肺炎的痕跡。……我知道他們在說你，就在窗口一窺，發現那是一位漂亮的紳士。我知道是關於你的事，就專心側耳靜聽，可是關於你的話已經完了。你的爸爸向那紳士說，你的姪兒近來怎樣？他回答說現在又救活了。三個月前醫生也已經不願出診了，可是慈愛的媽媽又將他救活了。……你的爸爸說，那真不幸，密列夫人也真令人佩服……」

一說起密列夫人，我的心不禁亂跳。

「你的爸爸又說，假使你的姪兒好了時，你的苦心要付諸流水了。……那紳士說，雖然這樣，但是我不能放過亞瑟，你看好了。只要除去亞瑟，以後就是我詹姆的天下了。所以待我結果了亞瑟……明白了吧？……你的爸爸說，請你放心吧，這邊的事我有方法。……那紳士高興地說，有勞你了，……他們還說了一些我不懂的話，那紳士就回去了。……」

我聽馬嘉講著，便很想知道亞瑟和密列夫人的消息，很想跑回去問爸爸詹姆現在的地址。但這是妄想，等著亞瑟死訊的人，怎麼會肯告訴我亞瑟的消息呢？而且偷聽的事，讓那紳士或爸爸知道了，也要糟糕！可是我知道亞瑟還沒有死，病又漸漸好了，心裡還是很高興。

我們不再提亞瑟、密列夫人和詹姆的事了，亞瑟和他的媽媽現在去了哪裡？詹姆既然來我們家裡，當然還要來，和我爸爸商量這些事。等他再來時，派他不認識的馬嘉跟蹤著他，探出他的住所來。然後去和他的女傭或僕人做朋友，也許就可以探出亞瑟的住所了。

我們像從前一樣，早出晚歸，即使詹姆來了，也不能知道；幸而因為將近聖誕節，我們改成只做夜間生意了。白天我們既然在家裡，我們兩人便輪流看守，等亞瑟的叔父來臨。商量妥當，馬嘉也不再說要回法國去的話了。

有一天，馬嘉對我說：「你知道我為什麼急於找密列夫人嗎？」

「不知道。」

馬嘉遲疑地說：「你覺得夫人很愛你嗎？」

我生氣地說：「你到底想問什麼？」。

他說：「你別生氣，我始終不相信你是德里家的人。你有像祖父那樣慵懶嗎？你有爸爸那樣竊藏布料的手段嗎？你會像媽媽那樣酗酒嗎？你會像亞倫、傑克那樣叫卡比去偷襪子嗎？你不是這樣的人。當衛塔師父被捕入獄時，你即使沒有飯吃，也不會去偷竊。我覺得你生來就是紳士的兒子，若是遇見密列夫人時，那時你才是真的紳士。」

「為什麼？」

「當然有原因。」

「你說。」

「我不能說！」

「為什麼？」

「這是很笨的想法。」

「還是先說出來吧！」

「小米，請原諒我現在還不能說，但這個想法是對你有益的。」

既然馬嘉這麼堅持，我也就不勉強他了。

我們表演時有一個大敵，就是倫敦還有一支黑人樂團。他們其實是假冒的黑人，穿著奇特的燕尾服，帶著高領，彈著一種奇怪的琴。

我們在街角處，每次一看見那些假黑人，立刻偷偷地逃跑；否則就將樂器藏在背後，混在群眾當中，看他們奇怪的表演。

有一天，我們正在看這群黑人樂團表演時，其中有一個打扮奇特的男子，忽然看見馬嘉，和他打招呼了。我吃了一驚，誰知馬嘉卻很親熱地和那黑人招呼。

我驚駭地問他說：「你認識他嗎？」

「他叫波波。」

「波波是誰？」

「波波就是我時常對你說起，我那馬戲團中的好友。那一團裡有兩個英國人，他就是其中一個。也就是他教我說英國話的。」

「為什麼前幾天你認不出他嗎？」

「他在馬戲團時，臉還是雪白的，現在卻塗得墨黑了。」

他們表演完了，波波離開同伴，跑到我們這邊來。他和馬嘉談得很融洽，可惜我們要立刻分手，波波要追上他們黑人的夥伴，我們也要到他們不去的地方賣藝。馬嘉和波波在分手時，約定下星期日會面，藉機細敍離情。

那天我和馬嘉一起去，因為馬嘉的關係，波波對我也很要好；因為他的幫忙，我們以後的表演，也順利了好多。波波很喜歡卡比，他後來提議，若是我們三個人加卡比，另外組成一隊，在英國討生活，那一定更順利。我因為家庭謝絕了，波波也不怨恨我。等到聖誕節快到了，我們每晚八九點鐘，就向預先選定的地方出發。

過了聖誕節，我們又是白天出去，還是沒有看到詹姆的機會。馬嘉以後還是常和波波來往著。他有一天問波波，有沒有法子找到密列夫人的住所，波波說這毫無法子，單就密列這個姓，倫敦就不知有多少了。從此以後，馬嘉又時常說起要回法國去，還時常和我吵鬧。

我問他說：「你想放棄找到密列夫人的想法嗎？」

「沒有，但密列夫人或許不在英國。」

「在法國哪裡找得到她呢？」

「我想假使亞瑟的身體再壞一點，他們一定又要帶他到法國去了。倫敦是這樣濕冷。一定會將他帶到法國去的？」

「不只是法國氣候良好呵！」

「亞瑟第一次在法國養好了病，這次當然再到法國。我無論如何，總不相信亞瑟還會在陰冷的英國，你快下決心跟我回法國去吧！」

馬嘉還接著說：「而且我還怕我們在這裡會發生不幸……我們快點逃出英國吧！」

以後德里這一家對待我，依然不當我是家人。馬嘉總是時常勸告我，叫我逃回法國去。可是當馬嘉說我不是德里的家人時，我總不願意聽他。不久德里一家要舉家將離開倫敦，遠赴他處去做生意了。兩部大車子油漆一新，貨物全搬進車裡去。

我一看不得了，什麼布料、呢絨、帽子、披肩、毛巾、襪子、內衣、背心、線、針、剪刀、剃刀、鈕釦、棉花、絨線、肥皂、香油、耳環、指環、舊寶石、鞋油、醫獸用的藥粉，揮發油、止痛藥、生髮劑、染髮劑和其他許多的東西，全塞進車裡。兩部車子裝滿之後，就有四隻不知道從那裡弄來的壯馬，駕著車子，準備出發。

我與馬嘉該怎麼辦？他們會讓我們和祖父一起留在倫敦的紅獅院中，還是跟在這兩輛車子後面？因為德里早就發現我們可以用表演幫他賺錢，便決定叫我們跟著他們出發。在出發前一夜，我和馬嘉之間，又發生了激烈的辯論。

馬嘉說：「這次出去，一有機會我們就逃走，然後一起回法國。」

「為什麼不在英國旅行呢？」

「因為我已經對你說過，大禍就要臨頭了。」

「但是在英國，我們有機會找到密列夫人。」

「我相信在法國也有這個機會，而且可能性更多。」

「不過還是先在英國試試。下一步再說吧！」

「那你就要倒楣了，知道嗎？」

次晨我們跟著馬車，離開紅獅庭。在這一天中，我們也看見了爸爸賣貨的情形。我們到了一個大村莊時，選好地方，排著車子，就陳列起各色的貨物來。

爸爸大聲喊著：「大拍賣！空前未有大拍賣！不顧血本，特別廉價。要買的趕快來，買到賺到。」

但是很多人看了定價又走開了，我聽到有人說：「那一定是贓物。」

「大概是吧！他自己也那樣說。」我的臉更脹得通紅了。

別人沒有注意到我，然而馬嘉卻發現了。他那夜對我說：「你每天受著良心的責備。能夠永遠這樣下去嗎？」

「請你別再提起吧！不要使我更增加苦痛……」

「我並不是想增加你的痛苦，我是為了要救你啊！我怕你會遇見不幸。」

我變了臉色，阻止馬嘉再說下去。馬嘉仍舊繼續說：「因為你對於你的家人想閉眼不看，所以我更替你擔憂。如果那警察一來，捉去你的家人。我們即使沒有犯罪，你也要一起牽連。我們怎麼能證明自己的清白呢？我們不是靠那賣貨物的錢生活嗎？」

我當然竭力反對說：「不，我們是靠自己賣藝餬口！」

「可是和盜賊住在一起，我們未必能清白！你的爸爸和兄弟去坐牢，我們也要去的。我不願被稱為盜賊，你一定會比我更不願吧？假使你真的家人聽見你做賊被捕入獄，是多少失望呢！你一旦坐了牢，就不能尋找你的家人，也不能找到密列夫人了。所以現在你還是毅然決然離開他們吧！」

「你一個人走吧。」

「我要和你共患難。我並不是自己害怕想逃，我為的是要救你。假使你跟他們有血緣關係，當然又作別論；但事實不是這樣的。再說，若我們被關了進去，以後又怎麼再去通知密列夫人，說詹姆叔叔要加害她的兒子亞瑟呢？小米，假使你真想逃出不幸，還是早走為妙。」

「等我考慮一下。」

「要決定就早點決定吧！我雖然說了好幾遍，其實已等不及了。」

馬嘉的話雖使我覺醒，但我仍不能下決心。我自己也感到太怯弱了。應該下一個決定，但是等到我發現真相，已經來不及了。

離開倫敦六個星期後，我們到了一個不久將有賽馬的村裡。那裡從賽馬前一周起，就有許多的走江湖的藝人和流動商人，集中到跑馬廳的附近趕著熱鬧。但爸爸卻不像普通的流動商人那樣，不到跑馬廳去趕熱鬧，反而停在僻靜的地方。

我猜他一定很有經驗，看到這邊會更有生意吧！因為到得太早，不用先排起貨品來，我和馬嘉便到離此不遠的跑馬廳去看看。在跑馬場的廣場上，我們看見一個人很像波波，波波也看見了我們，非常高興。波波是和其他的兩個同伴來賣藝的，但是缺乏能演奏音樂的人，所以他正在發愁。他一看見我們，就請我們來幫他們伴奏，賺到的錢均分，當卡比然也可以分到。

馬嘉看著我，若是我答應，他一定很高興，我立刻答應了。波波很高興，希望卡比也能參加。我想明天賣藝最熱鬧，和波波分手後，我就告訴爸爸。

「你們去也好，但是卡比我還有用，你留下牠吧！」

我聽了這話很害怕，不是怕波波失望，怕的只是爸爸又叫卡比去做壞事。我正在遲疑，爸爸察覺了我，便說：「我只因為卡比的耳朵很好，明天想留牠在這裡，叫牠幫忙看車子。明天非常熱鬧，一不小心，小偷就來光顧的，所以我想叫卡比看顧車子，預防偷竊。你就和馬嘉兩個人，到波波那裡去好了。表演也許要到半夜才完，你們就回到昨夜住過的奧加旅館來吧！我們等到天黑，也會在奧加旅館投宿。」

奧加旅館孤立在村外，我們半夜裡表演完了，再回到那裡是很費事的，不過父命難違，次晨我帶了卡比出去散步後，先給牠吃喝，檢查一下，再吩咐牠好好地看顧車子，用繩子將牠綑在車旁，我就和馬嘉向跑馬廳去了。

我們到了不久，便開場排演一直到深夜。我的指尖彈得刺痛，馬嘉喇叭也吹得氣都喘不過來。我們只在吃晚餐時休息一下，波波和他的夥伴，也弄得全身疲倦。時將夜半，波波說這是最後一場了，我們要更賣力。

我已經不知道自己彈的是什麼了，馬嘉也是一樣。大家都很疲勞，比我們付出了更多氣力的波波更加筋疲力竭了，因而他們在表演中，不止一次地失手，其中最不幸的一次，是那根供他們表演用的大木杆，在倒下的時候正好打在馬嘉的腳上，以致馬嘉當時疼得尖叫了起來。

我以為他的腳骨一定被壓碎了，幸虧還好，傷得不算重，只是受了點挫傷，皮肉綻開了，骨頭並沒有砸斷，不過馬嘉已經不能走動了。今夜馬嘉只好睡在波波的馬車裡，我是德里家的人，還是要一個人回到爸爸們投宿的奧加旅館去。

馬嘉對我說：「小米，你別回去。等明天早晨，和我一起回去吧。」

「假使明天回去，家裡的人不在那裡怎麼辦？」

「這求之不得！」

「我卻不願意這樣和家人訣別。」

「你今夜和我一起留在這裡吧！我不願意離開你。而且現在你一個人走回去，不要有什麼意外……」

「不會的。我無論如何，明天一定再來看你。」

「假使他們不放你來呢？」

「我將這豎琴留在這裡，他們一定要讓我來拿了。」

馬嘉對我雖然不太放心，但是我還和他分了手，一個人孤單地離開跑馬廳。

我一點也不感到恐怖，可是走出跑馬廳後，心中還是感到一種說不出的傷感。因為我既離開了馬嘉，卡比又不在身旁，只有一個人在這寂寞的草原上走著。我雖然很疲倦，但還是走得很快，不久便到那旅館了。院子裡沒有馬車，裡面也不見繫馬，爸爸似乎不在這裡。

我望著旅館，看見一個窗裡還有燈光，我知道還有人沒睡，便敲著門。店主人皺著眉頭，拿了蠟燭走出來，一看見我，就認出是白天來過的孩子，但他還是不讓我進去，卻將蠟燭藏在背後，望望四邊，側耳聽了聽後，低聲說：「你們的車子到路易去了。你連夜趕去吧！這是你爸爸的吩咐。到路易去。」店主說完後，便給我吃了閉門羹。

我來英國已久，普通的會話我也懂得了，然而他只說「路易」，道路和方向我完全不知道。店主又無情地將門關住了。欲問無人，就算爸爸說連夜趕上，叫我向那裡跑去？我也不能丟開馬嘉，雖然已經精疲力盡，也只好再回到跑馬廳。走了約一個半鐘頭，終於回到跑馬廳了。找到那波波的小房子，和馬嘉並枕的睡在房裡。我只簡單地告訴他們今夜所遇，因為太疲勞，不久便入睡了。

次日睡醒時，氣力已經復，原本我想只要還在熟睡的馬嘉能夠走路，就可以在今天追到路易。我先到車外，波波比我早起，正在前面的草地上焚火燒鍋。火還不旺，他伏在地上吹著。那時我看見警察拉著了一隻狗，很像卡比，從裡邊走來。

我不覺奇怪，仔細一看，真是卡比呢。卡比看見了我，掙斷那綑著牠的繩子，跳到我的身上來。警察立刻走到我身旁說：「這隻狗是你的嗎？」

「不錯，是我最寶貴的狗。」

「對了！我要捉你去警局。明白嗎？」

粗大的手臂抓住了我，幾乎將我細嫩的手腕抓斷了。波波看見這光景，離開火旁，走到警察的身邊說：「你為什麼要捉這小孩子？」

「他是你的兄弟嗎？」

「不，是我的同伴……」

「昨夜有一個男子和一個小孩子，到聖喬治教堂偷東西，這狗把風；這狗不曾逃脫，被捉來了。我們帶了這狗來找線索，果然發見這小孩子。首領在哪裡？」

我感到很痛苦。張開的嘴就合不起來。現在我明白一切了。我爸爸需要狗，並不是要牠看顧車子。一入夜中，他就離開街市，到曠野中的旅館躲了起來；後來他怕教堂的竊盜案曝光，早已逃出那旅館了。然而我現在也不用多想他的行蹤，我只要想怎樣能使自己免於竊盜罪就夠了。我正在想著，馬嘉已醒了。他聽見警察的聲音，也明白了一切，就拖著跛足，跳下馬車來。

我對波波用法國話說：「請你向警察解釋我並無涉案。我和大家在這裡表演到午夜一點鐘，再到奧加旅館去和店主談了幾句，又回到這裡的。」

波波照樣翻譯出來，警察更疑心了。

「那賊偷進教堂時，也正是午夜一點一刻。這小孩子說他在一點鐘左右離開這裡，和小偷進教堂的時刻剛好符合。」

波波說：「到市上去最少也要二十分鐘。」

「用跑的只要十分鐘。何況誰能證明這小孩子是一點鐘走的呢？」

「我可以證明。」

警察冷笑的說：「你證明？你的證詞可信嗎？」

波波發火了：「請你注意你的用詞，我是英國公民。您侮辱我，我會向《泰晤士報》投書。」

警察只是聳了聳肩，再次冷笑說：「我要帶這小孩子去，你還有什麼話，到法庭去再說。」

這時馬嘉走到我的身邊，向我耳邊小聲地說：「別怕！我們會幫你的忙。」

我用法國話說：「好好地照顧卡比吧！」

然而警察也聽懂我說的，就說：「狗我也要帶去，我還要偵查共犯呢。」

我在大庭廣眾中，被說成是偷竊教堂的竊盜，還被警察捉去，真是可恥極了！

關我的監獄，不像法國一樣的簡陋，嵌著鐵條的窗戶，堅固的牆壁，房內只有一張椅子和一張床鋪。我頹然倒在椅上，越想越傷心。馬嘉叫我別失望，他一定能救我；但是像馬嘉那樣的小孩子，能有什麼方法呢？就算波波也會幫他，然而這兩個人不能破獄呀？

我推開窗子一看，粗大的鐵條緊嵌在石壁裡，石壁也有一公尺厚。窗下的地面都是堅石鋪的，院子那邊還有四公尺高的牆，牆外大概是街路吧！無論有什麼朋友的助力，也不能逃出這監獄；無論什麼朋友的俠義，也絕不能穿過這牆壁。我什麼時候會被帶到法庭去呢？帶到法庭後，我的狗在教堂裡的事，我又該怎麼申辯呢？怎樣能證明我的無罪呢？只有波波和馬嘉的證明，法官肯聽嗎？而且我不願意累及我的家人，這樣我的辯明能成立嗎？……越想越煩愁了。

一天就這麼過去了，將近黃昏時，獄卒帶了我的晚餐麵包和馬鈴薯來。我想起了從前讀過的故事中曾提到，獄中有人收到從外邊送來的食物，裡面藏著字條，所以我想或者波波和馬嘉，會把信藏在裡面。我將麵包撕成碎片，連每塊馬鈴薯我都弄碎了才吃，但是什麼也沒看到。我怎能等到天明？這一夜我又是輾轉難眠。

次晨獄卒帶了溫水和洗臉盆來，通知我今天開庭，叫我好好地梳洗一番。他親切地告訴我：「出庭時穿得整潔一點，會有很大的好處。」我聽了他的話，洗乾淨了臉，梳好頭髮，穿好衣服，在一旁等著出庭。我心裡想，如果像故事裡一般，有乘著白馬的騎士來營救我出獄就好了。

沒多久獄卒又來了，叫我跟著他走。我跟著他彎曲地走了好些路，到了一扇開著的門前。

「走進去！」

我走了進去，那就是法庭。我坐到被告席去，腦裡幾乎發暈，但是還能看到法庭的情景：法官坐在高一級的地位。在前面稍低的地方，坐著另外三個人。我後來才知道，他們中間一個是書記官，一個是處理罰金的財務官，另外一個是起訴我的檢察官。還有一個穿著制服帶著假髮的人，坐在我的席前，那就是我的律師。誰給我請的律師？我可不知道，但是我總算有律師了。

在我對面的席上，還有波波和他兩個同伴、奧加旅館的主人、捉我的警察和另外兩三個人，這些都是被傳喚來的證人。我在旁聽席中看見馬嘉，突然覺得勇敢起來了，我鼓勵著自己不要失望。

檢察官先站起來，說著下面的事：「昨夜一點一刻時，有一個男子和一個小孩子，破窗爬進聖喬治教堂，還帶著一頭狗在院裡把風。恰巧有走過的路人，看見教堂裡奇怪的火光，聽見破窗的聲音，便喚起看守者叫他留心。看守的人叫了許多人跑到教堂裡，狗就大聲吠起來。小偷一無所得，就從窗口逃出去，爬上梯子，越過教堂的牆頭不見影跡了。狗不能爬上梯子，因此被捉。由這狗的引導，抓到一名共犯。就是這個小孩子。」

法官照例詢問我。我先用英語回答他：「我是喬治，在倫敦的紅獅庭和家人同居，我剛來英國不久。」接著我就用法語辯明，在教堂竊案發生的當夜我的一舉一動。

「你的狗為什麼會出現在教堂裡呢？」

「我也不知道。只是我的狗已經有一天一夜不曾和我在一起了。我在那天早上，將牠繫在我們的車旁的。」

我再說下去，就要對爸爸不利了。我望望馬嘉，他一再做手勢，叫我老實說下去。但是我卻不能說。這時看守教堂的男人做證人，被傳喚上去，他的話對於我沒有多大的關係。我的律師和那看守人辯論著。看守人說他鎖門時並沒有狗。律師說他大概在鎖門時，不知狗已經進去。以後又查問那看守人有沒有喝酒，他說他每天都喝酒，但絕對不會醉。

因為律師的辯護，對於卡比的很有利。波波也做證人上去陳述，奧加旅館的主人也陳述了。全部的證人的陳述都相符合，可是不能證明的，就是我在幾點鐘離開跑馬廳。

不久訊問終結，法官問我：「還有什麼要說的沒有？」他還預先告訴我：「如果你認為沒有必要，也可以保持沈默。」

我回答說：「我是無辜的，我相信法庭的公正。」

法官讓書記官念過口供之後，就宣告先將我移到郡立監獄，等候大陪審團的裁決，看看是不是要將我移送到重罪法庭。我現在才懊悔，為什麼不早一點聽馬嘉的話呢？

我再被帶到牢獄裡，投身在冰冷的椅子上，心想為什麼自己不能馬上被釋放的理由。我猜是那法官想等捉到主犯後，查看我是不是真犯吧？剛才法官已說有線索了，我不久就要在重罪法庭中，和我的家人相見。就算我的家人都定了罪，只有我一人釋放，對我又有什麼好處？

我正在煩惱時，忽然聽見喇叭的聲音，我立刻知道是馬嘉在吹。馬嘉正想告訴我，他沒忘記我，並在外邊看守著我。喇叭的聲音是從窗子那邊的牆外響來的。馬嘉大概是在牆外的街上，為了一牆的阻隔，我們不能見面，只好透過聲音來傳達了。

在喇叭聲之外，還聽到喧嘩的人聲，我知道馬嘉和波波在那賣藝了。突然我聽見馬嘉用法語在大聲叫喚：「明天清晨！」這聲音的餘韻未滅時，那喇叭聲又響起來了。

我知道馬嘉用法語說的那句「明天清晨」，絕不是對著觀眾而發的。但是這句話的意思，很不容易推測我。我盡力想著，還是一點也不明白。到了天黑，雖然躺在床上，還是睡不著。我起床一看，依然還是深夜，從窗裡還可看到天上的星星。

那時萬籟無聲，離天亮還像很久。我乾脆走下床，輕輕地坐在椅上，又怕驚動值夜的獄卒，便躡手躡腳地行動，靜待著天明。不久大鐘響了三下，我怕在清晨時熟睡了，只好這樣坐著等下去。

我背靠著牆窗，望著窗外，透過玻璃的星光已漸呈魚肚色，天空也開始有了微光，遠遠的那裡，已經有斷續的晨雞聲了。我站起來，輕輕地去開窗子，又怕發出聲音，只好耐著心慢慢地推著，總算將它推開了。

我不知道馬嘉預備怎樣的營救我，但是除了這窗子之外，沒有可以救我的地方。然而我也知道，穿越鐵窗石壁來救我越獄，這是夢想；不過我又不能輕棄任何獲救的希望。

窗外晨風料峭地吹進來，使我有些戰慄；然而我卻不離開窗邊，瞪眼凝望，側耳細聽。天空灰白，地上的東西也可以分辨清楚了，這就是馬嘉所說的清晨。我想到這裡，更屏息靜聽。除了自己心臟的鼓動，沒有別的聲音。

不久我聽見高牆那邊，像有人在爬行。可是又沒有足音，我想大概是聽錯了。當我側耳細聽，突然我看見牆上伸出頭來。雖看不清是誰的臉，可是不像馬嘉，也許是波波的頭。

波波看見我臉貼住鐵窗，便用食指壓在嘴唇上說：「噓！」他做著手勢，叫我離開窗子。我聽從他的話，離開窗子，站在旁邊看著。

波波拿起了一根光亮的東西，好像是玻璃管，放在嘴上，向窗子瞄準。這是吹矢，我聽見波波的吹氣聲。一個小白球掠過空中，滾進窗子來，這時候波波又從高牆上消失了。我拾起小白球來，那是用薄紙包裹的鉛珠，紙上有著蠅頭小楷，因為天還是黑的，根本看不清楚，我只好等待天明。又偷偷地掩上窗子，緊握那鉛珠，再躺到吊床上去。

我焦急地等到天亮，好不容易窗上漸漸變成黃色，不久又轉成過艷紅色，室內明亮起來了。我仔細地披開紙條來看，有著一些字：

你在明天下午，要搭火車被解送到郡立監獄裡。會有一個警察護送你，乘二等車前往。那時你要坐在靠近車門處，車行一刻鐘後，經過岔道時必須放慢速度。別忘記是一刻鐘後，這時要馬上打開車門，勇敢地跳下去。跳的時候要向前衝，兩手前伸，讓腳先落地。一跳到地上，立即爬上左邊的斜坡，我們有一輛馬車和一匹很好的馬在那裡等你。什麼也不要怕，兩天後我們就到法國了。

我看到這張字條，就好像已經遇救了。我不要到重罪法庭去，不用忍受和爸爸們見面的恥辱了。我是多麼感謝馬嘉和波波。這次的事，一定是波波想出來的。馬嘉沒有波波，一個人總孤掌難鳴的。波波對於我只是泛泛之交，肯這樣幫忙，真是一位俠客，我永不忘記他的恩德，我將一切記在心裡。

我告訴自己：「我不怕跌死，我會勇敢地跳下去。因為我不願忍受盜賊的名義，不如死了還好。我兩天後就到法國了；可是想起卡比現在那裡呢？馬嘉總不會丟下卡比不顧的。馬嘉能想出法子來營救我，總能想法來救卡比吧！」我又讀了那字條好幾遍後，才將那字條嚼碎吃下肚，然後靜靜地睡了。等到獄卒送早飯來時，我還躺著。

果然次日下午，一位陌生的警察走進來，叫我跟著他走。他大概五十來歲，面容很和善，模樣卻有點遲鈍。我暗自歡喜著，果然一切都像馬嘉的信中一樣。我坐上車子時，照著馬嘉的話，靠坐在入口的門邊。警察也不管，他坐在我的對面。

那警察問：「你會說英語嗎？」

「我會說一點。」

「你聽得懂吧？」

「說得慢一點時，我可以懂。」

「我要忠告你，不應該在法庭上說謊，做了壞事，應該自己懺悔。你年紀輕輕，只要自己懺悔，罪就輕了。或者法官可以原諒你也說不定。我不騙你，你若對我自首了，我可以幫你的忙，好嗎？」

我還想申辯，但是一想，何必和這警察多說，所以裝著聽得很佩服。警察看見我這樣，又說：

「你應該找對你有好意的人來懺悔。我這人是肯幫你忙的。」

「是的，我再想想看。」

我這樣說，是想先叫那警察放心。又專心望著車窗外的風景。過了一會問那警察，我可否站在門前，看看外面。警察允許我的要求。我推開車窗，靠著眺望，火車現在很快地前進，警察也不曾留心我。不久那警察因為從窗裡吹進來的風太冷，又自動縮進裡邊去。

我偷偷地將左手從窗口伸出去，預備隨時都可以開門。已經三刻鐘了，我也看見那邊的那白楊樹。我的心正在亂跳時，汽笛長鳴，火車漸漸放慢速度。呀！時機近了，已近轉彎的地方，白楊樹近在眼前了。我便急促地擰開把手，推開車門，風馳電掣地向遠處一跳。

車外是一條乾涸的濠溝，幸好我的手是向前伸著的，頭部雖然沒有碰上什麼硬物，但身體的震動還是太大，使我在地上打了幾個滾，失去了知覺。

過了不知多久，我忽然感覺自己是躺在乾草之間，還有人在舐著我的臉。我張開眼睛一看，一隻有著污穢黃毛的狗靠近著我，牠在舐我的臉。我看見馬嘉伏在我的身上，馬嘉推開了狗，吻著我嚷著：「你得救了！」

「這裡是哪裡？」

「我們在馬車裡。波波在駕車呢！」

波波聽見我們談話，便回頭看著說：「現在可好了，動動手腳吧！」

我躺在乾草上，聽了他的話，動動手腳看。「呀！不要緊，沒有地方受傷。」

馬嘉高興地說：「你一跳下車來，就暈倒在溝裡。我們一直等你，你不來，所以我拿住馬轡繩，讓波波到堤下去找。結果他抱你到車上來，我們還擔心你會不會死了，現在你好了，安心吧！」

「警察呢？」

「他和火車一起到下一站了，火車不會停的。」

我再望望我的周圍。那隻齷齪的黃狗，牠的眼光像卡比一樣的望著我；但牠不是卡比。因為卡比身上潔白，而這隻是齷齪的黃狗。

「馬嘉，你丟下卡比了嗎？」我悲哀地說。馬嘉不曾作答，那黃狗卻跳上來，一邊吠一邊舐著我。

馬嘉笑著說：「牠就是卡比，我們將牠染黃了。」

我立刻抱住卡比，熱吻著牠，並問他們：「為什麼將牠染黃？」

「讓我告訴你吧！」

但是波波阻止他說：「馬嘉，那些話慢點說。你到這裡來執住轡繩和馬鞭。過一會兒就是稅關的柵門了，我要使這馬車不會令人生疑。」

那馬車非常粗笨，波波拿去頂上蓋著的粗麻布。蓋在我的身上，將我掩藏了。他又和馬嘉交換位置，馬嘉也爬了起來，鑽在麻布下。於是乘客也只剩波波一個人，馬車的外觀完全改變了，當馬嘉鑽到我的旁邊時，我問他：「到那裡去呢？」

「到一個小海口去。波波的哥哥在那裡，有一艘帆船，要到法國去做買賣。今夜就要開船，我們搭那船逃回法國。這次的逃脫，一切全靠波波呢！」

「卡比是誰偷出來的？」

「當然是我，可是將他染成黃色，不使警察注目，卻是波波的功勞。」

「你的腳好了麼？」

「像是好了。但我現在顧不到自己的腳。」

英國的道路上，到處都有稅關，依著貨色要抽稅。到了這稅關時，波波吩咐我們不要聲張，他自己卻和關員說著笑話，讓我們混過去了。我們跑得很快，馬又很好，波波是馬戲班裡的出身，很會駕車。

不久已經入夜，沒人追來了，我們便從麻布下鑽出來，先向波波道謝；但是波波緊握著我的手說：「大家出門在外，本來就該互相幫忙。而且你是馬嘉的兄弟，我為了馬嘉，出力是應該的。」

我問波波到港口還有多少路。波波說還有兩小時，可是恐怕因為潮漲，也許船會提早開船，所以走得越快越好。」我和馬嘉又鑽進乾草中。

不久我們的眼中，映著強烈的火光。那是燈塔，我們已經到了海邊。波波帶住馬，慢慢地走到小路，還叫我們抓住韁繩等著。他自己去看哥哥的船開了沒有。等了好久，從波波走去的那方向才有了腳步聲。一定是波波回來了。這次來的不是波波一個人，還有一位男子，穿著厚油布的大衣，帶著羊毛帽子。

波波介紹說：「這是我的哥哥。幸好現在船還在等潮漲，因此他自己跑來接你們，我們就此分手吧！我不能讓別人知道我來這裡的。」

我想謝謝波波，他卻打斷了我的話，緊握著我的手說：「別再提了。大家應該互相幫忙的。再會吧！我只要想到自己能為馬嘉出力，心裡就很高興了。」

我和波波分手，帶著馬嘉，跟著波波的哥哥走了。我們到了碼頭，海風吹來幾乎使我們窒息。波波的哥哥也不做聲，五六分鐘後，和我們上了船，船長就是波波的哥哥，他帶我們到一間小船室裡，像波波一樣說：「再等兩個鐘頭才開船。在沒有開船之前，你們別出聲，免得人家注意。」

馬嘉等到船長出去後，才緊緊抱住我了。

10. 拿波里之歌

從牆內傳出的歌聲雖然輕微，可是節拍都對。
馬嘉也吃了一驚，
因為衛塔師父教我的《拿波里之歌》，
歌詞是義大利那不勒斯當地的方言，
我們都想不到在這廣闊的世界上，
竟有人也會唱我的《拿波里之歌》，
而且還能把節拍抓得那麼準。

船上靜了一會，只聽到打著檣頭的風聲，和擊著船底的波濤。不久甲板上熱鬧起來，繩子落水聲、滑車聲、捲鎖鏈聲，揚帆的轆轤聲都在響著。

聽見舵動時，船在開動了！我們確定可以逃出英國了。海風太大，船顛簸得利害起來。我緊握馬嘉的手說：「可憐的馬嘉！」

「我雖然暈船，也不要緊。只要你能平安就好了。」

這時候有人來開門。那是波波的哥哥，他說：「現在船已經在海中了，你們再也不用怕，到甲板上去走走也行。」

「怎樣才不會暈船呢？」馬嘉問他。

「躺著吧！」

「謝謝，我先睡了。」馬嘉躺了下去。

我走到甲板上去望望，因為了船的傾斜和強風我站不住，只好抓住帆索，跪下一隻腳。面前是茫茫黑暗，看不出什麼東西。波濤如雪，海風怒吼。我回望陸地，港內的燈火，籠著濃霧，朦朧地有如春夜的繁星，我的心裡，懷著得救的快樂，向英國道別。

「假使風這樣一直吹時，黃昏時我們就可以到法國了。我的船真快呀！」波波的哥哥自誇說。

我卻想著：「還要在海中過一天，可憐的馬嘉！他說為我暈船也願意……」

天亮了以後，風仍舊吹著。我在甲板上和馬嘉睡著的船室中來回走著。那天下午，船長指著西南角說：「那是法國的海岸。」

我向前一看，遙遠雲水之間，有著白色的痕跡。我連忙跑下甲板，走到船室裡，向馬嘉報告好消息。我們已經望見法國了！不久我們的船，已經駛進海灣。

天色已晚，波波的哥哥留住我們，又在船上過一夜。次晨大家分手時，波波的哥哥和我們握手說：「你們再想到英國去時，就來找我，我的船每星期二在這裡出發的。」

他的好意雖然感人，但我們已不敢再去英國了。

我們除了個人的樂器和隨身衣服，其他身無長物。我留在波波家裡的豎琴，是馬嘉替我帶來的。背囊在德里家的車子裡，沒有來得及拿回來，這很使我們不便。因為襯衣、襪子、手巾等等都在背囊裡，尤其是我的那張法國地圖，現在很需要，但還放在背囊裡，留在德里家。

幸而馬嘉還有十二法郎的積蓄；我們幫波波和他的同伴們演出時，又分到二十二先令(注)，合起來就是二十七法郎五十生丁，馬嘉本來想將我們的分額送給波波當謝禮，但是波波卻堅持，他幫我們逃離英國是為了友誼，不要任何一個銅板的謝禮。

我們上岸後，先買了兩個舊背包，一些穿著的衣物和雜件，還有一張我們做生意不可缺少的法國地圖。

馬嘉說：「無論到哪裡去都好，可是我有一個希望。」

「什麼希望？」

「我有一個計劃，我想沿著河邊走，或是沿著運河走。」

我沒回覆他，馬嘉又說：「我記得你說亞瑟患病時，他的媽媽就帶他在船上，在法國各地旅

・先令（Shilling） 大英國協（Commonwealth）的貨幣單位，是一磅（pound）的二十分之一，也是十二便士（pence）。

行。」

「但是亞瑟已經好了啊！」

「只是減輕一點吧？何況我想即使亞瑟真的完全好了，還是會坐著天鵝號四處旅行。所以，我們沿著河岸或運河，就一定會遇見天鵝號。」

「天鵝號不一定在法國？」

「天鵝號這麼小，不可能到海裡去；假使在河中，一定是在法國。而且法國很少像天鵝號這樣造型奇特的船，一定很容易找到的。」

「但是我們不能只顧找天鵝號，就忘了艾琪、麗絲、邦明與克西這些人。」

「我們可以一邊找天鵝號，一邊去尋訪他們。你再查查地圖，這裡有沒有什麼河或運河，我們便沿著它前進。」

我們將地圖鋪在路旁的草上，仔細查看，這裡附近便是塞納河。

「我們沿著塞納河前進吧！」馬嘉說。

「可是沿著塞納河上去，就是巴黎了，不會害你被加洛找到吧？」

馬嘉又想了一會，就說：「到巴黎也好，我們不要進城就可以了。沿著塞納河到巴黎附近，我們可以沿途打聽，有沒有看見人看過天鵝號，看過的人一定會告訴我們。假使沒有人在塞納河上看見過天鵝號，那麼他們就一定沒有來過塞納河，這樣我們就到另外的河中去找，找遍一切的河川，最後我們就可以遇到它的呀！」

我聽了馬嘉的話，決定先沿塞納河上去。我們既然決定了方向，再看卡比，全身又黃又髒，我們便買了一些肥皂粉，在附近的小河中，和馬嘉兩個人拚命地替牠洗淨。波波用的染料似乎很好，怎麼洗也洗不褪，我們拚命地擦，也只洗去一半，以後我們一有機會，就給牠大洗一次，這樣費了六七個星期，總算把牠洗乾淨了。

我們到了塞納河，便問本地的人們，有誰看見過天鵝號，可是誰也不曾看過。我們一邊走，一邊問，不覺間已過了巴黎，到了兩河分流的地方，正在猶疑不決時，忽然聽到了天鵝號的消息。

據在兩個月前，天鵝號溯著塞納河向上駛去了。說這些話的是一位老船夫，他說到船的模樣和船中的少年的病人，這一定是天鵝號了。可是在兩個月以前，離現在已經很遠，還有追到的希望嗎？

我們一邊步行，一邊每天還要賣藝度日，要追上實在很不容易。然而我們也不甘放棄，我們想不過找到只是時間問題，遲早總有遇見的時候，從此我們就不再逢人便問了。反正天鵝號是在我們的前面，我們只要沿著塞納河往上走就好了。

我們走了很多天，到了蒙特羅(注)時，聽說天鵝號已離開塞納河，轉往羅納河去了。而且他們還告訴我說，那青藤纏繞的甲板上，有一位英國的貴婦和一位睡在床上的少年。我們確認無誤，也趕快向轉羅納河追去。

我們一邊趕著天鵝號，一面漸漸快到了麗絲所住的圖盧茲。我心裡很緊張，打開地圖一看，原來羅納河只是塞納河的小支流，所以天鵝號總有停止的時候。我們必須經過接通這河的兩運河之一，而這兩條運河中，就有一條是流過麗絲的家門前。

・**蒙特羅**(Montereau)　法國塞納馬恩省城市，位於塞納河與羅納河匯合處。

假使天鵝號也走過這條運河，經過麗絲的門前，麗絲一定會認出天鵝號的。我曾好幾次告訴過她天鵝號和亞瑟、密列夫人的故事，所以她一定會認出天鵝號，而且會歡送亞瑟和密列夫人。如果這樣，我不知有多高興啊？

我們沿第一條運河前進，天鵝號還在羅納河。我們已經知道它到過麗絲家門前，那麼我只要看見麗絲，對於密列夫人和亞瑟，一定就有更詳細的消息了。

從前我們為了餬口，所以常常開場賣藝；可是這四五天，我們熱心於追蹤天鵝號的蹤跡，每天都花費著積蓄的錢，只顧前進，也不再賣藝。這樣星夜兼程，誰也不感到疲倦。只有跟著我們的卡比有點不解。

為了節省有限的金錢，我們每天都只吃麵包，兩人分吃一個煮雞蛋或者一小塊黃油就很滿足了。雖然我們是走在盛產葡萄酒的地方，但我們也只喝生水，不久我們到了麗絲家前的運河了。

遇到每個閘門，我們都趕緊詢問天鵝號的消息，越走近圖盧茲，人們將天鵝號說得起勁。他們不只說出船的模樣，還說密列夫人是一位「慈善的英國貴婦」，說亞瑟是「總是躺在甲板上的一張床上」，「床安放在頂上長著鮮花和綠葉的遊廊下面」，「這個男孩有時也能站起來」。綜合這些說法，亞瑟的病恐怕痊癒了吧！我們越走越靠近圖盧茲了。

不久才看見樹林，那是前次在清秋的陽光下，我和麗絲一起去散步時經過的。過了一會兒，運河的閘門和姑母的屋子都看得見了。我們沉默著向前飛奔。卡比也看見麗絲的家了，牠最先跑過去。卡比是去通報我們的來臨，麗絲會跑出來迎接我們吧？

然而我們沒見到麗絲從家中出來，反而看見狂吠著被趕出來的卡比。我們停了腳步，面面相覷，不知何故，只能沉默地仍舊向前走。卡比回到我們的身旁，膽怯地跟在我們的背後了。

從家中走出一位男子，向閘門那邊走去。他不像是麗絲的姑丈。我們到了家旁，一位從未見過的婦人，正在廚房裡。我問：「卡琳姑媽不在家嗎？」

那婦人驚奇地望著我們說：「她離開這裡了。」

「她去那裡了？」

「她到埃及去了。」

我和馬嘉面面相覷著。卡琳姑媽到埃及去了！埃及在那裡呢？我可完全不知道啊。

「麗絲也到埃及去嗎？」

「麗絲！」那婦人打量著我說：「你叫小米嗎？」

「不錯。」

「那麼我可以告訴你，卡琳的丈夫前些時候落水死了。」

「什麼？……」

「真的很可憐。他在閘門中跌下水去，偏偏他身上的衣服，被船底的釘鉤住，浮不起來，就這樣溺死了。一家生路斷絕，正在無可奈何時，湊巧她從前做過奶媽的那家主人要去埃及，就叫卡琳一起去，她也答應了。可是麗絲很為難。想不到有一天，這運河裡來了一隻很美觀的船，船中的一個英國太太，就來訪問卡琳的地方。」

我們聽到都覺得很奇怪，密列夫人為什麼會來找尋卡琳姑媽？

「她是特意來找卡琳姑媽的嗎？」

「她是專程來找小米的，我雖不知道詳情，聽說他們在船上時，看見報紙上記載瓦爾斯礦災的事，就寫了一封信到瓦爾斯，說要去那裡看他。但不久後卻接到一封回信，說小米已離開瓦爾斯了，大概是到了圖盧茲去。剛巧他們到了這附近，所以順便駛進運河來，到卡琳的家裡來找你。」

「原來是這樣的。」我答應一聲，和馬嘉感動地相對著。

但是我總忘不了麗絲，所以便問：「那麼現在麗絲去哪裡了？」

「喔！麗絲真幸福。那位英國太太知道了一切，便說既然這樣，麗絲就讓她領去，可以給那患病的少年做伴，她還可以幫忙照料麗絲，卡琳聽了好高興，立刻將麗絲託給那位英國太太，自己到埃及去了。」

我聽了這話，像顆化石似的站著，馬嘉在一旁幫我問了。

「你可知道那位英國太太的行蹤嗎？」

「她大概是到法國南部或瑞士去了吧？一有定處，麗絲就會寫信來的，可是現在還沒有信來，大概還沒有定處呢？」

我仍舊茫然地站著，馬嘉向那婦人道謝說：「伯母。謝謝你！」

他拉著我上路了。還高興地說：「走吧，向前走！現在不只是看見密列夫人和亞瑟了，連麗絲也看得見。運氣真好啊！我們到現在已吃盡苦中苦，時運也該到了。」

馬嘉是在做夢了，我們撲了空，只好到處詢問，拚命地追蹤天鵝號。後來到了一條河邊，居然發現天鵝號就停泊在那裡了！

我跑上河面的吊橋，看見確實是天鵝號。但是不像住著有人的模樣，整艘船都圍著木柵，停在那裡，甲板上已經鎖住了，迴廊上也是花草零落。

「怎樣了？不要是亞瑟發生事故吧？」

我們互相看著，停止腳步，心裡很悲哀。然而現在也不能躊躇，我們勇敢地走近船旁，問著旁邊一個看船的男子。他說，密列夫人和亞瑟，現在平安地住在瑞士。「天鵝」到了這裡，不能上駛，所以在這裡離船登岸，夫人和兩位小孩子一個女僕，乘著馬車去了。其餘的僕人們，帶著行李，跟在夫人後面走了。夫人預備秋天再來，泛著「天鵝」到法國南部度冬。

「夫人現在在裡？」馬嘉說。

「大概在日內瓦湖(注)邊租房子暫住，可是我也不知詳情。」

我們聽到這線索，立刻向瑞士境內出發。預備到日內瓦時，買一張瑞士的地圖，作為旅行的指南。密列夫人既然已經租定鄉間的別墅，我們的行程就可以不必這麼趕，只要找得那地方就可以了。

走了五天，我們已到了日內瓦湖邊，那時袋裡的錢都已快要用盡，只剩下三蘇，鞋底也差不多走穿了。綠蔭邊的日內瓦湖畔，襯著碧綠的山峰，無數華麗的度假村莊點綴著。我想在這些村子之中，密列夫人帶著亞瑟和麗絲，應該會住在那裡吧？我們只要認真去找就好了。

然而這裡其實不是小村落，它早已是一座城市，而且還不是普通的城市，因為它已經和新城連了起來，那些星羅棋佈的、緊貼在它周圍的市郊或村鎮，大到根本走不完。

．**日內瓦湖** (Lake Leman) 又稱蕾夢湖，是阿爾卑斯湖群中最大的一個。面積約二二四平方英里，在瑞士境內占一百四十平方英里，法國境內占八十四平方英里。湖畔和毗鄰地域，氣候溫和，溫差變化極小，建有許多遊覽勝地。

我們最初以為到了這裡，只要隨便一問就知道了，誰知道完全是夢想。在沿湖的郊外，全是英國人和美國人住的別墅，就像倫敦市郊的別墅。

我們要知道密列的住處，只能挨家挨戶地詢問打聽，好在這對我們來說，也不算什麼困難，只要一邊賣藝，一邊找尋就好了。

我們在這一天的賣藝中，由於觀眾又多又慷慨，收入不少。要是在以前，當我們還在為母牛和麗絲的布娃娃攢錢時，這筆收入會帶給我們一個興奮愉快的夜晚；但現在跋涉奔波，卻不是為了金錢，金錢已不算什麼。

我們走遍了全鎮，還不能得到關於密列夫人的線索。在夜裡，我們輾轉難眠。次日我們又去尋訪。我們沒有一定的目標，信步行去，看見別墅式的房子，也不管裡面有沒有人，我們一定在外邊奏起樂來，就這樣往返在美麗的湖山之間。

如果在行人當中，一看有面容和善的人，我們就上前詢問，然而一切全是徒勞。結果雖然仍舊是每天都走得全身疲倦，但我們並不失望，我們一定要找到她們才可以。我們有時在兩側圍著高牆的街上走著，有時穿過清雅的果園中的小徑，風景各有不同。

有些別墅從大門望進去，還有細砂的小路，小路的旁邊全是修整的常青樹和花壇。小路的盡頭處，是很華麗或是繞滿綠藤的房屋。而且可以從樹木之間，隱約地可以看見那淡紫色的阿爾卑斯山和翠綠的日內瓦湖。

一天下午，我們在街上賣藝。我們面前的鐵門是開著的，可以望見裡面的花園。我們的背後是土壁。當初不曾留心，背向著它，只顧對著門彈奏。因為很久沒人理睬，我們就想走開，不過還是依依不捨，我自己一個人高聲唱起了《拿波里之歌》。當我唱完了第一節，正想唱第二節時，突然我們背後的土壁中，聽見有另外一種聲音。

「如果你是白雪，白雪冰冷，仍可飲呑。」

我嚇了一大跳，這是《拿波里之歌》的第二節。從牆內傳出的歌聲雖然輕微，可是節拍都對。馬嘉也吃了一驚，因為衛塔師父教我的《拿波里之歌》，歌詞是義大利那不勒斯當地的方言，我們都想不到在這廣闊的世界上，竟有人也會唱我的《拿波里之歌》，而且還能把節拍抓得那麼準。

馬嘉問說：「是不是亞瑟在唱歌？」

這不是亞瑟的聲音，我認得出亞瑟的聲音。可是卡比一聽見聲音，突然狂吠，向那土壁亂跳。我忘記一切，向土壁中叫喚。

「你是誰？在裡面唱歌的人是誰？」

同時壁內也傳出一聲叫喚：「小米？」

我正和馬嘉站著，面面相覷，我仍然聽不出那聲音是誰。忽然看見土壁的那一端，在矮籬笆那邊，有一塊白手巾揮動，我立刻向那裡跑去。

等到我走近籬笆前，才看見那正在揮著手帕子的人竟然是麗絲，我們終於找到麗絲了。亞瑟和密列夫人，大概也住在裡面吧？但我還是想不通，剛才唱歌的人是誰呢？

我們先問麗絲。麗絲竟開口說了：「是我。」

麗絲會唱歌和說話了？我大吃一大驚，似乎在做夢。我睜開著眼睛說：「呀！你會說話了！什麼時候開始的？」

麗絲硬著舌頭說：「就是現在！」

「就是現在？」

現在麗絲能說話竟成了事實。她現在不但看到了我，又聽見了我的歌聲，或許是感情一激動，這奇蹟竟然實現了。我想大概是因為《拿波里之歌》吧！我的《拿波里之歌》，她每次聽了這首歌之後，總是會流淚的。

記得在亞根的家裡時，她就告訴過我，只要她能開口說話，一定是為了唱那首歌。這樣和她關係深切的《拿波里之歌》，使她在不知不覺之中隨口唱了出來，從此能說話了。我也很感動，緊抓住了籬笆木立著，定下心後，才問麗絲說：「密列夫人和亞瑟現在在哪裡？」

麗絲想要回答，動了動嘴唇，可是她還不能說太繁複的言語，所以還是用手勢和眼色，向我指指花園那邊樹下的小徑處。

因為離得遠，不能看清楚，不過我也辨出亞瑟和他媽媽在那裡。我只顧著望著時，忽然看見媽媽的背後，詹姆在那裡站著，我不覺倒退，忘了詹姆還不認得馬嘉，叫他也趕快躲起來。

我驚愕一定，想起麗絲還呆呆地站在那裡，便輕輕地走近籬笆說：「我們因為看見了詹姆，所以要躲藏起來。假使他發現我們，那就糟了。」

麗絲似乎很吃驚地舉起雙手，我又對她說：「別動。也別對人提起遇見我們……我們明天早上九點鐘再到這裡來，你也一個人來這裡吧！現在你趕快走吧！」

麗絲還在遲疑，我就催她說：「快走，否則我們要遇上麻煩了。」

我們說完這句話，就躲在土壁下的樹蔭處。馬嘉便對我說：「我可等不到明天，詹姆那傢伙說不定今晚就會殺死亞瑟。我想讓我一個人去看密列夫人，將我所知道的一切，完全告訴她。詹姆還不認得我，我被他看見，和你也沒有關係。……那麼密列夫人，就會指示我們以後的路。」

我以為馬嘉所說的話也有道理，立刻就表示同意，自己一個人在這裡等著。後來我看見馬嘉伴著密列夫人，一起走過來。

我立刻跑到夫人面前，吻著夫人的手。夫人抱住我，她彎著腰，溫柔地吻著我的額。

「多可憐的孩子！」夫人伸起雪白纖細的手指，撫著我的頭髮。

她眼中含淚，看了我一會，自語地說：「……呀……不錯的……」

她說到這裡，又嘆息了一下。我不明白夫人這句話的意思。我只感到夫人的慈愛，使我覺得很幸福。

夫人繼續凝看著我說：「小米，方才你的夥伴告訴我的事，真是太可怕了，我還要你親自告訴我一下。你將你在德里家裡的一切，和詹姆來時的情形，仔細告訴我吧！詹姆現在不在這裡，你放心。」

我便告訴了她事情的始末，尤其是將詹姆來時的情形，說得清清楚楚。在我說話的中間，夫人的眼光，也從沒有離開過我。

我說完了，夫人還默默地望著我好久，才又開口說：「這事對於你和我，都是很要緊的，我們要慎重從事才行。我立刻去找一個可以指導我們的人來，和他商量，在這段時間，你們……你是亞瑟的朋友，而且……」

夫人說到這裡，便支吾地，「我當你像亞瑟的兄弟一樣……從今天起，不只是你自己，連你的同伴也可和我們在一起。等到兩個鐘頭之後，你們就到亞爾卑斯旅館去好了。我立刻派人去定房間。我們明天在那裡會面，今天不再細談了。」

夫人這樣說過，又向我吻別，也和馬嘉握手，然後又走了。

等到夫人去後，我對馬嘉說：「你對夫人說了什麼？」

「我說了許多我們在一起時發生的事。她真是慈愛的夫人，沒看見這樣好的夫人！」

「你究竟對她說了什麼話？」

馬嘉含笑說：「當然有話……但我現在不能說出來。」

馬嘉又不願說了。轉了話頭說：「你看見亞瑟了嗎？」

「我老遠地望見他。我早知道他是順從的好孩子。」

我們走到旅館，發現房間好漂亮。美麗的裝飾、雪白的睡床、窗子外面就是陽台，下面是蔚藍一碧的湖水，遠望白帆輕颺，阿爾卑斯山的紫影浸在湖面，景色真好！

欣賞過風景之後，我們才走進房裡來，服務生來詢問我們要什麼晚餐。馬嘉很大方，點了許多菜餚。服務生致禮後，向後退出去了。

馬嘉高興地說：「這裡的菜，總比那裡德里家的好吧！」

次日密列夫人帶著一個裁縫和一個專做內衣的女人，替我們量裁外衣和襯衫。據夫人說，麗絲拚命地在學說話，現在已經可以向人寒喧幾句了。一個鐘頭後，夫人還是和我吻別，和馬嘉握手後回去了。

到了第五天，那位我從前在天鵝號上認識的女僕，坐了一部兩隻馬拉的馬車來接我們。我們衣冠端整，走進馬車，被帶到華麗的客廳裡，夫人和睡在長椅上的亞瑟在那裡，還有麗絲也在等待著我們。

我們一走進去，亞瑟便抱住我親吻。我又抱著麗絲親吻。然後夫人熱吻著我說：「你可以恢復真實的身分了。」

我一點也不明白，望著夫人，夫人也不向我說明，只站起來推開別的房門。出現的是夏曼儂的巴蘭媽媽，她抱著嬰孩的襁褓、白外套、花邊的帽子、鞋子等東西，站在那裡。

我等不及巴蘭媽媽放下這些東西，就跳到她的身上，投在她的懷裡，和她親吻。這時候我聽見夫人在吩咐女僕，大概是去叫詹姆來，這時我立刻變了臉色。

可是夫人卻溫柔地對我說：「別害怕，你到我的身旁來，握著我的手吧！」

這時客廳的正門開了，詹姆露出尖牙齒含著微笑進來了。但是他看了我一眼，也立刻變了臉色。

密列夫人不等他說話，就說：「我請你來有事。」

夫人抖著聲音說：「你一定知道，我的大兒子，在嬰孩時就被人偷去，現在才找到了，所以我想叫他和你見個面。」

夫人緊握著我的手說：「這小孩子就是我的大兒子，你想必更早就先知道了吧！在偷了這小孩子的人家中，你已經檢查過他的身體的。」

「到底有什麼事……？」詹姆假癡作呆地說。

「那個叫德里的，在英國偷教堂的東西，現在被關在獄中，他也已經自首了。這裡有證明書，他自己說明怎樣偷這個小孩子，又怎樣將他丟在巴黎的傷兵院前，為了隱藏證據，還剪去襁褓的記號。

他老實招供了，這裡就是襁褓。這位慈善的婦人，撿了這小孩子養育他，還將這些東西保留起來。請你拿起來看看，也請你讀讀這證明書。」

詹姆木立不動，不知他是在想什麼，他突然走到門口，一手執著開門的把手，回頭狠狠地說：「這小孩是來頂替冒認的，你到法院時就會知道。」

密列夫人，這次我已可以喚她作媽媽了，她鎮靜地說：「你到法庭裡去控告吧！但是我可不願意和先夫的弟弟打官司，就算他十多年前做過了壞事也就算了。這一點也請你明白。」

詹姆關門出去了。

我伸開兩手，抱著我的媽媽，媽媽也伸開兩手抱住我。我們兩人同時互相親吻了。我們平靜了一下，馬嘉才走近了我，含笑說：「請你告訴媽媽，我這幾天都有聽她的話，保守著這個秘密。」

「原來你早就明白一切了？」我對著媽媽問說。

媽媽回答我：「不錯，馬嘉早就發現你是我的兒子了。但是說得太早，恐怕反而不妙，所以在證據沒有找齊之前，我就叫馬嘉嚴守秘密。你比亞瑟早一年出世，養了六個月後被人偷走，一直到現在不知下落。如今又是這樣回來了，以後我們兩人決不會再分開的了。不但我們，就連你不幸時的朋友……」

媽媽這時指著馬嘉和麗絲說：「這兩個人也是我們終生不離的家人。」

時間過得很快，一晃好幾年過去了，因為那都是些美好甜蜜的日子，好日子總是過得特別快。

我目前住在英國，住在我祖先的莊園「密列古堡」中。

從前我無家可歸，顛沛流離，現在有了親愛的媽媽和弟弟；還有盛名的家世和遺下的巨產。從前有許多夜裡，我住在農人的破茅屋或牛馬欄裡，甚至有時在星光下露宿，現在卻成了密列古堡的繼承人，時有好奇的旅客來拜訪。我現在和我的媽媽，弟弟，妻子，同住在密列古堡中。

每年我們定居在這裡半年，我常是埋首書城，翻著關於密列一家的舊紀、財產目錄、證書與記錄等。我伏在先祖傳下來的古舊的大書桌上，來記述我冒險的故事。我等待我的長子小馬嘉舉行洗禮時，想將我不幸時的舊友，全部請到這密列古堡來，將包含他們都在內的冒險故事，當作我的謝禮，送給他們。

所以我將以上這些零碎寫成的東西，印刷成書，今天我預備將這本回憶錄，送給我的賓客們。在這聚會裡的來賓，很多人都不明白全書的內容，因為他們都只出現在全書中的部分章節裡。

我的妻子也是，她不知道她在今天可以會見家屬，只有我的媽媽和弟弟事先知道。我在這一天之中，又可以看到我不幸時的全部舊友了。

可惜在這聚會之中，缺少一個人，使我悲恨欲絕。我即使用千萬的寶貝，也不能使死者復生。可憐的衛塔師父，我永遠不忘的師父，我再不能聽到你親口說「小朋友們，齊…步走！」了。

然而我已將他的白骨，移到巴黎的墓地，又為他塑了名振全歐的「歌神卡羅」銅像，紀念他的音樂成就，也報答他的厚恩。那銅像的模型，現正安置在這密列古堡中。我永世不忘的恩師！我之得有今日，全賴他的教訓。假使沒有他，我怎會有今日？今晚席上，沒有他的光臨，是多麼遺憾呀！

現在媽媽在掛滿先祖肖像的迴廊那邊走來了。媽媽慈善的面容，與在天鵝號上時沒有半點差異，不過那時罩在她臉上的愁容已經沒有了。現在媽媽倚在亞瑟的腕中，而亞瑟已經不是當年的亞瑟了。他現在元氣恢復，成了一位強健的青年了。

跟在媽媽的背後，是一位穿著法國農婦裝扮的老婆婆。她的腕上，抱著一個剛出世不久，包在白外套中的嬰兒。這年老的婦人就是夏曼儂的巴蘭媽媽，她抱著的嬰兒，就是我的兒子小馬嘉。

我那時剛找到媽媽，就想請巴蘭媽媽也來我們家裡，但是她不答應。她說：「小米，謝謝你的好心。但是我現在不用到你媽媽的身旁，今後你還要進學校拚命用功。我到了你那裡，也是一無所用。可是我們後會有期，等你長大成人時，你就會娶一位好妻子。那時你們有了小孩，我就來幫你們抱小孩。我不能像養你那樣時做奶媽，但看顧小孩子卻不成問題的。而且年紀大了的人，可以不用睡太多覺，所以絕不會像你那樣，讓那小孩子被人家偷走。」

巴蘭媽媽終於回到夏曼儂安逸度日，當我的兒子快要誕生時，她在夏曼儂接到報告，便離開了故鄉，丟棄了舊有的生活習慣，分別了朋友，也留下母牛，自己來英國了。

亞瑟離開了媽媽，將手中的《泰晤士報》放在我的桌上，問我看過沒有，我表示沒有，他就指了指一條發自維也納的消息。

「音樂界的天才馬嘉先生，不久將到倫敦。他在維也納已博得盛譽，因為難卻英國的邀請，已定於一兩天內離開維也納，到倫敦作客。他不僅是偉大的音樂家，同時也是現代的大作曲家。」

我早已知道當年漂流街頭的藝人，我的夥伴和弟子馬嘉，現在成為大音樂家。過去我、亞瑟和他三個人在家塾受書，他的拉丁文和希臘文始終沒有進步，可是媽媽為我們請來的音樂教師，卻因他的天才而傾倒。

芒德的理髮師兼音樂家甘特先生的預言，現在已成為事實，馬嘉享有了盛名。然而《泰晤士報》的維也納電訊，使我感到幸福，彷彿我也受到維也納人士的喝采。馬嘉永遠是我的朋友和兄弟。我的幸福，就是他的幸福；他的成功，也就是我的成功。

讀完了《泰晤士報》，僕人拿進一封電報來。那是馬嘉打來的。

「這次橫渡海峽，時間最短但不最愉快。風浪能讓我愉快嗎？我一直暈船，船抵英國後才有力氣通知你，我路過巴黎時，已帶著雪麗同行。我們將於下午四點十分到達火車站。請派車來接。」

他現在已到英國，四點十分就要到火車站了。我趕緊將這電報拿給亞瑟看，對他說馬嘉要帶雪麗一起來，亞瑟很高興。亞瑟已愛上雪麗了。她現在巴黎受高尚的教育，變成絕世的麗人了。

亞瑟難為情地說：「哥哥，讓我去接他們吧！」

我說：「好！」

時候正到了，亞瑟就去豫備馬車。那時走進來的，是我的妻子。我的妻子，便是那可憐的花農亞根的小女麗絲。她已經能夠說話，在我媽媽的膝下，受了十年的教育，成了一位高貴的女士。她的美麗，更如初放的花一樣。

最初我向媽媽要求要娶麗絲，當然是困難重重。因為門第之限，親戚們也都極力反對，好像我娶了麗絲，便要失了我的地位。

然而也有一部分親戚，知道麗絲品性良淑，因此贊同我的決定。幸而媽媽願做我的後盾，所以我們終於成婚，實現了一個幸福家庭的美夢。

那時麗絲走近我的身旁說：「大家都在耳語，究竟什麼事情呢？……而且亞瑟要到火車站去，火車站也派了馬車要來，為什麼一下子會來這麼多人，有什麼事情呢？請你告訴我好嗎？」

我和媽媽笑著，並不回答她。麗絲就抱住媽媽的頭頸，溫柔地吻著說：「媽媽，既然你也有份，那我就不用擔心，可是究竟為什麼呢？」

媽媽笑著說：「不用急，馬上你就知道。」

到火車站接麗絲家族的馬車，再過不久就要來到。我想叫麗絲預嘗欣喜，就拿起船上用的望遠鏡，向著山麓的那方說：「你只要用這望遠鏡，你的疑問也可解答了。」然而麗絲所看見的，只是雪白如鏡的街道。

我取回望遠鏡，拿到自己的眼前說：「你沒看見嗎？我連海那邊的法國，都看得很清楚呢！一個灰色頭髮的老者，正在催促著兩個婦人。老人是你的爸爸，兩個婦人，一個是你的姑母卡琳，一個是你的姊姊艾琪。姑母也年紀很大了，他們三人此刻都坐上馬車，他們到哪裡去呢？是來英國的嗎？真不湊巧，給濃霧罩住了。讓我看看那邊吧……」

我將望遠鏡換了個方向說：「一隻大輪船駛來，甲板上有一位男子，他正從亞馬遜河流域採取植物標本回來，他還拿著歐洲人不曾看見過的花。他最初的遊記，備受世人的注目，他是植物學者邦明，他似乎正在著急著不要趕不上船，因為他要去看他的妹妹和家人。」

我又將望遠鏡轉向別處，口中念著：「這裡看得更清楚，連說話聲都聽得到了。一個是七十多歲的老人，一位是年輕的男子。他們現在車中談著話。你聽，他們這樣說的：

『克西，這次旅行真愉快啊！』

『先生，真愉快呢！』

『你不但可以和小米握手，還可以和你的家人會面……你看了小米之後，再去參觀英國的煤礦，就可以計畫改良瓦爾斯的煤礦，可惜你伯父加爾因病不能來呢！』

現在他們又要說了……」

我還想再說，麗絲突然抱住我說：「如果這都是真的，我不知有多高興啊！」

「你先要謝謝媽媽。這全是媽媽的安排……你再讓我講下去，我還要告訴你，那有名的街頭藝人波波和他的船長哥哥也都來了。」

談笑的時候，馬車聲漸近了。我們走到窗口，在最先的四輪馬車中，麗絲看見她的爸爸、姑母和姊姊，兩個兄弟。在克西的旁邊，坐著一位銀髮傴僂的老者，他就是老夫子。

另一面來的馬車中，坐著馬嘉和雪麗，兩個人揮著手，正在和我們打招呼。馬嘉馬車的後面，還有一輛馬車，那是波波，如今他完全變成紳士模樣。他的船長哥哥風姿如昔，也坐在車上。

我們跑下門前的石階，前去歡迎。不久歡樂的夜宴開了，我們都談著不幸的往事。馬嘉說他在賭場中看見過詹姆。波波也說起德里一家的消息。據說，德里以後又犯了重罪，被流放到澳洲。他的妻子因酒醉而自焚身亡。兩個兒子也犯了罪，跟他們的爸爸入獄了。家裡現在只剩下老祖父和那最小的孫女。祖孫兩人，相依度日。

飯後馬嘉叫我到窗口說：「我想起一件事。我們在過去流浪的生活中，時常在街頭合奏著音樂賺錢，但是從未合奏給我們的老朋友聽過。今天是難得的機會，我們兩個人，做一次紀念的合奏好嗎？」

我當然贊成說：「我要唱一曲《拿波里之歌》，因為這首歌是讓麗絲開口說話的歌。」

我們的樂器，藏在漂亮的箱子中，現在取了出來，衛塔師父留下的豎琴，早已破舊不堪了。

人們圍著我們，樂聲響起，一隻老邁的白狗跑過來，牠就是卡比。卡比現在雖然耳朵聾了，可是眼睛還好，牠靜躺在墊褥上，一看見師父留下的豎琴，不禁想起往事，蹣跚地離開墊褥，跑到我的身旁。我們彈唱著，卡比啣著圓盆子，在老爺貴客的面前走來走去，大家都慷慨解囊，丟入盆裡。

卡比被那麼多的收入嚇著了，牠得到這樣的收入還是第一次，因為盆內都是金幣和銀幣，換算起來一共是一百七十五法郎。

我照例吻著卡比，想起幼時的不幸，使我想起一個好計畫。我們將這一百七十五法郎來做基金，設立一個機關，保護漂泊街頭的小藝人，其他不夠的錢，由我媽媽支應。

馬嘉吻著我媽媽的手說：「我也想效點微勞，來幫助小米的計畫。請你讓我將這次在倫敦音樂會的收入，加上卡比現在的收入，一起當做基金吧！」

我的回憶錄手稿還缺一頁，馬嘉是個比我高明甚多的音樂家，他替我將《拿波里之歌》的詞曲記了下來，也替我完成了這部回憶錄的最後一頁。

唉！虛情假意，冷酷負心的女人，
多少次，我發出過絕望的歎息。
為什麼我那已成灰燼的心，
像聖殿的蠟燭又燃起搖擺的火焰？
美貌無雙的姑娘，
只因我耳邊又響起了你的名字。
如果你是白雪，白雪冰冷，仍可飲吞；

啊！一個狠心的女人，
即使看我枯萎，也不會有半點憐惜。
我多麼希望，
希望自己只是一個普通男孩，
提著水桶，遠離王宮；
去叫賣這水晶般的清水，
我大聲喊著：「高貴的女士，誰需要水？」
如果我遇上的是一個普通的姑娘，
她問：「賣水的孩子，你是誰？」
那我就安靜地回答她：
「這不是水，這是愛情的眼淚！」

——全文完

國家圖書館出版品預行編目資料

苦兒流浪記 / 赫克特・馬羅 (Hector Malot) 著.
管仁健 編譯. --第一版. --臺北市 : 文經社, 2010.8
面 ; 公分. --（文經文庫：265）
譯自：Sans Famille
ISBN 978-957-663-622-6（平裝）

876.59　　99015070

文經社
文經文庫 265
苦兒流浪記

原　　著—Hector Malot
發 行 人—趙元美
社　　長—吳榮斌
主　　編—管仁健
美術設計—顏一立
出 版 者—文經出版社有限公司
登 記 證—新聞局局版台業字第2424號
＜總社・編輯部＞：
地　　址—104 台北市建國北路二段66號11樓之一（文經大樓）
電　　話—（02）2517-6688（代表號）　傳　真—（02）2515-3368
E-mail—cosmax.pub@msa.hinet.net
＜業務部＞：
地　　址—241 台北縣三重市光復路一段61巷27號11樓A（鴻運大樓）
電　　話—（02）2278-3158・2278-2563　傳　真—（02）2278-3168
E-mail—cosmax27@ms76.hinet.net
郵撥帳號—05088806文經出版社有限公司
新加坡總代理—Novum Organum Publishing House Pte Ltd.　TEL:65-6462-6141
馬來西亞總代理—Novum Organum Publishing House (M) Sdn. Bhd.　TEL:603-9179-6333
印 刷 所—松霖彩色印刷事業有限公司
法律顧問—鄭玉燦律師　電　話—（02）2915-5229
發 行 日—2010年　10 月 第一版 第 1 刷

定價／新台幣 240 元　　Printed in Taiwan